U0598348

启真馆 出品

歌　集

歌　集

启真馆 出品

文艺复兴译丛

歌　集

支离破碎的俗语诗

〔意〕弗朗切斯科·彼特拉克　著

王　军　译

ZHEJIANG UNIVERSITY PRESS
浙江大学出版社
·杭州·

译者序

　　初次与《歌集》会面已经是三十多年前的事了，当时我很年轻，正在罗马智慧大学文学院进修；由于作品语言古老，意境深远，而我的意大利语水平有限，许多诗句尚不能理解。在后来几十年的意大利语言与文学的教学中，我逐步加深了对这部作品的认识和理解，也因而产生了翻译这部享誉世界的抒情诗集的"野心"。此次浙江大学出版社建议出版"意大利文艺复兴文学精品译丛"，为我实现"野心"提供了机会。

　　此《歌集》汉语译本是根据 Stampa Nuovo Istituto Italiano d'Arti Grafiche–BG 出版社 2015 年出版的意大利文版本翻译而成的，该版本在意大利有较大的影响，是由意大利浪漫派最重要的抒情诗人贾科莫·莱奥帕尔蒂注释的。莱奥帕尔蒂是一位深受彼特拉克影响的诗人和学者，在世界文坛名声显赫，他的注释显然是具有权威性的，对我正确理解作品的语言和意境帮助很大。但愿我的翻译能够准确地体现作者的情感、思想和艺术风格，从而使我国读者通过阅读这部作品，正确地认识中世纪晚期和人文主义诞生初期的意大利社会与文化背景，更好地感受意大利抒情诗的优美。

　　《歌集》收集了彼特拉克数十年间写作的抒情诗，诗与诗之间虽然密切关联，但每首诗又各成一体，因而，对写作背景做相应的交代是十分必要的，为了使中国读者更好地理解作品的内容和意境，我在每首诗的前面加入了一段作品简介或短评，此外，还根据我国普通读者的文化知识状况和理解能力，对诗句做了较详尽的注释，或许我的这些努力只是画蛇添足之举。

　　经过近两年的努力，终于完成了这项翻译工作。就像彼特拉克在《歌集》中的每一首"歌"结束时总是要写几句对该歌的嘱咐或期盼之词那样，这里，我也想对我的译文说上几句心里话："孩子呀，我的孩子，你带着我的期盼，快飞到读者中间，勇敢地接受检验。"彼特拉克的思想深刻，情感丰富，文笔隽永，我的水平却十分有限，在我的译文中难免会出现这样或那样的错误；在此，敬请读者指正。

　　在开始翻译之前，首先要选择翻译策略；选择抒情诗的翻译策略，也势必要对比中意两国韵律文的特点。《歌集》中的作品主要是十四行诗和"歌"，意大利的十四行诗一般由 11 音节诗句组成。所谓的 11 音节诗句，指的是诗句的关键重音（即最后一个重音）落在第 10 个音节上的诗句，由于意大利语绝大部分词汇的重音落在倒数第 2 个音节上，从而形成了 11 音节诗句。"歌"则是一种长短句体裁的抒情诗，一般篇幅比较长，诗句的数量不限；虽然有些像我国的"词"，却比"词"更加灵活、自由。

　　我国的抒情诗主要分为三言、四言、五言、七言。五言与七言诗句均因字数所限，经常难以表达清楚 11 音节诗句的全部内容，更不用说三言和四言诗句了。如果用字数较少的诗句翻译意大利的 11 音节诗句，译者必然被迫放弃诗句的某些含义，这是我所不愿意见到的；因而我采用了 3+3+4 的 10 字句结构，这种结构的节奏与意大利的 11 音节诗句相近，字数也较多，基本解决了我所担忧的问题。至于"歌"嘛，我选择了长短句的形式，把注意力只放在了脚韵之上。

2018 年 8 月，于北京外国语大学

导读：彼特拉克与《歌集》

桂冠诗人弗朗切斯科·彼特拉克是伟大的人文主义先驱者、意大利文学史上最优秀的抒情诗人，他享誉全球，与但丁、薄伽丘并称意大利文学的"三颗巨星"。他的代表作《歌集》被公认为意大利文学乃至欧洲文学最优秀的抒情诗集之一。

一、生平

彼特拉克的父亲本是佛罗伦萨的一名公证员，1302年，由于政治原因被流放。1304年7月20日，彼特拉克出生在意大利中部托斯卡纳地区的阿雷佐城。为谋求更好的生活环境，1311年，在父亲的带领下，彼特拉克全家迁往比萨，后来又迁往当时的教廷所在地法兰西普罗旺斯地区的阿维尼翁城，并在那里定居。

彼特拉克在阿维尼翁接受了最初的教育。1316年，他刚满十二岁，便被父亲送往蒙皮利埃学习法律。1320年，彼特拉克第一次回到意大利，进入博洛尼亚大学继续学习法律。1326年，父亲去世后他又返回阿维尼翁。

阿维尼翁纸醉金迷的生活强烈吸引着彼特拉克和他的弟弟，他们用青年人的全部热情追求尘世生活的快乐，并经常坠入轻浮的爱情。阿维尼翁这段愉快的生活经历对彼特拉克的思想形成和文学创作有重大的影响。1327年4月6日，彼特拉克在圣基娅拉教堂遇到一位名叫劳拉的美丽少妇，对其一见倾心；后来，劳拉成为他的爱情偶像和诗歌创作最重要的灵感之源。

彼特拉克希望有稳定的、受人尊敬的社会地位，他深知，要想获得人们的尊敬，就必须有渊博的知识；对尘世荣耀的渴望引导他在寻欢求乐之余努力读书。他非常喜欢古典文学以及普罗旺斯和意大利的爱情诗，尤其酷爱西塞罗、维吉尔和李维乌斯（另译：李维）等人的作品；他也阅读宗教理论著作，但不喜欢但丁崇尚的经院哲学家，而青睐天主教早期的教父神学理论家圣奥古斯丁。

1330 年，彼特拉克开始为罗马望族科隆纳服务，后来成为该家族的乔瓦尼枢机主教的朋友。

1333 年，彼特拉克怀着强烈的求知欲望，开始了长时间的旅行；他到过巴黎和法兰西的许多地方，也到过弗拉芒和日耳曼各国。他的眼界越是开阔，内心就越是充满尘世情感和宗教信仰之间的矛盾。他开始厌恶尘世事物，不能忍受稳定的生活，因而，刚踏上一块土地便立刻想离去。

1336 年 4 月，彼特拉克登上普罗旺斯的旺图山，面对宏伟动人的自然景色，他心绪不宁，感慨万千。偶然打开圣奥古斯丁的《忏悔录》，看到一段好像专门为他所写的话："人们去欣赏高耸的山峰、巨大的海浪、宽广的河流、广阔的海洋和群星移动，对自己却漠不关心。"彼特拉克长时间思考这句话的含义，他所特有的内心冲突更加剧烈。他为自己游览高山大川、追求尘世快乐而内疚，但是，他又无法用天主教的道德准则约束自己，无法战胜追求尘世荣耀的"野心"，无法克制强烈而暧昧的情爱，更无法否认对文化知识的渴望和对文学艺术的热爱。这种摇摆不定的思想几乎反映在彼特拉克的所有作品之中。站在旺图山的山巅上，彼特拉克向意大利方向眺望，心中燃烧起热爱祖国的情感，他非常希望再一次看到美丽、古老的意大利。

1336 年年底，彼特拉克如愿以偿，回到了思念已久的祖国。第二年年初，他参观了罗马。他的心被这座天主教的圣城所吸引，更被古罗马雄伟建筑的遗迹所震撼。1337 年 8 月，彼特拉克返回阿维尼翁，此时，他需要安宁，潜心思考他所见到的一切，因而隐居在沃克吕兹乡下的一座别墅。在这座紧靠着清澈泉水、被绿荫遮掩的幽静别墅里，彼特拉克潜心研究，努力创作，《阿非利加》的构思及初稿基本产生于此。

1340 年 9 月，彼特拉克同时接到罗马元老院和巴黎大学的邀请函，罗马和巴黎都要加冕他为桂冠诗人，彼特拉克选择了罗马。1341 年 2 月，他乘船从马赛出发，先到达那不勒斯，那不勒斯国王就非常广泛的知识领域对他进行了三天考核。1341 年 4 月 8 日，通过考核的彼特拉克登上象征罗马权威的坎皮多里奥山，在罗马元老院加冕为桂冠诗人。离开罗马后，彼特拉克在帕尔马居住了大约一年，并在恩扎河边的山间别墅完成了《阿非利加》的初稿。1342 年春天，彼特拉克告别意大利，返回阿维尼翁。

1343 年 4 月，经过长期的思想斗争，彼特拉克的弟弟皈依天主教隐修派卡尔特修会；这件事强烈地震撼了彼特拉克本已十分不宁的心。兄弟二人曾在一起讨论过人生的目的，也都曾为前半生追求尘世享乐而悔恨；弟弟终于选择投向天主的怀抱，对比之下，彼特拉克感觉自己的灵魂太软弱，因而内心痛苦万分，坠入精神危机。《歌集》中表示悔恨的诗，以及《秘密》给我们留下了反映彼特拉克精神危机的重要历史资料。

1347 年夏季，彼特拉克听说科拉·迪·里恩佐在罗马领导平民暴动，并夺取政权，他非常高兴，立即写诗赞扬科拉的英勇行为，并用拉丁语书信体写作了一篇措辞激烈的文章，谴责罗马贵族。同年 11 月，彼特拉克离开沃克吕兹，前往罗马。行至热内亚时，听说科拉实施暴政，罗马局面一片混乱，彼特拉克非常失望。他致信科拉，谴责科拉的专制，并放弃去罗马的计划，转道前往帕尔马。1348 年 5 月，在帕尔马，彼特拉克获悉劳拉于 4 月 6 日病故；不久后又收到乔瓦尼·科隆纳枢机主教以及其他一些朋友死于瘟疫的消息。这一连串的噩耗让彼特拉克陷入极度的痛苦之中，使他的厌世情绪进一步加剧。彼特拉克不得不认真思考来世之事，他悔恨自己过分地追求转瞬即逝的人间快乐和荣耀，唯恐死后会得到可怕的报应。1350 年，彼特拉克前往罗马，途经佛罗伦萨时，结识了薄伽丘等诗人和作家。归途中，他路经阿雷佐，参观了自己的旧居，进一步加深了对祖国意大利的热爱。1351 年 4 月，彼特拉克到达帕多瓦，并在那里会见了来访的薄伽丘。薄伽丘受佛罗伦萨政府的委托，邀请彼特拉克前往佛罗伦萨教授文学，并通知他，佛罗伦萨政府决定归还 1302 年没收他家的全部财产。彼特拉克怀念沃克吕兹别墅中的宁静生活，希望有更多的时间写作，因而拒绝了邀请。

1353 年 5 月，彼特拉克最终决定离开已经没有劳拉的阿维尼翁，返回意大利定居。途中，他登上阿尔卑斯山，眺望南方的意大利，心情万分激动，用拉丁语写下了热情洋溢的词句，向祖国致敬。

> 上帝喜爱的神圣土地，
>
> 你使善良的人无忧无虑，使傲慢的人恐惧；
>
> 最高贵、最富饶、最美丽的土地，
>
> 你曾经受到人们的崇敬，由于武威也由于神圣的法律；
>
> 你是缪斯的故乡，
>
> ……成为世界的导师，获得辉煌的荣誉。

回到意大利后，彼特拉克先在米兰生活了八年。这一时期，他曾经多次受米兰城主维斯孔蒂的委派，出使意大利各城邦国及欧洲各国。无论走到哪儿，彼特拉克都受到隆重的欢迎，为米兰城主增添了光彩。在米兰期间，彼特拉克的生活比较悠闲；这使他有充足的时间完成许多已中止的作品，初步整理了各类信札和诗歌，并开始新的创作。

1361 年 6 月中旬，为了躲避瘟疫，彼特拉克移居帕多瓦。1362年，瘟疫又把他驱赶到威尼斯。威尼斯元老院将一幢漂亮的小楼赠给他作为住宅，交换条件是，他死后必须把所有藏书留给威尼斯。1368年夏，薄伽丘来到威尼斯，受到彼特拉克的热情欢迎，两位伟大的诗人和作家在一起生活了数月。在威尼斯期间，彼特拉克受到共和国许多上层人物的尊敬，但也受到一些阿维罗伊派哲学家的攻击。彼特拉克看到威尼斯的执政者对侮辱他的言行无动于衷，盛怒之下，离开威尼斯，移居帕维亚，后来又定居帕多瓦。在帕多瓦郊外的阿尔库阿小镇，彼特拉克度过了生命的最后几年。他住在一座小而雅致的别墅里，四周是橄榄林和葡萄园，那里有他所期盼的宁静，他可以不受任何干扰地读书和写作。1374 年 7 月 19 日，彼特拉克病逝于阿尔库阿的家中，按照他的遗愿，被安葬在该镇的教堂里。

二、《歌集》评介

《歌集》被后人视为彼特拉克的代表作，而作者本人却认为收集在《歌集》中的爱情诗是他一生捋不清的混乱思想与情感的写照，所以称其为"支离破碎的俗语诗"。

《歌集》共收入抒情诗 366 首，其中包括 317 首十四行诗、29 首歌，此外还有 20 首其他种类的抒情诗；除 30 余首外，这些诗全都是表现诗人对劳拉爱情的作品。

1348 年，劳拉去世后，彼特拉克对其所写的抒情诗进行了精心的筛选，组成了这部诗集，其中包括部分赞美其他女子的诗；然而，诗人自称被选入《歌集》中的爱情诗全都是为他的爱情偶像劳拉而写的，以此证明他对劳拉的爱情始终不渝。随后，诗人又在《歌集》中陆续加入了许多其他抒情诗；其中一部分被加在"赞活在尘世的劳拉"中，诗人谎称这部分作品写于劳拉活于尘世之时，另一部分则构成了《歌集》的第二部分——"赞离弃尘世的劳拉"。《歌集》按照时间的顺序和诗人的思想变化分为上述两个部分，这两个部分自然地构成了诗人内心爱情发展过程的整体。

在整理抒情诗并将其组编成《歌集》的时候，彼特拉克写作了十四行诗《请君在散乱的诗句之中》，并将其作为整个诗集的引子；在这首诗中，彼特拉克对过去的言行表示了悔恨和羞愧，指出"世间美全都是短暂的梦"。

1. 对爱情偶像的精彩描绘

从某种意义上讲，《歌集》是一部彼特拉克对偶像劳拉的单相思的爱情发展史。既然是一部爱情史，就免不了对心爱女子美丽容貌的描

绘和赞颂，因为美是激发爱情的因由。尽管《歌集》主要展示的内容
是爱情对诗人心灵的震撼，而不是诗人具体的爱情经历，但是，在他
的许多抒情诗中仍然可以看到诗人对劳拉美貌的描绘。劳拉已经与但
丁笔下的贝特丽奇有很大的差别，她不再只是抽象的美丽天使，而是
一位有血有肉、有形有色、容貌俊秀的人间少妇；诗人用具体、生动
的语言歌颂她的金色秀发、明亮双眸、美丽睫毛、纤纤玉指、洁白牙
齿、娓娓动听的话语。

> 俱往矣，黄金丝迎风飘洒，
> 结成了千百朵柔媚发花，
> 好一双明亮的俊俏丽眼，
> 现如今不再有超凡光华；
> ……
> 谐美的话语声娓娓动听，
> 非尘世之举止华贵、高雅，
> 她如同美天使降临天下。（第 90 首）

　　爱神令劳拉显露出赤裸的纤纤玉指，紧紧地抓住诗人的心；不仅
如此，劳拉美丽的双眼和睫毛、温情的语言、玫瑰色的唇与舌、珍珠
般的皓齿、光辉灿烂的金发，都令诗人浑身颤抖。

> 那五根优美的纤纤玉指，
> 就如同东方的珍珠一般，
> 爱之神令它们赤裸暴露，
> 对我的心中伤显示凶残。（第 199 首）

> 那阳光丽目上睫毛闪闪，
> 天使般美唇吐温情之言，
> 玫瑰口白珍珠上下镶满，

他人见均惊得浑身抖颤；
额头与金色发光辉灿烂，
比正午太阳更显得明艳。（第 200 首）

　　《清澈、凉爽、温情的水》（第 126 首）是《歌集》中最优秀的描绘女子美貌的作品，也是彼特拉克最优美的抒情诗歌之一。作品中，诗人怀着深深的眷念之情漫步于河边，他幻想在那里偷窥劳拉沐浴，欣赏她娇柔的身姿，完全沉浸于赞颂女性美貌的快乐之中。

美腿、秀臂、玉体婷婷，
浸泡在清澈、凉爽、温情的水中，
只有她才配得上"女子"的美称；
娇娆的身躯喜欢把热情的树干作为支撑，
忆往事，我不免发出叹息之声；
艳丽的裙衫，
天使般的腹胸，
覆盖着鲜花、草坪；
在这神圣、宁静的地方，
爱神用那美丽的眼睛，
打开我的心灵：
……

　　随后，诗人又设想自己死去，他希望安葬在劳拉沐浴的长满美丽花草的河畔。

如若是上天的安排，
如若我命中注定：
爱神令我合闭流泪的双睛，
至少应葬我于此处树下的鲜花草丛，
给予我些许恩赐，

令赤裸灵魂回归它应返的家中。

接着，诗人设想：有一天，劳拉又来到这片河岸，她好像在寻找诗人，却看见了诗人的坟墓；在爱神的启迪下，劳拉为诗人流下了多情的眼泪，并为诗人向上天乞求怜悯。

> 也许还会有一天，
> 高傲且温柔的美丽婵娟，
> 返回这常来之处，
> 掠过我身边；
> 在那神圣之日，
> 她转动喜悦、期盼的双眼，
> 寻找着我，噢，天哪！
> 见我已化为泥土，洒落在墓石之间，
> 爱神启示她，
> 发出温柔的哀叹，
> 用其美丽的面纱拭去眼中的泪水，
> 乞求并强令上天，
> 赐予我爱怜。

此时，石墓中的诗人似乎复苏了；他见到劳拉为其落泪，激动万分，于是又重新开始讲述劳拉沐浴的情景；诗人在我们面前展示出一幅动人的美女出浴图。

> 美丽树枝上的花朵，
> 雨一般洒落在她的怀里
> （回忆是多么甜蜜），
> 她谦恭坐于草地，
> 到处是鲜花奉献的敬意，
> 周身沐浴着爱的雨。

> 花儿落在衣裙边，
> 花儿洒满金色的发鬓，
> 发鬓好似闪亮的黄金，
> 点缀着珍珠和美玉；
> 花儿浮于水面，花儿飘洒大地，
> 花儿飘然不知何去，
> 像是说："爱之神统治着这里。"

　　这篇作品诗意清新，它把美丽的自然景色与窈窕淑女的妩媚形象及诗人的激动心情完美地揉捏在一起，使真实与梦幻巧妙地相互结合，诗中体现了"情不知所起，一往而深，生者可以死，死者可以生，生而不可与死，死而不可复生者，皆非情之至也"的强烈尘世情爱的力量，其意境与我国著名的戏剧作品《牡丹亭》有异曲同工之妙；因而，直至今日，这首诗仍脍炙人口，受到各国读者的喜爱。

2. 诗人情感的真实写照

　　《歌集》中虽然有对劳拉美貌的描述，但主要展示的却是美艳女子在诗人心中引起的强烈的情感冲突；诗人因见到劳拉俊俏的容颜而欣喜，因劳拉望他一眼而激动，因听到劳拉的悦耳话语而难以入眠，因劳拉知晓其爱恋之情不再看他而痛苦，因远离劳拉而思念不已，因劳拉生病而担忧，因劳拉归天而痛苦万分；劳拉死后诗人又表现出对她的无限的怀念之情。

　　彼特拉克初次见到美丽的劳拉，便被爱神的利箭射中，从此再难以控制强烈的情爱欲望。

> 我欲望已疯狂，歧途不辨，
> 去追逐奔逃的美丽婵娟：
> ……
> 我越是命欲望回归正路，
> 它越是不愿意听我召唤；

> 刺马腹、勒缰绳无济于事，
>
> 是爱神强令它执拗、傲慢。（第 6 首）

　　起初，劳拉并没有发现诗人对她的情感，经常坦然地把爱怜的目光投向他；后来，劳拉察觉了诗人的爱情，便用面纱遮住了美丽的金发和明亮的双眼，致使诗人再难以见到少女的容貌，因而痛苦不堪，如同死人一般；他哀恳劳拉摘下面纱，令其重新见到她的美丽容颜。

> 昼与夜均请您摘下面纱，
>
> 夫人啊，我不见您的美面，
>
> ……
>
> 用面纱将我的心灵摧残，
>
> 遮住您温情目、明亮丽眼，
>
> 致使我冬与夏如死一般。（第 11 首）

　　诗人对劳拉的爱恋十分狂热，却不愿意别人发现自己内心的秘密，为远离世人，他寻找荒僻的地方。但无论他逃到何处，爱神总是跟随着他。对诗人来讲，爱神是折磨人的暴君，同时也是不可缺少的朋友；因而诗人躲避他，又寻找他；任何荒僻、艰难的道路都无法阻挡爱神的到来，诗人只有在与其"畅叙"时才会感觉到欣慰。《我孤独沉思着举步迟疑》（第 35 首）是彼特拉克最优秀的十四行诗之一，它包括了彼特拉克抒情诗的两个重要主题：孤独和对爱情的伤感。诗中的语气平缓，但抒发的情感却汹涌澎湃，可以说：平静之下潜伏的是暴风雨。以平静、和缓的语言展示强烈的激情是彼特拉克抒情诗的一个重要特点。

> 我孤独沉思着举步迟疑，
>
> 慢踱于荒寂的一片土地，
>
> 专注的双眼却努力躲避，
>
> 人足迹踏过的每块区域。

并没有什么可作为帷幕，
把我与警觉人相互隔离，
因外表虽熄灭快乐之情，
仍能窥我心中爱之火炬。

虽无人知晓我心中秘密，
高山和野林与河海滩地，
却早已明白我生命意义。

人世间并无路如此崎岖，
引我至荒僻处，渺无人迹，
使爱神不能来与我畅叙。

　　当离开劳拉远行他方时，诗人觉得自己的灵魂留在了劳拉身边，因而感到非常悲惨；他认为自己的躯体离开灵魂便难以独自前行，同时也感悟到人生的短暂。

我拖着疲惫的身躯前行，
回首望踽踽步踩踏地面，
呼吸着您慰藉所赐气息，
身离去，心叹息：我好悲惨！

又想起离弃的温情恋人，
路漫漫，人生却极其短暂，
便止步，垂双眼，流泪不止，
心惶恐，意惆怅，面色暗淡。

痛苦中时不时心生疑惑：
我身体怎能够不惧遥远，
离灵魂，独自行，直至天边？（第 15 首）

　　诗人得知劳拉病重，为她的生命担忧，迫切希望她痊愈；处于疑虑之中的诗人十分痛苦，不知所措，时而哭泣，时而歌唱，到处乱转，不得安宁。

　　　　时而哭，时而唱，不知所措，
　　　　心忧虑亦希望，写诗，哀叹，
　　　　我排忧，爱神却操起利锉，
　　　　施手段，锉吾心，令我受难。（第 252 首）

　　劳拉弃世，诗人痛苦万分，恨不能自己也随其而去，因为劳拉带走了他的心肝；他向爱神问计，为了表示哀痛，写出了下面的诗句。

　　　　爱神啊，你给我啥建议？我该咋办？
　　　　已经到死亡时间，
　　　　我却违己心愿，拖延许久，
　　　　美夫人离尘世，携我心肝；
　　　　最好是中断这邪恶岁月，
　　　　随她去，伴其身边；
　　　　在尘世我已经无望见她，
　　　　久等待令我心烦。
　　　　今后我一切快乐，
　　　　因她去，都变成热泪清清，
　　　　甜蜜的生活已消逝不见。（第 268 首）

　　劳拉已死，诗人心情沉重，对短暂的人生充满了伤感；痛苦的过去，可怖的未来，使他丧失了对人生的信心。若不是害怕死后受到天主的惩罚，自己同情自己，诗人早就了却人生，自杀身亡。

　　　　生命已飞逝去，一刻不停，

死亡也接踵至，大步前行，
今昔事使吾心无比焦虑，
未来将更令我不得安宁；

忆与等对我施左右夹攻，
迫使我忍受这残忍酷刑，
若不是我自己怜悯自己，
早已经摆脱掉思想苦痛。（第 272 首）

　　劳拉死后，诗人坐在鲜花盛开的小溪旁，回忆劳拉的美貌，书写爱情诗篇；此时，劳拉似乎复苏了，诗人又仿佛看到了劳拉的身影，听到了劳拉的声音；劳拉来到诗人面前，抚慰诗人受伤的心灵；无论诗人走到何处，她都跟随在身边；小溪潺潺的流水声，树枝的轻轻摇曳声，林中的鸟鸣声，都表明劳拉的存在。诗人不再孤独，劳拉成为他的知音，与他交谈，聆听他的心声，劝他止住悲伤，拭去他脸上的泪痕。

在鲜花盛开的溪水岸边，
可听见鸟儿在抱怨、啼鸣，
夏风中绿枝叶轻盈摇曳，
低语的清澈水潺潺流动；

我坐那（儿）写诗篇，冥思爱情，
见到她，听到她，辨其音容，
天令她现人间，地却隐藏，
婵娟仍回应我叹息之声。

和蔼的话语里充满同情：
噢，为何你要如此耗费生命？
为何你愁目中泪流不停？

> 你不必为我泣如此苦痛，
> 死以后我生命获得永恒，
> 合双眼，我内心更加光明。（第 279 首）

  对劳拉的思念引导诗人的灵魂飞上天堂，在那里他又见到了心爱的劳拉。但是，在劳拉的言语中，听到的却不是天国永福者的情感。她好像在请求诗人原谅，因为她过早地离世，给诗人带来了无尽的痛苦；她承认在迫切地等待诗人的到来，也希望能重新获得生前的躯体，正是这美丽的"衣裳"激起了诗人的爱情。

> 我寻遍尘世都难以如愿，
> 思念却带我到她的天堂：
> 三重天居住的人群之中，
> 我见她更谦卑、美丽、端庄。

> 她拉住我的手亲切说道：
> 我还将再与你重聚天上；
> 全怪我早早便中断生命，
> 带给你许多的忧愁悲伤。

> 凡间人岂能解我的愿望：
> 只待你和你所喜爱衣裳，
> 我留它于下界，未带身旁。

> 噢，她为何停话语，把手松放？
> 听罢这淳朴的肺腑衷肠，
> 我差点没留在爱神天上。（第 302 首）

  诗人在我们眼前展现了一幅怎样的天国画面？这是天上还是人

间？是把尘世的情欢带入了天国，还是把天国的美好带回了人间？

3. 情感与理性冲突撞击出的诗的火花

我国西晋著名的文学理论家陆机在《文赋》中说："诗缘情而绮靡"，伟大诗人白居易说诗"根情"；维科、帕斯科利等意大利的美学理论家和诗人也都认为"情"是产生真正好诗的基础。谈到《歌集》时，开创意大利现代文学评论先河的著名学者德桑蒂斯说："反复不断地表现人心最微妙的感受是这部诗集的实质内容。"[1]《歌集》中的抒情诗是彼特拉克强烈情感的结晶，是在诗人情感与理性猛烈撞击下迸发出的灿烂的诗的火花。

为何彼特拉克被认为是极其敏感的"情种"？为什么他能写出如此动人的诗句？除了他具有坚实的古典文学的功底和高超的意大利语的表现能力之外，我们还必须从他生活的时代背景中探索其强烈情感形成的原因。

彼特拉克生活在欧洲社会发生重大变革的时代，封闭性的封建的农业经济开始解体，以城市为中心的市场经济逐步兴起，资产阶级迅速发展，影响力日益增大；意大利的北部和中部出现了许多商业资产阶级统治的具有公社性质的城邦共和国。资产阶级不是以高贵的出身，而是以经济实力登上历史舞台的，它是一个以获得金钱利益和现世快乐为生活准则的新兴阶级；受其影响，社会生活发生了巨大变化，人们越来越渴望现世的享受；控制教会的教士们也同样过着极其腐败的世俗化生活，主教和教皇成为伤风败俗的带头人，从而更进一步促进了教会的世俗化和人们对现世享乐的追求。

然而，在此时的意大利乃至整个欧洲，传统的伦理道德观念与社会现实之间的矛盾凸显，它们之间形成了无法贴合的两层皮：一方面，人们开始疯狂地追求现世的财富、荣耀、享乐，对中世纪的"清规戒律"虽然仍有忌惮，但已远不如从前；另一方面，传统的主流价值观

---

[1] Franceso De Sanctis, *Storia della letteratura italiana*, 1958 Giulio Einaudi editore s.p.a., Torino, primo volume, pp.291.

仍然承认，建立在中世纪天主教教理教义基础上的伦理道德的权威。因而，人们在尽情享乐的同时还要打起上帝和圣母玛利亚的旗号，以证明自己是虔诚的教徒。德桑蒂斯曾经写道：

> 就这样，同时存在着两个不同的社会，它们相互间并没有很大的干扰。思想自由被否定，禁止对抽象的教理提出疑问；然而实际生活却是另一回事，人们以上帝和圣母玛利亚的名义去追求享乐，而且人们也可以以上帝和圣母玛利亚的名义去追求享乐。

德桑蒂斯的这段话准确地说明了彼特拉克所生活的时代社会特征。生活在这种社会环境中的彼特拉克一生受尽内心矛盾冲突的煎熬，他无法确定他的价值取向；社会现实促使他随波逐流，追求尘世的财富、美女、爱情和荣耀，而他所接受的中世纪教育却强迫他建立符合天主教伦理道德规范的价值观念；适应社会变化的情感推动他投向尘世快乐的怀抱，而遵从传统价值观念的理性却极力地要将他拉回到中世纪道德规范的轨道上来；理性压制情感的自由释放，压迫越是沉重，受压迫的情感就越是强烈，一旦迸发出来，便具有排山倒海的巨大震撼力；这股震撼力凝聚于笔端，就形成了彼特拉克十分感人的诗句。

前面我已经说过，《歌集》是一部彼特拉克对劳拉的爱情史，作者灵魂中不可调和的矛盾斗争支配着这一爱情的发展。围绕着爱情的轴线，诗人编织出一张丰富、复杂的情感网，它反映了诗人无法确定价值取向的彷徨与痛苦的精神状况。彼特拉克有强烈的世俗情感和追求人间快乐的欲望，但在天主教会统治下的、神秘主义和禁欲主义仍占主导地位的中世纪晚期，他的欲望还不可能得到完全的满足。彼特拉克仍然希望自己成为一位优秀的虔诚教徒，然而，他的努力经常是徒劳无益的，因而脑中总有一种难以名状的担忧，内心总是充满无法平静的冲突。生活在欧洲社会变革时代的彼特拉克，已经感觉到了社会的变化，但他无法找到社会变革的出路，更没有勇气触动中世纪上层建筑的支柱——天主教会的教理教义，因而，情感与理性发生了剧烈的冲突。这种冲突给诗人带来了无尽的痛苦，使诗人陷入不知所措的思想病态之中。对劳拉的爱情过程便是这种病态的体现。诗人受尽了劳拉的精神折磨，他经常被逼得灵魂出窍。

> 真希望能报复她的残忍，
> 其目光与话语令我沉沦，
> 随后又对我遮温情恶目，
> 藏与躲更使我悲伤万分。
>
> 我疲惫而且还非常痛苦，
> 她慢慢吸吮尽我的灵魂，
> 当夜晚我需要休息之时，
> 她如同恶狮吼，震撼吾心。（第256首）

彼特拉克内心的彷徨、担忧、冲突和痛苦不仅仅属于他自己，而且体现了处于社会变革之中的人们的普遍心理状态；他的情感和思想代表了他所生活的时代，从而使他成为重要的历史和文化人物。彼特拉克徘徊于中世纪的神秘主义与新时代的人文主义之间，无力做出最后的选择，他的抒情诗反映了新旧思想交替时期的精神危机，正是通过这种危机，人们才逐步摆脱了中世纪神秘主义和禁欲主义的束缚，建立起相对独立于传统天主教观念的新的世界观，这一世界观为天主教思想增添了新的、世俗的、强调个性的内容。

其实，《歌集》中真正的中心人物并不是劳拉，而是诗人自己。诗人借助对劳拉爱情的抒发，将自己复杂的思想变化过程记录下来，留给了后人。诗人记录的不是爱情的外部表现，而是爱情在他内心深处的反响。《歌集》中的抒情诗主要以诗人个人情感的变化为素材，因而诗中很少有现实主义的描写，即便有，也给人一种处于梦幻之中的感觉。

比如，在《"爱"令我思绪不断》中，诗人虽然对景物和心爱女子也做了某些描述，但展示的却是自己的思想如何在现实与幻想中徘徊。

> 在高大松与岗阴影之下，
> 我不时止步停站，
> 呆望着遇到的首块岩石，
> 记忆便绘出了她的美面。
> 醒转来，觉胸痛，于是叹道：
> 哎，苦人儿，从哪来？在何地面？
> ……
>
> 望着她，我竟然忘记自己，
> 却感觉爱之神来我身边；
> 我灵魂满足于它的错觉：
> 处处见美女子十分光灿，
> …… （第 129 首）

在《生命已飞逝去，一刻不停》中，诗人展示的完全是自己内心的痛苦，虽然也有描写景物的诗句，却仅仅是诗人对自己内心状况的比喻。诗中，诗人叹息生命的流逝和死亡的到来，抒发了如海上暴风雨般的激动心情，表现了彷徨与无奈的精神状态。

> 如痛苦心灵曾偶有甜蜜，
> 你快快回到我记忆之中；
> 我转身见大风激荡航程；
>
> 已入港竟遭遇暴雨狂风，
> 船夫倦，又折断桅杆、索绳，
> 更熄灭旧日的指航明灯。（第 272 首）

彼特拉克抒情诗中的山水景色并非真实的自然风光，而是他内心世界的反映，它们和诗人的感情变化紧密相关，随着诗人的欢乐与痛苦，也变得光彩悦目或暗淡无光。一幅幅怡人的"风景画"映照的是诗人的爱情美梦和对幸福的渴望，而那些惊涛骇浪、令人压抑的山谷映照的却是诗人内心的动荡、对上天的恐惧、对劳拉的抱怨、对生活的不满和叹息。这两种不同类型的景色混合在一起，衬托出诗人甜蜜且忧伤的含糊不清的情感，反映了诗人的矛盾心理状态，增加了诗的艺术魅力。

彼特拉克一生波动于尘世情感与宗教道德规范之间，他探索人生的意义，却始终未能找到理想的答案，所以《歌集》中的抒情诗几乎全都以尘世情感和中世纪天主教价值观念之间的冲突为主题，因而使人感觉主题过于重复，在一定程度上影响了作品的艺术效果。但是，不管怎样，《歌集》代表了意大利抒情诗的最高成就，作者也被视为世界文学名家中的佼佼者，在很大程度上影响了欧洲乃至世界抒情诗的发展。

4.《歌集》中的非爱情诗歌

除了爱情诗歌外，《歌集》还收集了少量的爱国主义、鞭挞教廷腐败堕落、致友人等种类的作品。

爱国主义诗歌的代表作应首推《啊，我的意大利》。在《啊，我的意大利》中，诗人痛斥意大利各城邦国的统治者，说他们不断发动战争，相互仇视，造成意大利的混乱，致使外族入侵；并决心用自己的笔墨唤醒浑浑噩噩的意大利人。

> 仁慈的天主啊，你看，
> 为微小之理由他们开战；
> 傲且恶战之神令人冷酷，
> 圣父啊，斩仇结，快重新让心变软；
> 我应尽一切努力，
> 使人从我语中闻你真言。（第 128 首）

这篇作品首次把意大利称为"祖国"。在意大利历史上，是彼特拉克最早提出了民族自由、独立的思想，尽管这种思想仍有些含糊不清，但是，对后人的影响极大：当时意大利分裂成许多城邦国，"意大利"还只是一种自然地理概念，并非政治地理概念；此称呼对后来主张意大利统一的爱国主义者是一种巨大的激励和鼓舞。

> 难道说她不是我的祖国？
> 祖国如慈母一般；
> 我十分信任祖国，
> 因那里埋葬着我的祖先。（第 128 首）

诗人为祖国的命运担忧，呼吁各城邦国的统治者放弃仇恨，停止骨肉相残的内战，不要再让傲慢、凶残的战神用血来污染意大利的美丽家园，团结起来，以古罗马人的伟大勇气为意大利的自由而战斗；他请求大慈大悲的天主斩断仇恨之结，使那些冷酷的心变得温柔；并认为，为自由而战将得到广大民众和天主的支持，很快便会取得胜利。后来的意大利爱国主义者都非常喜爱这篇作品，马基雅维利就曾经在《君主论》中引用过下面的诗句。

> 美德会持武器对抗疯狂，
> 战斗将十分短暂，
> 因为在意人心中，
> 仍保存古老勇敢。（第 128 首）

这首诗以"和平！和平！和平！我意欲呼喊不断"而结束。

在《尊贵的高尚灵魂》中，诗人抱怨美德之光熄灭，指责意大利腐败、堕落，对自己面临的灾难已经麻木不仁，需要有人提拎她的头发使其从睡梦中苏醒。诗人还指出，只要意大利人提起他们的祖先古罗马人振聋发聩的名字，就会令全世界颤抖。他呼吁那位新当选的罗马元老院议员向英勇的古罗马人学习，振奋精神，唤醒民众，铲除罗马的弊端，恢复罗马古时的辉煌，这样他便可以名垂青史。

对灾难早已经无动于衷：

太衰老，太迟钝，颓废，萎靡。

永沉睡，无人唤醒？

若是你，我定把其发拎提。

……

若转身回忆往事，

全世界都会抖颤，

既喜爱又恐惧这座古城，

墓中的伟人都名传万年；

……　　　　　　　（第 53 首）

《贪婪的巴比伦挣裂口袋》和《愤怒的巢穴与痛苦之泉》是两篇鞭挞教廷的优秀作品。诗人把腐败的天主教教廷比作贪婪的巴比伦，说它已经丧失理性，变成活人的地狱，其统治者也变成了荒淫无耻的恶魔。

贪婪的巴比伦挣裂口袋，

里面装罪恶与天主怒焰。（第 137 首）

噢，谎言的温床啊，傲慢之家，

活地狱善已死，恶在扩散。（第 138 首）

诗人希望教廷出现英明、果敢的改革者，使人间重现古时的光明。

高尚魂——德之友统治世界，

我们将见尘世金光闪闪，

到那时古之美充满人间。（第 137 首）

诗人还指出，如果教廷继续腐败下去，民众必定会起来反抗，剥夺教廷的世俗权力和财产。

难道说贱民们不会愤然，
剥夺你邪恶的不义财产？（第 138 首）

目　录

第二部分　赞离弃尘世的劳拉

第一部分　赞活在尘世的劳拉

第1首

请君在散乱的诗句之中

这是一篇引子诗，是彼特拉克整理《歌集》时写作的。它反映了诗人内心的悔恨，同时也能感觉到诗人仍然对青年时代的现世追求恋恋不舍：青年时代的快乐并不遥远，青年时代的妄想还记忆犹新。诗人的理性似乎已经认识到，青年时代对现世快乐的追求是一种"过错"，但他仍能感觉到这种追求的美好，他在放弃对现世快乐的追求的同时，仍然缠绵于甜蜜的回忆之中。

请君在散乱的诗句之中，
聆听我心中的叹息声声：
少年时犯下了种种罪过，
我那时与今日有所不同。

为这些诗句我哭泣、不平：
有多少妄想和徒然苦衷；
如若君亲身有爱的经历，
我不仅求原谅更需同情。

但现在我已经完全看清，
它们都早成为众人笑柄，
因此我常感到无地自容。

胡言的结果是忍受愧痛，
我悔恨，我心中黑白分明：
世间爱 [1] 全都是短暂的梦 [2]。

---

[1] 此处的"爱"不仅仅指男女情爱，也泛指对尘世其他所谓美好事物的喜爱，如荣誉、美名、财富等。

[2] 诗人的笔锋一转，又开始对追求现世所谓美好事物表示懊悔；认为自己年轻时的追求已经成为众人的笑柄，尘世间的一切快乐都是短暂的美梦；可见，诗人此时的思想又靠近了中世纪的传统价值观念。

第 2 首

为实施优雅的无情报复

如果说第 1 首诗是全《歌集》的引子，那么这第 2 首诗便是彼特拉克爱情故事的开始。诗人通过爱神对他的严厉惩罚展示了爱情的强大力量。"爱神的惩罚"这一主题可追溯到古罗马著名诗人奥维德的《变形记》和希腊神话中"阿波罗与达芙涅"[1] 的美丽传说。

> 为实施优雅的无情报复，
> 惩罚我千百次违其意愿，
> 爱之神暗拿起射心硬弓，
> 等待着伤我的时间、地点 [2]。
>
> 我将力全部都凝聚心中，
> 在那里筑起了一道防线，
> 当致命之利箭射入之时，
> 必定会折断其锐利铁尖。
>
> 在首次突然受攻击之时，

---

[1] 据古罗马诗人奥维德在《变形记》中讲，太阳神阿波罗热恋河神的女儿达芙涅，到处追踪她。有一次，当阿波罗即将追上达芙涅的时候，美丽的仙女恳求父亲将她变成了一棵月桂树。

[2] 诗人曾千百次抗拒爱神的引诱，致使愤怒的爱神偷偷地拿起他那把射心的神弓，等待机会对诗人进行报复；爱神的报复是让受报复者心中产生爱情，因而，此处说"优雅的无情报复"。

慌乱中我失力亦无时间，
难及时持武器抵挡侵犯，

或机敏退守至高高山巅，
据险要躲避开受伤凶险；
今日里欲抵抗更加困难。

第3首

那一天为哀悼造物之主

在纪念基督耶稣受难日的仪式上，众人都处于悲哀之中；彼特拉克首次见到美丽的劳拉，便一见钟情。然而，劳拉却丝毫没有察觉到他的爱；因为爱神只向毫无提防的诗人射出了他的神箭，并未攻击有防备的劳拉。诗人再次描绘了"弓箭手爱神"的生动形象，用任何人都无法抵御爱神之箭来表示爱情是一种不可抗拒的力量。

那一天[1]为哀悼造物之主，
连太阳光线都失色黯然[2]，
我毫无戒备便被您捉获，
夫人啊，您那双俊俏眼将我捆拴[3]。

当时我不觉得需要提防，
爱之神射出的伤心利箭，
坦然行，并没有半点疑心，
众人痛，亦开始我的苦难[4]：

---

[1]　指基督耶稣的受难日。
[2]　为哀悼基督耶稣，连太阳光都黯然失色。
[3]　毫无抵御爱神攻击准备的诗人见到了劳拉的美丽眼睛，成为爱神的俘虏。
[4]　在哀悼基督受难的时候，所有人都处于悲伤之中，诗人并不觉得有必要防备爱神的攻击，因此十分坦然；然而就是在这众人伤心的时刻，诗人的痛苦爱情经历开始了。

可透过我双眸直视心田，
眼是泪之门户，心是源泉；
爱神见我没有丝毫防范，

于是便射出了锐利神箭，
却没有攻击您——披甲之人，
因此我不觉他有何光鲜 [1]。

---

[1] 爱神见诗人毫无防范，心扉大开，流淌着激动的热泪（因为看到了美丽的劳拉），便拉弓向诗人射出了利箭；然而，爱神见劳拉已有防备，便没有对其拉弓射箭（因而，劳拉并未感觉到诗人的爱）；诗人认为爱神的胜利并不光辉灿烂。

第 4 首

上天主发号令，施展手段

　　万能的天主创造了天地，又道成人身，来到人间，解救万民于水火；如今他又使美丽的劳拉诞生在法兰西的考蒙特小镇，劳拉就像一轮照亮人间的太阳那样光辉灿烂。

上天主发号令，施展手段，
显示出他具有神力无限，
创造了大地与无际苍穹，
令木星比火星更加和善[1]；

主来到尘世间宣讲圣经[2]：
真理已被人们隐匿多年；
令约翰与彼得放弃渔网，
使他们成为天国的成员[3]。

他没有施恩泽降临罗马，
而生于尤地亚神圣地面，

---

[1] 木星比火星的光线更加温和，因而，西方的古人认为上帝使木星比火星更加和善。

[2] 指基督耶稣道成人身，降至人世间，牺牲自己，救赎人类。

[3] 圣约翰和圣彼得跟随基督之前都是渔民。主令他们放弃捕鱼活动，去传播福音，从而使他们光荣地成为进入天国的圣人。

因喜欢卑贱者最受称赞 [1]；

应谢他令艳日照亮云天，
今又使一小镇光辉灿烂，
命如此美女子诞生世间 [2]。

---

[1] 因为主更喜欢与卑贱者在一起，所以他没有向罗马人施恩泽，降生在帝国的
首都罗马，而降生在犹太人生活的尤地亚地区。
[2] 如今，主又让如此美丽的女子降生在一座小镇中，该女子就像一轮光辉灿烂
的太阳，照亮了整个天空。

第 5 首

爱之神已将您刻我心田

这是一首玩弄语言游戏的抒情诗。彼特拉克的偶像女子名叫劳拉，意大利语的昵称为 Laureta，诗人把该昵称按音节分解成三段，每一段都对应一个意大利语词：第一个音节 lau 对应 laudare，意为"赞美"；第二个音节 re 对应 reale，意为"王室的"；第三个音节 ta 对应 taci，意为"你且住嘴"。诗人以这三个词为中心，构建出对劳拉的赞美。

爱之神已将您刻我心田，
每当我叹息着将您呼唤，
立刻便能听见"赞美"一词，
因您名与其音紧密相连。

随后我又见您帝王身份，
赞美您之价值成倍增添；
但最后闻一声：你且住嘴！
颂扬她另有人，何须你言 [1]。

您值得人崇敬，美名远传，
只要是唤您名便是颂赞，
呼唤声示敬意已很明显；

---

[1] 所有呼唤劳拉名字的人都在赞美她，何须你彼特拉克再写赞美之词呢。

阿波罗请不要面现怒焰，
怨傲慢之人类口吐狂言，
敢私自议加冕常青桂冠[1]。

---

[1] 请主管诗乐的太阳神阿波罗不要发怒，去指责傲慢的人类私自议论应为赞颂
劳拉的人加冕桂冠。

第 6 首

我欲望已疯狂，歧途不辨

　　劳拉的美貌引发了彼特拉克的情欲，那欲望像疯狂的烈马不辨道路，走上歧途；劳拉却摆脱爱神的圈套，敏捷地逃离；无论诗人怎样勒情欲之马回转，命令它重踏正路，都无济于事，因为爱神已使马儿执拗、傲慢。当爱神令情欲之马停站之时，诗人却再也无法控制自己，他已成为情欲的俘虏，被置于死地而不能自拔。

　　　　我欲望已疯狂，歧途不辨，
　　　　去追逐奔逃的美丽婵娟[1]：
　　　　她摆脱爱神的骗人圈套，
　　　　早把我轻松地甩在后面；

　　　　我越是命欲望回归正路，
　　　　它越是不愿意听我召唤；
　　　　刺马腹、勒缰绳无济于事，
　　　　是爱神强令它执拗、傲慢。

　　　　爱之神猛然间令其停站，
　　　　我竟然受其控，脱身已难，
　　　　它置我于死地，挣扎枉然：

----

[1] 指劳拉。

劳拉的桂树下果实涩酸，
品苦果似忍受伤口撒盐，
无安慰，只觉得心被戳穿。

第7首

饕餮和贪睡于羽绒被褥

这是一首劝诫好友的十四行诗。尽管世风日下，逐利的恶习已经把崇尚文化的美德驱离尘世，诗人仍然请求好友坚持走自己的康庄大道。

> 饕餮和贪睡于羽绒被褥，
> 将美德驱离了尘世人间，
> 我们的天性被恶习战胜，
> 已偏离其正路，方向不辨；
>
> 人生命须依赖上天光照，
> 它已经全熄灭，一片黑暗，
> 谁想令赫利孔泉流不止，
> 那可是神奇事，难以实现 [1]。
>
> 哪还有对桂树那份渴望？
> 逐利的乌合众无耻坦言：
> 哲学成穷裸妇，丑陋不堪。

---

[1] 赫利孔山是帕尔纳索斯山的余脉，它是希腊神话中主管文化的缪斯女神经常光临的地方，因而东麓被辟为圣地。附近有象征着文化之源的阿加尼佩泉和希波克林泉。这段诗句的意思是：人类文明之光已经熄灭，恢复它已成为难以实现的奇迹。

余途中你只有少数同伴 [1]，
高贵的灵魂 [2] 啊，请记心间：
切莫要康庄路止步不前。

---

[1]　在前进的道路上好友只会有极少数的同伴。
[2]　指阅读此诗的好友。

第 8 首

获得了尘世的美丽衣衫

这首十四行诗利用动物之口讲述了坠入情网之中的诗人所处的悲惨境况。诗人臆想，他在劳拉的家乡捕捉了几只小动物，并将其送给一位朋友；这些小动物对诗人的朋友发出了抱怨。

在那座山脚下 [1]，圣洁贵妇 [2]，
获得了尘世的美丽衣衫 [3]，
将我等赠送你那个男子 [4]，
常被其 [5] 唤醒后热泪潸潸，

我们曾生活得自由自在，
自由是每一个生灵期盼，
不担心将遇到什么障碍，
会成为阻我等前行羁绊。

即便是我们处悲惨境地，
失自由，距死亡亦不很远，
但我们仍然有一种安慰：

---

[1] 指劳拉的故乡，即考蒙特小镇；该小镇位于法兰西南方的考蒙特山脚下。
[2] 指劳拉。
[3] 指获得了人的躯壳，即诞生。
[4] 指彼特拉克。
[5] 指上面提到的"圣洁贵妇"，即劳拉。

害人者 [1] 亦戴上沉重锁链，
他之身也已被别人 [2] 控制，
此惩罚为我等报仇雪冤。

---

[1]　指彼特拉克。
[2]　指劳拉。

第9首

能区分时光的明亮行星

    在春暖花开的季节，万物复苏，大地色彩斑斓；诗人幽暗的心也随之变得美好、轻松，在这片心的田野里似乎又结出了硕果：对劳拉的爱恋。诗人心中的劳拉就像灿烂的太阳，她转动双眸，把销魂的目光抛向诗人，致使诗人产生了爱的情感，写下了爱的诗句；然而，无论劳拉如何转动双眼，诗人都知道，劳拉对他并没有产生爱，投向他的也并非是男女情爱的目光。

能区分时光的明亮行星 [1]，
入住于金牛座那片空间 [2]，
从喷火牛角 [3] 上降下德能 [4]，
令世界面貌新，色彩斑斓；

不仅是眼前见繁花似锦，
花与草点缀着丘陵、河岸，
而且我无光的幽暗心灵，
也变成结硕果沃土良田，

在那里可采撷奇异果实：

---

[1] 指太阳。在当时的"地心说"体系下，太阳被视为行星。
[2] 按照天文学，当太阳进入金牛座时，时间已过四月中旬。
[3] 指金牛星座的角。
[4] 指天降温暖与阳光，使尘世万物复苏，鲜花盛开。

她[1] 如同一明日，光辉灿烂，
美双眸抛向我销魂目光，

令我生爱之情、爱的语言；
但无论她如何转动双眼，
对于我都不是爱的春天。

---

[1]　指劳拉。

第 10 首

拉丁的伟姓氏，光辉支柱

　　诗人为远离自己的好友斯特法诺·科隆纳写作了这篇十四行诗，以示他的怀念之情。科隆纳是罗马的一个望族，曾产生过一位教宗和多位枢机主教。诗中隐含了教宗卜尼法斯八世 [1] 对该家族的迫害。

拉丁的伟姓氏，光辉支柱 [2]，
支撑着我们的翘首期盼，
宙斯神之愤怒 [3]——狂风暴雨，
未使他偏离其正确航线。

我这里并没有敞廊、宫殿，
仅仅有榉木和松树、云杉 [4]；
在绿茵与附近山岗之间，
向下行，向上走，吟诗不断，

这使我才智能平地升天；

---

[1]　卜尼法斯八世（Bonifaccio VIII）是中世纪晚期的一位教宗，1294—1303 年在位，他曾迫害过许多人，其中包括伟大的诗人但丁。

[2]　科隆纳家族世代居住在罗马，可视为拉丁人的后裔，因而此处称其为"拉丁的伟姓氏"；科隆纳在意大利语中的意思为"支柱"，因而此处称其为"光辉支柱"。

[3]　宙斯是希腊神话中的主神，即最高的统治者；这里暗指教宗。

[4]　"我这里"指诗人所在的地方。当时诗人正在野外吟诗，因而此处说"我这里并没有敞廊、宫殿，仅仅有榉木和松树、云杉"。

夜莺的鸣叫声悲凉哀婉，
它每夜黑暗中哭泣，抱怨，

令吾心充满了爱的情感：
但唯独君[1]将这美好打断，
因为你已远离我们身边。

---

[1]　指斯特法诺·科隆纳。

第 11 首

昼与夜均请您摘下面纱

　　诗人曾把对劳拉的爱暗藏心中，当劳拉尚未发觉这份情感时，还经常坦然地把爱怜的目光投向他。后来，劳拉察觉了诗人的爱，便用面纱遮住了美丽的金发和明亮的双眼，致使诗人再难以见到这位少妇的容貌，因而痛苦不堪。

昼与夜均请您摘下面纱，
夫人啊，我不见您的美面，
您已经知晓我强烈欲望，
它驱走我心中其他期盼。

我曾经掩盖着美妙心思：
它窒息我头脑理性判断，
那时见您面现怜悯之色 [1]；
爱神令您察觉我的情感，

随即您拢住金色的秀发，
还藏起双眸中那份爱怜。
剥夺了我心中最大期待，

---

[1]　当劳拉尚未察觉诗人的爱情时，她的目光中经常有一种对诗人的怜悯。

用面纱将我的心灵摧残，
遮住您温情目、明亮丽眼，
致使我冬与夏如死一般。

第12首

夫人啊，若我有足够能力

　　诗人无法获得劳拉的爱，不知道自己是否能够抵抗住单相思的熬煎，活到暮年。诗人设想，他见到了年迈的劳拉，她的目光不再明亮，头上的金发已变成缕缕银丝，面色失去光泽，无心梳妆打扮；在爱神的鼓励下，诗人勇敢地向劳拉展示了一生的爱恋之情；尽管二人已年老力衰，再难遂男女情爱之愿，但诗人希望能够听到劳拉的叹息之声，这至少可略微安慰他的痛苦心田。

夫人[1]啊，若我有足够能力，
可抵御折磨和痛苦熬煎，
能见到您年迈身体衰老，
漂亮的双眸光不再灿烂，

金秀发也变成缕缕银丝，
抛弃了美服饰、艳丽花冠，
失色泽之面容令我恐惧，
致使我心痛得不敢抱怨；

爱神却给予我足够胆量，
命我对您展示痛苦心田，
多年来我时刻忍受磨难；

---

[1]　指劳拉。

尽管是年事高，难遂美愿，
至少应闻听您迟到哀叹，
它可略减轻我心中苦酸。

第 13 首

她有时与多位少女为伴

劳拉与其他女子在一起，貌压群芳，激起诗人心中爱的情感；诗人似乎见到爱神现身于劳拉的美丽面容之上，他赞美这个见到心爱女子的吉祥时间和地点，告诉自己的灵魂应该感恩，因为劳拉的出现使他产生了爱情，有一种升入天国的愉悦感受。

她有时与多位少女为伴，
爱之神现身于她的美面，
其他人越显得相形见绌，
情欲火便越是灼我心田。

我赞颂那美好时间、地点：
因为我见到了至美婵娟，
对灵魂我说道：应该感恩，
你 [1] 荣耀竟然能如此灿烂。

由于她你才有爱的情感，
追随她你可以企及至善，
高贵美本来自这位佳人，

---

[1] 指诗人的灵魂。

没必要再羡慕其他儿男；
她引你腾空起，扶摇直上，
致使我有希望升入云天。

第 14 首

疲惫的双眼呀，你们转向

　　诗人将离开劳拉，很长时间不能见到她，因而嘱咐他那双因不能清晰看到劳拉美丽面容（劳拉已经戴上了面纱）而疲惫不堪的眼睛，请它们在离别前尽可能地享受瞻仰劳拉美貌的快乐；诗人的思绪可以不受阻拦地继续想念劳拉，眼睛却无法像思绪那样生出幻想的双翼。

疲惫的双眼呀，你们转向，
熄你等之光的那张美面 [1]，
请你们尽享乐，我却叹息，
因爱神令我受离别苦难。

我思绪可沿着大路向前，
到达其幸福的温情港湾，
唯死亡能阻止它的行进，
但人们却可夺你等 [2] 光线，

因你们天生便不太完美，
没思想之双翼那般强健。
我已见哭泣的时刻 [3] 将近，

---

[1] 指劳拉的美面。劳拉已发觉诗人对她的爱情，因而用面纱遮住面孔，致使诗人的双眼丧失了看清劳拉美面的光明。

[2] 指诗人的双眼。

[3] 指与劳拉分别的时刻。

你们[1]应在悲伤到来之前，
再最后获些许短暂安慰，
离别苦将延续许久时间。

---

[1] 指诗人的双眼。

第15首

我拖着疲惫的身躯前行

诗人离开劳拉，远行他方，在旅程中写下了这首留恋心爱女子的诗作。

我拖着疲惫的身躯前行，
回首望踽踽步踩踏地面，
呼吸着您慰藉所赐气息[1]，
身离去，心叹息：我好悲惨！

又想起离弃的温情恋人[2]，
路漫漫，人生却极其短暂[3]，
便止步，垂双眼，流泪不止，
心惶恐，意惆怅，面色暗淡。

痛苦中时不时心生疑惑：
我身体怎能够不惧遥远，
离灵魂[4]，独自行，直至天边？

----

[1] 呼吸着从思念劳拉的慰藉中所获得的气息。
[2] 指劳拉。
[3] 诗人又一次想起遥远的旅程和短暂的人生。
[4] 指诗人的灵魂，它已留在心爱女子劳拉的身边。

爱神问：难道你未记心间？
热恋者超本能理所当然，
体离魂是他们独有特权。

第 16 首
朝圣的一老叟鹤发苍颜

诗人用一位朝圣老叟的虔诚之心来衬托他对美丽劳拉的强烈爱情。对上帝的忠诚和对尘世美色的追求形成了鲜明的对比,更凸显了诗人追求现世快乐的情感。

朝圣的一老叟鹤发苍颜,
离开了温情的故土家园,
告别了惊恐的家中亲人,
见父去,子女们心中慌乱 [1];

他拖着衰老的疲惫身躯,
沿人生终极路 [2] 行进向前,
年迈与苦行程令其力尽,
是意志支撑他挺立背肩;

跟随着坚定心到达罗马,
为瞻仰救世的圣主尊严,
升天后还可见他的容颜;

---

[1] 见到老人不顾生命危险去罗马朝圣,家人都十分担心和惊恐。
[2] 这条朝圣的道路似乎是老人一生所要走的最后一条路。

可怜我却努力寻求婵娟：
若虚渺之可能仅存半点，
我也要见到那女子美面。

第 17 首

当我转双眸于您身之时

当诗人见到心爱的劳拉时，激动得热泪盈眶；劳拉的温情微笑一点点平息了诗人的欲火，使他能够更好地瞻仰其美貌；随后，诗人又见到劳拉从他身上移开了柔美的目光，因而，他的心似乎被冰冻，灵魂也似乎随劳拉而去。

当我转双眸于您身之时，
只见您，尘世的其他不辨，
面颊上必定会泪流如雨，
胸中的叹息似狂风一般。

您甜蜜、温情的美丽微笑，
一点点平息我似火欲念，
并使我摆脱了灼身痛苦，
令我能瞩目您，不眨双眼。

但又见我那双命运之星 [1]，
收美光，撤离了我的身边，
此景令我的心骤然结冰，

---

[1] 诗人的"命运之星"指的是劳拉的双眼。劳拉的双眼如天上的星星一样明亮，是诗人命中注定要追寻的。

灵魂也随您去，逃离心田：
是爱的钥匙把心扉打开，
让灵魂随思绪飞得远远。

第18首

全身心我转向一个地方

诗人转过身，朝向劳拉所在的地方；美丽的劳拉光芒四射，致使诗人头脑中一片光亮，茫然不知所措；他的心被劳拉的强烈光辉灼伤，感觉似乎距死亡不远；诗人欲逃离，却躲避不及，于是便沉默不语，暗自悲伤，因为他不愿意用绝望的语言伤害其他无辜的人。

全身心我转向一个地方，
美夫人在那里光芒灿烂，
致使我脑中也出现强光，
一点点灼伤我痛苦心田；

我担忧悲惨心裂成碎片，
已见到生命距终结不远，
失生命便不见任何光明，
不知道何处去，何处回返[1]。

于是我要避开死亡打击，
却速度不敏捷，难躲欲念，
因为它[2]接踵至，紧随后面；

---

[1] 丧失了生命，眼睛便丧失了光明，也丧失了对来去方向的辨别能力。
[2] 指上一诗句中所说的"欲念"。

我缄口，默无语，不吐一言：
绝望语会令人悲泣不断，
我希望把己泪仅洒胸前。

第 19 首

尘世间有动物眼力强健

　　诗人说，世间有各种不同的动物，有的不怕强光，有的却只能夜晚走出山洞，还有的喜欢扑火，他就属于最后这一类。他的眼睛无法承受劳拉发出的灿烂光芒，他也无法忍受夜晚的黑暗，命运却引导他去见劳拉；他知道这是飞蛾扑火，必定会焚身于熊熊的烈焰。

　　　　尘世间有动物眼力强健，
　　　　视太阳竟不被灼伤半点；
　　　　也有些动物却惧怕强光，
　　　　走出洞须等待日落西山；

　　　　还有的极喜欢火中取乐，
　　　　因为见烈火焰光辉灿烂，
　　　　它们要体验那燃烧之趣：
　　　　我就在最后的行列之间。

　　　　我不能抗拒那美女强光，
　　　　也无法忍受那恐怖黑暗，
　　　　因而便不可能行于夜晚；

　　　　命运却引导我去见婵娟[1]，
　　　　致使我柔弱眼泪水涟涟：
　　　　我自知必焚身熊熊烈焰。

[1] 指劳拉。

第 20 首

夫人啊，有时我深感愧疚

诗人感觉愧疚，因为他还没有正式写诗篇赞美心爱的女子劳拉；他认为自己难以承担这项重任，每当他要歌颂劳拉时，总觉得才智枯竭，缺乏灵感，难以成篇。

夫人啊，有时我深感愧疚，
因尚未写诗篇将您颂赞，
记得我第一次见您娇容，
其他女便再难令我喜欢。

但我觉难挑起如此重担，
无利器怎可把精品雕钻；
当我欲歌唱您美貌之时，
总觉得智枯竭，才至冰点。

多少次我曾欲张口吐言，
赞美语却止于我的心间：
用何词可颂这高贵婵娟？

我多次已开始书写诗篇，
才智和执笔手不听使唤，
刚动笔便气馁，全无灵感。

第 21 首

千百次，哎呀呀，温情仇敌

　　劳拉的美貌不断引起诗人心灵的挣扎，使其万分痛苦，因而诗人称其为"温情仇敌"。为躲避劳拉丽眼对他发起的战争，诗人把自己赤诚的心捧给心爱的女子，然而，她却不屑垂目观看。见到劳拉之后，诗人已无法再爱其他女人；如没有劳拉的救援，诗人的心将被放逐荒原，悲惨死去，这将是诗人和劳拉两人的罪过。诗人的心越是笃爱劳拉，劳拉就越难推卸责任。

千百次，哎呀呀，温情仇敌[1]，
为了不与您的丽眼开战，
我向您捧出了赤诚之心，
您高傲，竟不屑垂目观看。

如其他女子想获得此心，
其希望只能是自我欺骗：
因吾心憎恨您不悦之事，
它已经再不似以往那般。

若我将心驱离，无您救援，
它不幸流放中独处一边，
又不愿去他人召唤之地，

---

[1]　指劳拉。因劳拉不回应诗人的爱，因而被诗人称作"温情仇敌"。

便可能迷方向葬身荒原 [1]：
这将是我二人严重罪过，
心越笃，您推卸责任越难。

---

[1]　如果我将我的心驱离身边，您却不想收留它，任它独自生存，它又拒绝听从
　　　别人的召唤，那么它必死无疑。

第22首

大地上动物多，林林总总

　　大地上有各种不同的动物，有的喜欢白天活动，有的出没于夜晚，然而，只有诗人昼夜不停地哭泣，永远得不到安宁。诗人希望在他死去之前，能够得到心爱女子劳拉的慰藉，哪怕劳拉只陪伴他一个夜晚，他也会觉得一生所承受的爱情煎熬是值得的。

大地上动物多，林林总总，
仅少数会仇恨太阳光线，
其他的须忍受漫长白昼，
待高高苍穹上群星闪闪，
方能够入野林返回家中，
静卧至东方见黎明出现。

多彩的黎明又展示美颜，
它驱逐大地的幽幽黑暗，
唤醒了野林中沉睡动物，
我开始阳光下叹息不断；
当再见天上星闪烁之时，
又流泪期待着日出天边。

黑暗夜赶走了朗朗白昼，

此处暗，其他处黎明重现 [1]，
我眼望残忍星，思绪万千：
它们令我竟然如此敏感；
应诅咒我初见太阳那天 [2]：
是日光暴露我生性野蛮 [3]。

我不信林中会居住野兽，
昼与夜都似她 [4] 那般凶残，
我为她哭泣时岂分黑白 [5]，
初入睡，黎明前，均不觉倦 [6]：
尽管我是尘世可灭之躯，
但坚定之欲念来自上天 [7]。

明星啊，在我归你们身边 [8]，
或进入那一片爱林之前 [9]，
我躯体尚未化泥土之时，
希望能获得她一份爱怜：
只需她日落至黎明伴我，
一夜便可慰藉多年熬煎。

日落后我与她同在一处，

---

[1]　当此处还是深夜的时候，某些地方已经是黎明时分了。
[2]　指诗人的诞生日，即他开始见到太阳的那一天。
[3]　诗人认为应该诅咒他出生的那一天，因为他生来便性情野蛮。
[4]　指劳拉。
[5]　不分白天黑夜。
[6]　从刚入睡一直到黎明前，诗人都不知疲倦地哭泣。
[7]　尽管我身体是可以死亡的尘世之躯，但对劳拉的强烈欲念却是上天所赐。
[8]　指死亡。柏拉图认为，人死后灵魂会回归星辰。
[9]　也指死亡。据古罗马著名诗人维吉尔所言，人若为爱情而死去，灵魂将会居
　　住在森林之中。

除星辰并不需他人陪伴，
夜漫漫，黎明却永不来扰，
她不会变桂树展现绿颜 [1]，
挣脱我拥抱她这双臂膀，
就好似阿波罗追她那天 [2]。

随后我入棺木葬于地下，
温情的黎明时，日出之前，
见闪闪明亮星布满蓝天。

---

[1] 不会像希腊神话中的达芙涅那样变成月桂树，展现出繁茂的绿色枝叶。

[2] 诗人把希腊神话中的月桂树仙子达芙涅与劳拉混为一谈，因为，在意大利语中劳拉（Laura）与月桂树（lauro）十分相似。希腊神话中的太阳神阿波罗爱恋月桂仙子达芙涅，然而，达芙涅却躲避阿波罗的爱情。阿波罗不断地追赶达芙涅，眼看就要追上。达芙涅恳求父亲河神，希望得到帮助。河神听到了达芙涅的请求，用神力把她变成了一棵月桂树。阿波罗看到后懊悔万分，他凝视着月桂树，痴情地说："我要用你的枝叶做我的桂冠，用你的木材做我的竖琴，并赐你永不衰老。"

第 23 首

抒歌喉可减轻心中痛苦

　　这是一首歌。歌是意大利诗歌的一种体裁，由多段正文和 1 段告别词组成。此歌共有 8 段正文，外加告别词；每段正文由 20 句诗组成，最后的告别词由 9 句诗组成。这篇作品被誉为 "变形记之歌"，因为作品中多处可以看出古罗马著名诗人奥维德《变形记》的影子。作品展示了诗人青年时代爱情经历的各个阶段，明显体现了中世纪晚期意大利诗歌创作的艺术特点；它采用了大量的隐喻，给人一种神秘之感，因而比较难理解。

<blockquote>

抒歌喉可减轻灵魂痛苦，

我将唱心中的凶残欲念 [1]；

曾经享无拘束自由生活，

一直到爱之神闯入心田；

伤我的恶欲望 [2] 不断增长，

那时我还是位稚嫩少年。

我还将唱爱神如何肆虐，

它怎样迫使我承受苦难；

尽管苦已写入其他诗句，

但此诗令我成他人借鉴 [3]。

</blockquote>

---

[1] 因为不断增长的爱情成为诗人巨大的痛苦，所以此处说爱情是 "凶残欲念"。

[2] 指情爱的欲望。

[3] 尽管在其他诗中我也记录了自己的痛苦，但这首诗却将其展示得更加详细；其他人必定会借鉴我悲惨的经历，不再重复我所犯的错误。

笔早已对此情十分疲惫[1]，

处处却仍可闻我的哀叹，

叹息声回荡于每座山谷，

诠释着我生命何等悲惨[2]。

若记忆如往常难以助我，

一思念[3]可帮它摆脱困难[4]，

是思念折磨着我的记忆，

致使它将别事抛弃一边，

甚至还强令我忘记自己：

它控制我全部肺腑心肝。

从爱神发首攻那日算起，

已星移和日转，过去多年，

我丧失以往的年轻容貌；

冰冷情也曾经凝我心田，

它形成金刚钻一般釉质，

不允许我柔化坚石情感[5]。

当时我还没有泪湿胸襟，

爱之痛尚未曾打碎梦幻，

只感觉爱情是别人奇迹，

苍天啊，今日我与那时太不一般[6]！

---

[1] 不知有多少人曾经书写过爱情诗篇，致使书写爱情的笔都感觉到疲惫了。

[2] 尽管书写爱情的笔感觉到了疲倦，山谷中却处处能听到我的叹息，因为我仍
     然在那里书写爱情诗篇。

[3] 指对劳拉的思念。

[4] 一般情况下，我的记忆不好，记不起应该书写什么；但对劳拉的思念却可以
     帮助它解决困难，使我书写出对劳拉的爱情诗篇。

[5] 诗人也曾经对爱情十分冷漠，坚石一般的心不容爱情进入。

[6] 当时，爱情还没有令我如此悲伤，也没有打碎我生活的美梦，我觉得爱情只
     是别人的奇妙之事；苍天啊，今天我却与那时太不一样。

勿活着赞命断，昼颂夜晚 [1]！

我所讲之神灵 [2] 十分凶残，

他发现我外衣坚实、牢固 [3]，

并没有被他的利箭射穿，

便求助强大女 [4] 给予帮助，

力与智胜此女十分困难 [5]，

对于她怜悯也无济于事，

她协助爱之神把我改变：

一活人呈月桂绿色树冠，

严寒季也不落树叶半片 [6]。

一发现已成为此等模样，

我心中之滋味实难表现，

见黑发变成了绿色树头：

虽一直期盼戴此树桂冠 [7]；

站立与行走和奔跑双足，

随灵魂起变化理所当然 [8]，

它们变两树根，深深扎入，

好一条高傲的河流岸边；

---

[1] 诗人感慨地说：切勿在生命旺盛时轻松地赞美死亡，在白昼明亮的光线下轻松地歌颂夜晚的黑暗；因为世事难料。

[2] 指爱神。

[3] 发现我抵御爱情攻击的能力太强。

[4] 指劳拉。

[5] 人的智慧和力量都难以战胜劳拉的美艳和高贵。

[6] 上面的诗句强调了诗人的爱情十分强烈，而且坚定不移；他自身已经变成了心爱女人的形象，即月桂树的形象：在意大利语中，月桂树（lauro）与劳拉（Laura）谐音；在严寒的冬季，月桂树仍不落叶，这象征诗人的爱情坚定不移。

[7] 虽然彼特拉克一直希望成为桂冠诗人，但是，当他发现自己黑色的头发变成了月桂树的绿色树冠时，心中仍不是滋味儿。

[8] 双脚随着灵魂变成树木也是理所当然的。

臂膀也变成了两条枝干。

我曾经也有过高飞期盼，

如今却被雷电击落地面 [1]，

全身心都感觉冰冻一般；

联想起披白羽那段故事 [2]，

便在那失望处哭泣不断；

无希望却不知如何再觅 [3]，

昼与夜寻找于水中、岸边；

为重获新希望不辞辛苦，

从此后我不再缄口不言：

哀叹我之命运实在不济，

欲学习天鹅鸟发出抱怨 [4]。

我沿着爱之河行走向前，

心中的语言都变成颂赞 [5]，

用天鹅之美音呼唤怜悯；

但获得苦难爱回音极难 [6]，

即便是有回音，怎会悦耳，

希望却可柔化残忍心肝 [7]。

---

[1]　诗人把自己的期盼比喻成被雷电击落的法厄同。

[2]　诗人想起古罗马著名诗人奥维德在《变形记》中所讲的法厄同与利古里亚人
　　的国王库克诺斯的故事：太阳神的儿子法厄同驾驶太阳车，惹下惊天大祸，
　　被主神宙斯用雷电劈死，跌入意大利的波河，库克诺斯是法厄同的朋友，因
　　绝望而痛哭不止，最后变成飞鸟，该鸟取其名，被称作库克诺斯，拉丁语的
　　意思为"天鹅"。

[3]　指再寻觅到新的希望。

[4]　从此以后，我再也不默默地忍受得不到爱情回报的痛苦，而要白天鹅那样不
　　断地鸣叫（即不断地写诗），以此发泄自己的抱怨。

[5]　心中的语言都变成了赞颂心爱女人的诗句。

[6]　诗人用天鹅般美妙的声音呼唤心爱女人的怜悯之情，却难以获得给他带来痛
　　苦的女人的回应。

[7]　诗人始终对劳拉抱有希望，这种希望似乎可以使劳拉残忍的心略显柔软。

如若是忆往事令我心痛，

闻其音 [1] 我又会何等心酸？

但我须先叙述一件大事，

它与我温情的"仇敌" [2] 有关；

尽管是我语言难以展现，

用目光掠灵魂那位婵娟 [3]。

她揪胸，抓吾心，对我说道：

这件事你不可吐露半点 [4]。

随后我又见其改换面孔 [5]，

致使我不识她，噢，可真善骗！

我对她道出了心中真情 [6]，

她即刻又恢复冷峻容颜；

哎呀呀，苍天啊，我好可怜：

她令我惊变成活的石岩 [7]。

她面喷愤怒火，开口吐言，

致使我岩石身内心抖颤 [8]：

我并非你想象那种女人 [9]。

闻此语我自言：倘若复原，

绝不再觉生活无聊、悲惨 [10]；

---

[1]　指听到劳拉的声音。

[2]　指劳拉。劳拉给诗人带来痛苦，因而被视为仇敌；诗人感觉劳拉美丽、温柔，因而在"仇敌"前面使用了"温情"一词。

[3]　"婵娟"指劳拉。尽管我的语言太贫乏，难以充分展现劳拉的情况。

[4]　劳拉曾严令诗人，不要向别人泄露诗人与她的情感纠葛。

[5]　改变了冷峻的面孔，显露出和善的样子。

[6]　道出了心中害怕说出来的真诚的爱情。

[7]　她把我惊呆了，好像变成了一块有血有肉的岩石。

[8]　诗人闻听劳拉的愤怒之言，虽然他已经变成了石头，但内心仍然在抖颤。

[9]　劳拉说：我并不是你想象的那种女人，不会轻易接受异性的爱情。

[10]　诗人自言自语地说："如果恢复人形，我再也不会抱怨得不到爱情的生活无聊和悲惨，它总比受到劳拉如此惊吓要好。"

主人 [1] 啊，我宁愿再重新泪流满面 [2]。

我不知是怎样移步离去，

身处于死活间整整一天，

不可怨其他人，只怪自己。

因宝贵之时间短暂、有限，

我的笔并不能随心所欲 [3]：

头脑中许多事默逝不见，

也只能记录下星星点点，

却足以使闻者发出惊叹 [4]。

死紧紧缠我心，令其难逃，

却不会拖它出胸腔外面，

但阻止我吐出任何声音，

我只能用笔墨发出呐喊 [5]：

若吾死受损者绝非一人，

您 [6] 也会被伤害，承受苦难。

我认为可获得她的谅解，

也定能配得上将其颂赞，

此希望更增添我的勇气，

但后来见谦卑可熄怒焰 [7]。

我当时丢失了指路明灯 [8]，

---

[1] 此处指爱神，因为他是控制彼特拉克心灵的人。

[2] 爱神啊，我宁愿再回到令我流泪不止的单相思的痛苦之中。

[3] 因为时间十分宝贵，也十分有限，我不能随心所欲地写下去。

[4] 尽管我不能随心所欲地写下去，尽管许多事情都已经消逝于我的脑中，但我所书写的这一点点内容已经足以令读者发出感叹。

[5] 死亡紧紧地纠缠着我，使我的心在胸腔内感觉非常憋闷，令我说不出话来，只能用笔来表露心迹。

[6] 指劳拉。

[7] 后来，诗人随着年龄的增长，发现谦卑才能熄灭怒焰。

[8] 指劳拉，因为劳拉被诗人视为指路的明灯。

曾长期深陷入幽幽黑暗，
寻遍了周围却毫无踪影，
连找到其足迹亦很困难；
有一日我扑倒草地入睡，
就好似行路人疲惫不堪。
因抱怨飞逝的太阳之光[1]，
止不住悲伤的泪水涟涟，
任热泪随其意滴落地上，
阳光下融雪也难似这般[2]，
我好像已感觉周身溶解，
变成了一榉木脚下清泉[3]，
清澈水不停地潺潺流动，
哗啦啦，形成了层层漪澜。
谁听说人可以如此改变？
但我述之事已传遍世间。

唯天主可给予灵魂尊贵，
其他人均无法赐此恩典，
造物主令尊贵与己[4]相似：
谁若是心谦卑，貌亦良善，
无论是犯何错，只要忏悔，
必定会获宽恕，重新立站。
有时候尊贵会一反常态，
须反复恳求后方近身边，
这也是主之光反射其身，
目的是警示那不悔罪犯：

---

[1]　因抱怨时间过得太快。
[2]　就连在灿烂的阳光下融化的雪也不能如此滴滴答答地流淌不停。
[3]　诗人感觉全身都溶解于泪水之中，自己化成了榉木树下的一汪清泉。
[4]　指造物主自己。

不痛悔，犯新罪必定难免 [1]。

贵夫人受感动，怜悯重现，

又对我露微笑，悦色和颜，

见我受之惩罚与罪相称，

便温柔安慰我受伤心田；

人间事实难信，智者明辨 [2]：

我虽然恳求她赐我爱恋，

神经和骨与肉却已变岩，

声音也脱躯壳，微微颤颤，

把死神和她 [3] 的名字呼唤 [4]。

（我记得）苦灵魂流浪荒原，

偏僻的野山洞全都踏遍，

它因为我狂妄多年哭泣 [5]，

到后来结束了如此熬煎，

又回到尘世的血肉身躯，

为的是要感受更多苦难 [6]。

我紧跟欲望 [7] 行何止一天，

每时刻追随它已成习惯。

---

[1] 有时候需要反复向天主祈求，才能获得尊贵；其实，这也是天主的光辉反射到祈求者身上的一种表现，目的是要警示屡教不改的罪犯，告诉他们，如果不痛改前非，犯新罪是难免的。

[2] 人间之事是难以令人置信的，智慧之人都对此十分清楚。

[3] 指劳拉。

[4] 诗人已经变成了岩石，即便劳拉回应他的爱情，他也无法获得，但他仍然恳求劳拉赐予他爱情；在这种悲惨的境况下，诗人只能颤颤巍巍地一面呼唤劳拉的名字，一面呼唤死神的名字。此段最后四行诗句可以令读者联想起希腊神话中有关回音女神厄科（Echo）的哀婉故事。

[5] 我痛苦的灵魂脱离了身躯，在荒原野岭流浪；那灵魂因为我对劳拉的狂妄之举曾经哭泣了多年。

[6] 按照中世纪的天主教思想，人身躯降生于尘世为的就是忍受痛苦。

[7] 指追求尘世快乐的欲望。

有一日我见到残忍美女 [1]，

赤裸着浸泡在一汪清泉，

那时节天气热，艳阳高照，

其他景难令我意足心满，

于是便站那儿仔细观望；

她害羞，欲报复，将体遮掩，

用双手把泉水撩向我脸。

说实话，我已经感觉蜕变

（听上去却像是乱语胡言），

变成了孤独鹿，游荡林间，

在林中飞一般奔跑向前，

就好似在躲避群狗追赶 [2]。

歌呀歌，我不是金色云朵，

也难化珍贵雨落于人间，

使宙斯略发泄胸中之火 [3]，

然而我被秀目 [4] 点燃欲焰；

我是只空中的展翅雄鹰，

用赞美携带她 [5] 翱翔云天；

---

[1]　指劳拉。

[2]　此段后 12 行诗句可以使读者联想起希腊神话中有关猎手阿克特翁（Actaeon）
　　的故事。

[3]　此处，诗人显然暗示希腊神话中有关宙斯和达娜厄的故事。一条神谕曾警示
　　达娜厄的父亲——阿尔戈斯国王阿克里西俄斯：他将被外孙谋杀。国王为避
　　免自己的不幸，让人建造了一座铜塔，将达娜厄禁闭起来，并命恶犬把守塔
　　门，致使女儿痛苦万分。一天，主神宙斯经过铜塔，爱上了达娜厄，他化身
　　成金雨，透过屋顶渗入塔内，落在达娜厄的膝盖上。最终达娜厄为宙斯生下
　　了希腊神话中的英雄珀尔修斯。

[4]　指劳拉的美丽双眼。

[5]　指劳拉。诗人希望用他的赞美诗携劳拉飞上天空。

因为是月桂树温情绿阴，

驱散我其他的微弱快感 [1]，

我永不抛弃它最初容颜 [2]。

---

[1] 诗人说，劳拉这棵月桂树的绿阴已经把所有其他微不足道的快乐驱赶出他的
　　心，因而他的心中只剩下了劳拉。

[2] 上面已经提到过，因为爱，诗人变成了月桂树（见本诗第 28—30 行）。诗人
　　说，无论发生什么变化，他都不会改变爱恋劳拉的初衷。

第 24 首

月桂树使诗人光辉灿烂

这是一首答友人的诗。诗人曾经认为诗歌的荣耀属于他，但此时却觉得灵感枯竭，陪伴他的只有悲伤的眼泪。

月桂树使诗人光辉灿烂，
天怒也难触及荣耀桂冠 [1]，
强大的宙斯愤 [2] 无力击它，
其枝叶绝不惧雷霆闪电；

我本是缪斯的一位好友 [3]，
但如今她们被抛弃一边 [4]；
凌辱我之女子 [5] 驱我远离，
那一位造橄榄女神 [6] 身边 [7]：

---

[1] 中世纪的欧洲人认为月桂树具有神性，不会遭雷劈；天发怒时都不会伤及用月桂树枝叶做成的桂冠。

[2] 指雷电。据希腊神话讲，主神宙斯愤怒时便用雷电打击惹其发怒的人。

[3] 彼特拉克自认为是一位优秀的诗人，因而自称是主管诗歌和文化的希腊女神缪斯的好友。

[4] 如今世风日下，人们已经不再崇尚诗歌，早已经把缪斯抛弃在一边。

[5] 指劳拉。

[6] 指雅典娜。

[7] 劳拉不接受彼特拉克的爱和赞美，凌辱他，把他驱离希腊智慧女神雅典娜的身边。据传说，雅典娜创造了橄榄树，因而她经常手持橄榄枝。

烈日下非洲的沸腾沙漠，
其热度也难比我胸烈焰：
丧失了心爱物，自觉悲惨[1]。

您[2]快去寻宁静一汪清泉，
因为我只剩下泪珠涟涟，
除此外，枯竭心滴水不见。

---

[1] 因劳拉凌辱诗人，使诗人丧失了诗歌创作的灵感，因而他感到十分悲惨，心
中燃烧起熊熊的愤恨之火。

[2] 指诗人的好友。

第 25 首

爱神见您心已脱其羁绊

　　这也是一首致友人的作品。诗人的这位朋友，在天主的引导下，曾经摆脱了爱神的羁绊，走上了正路；但此时他又重新回归追求爱情的道路，并遇到艰难险阻；最后，诗人承认：只有依赖和信仰天主教真正价值的人才能心中获得安宁。诗中，彼特拉克利用对朋友所说的话，表达了自己的思想感情。

　　　　　　爱神见您[1]心已脱其羁绊，
　　　　　　不再去寻求那怪异苦酸[2]，
　　　　　　他痛哭，有时候我也伴泣，
　　　　　　因我情从未曾距其太远。

　　　　　　上主[3]将您灵魂引入正路，
　　　　　　我诚心把双手举向苍天，
　　　　　　感谢主垂耳听臣民祈祷，
　　　　　　善意把其恩泽赐予人间。

　　　　　　然而您又重归爱情生活，
　　　　　　再一次背朝向美好期盼[4]，

---

[1] 指诗人的朋友。
[2] 指令人痛苦的爱情。
[3] 天主。
[4] 指天主的期盼。

路上遇深沟与陡峭山岗,

这表明登攀时举步维艰;
坎坷路到处都布满荆棘:
人依靠真价值方可心安。

第 26 首

被风浪摧残后登上海岸

这是诗人为激励自己而写的一首诗作。回归天主怀抱的彼特拉克感到欣慰和高兴，脸上露出欢乐的笑容；他曾经是一位优秀的情歌诗人，受所有歌颂爱情的诗人崇拜；但是，经历千难万险之后，彼特拉克认为浪子回头金不换：他可以得到天主的原谅，升入天国时仍然会光辉灿烂。

被风浪摧残后登上海岸，
每个人都匍匐感谢上天，
脸上均显现出可怜之色，
幸运船却无我这般笑颜 [1]；

有些人长期与爱神搏斗，
被我主 [2] 缚脖颈，成为囚犯；
见爱神弃宝剑，囚犯出狱，
出狱者也无我这等喜欢。

所有曾赞美过爱神之人，

---

[1] 能够摆脱狂风巨浪的船是幸运的，但是船被浪击打得破烂不堪，显现不出我这种因获救而流露出的笑颜。
[2] 这里指上一句诗中所提到的爱神，因为爱神长期控制着诗人，是诗人所服侍的主人。

对曾经迷途者 [1] 崇敬无限：
他 [2] 是位爱情的优秀歌手，

然而在天主的选民宫殿 [3]，
回头的浪子才更加光灿，
远胜过完美者成百上千。

---

[1] 指诗人自己。
[2] 指上句诗中提到的"迷途者"。
[3] 指天堂。

第 27 首

查理的继承人登上宝座

这是一首为计划于 1333 年进行的十字军东征（该计划未能实现）所作的诗。腓力六世继承查理四世，成为法兰西国王；诗人希望腓力六世再组织一次东征，并护送被挟持到法兰西阿维尼翁的教宗返回罗马。

查理的继承人 [1] 登上宝座，
戴上他祖先的辉煌王冠 [2]，
持兵器欲斩断巴比伦角 [3]，
并令其帮凶者下场悲惨。

基督的代理人手握神钥 [4]，
身穿着大披风欲返圣殿 [5]；
如若无意外事阻您 [6] 回归，

---

[1] 查理指法兰西国王查理四世（1322—1328 年在位），他的继承者是腓力六世（1328—1350 年在位）。
[2] 指祖先查理曼传下来的法兰西王冠。
[3] 巴比伦指的是巴格达地区，此处指被异教徒占领的地方。"斩断巴比伦角"指给予异教徒沉重的打击。
[4] "基督的代理人"指天主教的教宗；"神钥"指教宗手持的两把钥匙（在意大利经常可以见到首任教宗圣彼得的雕像，它手中握着金银两把钥匙），它们象征教会超度人的灵魂、开启天国之门的权力。
[5] 指教廷原来的所在地罗马。
[6] 指上面提及的"基督的代理人"，即罗马教宗。

您将见波伦亚 [1]、罗马城垣。

您温顺之羔羊击溃群狼 [2]，
尽管是邪恶兽十分凶残，
但摧残仁爱者下场必惨。

请安慰您羔羊静待勿烦 [3]，
虽罗马抱怨您迟迟不还；
然而您为了主必须持剑 [4]。

---

[1] 波伦亚（另译博洛尼亚）是意大利中部的重要城市，当时附属于罗马教廷。
[2] "温顺之羔羊"指生活在意大利且爱好和平的善良的人们，"群狼"指生活在意大利却破坏意大利和平的那群邪恶的人。
[3] 请您安慰善良的人们，请他们耐心地等待。
[4] 为了捍卫天主耶稣，您（教宗）应该把自己武装起来。

第28首

噢，天盼的美丽且至福灵魂

这是一首致雅各布·科隆纳枢机主教的歌，正文由 7 段 15 行诗组成，告别语由 9 行诗组成；绝大部分为 11 音节诗句，只有极少数诗句例外。此诗也是为计划于 1333 年进行的东征（该计划未能实现）而创作的。诗人设想科隆纳枢机主教要参加这次东征，并为东征的将士做动员祷告；他鼓励主教用自己的智慧做好这次祷告。

噢，天盼的美丽且至福灵魂 [1]，
担人类之道义，你不平凡，
并不像其他人感觉沉重，
前行路已不再崎岖、艰难；
噢，圣天主喜爱的温顺侍女 [2]，
此路可从人间通往上天，
你已经背转向盲目世界，
又重新登上了你的航船 [3]，
驶向了更好的另一海港，
温情的慰藉是西风吹帆 [4]；

---

[1] 指科隆纳枢机主教。

[2] 也指科隆纳枢机主教。

[3] 雅各布·科隆纳枢机主教曾被其政敌教宗卜尼法斯八世（另译：博尼法丘斯八世）罢免职务，后来又被教宗克雷芒五世恢复职务；因而此处称"又重新登上了你的航船"。

[4] 西风吹帆是对驶向东方的十字军的最好慰藉。

乘西风船穿过黑暗山谷 [1]，

在那里 [2] 我们的泪水涟涟：

为自己也为了人类祖先 [3]；

风令船挣脱了古老羁绊 [4]，

笔直向真东方 [5] 行驶向前。

虔诚者 [6] 仁爱的祈祷不断，

凡人们 [7] 神圣的眼泪难干，

显示出上天的大慈大悲，

如此多伤心泪从未曾见；

却不能使永恒正义屈从 [8]，

令天主把行进道路改变。

被钉在十字架那位神灵，

以仁善之精神统治上天，

把怜悯之目光转向新王 [9]，

点燃他胸中的复仇怒焰；

若再晚我们都必受伤害，

欧洲会为此事哀叹多年；

快拯救基督的美丽妻子 [10]，

闻怒吼巴比伦 [11] 必定抖颤，

---

[1]　隐喻黑暗的尘世。

[2]　在黑暗的山谷中，即在尘世。

[3]　"人类祖先"指人类始祖亚当。在尘世人类忍受无尽的痛苦，因而为自己也为
　　　犯下原罪的人类始祖亚当不断地哭泣。

[4]　指人类长期以来的欲望和恶习的羁绊。

[5]　指通往天国的地方，即基督徒受主召唤去东方完成伟大使命的地方。

[6]　指基督教的教士。

[7]　指信奉基督教的普通人。

[8]　不能令天主的正义给民众的悲伤让步。

[9]　指继承法兰西国王查理四世之位的腓力六世。

[10]　隐喻罗马教廷。

[11]　隐喻邪恶的异教徒。

众恶徒愁眉不展。

谁住在加龙 [1] 和群山 [2] 之间，
罗纳 [3] 与莱茵河 [4] 直至海边，
必会举基督旗陪伴法王；
从比利牛斯山直至西岸 [5]，
谁若是希望获真正荣耀，
便可随阿拉贡 [6] 奋勇向前；
英格兰与洋中所属诸岛，
从北极至两根柱标天边 [7]，
圣教义传播的广阔区域，
一直到它可至所有地面；
语言异，甲与乙式样不同，
爱激励人们把伟业创建。
如此之合情理巨大仁爱，
对妻子和儿女深厚情感，
会化作怎样的正义怒焰？

世界上有这样一个地方，
它永远卧于那冰雪之间 [8]，
白日短，天空中乌云密布，

---

[1]　指加龙河。它位于欧洲西南部，穿越法国和西班牙，是法国五大河流之一。
[2]　指阿尔卑斯山脉和比利牛斯山脉。
[3]　法兰西的一条大河，从北向南流淌，在法兰西南部的普罗旺斯注入地中海。
[4]　西欧的最大河流，发源于瑞士境内的阿尔卑斯山北麓，向西北流经列支敦士
　　登、奥地利、法国、德国和荷兰等国，最后在荷兰的鹿特丹附近注入北海。
[5]　指西班牙的西海岸。
[6]　西班牙重要的王室。
[7]　指直布罗陀海峡处。据说，希腊神话中的大力神在那里竖立了两根标示大地
　　边缘的柱子。
[8]　指靠近北极的地方。

距太阳行走处十分遥远；
生活着不惧死一个民族 [1]，
他们都拒和平，天性好战。
那是群忠勇的无畏之士，
如若与日耳曼并肩向前，
土耳其、阿拉伯、红海之滨，
所有的异教徒亲眼可见：
这群人是怎样勇猛无敌，
战斗中不见人手握利剑，
只闻听嗖嗖嗖羽箭飞行，
虽然是身无甲，极其散漫，
却可令人人都心惊胆战。

现已是挣断那枷锁之时，
再不要让黑暗蒙蔽双眼，
快撕碎遮目的那块薄布，
你 [2] 已经领受了上天恩典，
掌握了阿波罗高贵智慧 [3]，
应展示其神力：能言善辩，
用语言或者用纸与笔墨，
把赞颂之艺术尽情施展；
假如那安菲翁 [4]、俄尔普斯 [5]，
未使你发出惊叹，

[1] 指北方的野蛮人。
[2] 指雅各布·科隆纳枢机主教。
[3] 在希腊神话中，太阳神阿波罗也是执掌智慧和科学与文化知识的重要神灵。
[4] 据希腊神话讲，安菲翁是宙斯的儿子，痴迷于弹奏七弦琴，他的优美琴声令顽石感动，自动围绕着他建起一座城，即著名的忒拜城。
[5] 据希腊神话讲，俄尔普斯具有非凡的音乐天赋，他的演奏能让木石生悲，可令猛兽驯服。

意大利闻你的布道之词，
为耶稣必觉醒，拿起枪剑；
若古老之母亲 [1] 渴望真理，
每时刻都可以对敌开战，
其理由从没有如此雄辩。

为丰富你那座智慧宝库 [2]，
你翻阅古老与现代书卷，
携沉重之躯体飞上天空 [3]：
见战神之儿子 [4] 建立王权，
还看到伟大的奥古斯都，
曾三次凯旋归头戴桂冠，
亦知晓罗马曾多么慷慨，
她多次把自己热血奉献：
难道说现如今只会感恩 [5]？
难道说不须燃复仇怒焰？
玛利亚光荣子 [6] 受此凌辱，
难道说我们可视而不见？
圣基督已站在我们一方，
敌对方还能有什么期盼？
自卫 [7] 已难如登天。

---

[1]　指意大利。
[2]　指雅各布·科隆纳枢机主教的大脑。
[3]　尽管你的身体十分沉重，思想却仍然携带它飞得很高。
[4]　指罗马城的创建人罗慕路斯。
[5]　对天主表示感恩。
[6]　指基督耶稣。
[7]　指敌人的自卫，即穆斯林的自卫。

你想想莽撞的薛西斯帝 [1]，

为践踏我们的和平海岸，

修建了罕见的跨海大桥 [2]，

却见到波斯女万分悲惨，

因夫死她们都穿戴丧服 [3]，

萨拉米 [4] 被血染，鲜红一片。

东方人并非只这一灾难，

把基督之胜利向你预见，

还有那马拉松辉煌战役 [5]，

狮王曾率数雄守卫险关 [6]，

还可闻敌人的其他惨败，

因此应跪倒在天主面前，

须真诚感谢我主，

他将令你余生荣耀无限 [7]。

歌呀歌，你将知在意土光荣河岸 [8]，

遮眼目阻止我随意向前，

并非是大海与山岗、河流，

---

[1] 指古代波斯帝国的皇帝薛西斯一世，在第二次希波战争中，他曾率大军入侵
希腊，洗劫了雅典，但在萨拉米海战中被打败。

[2] 为方便大军行进，薛西斯一世下令在达达尼尔海峡修建了一座史无前例的跨
海大桥。

[3] 然而，其结果是波斯军队大败，无数的波斯妇女因丈夫战死而穿上了丧服。

[4] 指希腊的萨拉米（另译：萨拉米斯）海湾。

[5] 指第一次希波战争中的马拉松战役，在该战役中波斯军队也遭惨败。

[6] 狮王指著名的斯巴达国王列奥尼达一世。在西方语言中"列奥尼达"
（Leonida）的意思为"狮崽"。在第二次希波战争中，他率三百斯巴达勇士守
卫"温泉山谷"，抵抗波斯的百万大军，终因寡不敌众，全军英勇牺牲。

[7] 指在收复圣地的伟大事业中将获得的荣耀。

[8] 指罗马文化的摇篮台伯河的河岸。

而是那爱之神高傲光线 [1]；
那光线所照处我必迷恋，
善良的天性也难拒习惯 [2]。
我的歌，你快行，勿失伙伴 [3]，
爱之神不总是蒙着双眼，
人为他既笑也哭泣、哀叹。

---

[1] 隐喻诗人的偶像劳拉。因为高傲的劳拉引发了诗人的爱情，照亮了诗人的心，
因而此处称其为"爱之神高傲光线"。诗人说，他不能随十字军东征，不是因
为有山河湖海阻挡他前进的道路，而是因为他迷恋劳拉所生活的地方——意
大利。

[2] 爱恋劳拉已成为诗人的生活习惯，他所具有的善良的天性也无法克服这种顽
固的习惯。

[3] 歌呀，你快去寻找我其他的诗作吧，别和它们走散了。

第29首

未曾有绿红紫艳丽裙衫

这首歌由8段正文组成，每段7行诗句，结束语只有两行诗句。作品不仅赞颂了劳拉的美貌，更展示了诗人为爱情所感受到的幸福与痛苦。

未曾有绿红紫艳丽裙衫[1]，
可衬托夫人[2]的绝世美面，
致使我丧失了自由意志；
也从未见如此金发秀辫：
它剥夺我头脑所有理性，
其他女我再难轻易爱恋，
只能把此枷锁紧扣背肩。

剧烈痛[3]已令我惧怕生活，
我灵魂无法做正确判断，
有时候灵魂仍顽强抵抗，
一见她立刻便摆脱苦难：
她显现优雅身姿，
驱赶走我心中所有狂念，

---

[1] 绿、红、紫等是中世纪贵夫人们常用的服饰颜色。
[2] 指劳拉。
[3] 指相思的剧烈痛苦。

把我的愤懑都变成甘甜。

我为爱曾遭受许多折磨，
还须忍多少苦难？
无情女将吾心狠狠咬伤，
强迫它产生了狂热爱恋，
只有她亲敷药心方有救，
其傲、怒莫阻我行进向前，
请让我与她相见 [1]。

我痛苦生活的最初根源，
是见到娇艳的佳丽 [2] 那天，
美双眸令我的灵魂出窍，
爱神便趁此机占我心田，
此女子是我们时代尤物，
谁见她都难免意马心猿，
不动心男子是木头或铅。

爱之箭穿左胸射入心房，
因伤痛我眼中泪水涟涟，
但任何泪与箭难移我志，
都不能令我弃心中意愿 [3]；
对我的惩罚却恰如其分：
我灵魂该为此痛苦哀叹，
洗伤痕需要泪眼。

---

[1]　诗人恳请劳拉的愤怒与傲慢不要阻止他与其相见。
[2]　指劳拉。
[3]　任何眼泪和箭伤都不能让我放弃对劳拉的爱情。

思绪啊，你与我抗争不断，
致使我疲惫不堪，
有女子[1] 将爱剑刺向自己，
我不求她[2] 赐吾自行方便[3]；
别的路不直通荣耀国度[4]，
其他法并不能引人升天，
我只靠这只小船[5]。

噢，吉祥的善良之星[6]，
把幸运母腹陪伴[7]，
当美人降生于尘世之时，
似明星来到人间；
月桂树永保其贞洁绿叶，
它不惧雷霆闪电，
无风可令其腰弯。

我深知，最善于吟唱诗仙，
也必会感觉疲倦，

---

[1] 指维吉尔的《埃涅阿斯纪》中的迦太基女王狄多。据《埃涅阿斯纪》讲，特洛伊城被攻陷后，埃涅阿斯率随从漂泊至北非古国迦太基，与狄多女王产生爱情；后来，受天神启示的埃涅阿斯不顾狄多女王的阻拦，毅然离开迦太基，漂泊至意大利的台伯河入海口处登岸，成为罗马人的祖先；被抛弃的狄多女王用埃涅阿斯送给她的宝剑自刎身亡。

[2] 指劳拉。

[3] 在《埃涅阿斯纪》中，埃涅阿斯曾再三恳求狄多女王给予他自由，让他离开迦太基；而诗人却不想以埃涅阿斯为榜样，也恳求劳拉赐予他自由离去的方便。

[4] 指天国。

[5] 没有任何道路能像爱恋劳拉那样直接把诗人带入天国的幸福之中，也没有任何小船能像爱情小船那样快捷地驶向天国。

[6] 指劳拉。

[7] 指劳拉的母亲孕育劳拉。

须结束我的颂赞。
曾目睹她开我心扉之人，
曾见过丽眼的诸位儿男，
谁会有如此的强大头脑，
可承载美夫人大善、美艳？

夫人啊，在整个尘世人间，
无任何珍宝会比您璀璨。

第 30 首

桂树下我见到一位少妇

在这首诗中，诗人再次把劳拉比作月桂树，赞美她的美丽和高贵，并希望千年之后，阅读他诗作的人能够眼中流露出对他的怜悯之情。

> 桂树下我见到一位少妇，
> 她比雪更白净，更加冷艳，
> 那白雪似多年未见日光，
> 其美面、发与音令我喜欢；
> 从此后不论去河边、山岗，
> 她似乎始终在我的眼前。
>
> 当桂树不再有绿叶之时 [1]，
> 方可以终结我深切思念；
> 只有见火结冰，寒雪燃烧，
> 才能够心安宁，泪水不见：
> 我愿这幸福日永世常驻，
> 享年与我头发数量一般。
>
> 但日月飞逝去，年复一年，
> 死亡将骤然近我的身边，
> 我那时早已是头发灰白，

---

[1] 月桂树是常青的，因而永远不会没有绿叶。

却仍追桂树影——温情婵娟[1]，

无论是烈日晒，白雪皑皑，

一直到末日至，合闭双眼。

从未曾见到过如此美目，

无论是我时代还是从前，

它使我身融化，似雪见日，

化成了泪水河，滚滚向前，

爱神引水流至桂树[2]脚下，

那桂树发似金，枝如亮钻。

恐怕我那时候面皱，发白[3]，

示怜悯她向我转动双眼。

这活的月桂树是我偶像，

我为她叹息行整整七年：

从此处到彼处，片刻不停，

全不分暑与寒、白昼夜晚。

内似火外部已苍白如雪，

发虽异，思念却始终未变，

哭泣着走遍了天涯海角：

或许为有人来把我可怜，

千年后诞生者亦有怜悯，

桂树若变活人，亲眼可见。

---

[1]　指劳拉。

[2]　桂树隐喻劳拉。意语中月桂树（lauro）一词与劳拉（Laura）谐音。

[3]　因衰老，变得白发苍苍，脸上布满皱纹。

她那头美丽的金色秀发

和使我早逝 [1] 的闪亮双眼,

比黄金和美玉更加璀璨。

---

[1] 诗人认为,劳拉的闪亮双眼引起了他的爱恋,爱情使他过分悲伤,因而也会
使他英年早逝。

第 31 首

这高贵之灵魂听从召唤

劳拉重病，诗人担心她将离弃人世，因而写作了这首十四行诗，预示劳拉在天国也会十分辉煌。

> 这高贵之灵魂听从召唤[1]，
> 欲过早求永生离弃人间，
> 如果天喜爱她，特殊眷顾，
> 她将住最美的那片空间。
>
> 若居住三重天、火星之间[2]，
> 太阳便失光辉，变得暗淡，
> 只可见她闪光，无限美丽，
> 周围享真福者隐身不见[3]。
>
> 光辉女安身于四重天中，
> 下面的三重天均失光灿，

---

[1] 指上天的召唤。

[2] 按照中世纪的天文学，地球是宇宙的中心，四周围绕着包括太阳在内的数颗行星，每颗行星代表一重天；离地球最近的是月亮天，然后是水星天、金星天、太阳天、火星天、木星天、土星天。诗人认为劳拉可能会居住在太阳天上，即夹在金星和火星之间的第四重天，她的亮度会使太阳丧失光辉。

[3] 死后升入天国的人被称作享受真福者。在劳拉的耀眼光辉下，所有的天国居民都黯淡无光，默默隐形。

唯有她形象美，光芒四溅。

她不会居住于第五重天，
若高飞，必然至木星身边 [1]，
其他星都注定丧失光线。

---

[1] 在西方文化中，金星天也称爱神天，那里居住着爱的神灵。太阳天也称智慧
　　天，那里生活着智者的灵魂。火星天也称战神天，那里居住着为保卫基督教
　　而战死的灵魂。木星天也称正义天，那里居住着正义君主的灵魂。诗人认为，
　　劳拉是温柔的女子，不会居住在战神天中；如果她飞入更高的星天中，有可
　　能进入木星天，因为她是爱之女王。那时，其他星天都会因为她的光辉而黯
　　淡无光。

第 32 首

我越是靠近那终极一天

彼特拉克意识到，人总会走向衰老，他陷入精神危机，感觉时光飞逝而去，一切期盼都将随身体亡故而消失；他已经明白，尘世间的忙碌是徒劳的，为无法实现的人间愿望而叹息是无益的。

我越是靠近那终极一天 [1]，
将结束人生的短暂悲惨，
越感觉时光在飞逝而去，
我对它已没有任何期盼。

于是对思绪说 [2]：我等谨记，
切莫要再谈论爱的情感，
沉重的身体已似雪融化，
我们将不再有宁静、平安。

期盼曾致使人长期遐想，
它也将随身体消逝不见，
笑与哭、惧和怒亦难存世，

因而我双眼已清晰明辨：
人均在迷茫中行进向前，
经常会徒劳地叹息不断。

---

[1] 指尘世生命结束的时候。
[2] 诗人对自己的思绪说。

第 33 首

爱神星在东方光芒四溅

　　明亮的金星在东方闪闪发光，大熊星座也在北方洒下光辉，黎明即将来临；年迈的老妪已经点燃炉火开始纺线，此时，陷入情网的人们从梦中惊醒，他们通常会因离开梦中的情人而泪流满面。睡梦中，诗人似乎见到心爱的女子劳拉已经死去，感到十分痛苦。

　　　　　　　爱神星 [1] 在东方光芒四溅，
　　　　　　　北方的另颗星 [2] 也很灿烂，
　　　　　　　把闪亮之光线洒向尘世，
　　　　　　　令朱诺心中生嫉妒无限 [3]；

　　　　　　　老太婆衣不整起床纺纱，
　　　　　　　把炉中之火炭重新点燃，
　　　　　　　此时刻恋爱者梦中醒来，
　　　　　　　通常会因伤心泪流满面。

　　　　　　　我爱恋之女子 [4] 油干灯灭，

---

[1]　指金星。在意大利语中"金星"一词与爱神的名字"维纳斯"相同，因而，金星天也被视为爱神天。
[2]　指位于北方的大熊星座。
[3]　朱诺是罗马神话中的天后，主神朱庇特的妻子，相传嫉妒心极重。诗人用上面四句诗来表示黎明即将到来。
[4]　指劳拉。

噩耗行异常路入我心间，
因睡梦令我眼紧紧合闭 [1]，

哎呀呀，她不似以往那般！
她好像质问我：何以胆怯？
并未曾拒绝你看我丽眼。

---

[1] 劳拉死去的噩耗不是通过正常的路径（指眼睛），而是通过一条异常的道路
　　（指想象之路）传入我心中的；因为睡梦中我的眼睛是闭着的，想象的"眼
　　睛"却是敞开的。

第 34 首

啊，阿波罗呀，如若是佩纽斯潺潺漪澜

太阳神阿波罗热恋月桂仙子达芙涅，彼特拉克则热恋劳拉，诗人呼吁阿波罗快露出太阳的炽热面孔，融化冰河，驱赶走恶劣的气候和乌烟瘴气，保护月桂树，即保护劳拉；从而使他自己能够重新见到月桂仙子达芙涅，使诗人见到心爱的劳拉。

啊，阿波罗呀，如若是佩纽斯潺潺漪澜，
仍能够激起你美妙欲念[1]，
如若是逝水的青春年华，
未使你忘记爱金色发卷[2]：

你[3]长期隐藏起炽热面孔，
使河水结成冰，天气恶变，
现在应来保护神圣月桂，
我和你皆因她坠入爱恋；

是爱情支撑你度过艰辛，
应依靠爱之力战胜困难，

---

[1] 指希腊神话中的太阳神阿波罗对月桂仙子达芙涅的爱情。佩纽斯是希腊的一条河流。据希腊神话讲，佩纽斯河神是达芙涅的父亲；在阿波罗即将追赶上达芙涅的危急时刻，佩纽斯河神将女儿变成了月桂树。
[2] 指达芙涅的金发。
[3] 指太阳神，即指太阳。

驱赶走空中的乌烟瘴气，

令我们都神奇清晰看见，
各自的美女子[1]坐于草地，
用双臂作自己遮阳之伞[2]。

---

[1] 指阿波罗心爱的美女子达芙涅和彼特拉克心爱的美女子劳拉。

[2] 双臂隐喻月桂树的枝叶。意思为：各自见到他们心中的美女坐在月桂树下的草地上，用月桂树的枝叶为自己遮凉。

第 35 首

我孤独沉思着举步迟疑

这是彼特拉克最优秀的十四行诗之一，它包括了彼特拉克抒情诗的两个基本主题：孤独和对爱情的伤感。

诗人不愿意别人发现自己内心的爱情，为躲避世人，他寻找荒僻的地方。但无论他躲到哪里，爱神总是跟随着他。对诗人来讲，爱神是折磨人的暴君，同时也是不可缺少的朋友；因而，诗人躲避他，又寻找他；任何荒僻、艰难的道路都无法阻挡爱神的到来，诗人与其"畅叙"时才会感觉到欣慰。

诗中的语气平缓，但抒发的情感却汹涌澎湃，可以说：平静之下潜伏的是暴风雨。以平静、和缓的语言展示强烈的激情是彼特拉克抒情诗的一个重要特点。

> 我孤独沉思着举步迟疑，
> 慢踱于荒寂的一片土地，
> 专注的双眼却努力躲避，
> 人足迹踏过的每块区域[1]。
>
> 并没有什么可作为帷幕，
> 把我与警觉人相互隔离，

---

[1] 诗人在情感的推动下，曾积极地追求现世生活，但是他的建立在中世纪传统道德观念基础之上的理性却不断地指责他，致使他经常为自己的行为而懊悔，感到羞愧，因此，他努力寻找无人迹的荒僻之地，在那里反思自己的行为。

因外表虽熄灭快乐之情，
仍能窥我心中爱之火炬 [1]。

虽无人知晓我心中秘密，
高山和野林与河海滩地，
却早已明白我生命意义。

人世间并无路如此崎岖，
引我至荒僻处，渺无人迹，
使爱神不能来与我畅叙 [2]。

---

[1] 诗人知道难以逃离尘世，无法对世人掩盖自己追求现世生活的情感，因为掩
　　盖只能使人见不到他真实的外表，却无法掩盖他内心燃烧的情爱之火。

[2] 在荒僻之处，诗人只能躲避开敏觉的人，却无法躲避自然，更无法躲避他心
　　中的爱神。

第 36 首

若相信死亡能卸下包袱

　　这可能是诗人大病痊愈后写下的一首十四行诗。在死亡面前，诗人犹豫不决；如果死亡可以令诗人摆脱爱情的折磨，诗人宁愿爱神一箭将其射死；但是死神并没有夺走他的性命。

若相信死亡能卸下包袱，
可排除击倒我痛苦爱情，
我早就亲手葬可恶躯体，
同时令爱情也无法求生；

但忧虑痛难消，只会变形，
出此难又会入另一苦痛，
我因而死亡线收住脚步，
无勇气再举步继续前行。

恰此时爱神拉无情弓绳，
已可闻致命的羽箭风声，
那支箭浸满了他人鲜血，

我恳请爱之神一箭致命；
死神虽将其色涂于吾身[1]，
却因聋未唤我紧随其踵。

---

[1]　死神已令我显露出苍白的死亡之色。

第 37 首

我生命十分沉重

诗人与劳拉分离，他迫切希望能够在尘世再见到心爱的女子，同时又觉得希望渺茫；即便能够重逢，诗人认为，那时，他必定老态龙钟，年轻时的情爱欲望之火早已熄灭。若在人间不能重逢，诗人希望劳拉能够在天国等待他的到来。

我生命十分沉重，
却悬于微细之线，
若无人前来帮助，
必立刻断成两段；
分离是多么残忍：
只留下我的心肝，
她是我生存缘由，
也是我唯一期盼，
我对己自语道：可悲灵魂，
即便你再难见爱人颜面，
也仍要尽全力生活下去；
你怎知丢失物不会再现？
时机到她必回来，
那便是欢乐一天。
此希望曾挺我许多时日，
现失望，因期待太久时间。

眼见着时光飞逝，

每一刻均意欲登程扬帆，

并没有时间思考：

我已经朝死亡急奔向前[1]；

太阳刚从东方放出光芒，

人们便清晰看见，

它沿着漫长的蜿蜒之路，

到达了西山那边。

凡人躯沉重、脆弱，

生命都十分短暂：

当与她[2]重逢之时，

再见到那张美面，

恐怕已抖不动情欲翅膀，

有欲望也难升天；

我以往之安慰所剩无几，

不知我如此可苟活几年。

曾见到秀目[3]的所有地方，

都令我十分伤感，

它们使我心肠曾变温柔，

一直到美女子卧土归天[4]；

远离开那双眼令我痛苦，

无论是坐与卧、行走、立站，

---

[1] 诗人心绪不宁，每时每刻都希望登程远行，从而忘记人生短暂在他心中所引
    发的痛苦。这反映了诗人的矛盾心理：一方面他具有迫切追求人生快乐的人
    文主义者的情怀，另一方面他又受中世纪天主教遁世主义的影响，觉得人生
    过于短暂，追求天国的永生才是更有意义的。

[2] 指劳拉。

[3] 指劳拉的秀目。

[4] 诗人认为一直到劳拉离开尘世的那一天都会如此。

我只求再见它们，

除此外任何事难令我欢。

但多少江河湖海

和多少森林、高山，

隐藏起她的双眼 [1]，

其光曾把我从幽幽黑暗，

引领至美丽的灿烂晴天，

忆往事我受熬煎，

昔日的种种甜蜜，

衬托出今日苦酸。

那一日灵魂出窍，

我心中燃起了熊熊欲焰 [2]；

哎呀呀，如若议论，

便能够激起欲念，

若长期遗忘往事，

便可以熄灭情焰，

谁还引我议论痛苦之源？

为何我不缄口变成石岩 [3]？

如若观水晶、玻璃，

它们都不会外显，

有颜色隐藏里面；

无慰藉痛苦心田，

---

[1]　劳拉曾出现在多少江、河、湖、海、森林、高山之处，但现在却再难以见到她的美丽双眼。

[2]　初次见到劳拉的那一天，她的美丽令我灵魂出窍，心中燃烧起熊熊的情欲烈焰。

[3]　如果谈论劳拉便能够重新激起对她的欲念，如果长期将其遗忘一边便能够熄灭对劳拉的情欲火焰，从而摆脱思念劳拉的苦恼，谁还会引导我去议论这个引发苦难的根源呢？为什么我还要在这儿絮絮叨叨而不变成一块不会说话的石头呢？

也不会暴露出我的意愿
和灵魂苦辣酸甜；
但这双流泪之眼，
却日夜欲寻求意足心满。

在人的灵魂之中，
奇怪事经常出现，
所喜爱种种事物，
反而会勾引起许多哀叹！
我是个爱哭之人，
泪水常浸泡双眼，
天性便似乎如此，
因内心充满苦难；
一谈到美人双眼，
我哭泣就必定无法避免，
其他事难令我如此悲伤，
也难使我心中这般苦酸；
我常议美人双眸，
每一次痛苦都涌入心间；
我的心与双眼均应受罚，
因双眼引它 [1] 至爱神面前。

她一对金色发辫，
令太阳燃起炉焰，
从明亮双眼之中，
射出了爱神的炽热光线，
强光线令我瘫软；
她对我不再吐美语妙言，

---

[1] 指诗人的心。

那语言绝不一般，
人世间十分罕见：
引我至她的身旁，
点燃我心中情恋；
可原谅其他侵犯，
却难忍如此横蛮：
她剥夺天使般对我问候，
那问候曾引起我心欲念，
致使我不愿听其他安慰，
只能够叹息着发出抱怨。

山与林遮我视线，
使我智无法施展，
难引吭尽情歌唱：
她玉指白而嫩鲜，
其双臂热情、温柔，
举止也高雅不凡，
傲慢的愤怒示和蔼、谦卑，
年轻的白玉胸美似天仙。
我不知是否应继续期盼，
死之前与她相见；
此愿望越来越强，
却从未坚定不变；
最终我跌入深渊：
此生再难见到天宠婵娟；
天国中真诚且谦恭神灵，
只希望我灵魂亦能登天 [1]。

---

[1] 诗人对此生重见劳拉已经不抱希望，但仍然希望能在天国与其相逢。

歌呀歌，若在那温情之地 [1]，
你见到我们的女子美面，
我深信她向你定伸玉手，
因为我距她太远 [2]。
你切勿握住其手，
而应该示恭敬匍匐脚面，
告诉她：我灵魂或许与骨肉同行，
会尽快来她身边。

---

[1] 指天国。
[2] 诗人仍情意缠绵，他认为在天国见面时，劳拉会向他伸出示爱之手；虽然此
    时他们天上人间，相距甚远，无法握手，但这首歌却可以飞向劳拉所在的地
    方，劳拉会向诗人的歌伸出手。

第 38 首

奥尔索呀，世界上并没有江河、湖泊

这是诗人写给奥尔索伯爵的诗。诗人抱怨劳拉头上戴着面纱，一只手遮住面孔，使他无法看清其美面。

奥尔索呀，世界上并没有江河、湖泊
和汇集溪流的大海汪洋，
也没有遮天地浓浓迷雾
与枝叶和山岗、高高砖墙，

会引起我发出更大抱怨，
怨它们把我的视线阻挡；
我最恨遮美目那张面纱 [1]，
它 [2] 似说：你哭吧，快哭个泪眼迷茫 [3]。

因谦卑或傲慢她垂双眼 [4]，
令我心丧失了所有欢畅，

---

[1] 江河湖海、密林山岗、迷雾高墙虽然能遮挡世人的目光，却都没有劳拉头上戴的面纱那么令人厌恶，因为它遮住了诗人的视线，令其无法看清美人的面孔；所以，诗人最痛恨的东西就是那张面纱。

[2] 指面纱。

[3] 那面纱好像在戏弄诗人，对他说：你哭吧，哭个泪眼迷茫才好呢。

[4] 垂下双眼可能是劳拉谦卑的表现，但也可能是傲慢的表现，因为她不想让诗人看见她的美丽双眼。

将使我身未老性命先逝，

还有那白嫩手让我心伤；
我至今仍怨恨烦人之手，
因为它常把我视线遮挡[1]。

---

[1]　劳拉低垂双眼，并用一只手遮住面孔，使诗人无法看见她的美面，这可能令
　　　诗人未老先衰，早早死去，因而，诗人既怨恨劳拉低垂双眼，也怨恨劳拉用
　　　手遮住美面。

第 39 首

爱神与我性命寓您丽眼

　　诗人已经很长时间未去探望劳拉，因而为自己辩解说：不是因为
他不再思念劳拉，而是因为惧怕看见她那双美丽的眼睛。

爱神与我性命寓您丽眼，
最害怕美双眸对我开战 [1]，
避它们似顽童欲躲罚杖 [2]，
首次逃已过去许久时间 [3]。

这秀目常令我丧失知觉，
变我成冰凉的顽石一般，
从此后为躲避它的伤害，
我宁攀最艰险陡峭山岩。

莫怪我来见您为时太晚：
因逃避折磨我丽眼光线，
这或许并非是严重过错，

---

[1] 在劳拉那双美丽的眼睛中可以见到爱神的影子，诗人生命的存亡也依赖于它；
　　因而，诗人最怕的就是劳拉美目的攻击。
[2] 诗人躲避劳拉的眼睛就像顽童躲避惩罚他们的棍棒一样。
[3] 从第一次逃避劳拉的眼睛到现在，已经过去了许久时间。

依我看，是斗胆返回相见：
我必须驱赶走心中恐惧，
足可见我对您忠诚未变。

第40首

若爱神或死神不来阻拦

　　诗人为一位生活在罗马的朋友写作了这首十四行诗，目的是向他索要一部圣奥古斯丁的著作，以便能更好地完成他正在撰写的书。诗人说，如果能够得到圣奥古斯丁著作的帮助，他便有可能摆脱爱情的纠缠，把古代与现代的写作风格融为一体，创作出声震罗马的优秀作品。

若爱神或死神不来阻拦，
让我把新饰布此时织完[1]，
如果我把古今融为一体，
摆脱掉固执的爱情纠缠[2]，

或许能制造出混杂尤物，
令现今与古代结合圆满；
我在此欲斗胆对你[3]说明，
在罗马你将闻其声震天[4]。

但完成此工作还缺材料，
那便是织饰布所需纱线，

---

[1]　如果爱神或死神不来搅扰，允许诗人把一部新作品写完。
[2]　如果我能把古代和今天的写作风格融为一体，同时又能摆脱爱情的纠缠。
[3]　指彼特拉克那位在罗马的朋友。
[4]　在罗马你将听到我这部作品名声震天。

圣教父 [1] 将它们藏其身边 [2];

你为何对我把双手紧攥 [3]?
我请你放开手，如同从前:
便可见我织物美似锦缎 [4]。

---

[1] 指彼特拉克最崇敬的教父圣奥古斯丁。
[2] 为完成这部作品，我还缺少一些材料，这些材料都收藏在圣奥古斯丁的书中。
[3] 你为何紧攥着双手不肯把圣奥古斯丁的书给我呢?
[4] 我请你像以往那样慷慨，把我所需要的书送给我;这样，你便可以见到我所
     撰写的美妙著作了。

第41首
福玻斯曾热恋桂树人体

太阳神福玻斯·阿波罗所爱的月桂树仙子达芙涅，即彼特拉克所爱的劳拉，离开了她的家园，致使天降雷鸣闪电，狂风大作，吹断船舵和桅杆牵索；这一切都是因为天神见不到圣天使所期待的这张美面。

福玻斯曾热恋桂树人体 [1]，
美丽树离开她绿阴家园 [2]，
伏尔甘喘粗气，汗流浃背，
为宙斯忙碌着淬炼利箭 [3]：

宙斯令降寒雪、雷雨交加，
对恺撒和佳诺同样加难 [4]；
见亲爱之女友去往他乡，

---

[1] 福玻斯指太阳神福玻斯·阿波罗。福玻斯爱恋曾经是人体的桂树仙子达芙涅。见第 22 首诗中有关达芙涅的注释。

[2] "美丽树"指月桂树，亦指劳拉，因意语中月桂树（lauro）一词与劳拉（Laura）的名字谐音。

[3] 见到劳拉离去，火神伏尔甘便急忙为主神宙斯淬炼神箭（即雷电），因为宙斯马上就要发怒，降下雷电。

[4] 宙斯不分酷暑严寒，都向人间施加苦难。恺撒的全名叫盖乌斯·尤利乌斯·恺撒，在意大利语中，七月（luglio）的称呼来自于恺撒的名字尤利乌斯，因而，在诗中，"恺撒"表示酷暑季节；而一月（gennaio）的称呼则来自古罗马原始宗教的名称，即佳诺（Giano），因而诗中"佳诺"表示严冬季节。

地哭泣,日距我更加遥远 [1]。

土星与火星也再逞疯狂,
武装的 [2] 邪恶星十分凶残 [3],
断水手船上舵、桅杆牵索,

风之神令我们丧失平安,
尼普顿 [4]、朱诺 [5] 也被其搅乱 [6]:
因不见圣天使期待美面 [7]。

---

[1] 当见到自己亲爱的女友远走他乡,诗人感觉大地都在哭泣,太阳都悲伤地远离我们。

[2] 用暴风雨武装的。

[3] 西方的古人认为土星和火星是航海人的灾星。

[4] 尼普顿是罗马神话中海的主神。此处表示大海。

[5] 朱诺是罗马神话中的天后,也是主神朱庇特的妹妹,她执掌天空。此处表示天空。

[6] 指大海与天空也被狂风搅乱。

[7] 发生这一切全因为见不到天使们期待的劳拉的美丽面孔。

第42首

谦卑温情面重新再现

    这首诗与上一首十四行诗紧密相连，似乎可以将它们看作是同一首诗的两个组成部分。在上一首诗中，因劳拉离去，天降狂风暴雨，电闪雷鸣；而在这一首诗中，劳拉再次露面，因而，又出现了风平浪静、百花齐放的场面。

谦卑的温情面重新出现，
她不再隐藏其美丽容颜，
古老的西西里那位铁匠[1]，
锻炉旁忙碌也徒劳枉然，

火山口锻造的杀人利器，
被宙斯亲手又抛弃一边；
其小妹[2]似乎亦渐渐平静，
阿波罗[3]也露出美丽光焰。

西海岸吹来了一股清风，
使航船安全且轻松扬帆，
唤醒了草地上五彩花朵，

---

[1] 指火神伏尔甘。在希腊 – 罗马神话中，西西里的埃特纳火山是火神的炼铁炉，因而火神被视为"西西里铁匠"。

[2] 指天后朱诺。她既是朱庇特（宙斯）的妻子，又是他的妹妹。

[3] 此处指太阳。

凶残星[1] 四处逃，全然不见；
是美面驱散了所有灾星，
因爱它我曾经泪如涌泉。

---

[1] 指土星和火星。见上一首诗的注释。

第43首

从天宫高高的阳台之上

　　这首诗也与前面两篇作品紧密相连。诗人寻找不到劳拉的美面，十分痛苦。后来，劳拉虽然回来了，她却躲在一位生病的亲戚家中，因而诗人仍然见不到她。那位亲戚不幸病故，劳拉的美丽面腮上挂满了泪水，此时，在诗人的眼中，好像天空又重新布满了乌云。

从天宫高高的阳台之上，
勒托子[1]已九次探出其脸，
为寻觅心爱女[2]徒劳奔波，
现感动另一人[3]为她哀叹。

苦苦找却不知何处栖身：
美女子躲近处还是藏远？
一男人寻不到心爱尤物，
因痛苦失理智才会这般。

因美人隐云后十分悲伤，

---

[1] 指太阳神阿波罗。勒托是希腊神话中的太阳神阿波罗和月亮女神阿尔忒弥斯的母亲。

[2] 指月桂仙子达芙涅，这里也暗指劳拉，因为劳拉的名字（Laura）与月桂树（lauro）一词谐音。见第22首诗中有关达芙涅的注释。

[3] 指诗人自己。

虽回归，我却仍难见其面[1]，
若长寿我将写赞歌千篇；

怜悯情出现在她的颜面，
俊俏目滴悲伤泪珠串串，
天空中又重新乌云布满。

---

[1] 劳拉虽然归来，却躲在一位生病的亲戚家中，就像躲在云朵之后那样，诗人
    仍无法见到她。

第 44 首

色萨利曾显示果敢之人

诗人说，在战场上杀敌时，古罗马的恺撒和《圣经》中的大卫都十分勇敢、果断，甚至有些冷酷；然而，当他们面对亲人的惨死时，却都具有怜悯之心；而从来不缺少怜悯之心的善良的劳拉却建立起保护自己的高墙，挡住爱神射来的利箭；当她看见诗人被射得遍体鳞伤时，竟没有流出一滴眼泪。

色萨利曾显示果敢之人 [1]，
不惜让鲜红血浸染沙场 [2]，
当看见女婿 [3] 的头颅之时，
哭泣得泪满面，十分悲伤 [4]；

那打碎歌利亚头颅牧人 [5]，
痛哭泣被杀的反叛儿郎 [6]，

---

[1] 指恺撒。色萨利是希腊的一个地区，在该地区恺撒与政敌庞培进行了法萨卢决战，最终战胜了庞培。

[2] 恺撒曾在希腊大败政敌庞培，让希腊血流成河，因而此处说"不惜让鲜红血浸染沙场"。

[3] 指庞培，他是恺撒的政敌，也是他的女婿。

[4] 埃及国王托勒密十三世惧怕恺撒权势，把投奔他的庞培杀死，并将其头颅送给了恺撒；恺撒见到女婿的头颅时痛哭不已。

[5] 指《圣经》中的人物大卫。歌利亚是一个巨人，被牧人大卫用弹弓射死。

[6] 指押沙龙。押沙龙是《圣经》中的人物，大卫王的儿子，曾发动反大卫的叛乱。尽管押沙龙有反叛之举，大卫对他的死仍十分伤心。

也为那无畏的扫罗 [1] 动容，
周围的不幸山亦痛断肠 [2]。

您 [3] 从来不缺少怜悯之心，
却竖起一面面防护高墙，
令爱神拉弓时徒劳无益，

却见我被射得遍体鳞伤；
您丽眼并未流一滴泪水，
竟只有鄙视和愤怒目光。

---

[1] 《圣经》中的人物，以色列人的王，大卫的岳父；因嫉妒女婿的才干曾迫害大
     卫，致使英勇善战的大卫逃离宫廷；由于自毁左膀右臂而战败，最后英勇战
     死沙场。
[2] 大卫见到扫罗王战死沙场，尽管曾受其迫害，仍十分悲伤；他的举动感动得
     周围的山峰也随之悲伤。
[3] 指劳拉。

第45首

您常常注视着我的情敌

　　劳拉经常照镜子，并且迷恋自己投射在镜子中的倩影，因而诗人把劳拉的镜子看作自己的情敌。他提醒劳拉不要过分自恋，走纳喀索斯[1]因拥抱影子而投入水中淹死的老路。

> 您常常注视着我的情敌[2]，
> 观爱神崇敬的那双丽眼，
> 从未见尘世有如此美貌，
> 它拉动您心中爱情琴弦。
>
> 夫人啊，您竟然听从那情敌建议，
> 驱赶我远离开温情家园[3]：
> 即便是我不配将您陪伴，
> 这流放也未免过于凶残。
>
> 若我被牢牢地钉入您心，
> 虽然您自恋且尖刻、傲慢，
> 那镜子也难以伤我半点。

---

[1] 纳喀索斯是希腊神话中的人物，他爱怜自己的美丽容貌，因拥抱自己水中的影子而被淹死，死后变成水仙花。在意大利语中，"纳喀索斯的爱"意思为自恋。

[2] 指劳拉的镜子。

[3] 指劳拉的心。

您也应想一想纳喀索斯，
切莫走他那条悲惨路线，
虽然草不配伴鲜花身边[1]。

---

[1]　即便我这棵野草不配把您这支鲜花陪伴，您也不要学自恋的纳喀索斯。

第46首

您用金、珍珠与鲜花打扮

在这首十四行诗中，诗人继续谈论镜子：劳拉用黄金、珍珠、各色鲜花在镜子前打扮，然而，严冬会使鲜花枯萎；看到这种情况，诗人感觉鲜花就像有毒的干枝，已经插入他的胸部和两肋。诗人十分痛苦，他痛恨杀人的镜子；劳拉却不知疲倦地照镜子。爱神曾经不断地为诗人乞求劳拉的怜悯，但见到劳拉对诗人的爱无动于衷，也缄口不言。最后，诗人说：镜子本来就诞生于地狱，它标示的自然是诗人死亡的开端。

> 您[1]用金、珍珠与鲜花打扮，
> 严冬令红白花[2]凋谢，枯干，
> 对于我它们是酸涩毒枝，
> 插入了我前胸、两肋之间。
>
> 我生命极痛苦，充满泪水，
> 如此的催老痛[3]十分罕见：
> 我怨恨所有的杀人镜子，
> 您凝视镜子却不知疲倦。

---

[1] 指劳拉。
[2] 指各种颜色的花朵。
[3] 促使人衰老的痛苦。

镜子使我主人[1] 沉默不语，
他[2] 曾经为了我乞求不断[3]，
见到您无欲望，"爱"[4] 亦无言；

镜子本诞生于深渊[5] 水面，
永恒的忘川[6] 中得到淬炼，
因而它是我的死亡开端。

---

[1] 指爱神。
[2] 指爱神。
[3] 指向劳拉乞求。
[4] 指爱神。
[5] 指冥界。
[6] 希腊神话中冥界的一条河。

第47首

我灵魂之生命来自于您

　　诗人已经感觉死亡就要到来，处于人的自然本能，他必须挣扎一番，从而远离情欲，希望以此保存生命；但情欲仍然在召唤他，要引导他返回以往的情爱之路，去观看劳拉的秀目；诗人怯生生地返回劳拉身边，他认为：只要劳拉瞥他一眼，他就会获得足够的生存力量。

　　　　我灵魂之生命来自于您[1]，
　　　　现感觉它已经气息奄奄；
　　　　尘世间生灵都自然抗拒，
　　　　死亡对他们的冷酷纠缠；

　　　　我已经弃欲望[2]，很有节制，
　　　　它行走之道路似乎不见：
　　　　虽然我逆其意，另择一路，
　　　　欲望却昼与夜把我召唤。

　　　　它要引我去见秀美双眼，
　　　　我羞怯踌躇着移步向前，
　　　　为避免惹其怨躲躲闪闪。

---

[1]　指劳拉。
[2]　指情爱的欲望。

如若我返回来与您相见，
您一瞥便使我力量增添：
我还可继续活许久时间。

第48首

火加火便不会熄灭烈焰

诗人利用一系列的比喻，表达了他单相思的痛苦精神状况：他越是思念劳拉，越是无法得到她的爱；越是想摆脱情爱的折磨，越是被其紧紧纠缠。

火加火便不会熄灭烈焰，
天降雨河水就永远不干，
不仅是同物种相得益彰，
相反物亦可助一物泛滥；

爱神啊，你控制我们思想，
双体魂 [1] 依靠在你的背肩，
难道说你待它不同寻常？
难道说思念者不该期盼？

或许似尼罗河从天而降，
周围人被震聋，无法听见，
观日者亦会被刺瞎双眼 [2]；

[1] 指恋爱者的灵魂，因为恋爱者的灵魂已经附在男女二人的肉体之上，所以此处称"双体魂"。

[2] 太靠近尼罗河，就会被河水震聋，从而听不到它的轰隆之声；太注视太阳，就会被强光刺瞎双眼，从而看不到太阳；爱情太强烈，也会得不到回报，从而痛苦万分。

不协调之欲望难自周全：
猛刺马却可能无法逃远，
快速奔亦难达欲往驿站。

第 49 首

舌头啊，你竟然如此愚笨

诗人抱怨自己的舌头愚笨，没有能力帮助他向劳拉乞求怜悯；随后，诗人又说，泪水始终陪伴着孤独的他，他时不时发出叹息之声；虽然外表十分坦然，内心却隐藏着痛苦。

> 舌头啊，你竟然如此愚笨，
> 我努力给予你荣耀万千 [1]，
> 然而你却令我名誉扫地，
> 致使我愤怒且丧尽颜面：
>
> 每当我需你助乞怜 [2] 之时，
> 你总是极冷漠，沉静无言，
> 若开口也必定语无伦次，
> 就好似人处于梦幻一般。
>
> 我每夜都期盼孤独沉思，
> 泪水啊，你悲伤伴我身边，
> 但见到夫人时你却逃遁；

---

[1] 诗人写下了许多诗篇，获得了无上的荣耀，因而使吟诵诗句的舌头也荣光无限。

[2] 指向劳拉乞求爱的怜悯。

叹息啊，你缓慢，时续时断，
你令我痛苦且无法宁安：
静外表隐藏着慌乱心肝。

第50首

夕阳已加快脚步

　　夕阳西下，人人都急急忙忙地返回家园，哪怕是极其简陋的安歇之所，也能够获得短暂的休息，感觉到一丝安宁；然而，诗人却永远无法得到精神上的平静，甚至夜晚时忧伤更甚，因而心中无限痛苦。

> 夕阳已加快脚步，
> 匆忙地奔向西方，
> 急飞往等它的另一人群 [1]，
> 见远处一座村庄，
> 疲惫且孤寂的老妪赶路，
> 紧迈步，急急忙忙；
> 白昼已即将逝去，
> 她孤独行于路上，
> 时而会小憩片刻，
> 忘记掉行路的痛苦、忧伤，
> 可略微获得慰藉，
> 然而我痛似断肠：
> 每当那永恒光 [2] 离去之时，
> 我白日之痛苦便会增长。

---

[1]　指居住于更西方的人。
[2]　指太阳。

太阳驱喷火车轮，

让位于幽幽夜，黑暗茫茫，

此时见巨大阴影，

走下了高高山岗；

贪婪的耕田者 [1] 拿起锄头，

把山野小调吟唱，

排放出胸中的沉重忧伤；

随后 [2] 把寒酸饭摆在桌上，

那饭菜如同橡子，

人对其避且颂扬 [3]。

求乐者可随时尽情欢畅，

吾心却十分惆怅，

如天、星不停运转，

难停歇，更莫说如愿以偿 [4]。

牧人见行星 [5] 低沉，

躲入了它的暖房，

东村 [6] 已一片昏暗，

他起身，手握牧杖，

温柔地驱赶牲畜，

弃草地、树林和泉水池塘；

随后又归茅舍或者山洞，

---

[1] 轻易不肯休息的耕田者。

[2] 指回到家之后。

[3] 一方面，因为不好吃，人们都躲避橡子；另一方面，因为它是人类最朴实的食物，人们又赞颂它。

[4] 我的思想像天空和星辰一样不断地运转，却永远无法如愿以偿，即无法获得劳拉对我之爱的回报。

[5] 指太阳。在地心说体系中太阳被看作行星。

[6] 太阳从东向西移动，因而牧人所在之地刚近黄昏，更东面的村庄已经夜幕降临。

远离开人居住座座村庄，
铺下了绿色枝叶：
安详地卧于"软床"[1]。
噢，残忍的爱神啊，你却命我，
对凶狂之猎物[2]紧追不放，
我到处寻其音，觅其足迹，
它早已逃遁去，安全隐藏。

红太阳沉入波澜，
航海者进入港湾，
躺倒在坚硬的木板之上，
铺盖着粗糙衣衫。
尽管是艳日已投入水中，
西班牙被抛在它的后面，
远离了摩洛哥、地边柱石[3]，
尘世间人与兽中止苦难[4]，
我却难获得安宁，
因固执之焦虑无法驱散；
每一日苦加苦，悲痛难忍，
相思情也时刻增长不断，
不知道谁能够将我解脱：
我已经苦熬了整整十年。

傍晚时我见到散牛[5]回归，

---

[1]　指枝叶铺成的"软床"。
[2]　暗指劳拉。
[3]　指直布罗陀海峡处。据说，希腊神话中的大力神在直布罗陀海峡处竖立两个
　　　圆柱，以标示大地的边缘。
[4]　天黑后，尘世的人与动物都进入梦乡，从而暂时中止了他们的苦难。
[5]　没有排列成行的牛。

离开了山岗的垄沟、田园，
我何时方能够终止叹息？
何时可搁放下情债重担？
为什么昼与夜不停哭泣？
为什么我总是热泪潸潸？
哎呀呀，我好悲惨！
第一次与她 [1] 相见，
便脑中幻想不断，
欲铭刻其娇容于我心田，
使任何力与技巧，
铲平它都很困难，
直到我被"死" [2] 俘获 [3]，
仍不知她 [4] 能否将其 [5] 驱散。

哎呀呀，我的歌啊，
你昼夜将我陪伴，
如若已与我同流 [6]，
便不要主动去展现头脸；
别关注他人赞美，
只满足沉思着踏遍群山，
因这块烈火般活人石头 [7]，
已把我烧成这般。

[1]　指劳拉。
[2]　指死亡女神。
[3]　一直到死。
[4]　指死亡女神。
[5]　指劳拉的形象。
[6]　如若你变得与我同样孤独、悲伤。
[7]　指劳拉。劳拉是一位有血有肉的美丽女子，对待诗人，心却比石头还硬；因
　　而此处称其为"活人石头"。

第51首

远处望便令我炫目之光

　　从远处望一眼劳拉，诗人便会被其强烈的光刺痛双眼，从而心绪不宁；如果劳拉过于靠近诗人，诗人就必定会身不由己地像月桂仙子达芙涅那样发生变化。然而，诗人不会变成月桂树，而会变成一座沉思者的雕像，这样他便能摆脱爱情的纠缠；诗人嫉妒巨神阿特拉斯，因为他身上的爱情负担远比巨神支撑的苍天更加沉重。

> 远处望便令我炫目之光 [1]，
> 如若是太靠近我的身边，
> 我也会似她 [2] 在色萨利处 [3]，
> 转瞬间把模样彻底转换。
>
> 我是我，并不能变成月桂，
> 因为我已如此，难以改变，
> 然而我却会成一座雕像，
> 沉思情铭刻于冰冷石岩；
>
> 贪婪的愚蠢人喜欢此像：

---

[1]　指劳拉。

[2]　此处诗人一语双关，"她"既指希腊神话中的月桂仙子达芙涅，也指劳拉，因为在意大利语中，月桂树（lauro）一词与劳拉的名字（Laura）谐音。

[3]　据希腊神话讲，阿波罗在色萨利地区一条河的河畔追逐达芙涅，致使欲摆脱阿波罗纠缠的达芙涅变成了月桂树。

金刚石和云石价值无限，
雕像的珍贵料令人赞叹。

我如此可摆脱爱情纠缠 [1]，
沉重爱令我妒疲惫老汉，
摩洛哥罩于他阴影下面 [2]。

---

[1] 成为雕像后我便可以摆脱爱情的纠缠了。

[2] "疲惫老汉"指希腊神话中的泰坦巨神阿特拉斯，北非的阿特拉斯山脉的名称
便来自于他，摩洛哥位于该山脉脚下。主神宙斯惩罚阿特拉斯，命其用双肩
支撑苍天，因而此处称其为"疲惫老汉"。最后两行诗句的意思为，沉重的爱
情压得我喘不过气来，其重量远超过阿特拉斯托举的苍天，因而我嫉妒他肩
负的担子太轻。

第52首

狄安娜在冰冷水中沐浴

就像阿克泰翁偶然见到月亮女神狄安娜的美丽裸体而激情涌荡一样，诗人见到在泉水边洗涤裹头纱巾的劳拉时也心潮澎湃。

狄安娜[1]在冰冷水中沐浴，
偶见她赤裸体光滑耀眼，
目睹者[2]情激动，难以自控，
熊熊的欲望火燃于心间；
我亦见牧羊女[3]粗野、冷艳，
水中把裹金发纱巾洗涮，
天空中虽骄阳熊熊燃烧，
见此景清爽却令我抖颤。

---

[1] 罗马神话中的月亮女神。
[2] 罗马神话中的阿克泰翁。据奥维德的《变形记》讲，阿克泰翁偶然看到月亮女神狄安娜沐浴，惹怒女神，被其变为牡鹿，随后又被阿克泰翁自己的猎狗杀死。
[3] 指劳拉。

第 53 首

尊贵的高尚灵魂

这是一首写给一位新当选的罗马元老院议员的歌，诗人呼吁他振兴罗马，唤醒民众，铲除罗马的弊端，使罗马恢复古时的辉煌。

尊贵的高尚灵魂，

附着于英明者光辉躯体，

你 [1] 智慧，高瞻远瞩，

受崇敬之权杖握在手里，

将统治罗马的迷途民众，

呼唤她 [2] 归正路，切莫偏离；

看不见其他的美德之光 [3]，

尘世间它 [4] 已经奄奄一息；

找不到知耻之人，

不知道意大利待何奇迹？

对灾难早已经无动于衷：

太衰老，太迟钝，颓废，萎靡。

永沉睡，无人唤醒？

若是你，我定把其发拎提。

---

[1] 指那位新当选的元老院议员。

[2] 指罗马。

[3] 诗人看不见还有其他人闪烁着美德的光辉。

[4] 指美德。

罗马已重物压肩，

不指望别人将贵妇 [1] 召唤，

使其从沉睡中抬起头来，

天却置她于你双臂之间；

你可以摇晃醒我们首都 [2]，

命令她挺身立站。

你必会把手插入，

散乱且可敬的条条发辫，

将懒妇 [3] 拎出泥潭：

昼与夜我为她哭泣不断。

我只能寄希望于你身上：

让战神之选民 [4] 睁开双眼，

为自己荣耀而战，

此光荣之重担落在你肩 [5]。

若转身回忆往事，

全世界都会抖颤，

既喜爱又恐惧这座古城，

墓中的伟人都名传万年；

如宇宙不先毁灭，

所有的遗迹均迫切期盼，

希望你做出努力，

修复它，令其还原。

---

[1] 指罗马。

[2] 诗人已经把不朽的罗马城看作是意大利的首都。

[3] 指罗马。

[4] 指罗马人民。古代，罗马人曾用武力征服了西方人所认识的几乎整个世界，
    因而被看作是战神的选民。

[5] "你"指那位新当选的罗马元老院议员；诗人认为，唤醒罗马人的重担落在了
    他的肩上。

噢，伟大的西庇阿 [1]、布鲁图斯 [2]，

若知有勇敢者挑此重担，

即便是葬于地下，

他们也万分喜欢。

法布里齐乌斯 [3] 亦会高兴，

开言道：我罗马将再现美丽、威严。

如上苍垂顾这尘世之事，

先贤躯虽留人间，

灵魂却升入天国，

会为你祈上天结束恨怨；

因仇恨，人无安全，

朝圣路亦被截断：

圣地曾受人崇敬，

如今却成匪窝，全因战乱；

好人被拒之门外，

均无法进入圣殿；

残忍事竟然出在，

祭坛与赤裸的圣像之间。

啊，却无人敲高悬谢主铜钟，

太邪恶！人们都只知征战。

妇女们泪不止，少年无剑，

老人已疲惫不堪，

他们恨暴力生活，

---

[1] 古罗马共和国时期著名的政治家和军事家，曾在第二次布匿战争中率领罗马军队击败迦太基名将汉尼拔，战后，罗马建立起地中海地区的霸权。

[2] 古罗马共和国晚期的元老院议员，对共和体制十分忠诚，听到恺撒将称帝的传言后，联合部分元老将其刺杀。

[3] 古罗马共和国早期一位著名的执政官。

　　　　　　忍受着无尽苦难；

　　　　　　黑灰白各色兄弟，

　　　　　　同声喊：天主啊，快来救援。

　　　　　　显露出伤口者成千上万，

　　　　　　一个个惊恐、悲惨；

　　　　　　其他人会怎样，我且不说，

　　　　　　汉尼拔 [1] 也会把怜悯表现。

　　　　　　现如今，主居所 [2] 燃起大火 [3]，

　　　　　　略熄灭便可获宁静、平安；

　　　　　　人欲望喷射烈焰，

　　　　　　你灭火之行为必获天赞。

　　　　　　熊和狼、雄狮、蟒蛇 [4]，

　　　　　　与坚硬柱石 [5] 开战，

　　　　　　经常会伤及自身，

　　　　　　亦会把秩序搅乱。

　　　　　　高贵的罗马城为其哭泣，

　　　　　　唤你 [6] 把不开花杂草斩断。

　　　　　　她 [7] 缺少高尚灵魂，

　　　　　　忆往昔，已越千年 [8]，

----

[1]　西方最著名的古代军事家之一，北非强国迦太基的统帅，古罗马人的死敌，曾险些灭掉古罗马共和国。

[2]　指罗马，他是天主教廷所在地，因而被视为天主在尘世的最重要居所。

[3]　指纷争之火。

[4]　"熊"是奥尔西尼家族的族徽。奥尔西尼是罗马最有权势的家族之一，曾经先后出现过 3 位教宗和 34 位主教。该家族与科隆纳家族的斗争长达几百年，直至 16 世纪初期才结束，造成了罗马长期的混乱状态。"狼""雄狮""蟒蛇"是其他某些罗马望族的族徽。

[5]　"柱石"是科隆纳家族的族徽。

[6]　指那位新当选的元老院议员。

[7]　指罗马。

[8]　指西罗马帝国灭亡后的近一千年的时间，即中世纪的一千年时间。

闪光的英雄豪杰，

现如今已经不见。

噢，新人 [1] 却一个个过分高傲，

全不知母亲 [2] 曾何等灿烂！

她等待你伸出援助之手：

教宗被其他事紧紧纠缠 [3]。

很少见高尚事业，

无厄运将其阻拦，

全因为事业、厄运，

并非是和谐相伴；

你如今步入中枢 [4]，

我可以原谅其 [5] 恶行万千，

由于你它从此不同以往：

你名可垂世万年；

不记得有何凡人，

曾沿着永恒的道路向前，

你却可建立起高贵王国，

光荣将如此开言：

他人曾支撑过健壮罗马，

此人 [6] 使将死的老者璀璨。

歌呀歌，你站在塔佩瑶坡 [7]，

---

[1]　指与彼特拉克同时代的人。

[2]　指罗马。

[3]　当时，罗马教宗在法国国王的胁迫下，已把教廷搬迁到法国的阿维尼翁。

[4]　指罗马元老院。

[5]　指上面提到的"中枢"，即罗马元老院。

[6]　指那位新当选的罗马元老院议员。

[7]　坎比托利欧山是罗马七丘之一，中世纪的罗马元老院所在地；塔佩瑶是该山的南坡。

定可以清晰看见，

骑士[1] 为他人担忧，

他可令意大利光辉灿烂。

告诉他：有一人[2] 尚未见你，

却爱你，因你的美名远传，

罗马城每时刻眼含热泪，

从七丘[3] 面向你呼唤救援。

---

[1]　指那位新当选的罗马元老院议员。

[2]　指诗人自己。

[3]　指罗马。最初的罗马城建立在七座山丘上，因而被称作七丘之城。

第54首

其他女均不配我来颂赞

这是一首情歌小曲。诗人的情感在追逐美丽的女子劳拉，理性却说他在歧途上走得太远；他犹豫不决，为避免危险只好半途返回。

其他女均不配我来颂赞，
只有此女行者 [1] 令我心颤：
丘比特之标志显于其面 [2]。

我沿着绿草地将她追赶，
听远处有人在高声叫喊 [3]：
哎呀呀，野林中你徒劳行走太远 [4]！

闻此声我躲在榉木之后，
沉思着向周围仔细观看，
见我行之道路实在危险；
于是便半途中转身回返。

---

[1] 指劳拉。诗人把人生视为旅程，因而劳拉被称作旅程中的行者。
[2] 劳拉十分美丽，可以激起人们的爱恋之情；因而在她脸上展现的是爱神的标志。
[3] 是诗人的理性在叫喊。
[4] 指诗人错误地在爱情的道路上行走得太远了。

第55首

我以为寒冬至，青春已逝

　　诗人以为自己的青春时代过去了，胸中的情欲之火已经熄灭；然而却发现它又重新燃于心田；而且重燃的欲火更加猛烈，令他痛苦不已。

我以为寒冬至，青春已逝，
胸中火熄灭了熊熊烈焰，
痛苦的欲望却重燃心田。

依我看这欲火从未熄灭，
仅仅是将火苗略微遮掩；
我担心二次错 [1] 更加可怕，
因而把无数泪洒于地面；
从眼中滴落下内心痛苦，
胸中有导火线，见火必燃：
这一次定然是烈火冲天。

悲伤眼不停地流淌泪水，
何等火遇泪浪似把油添？
爱神呀，因醒悟实在太晚，
你毁我于火泪二者之间；

---

[1] 指第二次心中燃起欲火。

设下了如此的多变圈套，
我曾经有希望摆脱绳圈，
然而你用美貌将我捆拴。

第 56 首

她曾经许诺言与我会面

　　在这首十四行诗中，诗人幻想劳拉许诺与他会面，因而他迫切等待心爱女子出现，但约会的时间已过，劳拉却迟迟未到；对幸福的期盼使诗人坠入更痛苦的深渊。此时，诗人记起中世纪神学思想对他的教诲：人在离弃尘世之前无法获得天国的永福。

她曾经许诺言与我会面，
我迫切等待着她的出现，
但此刻约会的时间飞逝：
愿盲目之期盼并非欺骗。

何树阴会如此冷酷、残忍，
把即将成熟的果实阴干？
什么墙挡住了收割之手？
何野兽在我的羊圈叫唤？

啊，我不知，但心中十分明白，
为令我之生活更加悲惨，
爱使我抱如此快乐期盼。

我记得曾读过谆谆教诲：
在最后离弃这尘世之前，
任何人不可说真福实现。

第57首

我时运太懒散，来得过晚

　　诗人认为自己太不走运，因而爱情很不顺心；他的欲望在不断增长，获得爱情的希望却十分渺茫；时间飞逝而去，人已衰老，不得不发出哀叹。他抱怨爱神和劳拉戏弄了他，认为他们若不改变对他的态度，自己若不能获得安宁，大自然都会改变本性。

> 我时运太懒散，来得过晚，
> 欲念在猛增长，希望多变，
> 尘世的时间如白马过隙，
> 期盼和放弃都令我哀叹。
>
> 噢，爱之神与夫人同谋戏我，
> 在他们还没有改变之前，
> 我尚未获灵魂安宁之时，
> 白雪将呈黑色，不再冰寒，
>
> 太阳在升起地缓缓降落，
> 海亦枯，鱼儿也生于高山，
> 东方的两古河 [1] 亦出同源。

---

[1] 指幼发拉底河和底格里斯河。这两条象征古老文明的河，发源地不同，但后来却汇合一处。

痛苦后我若有些许甜蜜，
因憎恶[1]，那甜蜜也会消散：
他们[2] 的恩赐都与我无关。

---

[1] 诗人等待太久，受苦太多，因而心中产生憎恶之感。
[2] 指爱神和劳拉。

第 58 首

好伙伴，把您的哭累面颊

诗人为一位深陷情网的朋友送去一些礼物，并为他写作了这首十四行诗。诗人劝说朋友要控制情感，持之以恒；并希望朋友把他置于快乐的心中，有朋友的挂念，诗人便不再惧怕死亡。

> 好伙伴，把您的哭累面颊，
> 依靠在第一件礼物上面[1]，
> 对自己您已经过分吝啬，
> 远胜对爱之神——残忍恶汉。
>
> 您可用另一件礼物阻止，
> 爱神把其诱惑对您施展[2]，
> 暑与寒您都要始终如一，
> 长途的旅程中任重道远。
>
> 第三件[3]可助您饮下草药，
> 清除掉刺心的苦恼万千[4]，
> 先苦涩，随后便回味甘甜。

---

[1] 诗人希望朋友自己留用第一份礼物，以安慰自己的心。
[2] 诗人请朋友把第二份礼物转送给爱神，使爱神不要再来诱惑他。
[3] 指第三件礼物。
[4] 诗人认为第三份礼物可以帮助朋友喝下草药，从而清除他心中的相思痛苦。

若觉得我请求不显傲慢，

就请您置我于快乐心间 [1]，

致使我不再惧地狱渡船 [2]。

---

[1] 指朋友的快乐之心。

[2] 指载灵魂渡过斯提克斯河到达地狱彼岸的船。

第 59 首

她美貌引诱我产生爱恋

　　劳拉的美貌诱发了诗人的爱情，但她对诗人的冷漠又残忍地斩断了这种情感。一方面，诗人通过回忆，不断地欣赏劳拉的美艳，另一方面，劳拉不断地逃离他的身边，令其十分心酸；但无论如何，诗人都不愿意爱神因害怕其相思而死便剪断他与劳拉之间的情感纽带。

她美貌引诱我产生爱恋，
其残忍将爱又连根斩断，
却难以动摇我坚定意愿。

金发中隐藏着一个圈套，
爱神用那圈套把我捆拴，
从她的秀目中闪出寒冰，
那寒冰穿我体进入心田，
骤然降之寒光威力无穷，
一回想我灵魂便会抖颤，
对她的欲望均烟消云散。

哎呀呀，再难见她的秀发，
温情的金发是多么养眼！
她转动那一对闪亮美眸，
其逃离实令我无比心酸；

即便是好死可获得荣耀[1]，

也不愿爱神因怕我受难，

把这条珍贵的情带剪断。

---

[1] 遵循中世纪禁欲主义的价值观念从而摆脱尘世情爱的纠缠是一种美德，为了获得这种美德，即便死去，也是光荣的。但诗人说，即便如此，他也不愿意爱神为了不让他痛苦而剪断其情爱的纽带。

第60首

我曾经深深爱月桂多年

诗人曾多年爱恋劳拉，现在却见她对自己如此冷漠，十分伤心，因而絮絮叨叨，不断地发出抱怨。

> 我曾经深深爱月桂 [1] 多年，
> 那时我并不惹美枝 [2] 厌烦，
> 在它的荫蔽下智花 [3] 盛开，
> 花儿在磨难中成长不断。
>
> 我面对此欺骗 [4] 毫不怀疑，
> 但温情月桂已变得凶残，
> 我的心因而便转向痛苦，
> 对它的伤害 [5] 我絮叨不断。
>
> 若我的诗句曾充满希望，
> 闻其变我希望转瞬不见 [6]？

---

[1] 月桂隐喻劳拉。见第22首诗中的注。
[2] "美枝"指月桂树的枝叶，即劳拉。
[3] 指诗人的智慧之花。
[4] 指诗人对月桂荫蔽的幻觉，即对劳拉的幻觉。
[5] 指月桂树的伤害，即劳拉的伤害。
[6] 如果说我对劳拉的赞美诗句曾经给予我希望，难道说听到劳拉有所变化我的希望就烟消云散了吗？

恋爱者会对此口吐何言[1]?

朱庇特不再赐任何特权[2],
太阳神亦对其[3]表示恨怨,
枯萎了月桂的绿色叶片。

[1] 其他的恋爱者又会怎么议论这件事呢?
[2] 罗马神话中的主神朱庇特曾赐予月桂树不受雷电击打的特权,现在他要剥夺月桂树的这种特权。
[3] 指月桂树,即劳拉。

第 61 首

那一年、那一季、那一日月

　　诗人又回想起他初次见到劳拉产生爱情的时刻，兴奋得连气都喘不上来了；从此他便开始书写赞美劳拉的诗句，而且把优雅的赞美诗只奉献给劳拉。

> 那一年、那一季、那一日月，
> 那一时、那一刻均应颂赞，
> 我来到那一座美丽村镇，
> 她那双魅人眼将我紧拴；
>
> 与爱神我首次合为一体：
> 神圣的甜美感令人气喘；
> 拉开弓 [1]，飞出箭，我被射中，
> 深深的箭伤痕刻吾心间。
>
> 我呼唤心爱的夫人名字，
> 叹息随泪与欲飘洒空间，
> 发出的温情音十分委婉；
>
> 我思念与所写每一诗句，
> 都只是奉献在她的面前，
> 对她的赞美词优雅无限。

---

[1] 指爱神拉开射心的神弓。

第 62 首

多少个白昼已被我荒废

　　诗人懊悔自己为了无谓的爱情耗费了过多的时间，希望天主能够卸下他肩上的爱情枷锁，把他带回到具有德善的地方，使他摆脱情欲的折磨。

多少个白昼已被我荒废，
多少个夜晚我呓语连连，
我心中点燃那邪恶欲望 [1]，
因欣赏她美貌吾恶难掩。

天父啊，请求你赐我光辉，
令我返正确路，重建伟业，
使我的邪恶敌 [2] 妄设圈套，
让魔鬼因断角丢尽颜面。

残忍枷禁锢我十一年头：
我主啊，那桎梏对顺民过分凶残，
你快将它卸下我的背肩。

---

[1] 指情爱的欲望。
[2] 指魔鬼。

可怜我无辜受如此磨难，
你快引我浮思 [1] 去见德善，
提醒它 [2] 我悬于十字架端。

---

[1]　指诗人到处漂泊、不知所终的思想。
[2]　指上面一句所提到的诗人流浪的思想。

第63首

您转身观看我苍白面色

  劳拉看到诗人因爱情面色苍白，于是便动了怜悯之情，致使诗人激动不已。诗人情绪低沉的灵魂被劳拉的美丽眼睛和委婉的声音唤醒，他认为，劳拉已掌握了令其高兴和忧伤的两把心灵钥匙，因而他愿意为劳拉做一切事情，无论为劳拉做什么他都感觉十分美好。

> 您转身观看我苍白面色，
> 好像是见死亡出现眼前 [1]，
> 您动了怜悯情，善意问候，
> 使我心免遭受死亡灾难 [2]。
>
> 我仍然维系着脆弱生命，
> 这是您俏双眸所赐恩典，
> 天使般美声音委婉悦耳，
> 眼与音振我心，令我明辨：
>
> 我低沉之灵魂被其唤醒，
> 似牧杖驱懒惰牲畜向前。
> 夫人啊，您掌握开我心两把钥匙 [3]，

---

[1] 因忍受爱情的痛苦，诗人面色苍白；劳拉看见诗人的苍白面孔，就好像见到了死亡。

[2] 劳拉对诗人动了怜悯之情，善意地问候诗人，致使诗人的心避免了死亡。

[3] 指打开心中快乐和忧伤的两把钥匙。

对于此我感觉十分喜欢；
无论风多不顺我愿出海，
您所赐一切都比蜜更甜。

第 64 首

您低头或者是垂下双眼

诗人心中已经产生了对劳拉的爱情，劳拉却要逃离他的心；诗人不得不承认劳拉对他的怨恨有一定道理；然而，诗人认为，命运会禁止劳拉离去；他请求劳拉努力留下，不要再怨恨他。

> 您低头或者是垂下双眼，
> 表现出心不悦、十分厌烦，
> 亦或者欲急忙逃遁而去，
> 全不顾我恳求，把脸扭转；
>
> 爱神已在我胸种下月桂[1]，
> 您却要想方法弃我心田，
> 如此我不得不坦诚承认，
> 您一定有理由将我恨怨：
>
> 高贵树被植于不毛之地，
> 似乎是不合适，理应改变，
> 它自然要远离这片荒原[2]；

[1] 隐喻劳拉。见第 22 首中关于月桂树的注释。
[2] 暗指诗人的心田。

但命运却禁止您去他方，
您至少应奋起努力一番，
切莫要恨我心，直至永远。

第65首

那一日爱神来把我伤害

　　诗人已经被爱神控制，但他不相信爱神的利锉能够完全锉平人心中的勇气，他认为强者一定会受到人们的称赞。然而，诗人觉得摆脱爱神的纠缠为时已晚，只能看爱神如何对待他；此时，诗人不乞求他的心不被爱情之火灼烧，而只乞求劳拉也同他一样陷入爱情之火。

　　　　那一日爱神来把我伤害，
　　　　哎呀呀，我实在混沌、冥顽，
　　　　一步步他控制我的生命，
　　　　登上了山岗的至高之巅[1]。

　　　　我认为不可能因其利锉，
　　　　坚硬的心与肝便会变软，
　　　　丧失掉顽强的无畏勇气：
　　　　谁若是做强者必受盛赞。

　　　　其他的补救法为时已晚，
　　　　现只能静观看爱神咋办：
　　　　是否愿听凡人[2]乞求之言。

---

[1]　指登上了控制诗人灵魂的制高点。
[2]　尘世间的普通人。

我明知乞怜也全然无用，
不哀求爱勿焚我的心田，
只希望她亦觉炽热烈焰。

第66首

望四周云低沉压迫大地

在这首诗中，诗人用波诡云谲的天气和季节的变化生动地比喻了自己的心情和劳拉对他的态度。

望四周，云低沉，压迫大地，
见空中气浑浊，一片昏暗，
似乎是雨欲来狂风骤起，
结冰河依然如水晶一般[1]；
山谷中尚未见青青嫩草，
只有那冰与霜呈现眼前。

我心中比冰霜更加寒冷，
结成了浓重的思想云团，
那云团腾起于封闭山谷[2]，
爱情风[3]吹入谷十分困难；
当天空缓慢地落雨之时，
山谷被死水河环抱中间。

随后降倾盆雨，从未曾见：

---

[1] 诗人的心情十分低沉，随后又如狂风骤起，而冰冷的劳拉却无动于衷。
[2] 指劳拉所在的法兰西南部的沃克吕兹山谷。诗人少年时便与家人移居法兰西南部。
[3] 暗指劳拉。劳拉的名字（Laura）与意大利语中的微风（l'aura）一词谐音。

温暖春将冰雪融为波澜，
看上去河中水趾高气昂 [1]；
乌云也再难遮清澈蓝天，
一阵阵狂吼风驱散云雾，
峰与谷都难保云团安全。

哎呀呀，山谷中花盛开对我何益？
我反而为晴、雨哭泣不断，
冰冻与温柔风亦令我忧，
只希望有一天我能看见，
夫人与海洋及湖河同处，
外不再见云雾，内无冰寒 [2]。

滚滚的江河水汇入大海，
野兽喜隐山谷阴影下面，
令我眼连降雨那片云朵 [3]，
将出现夫人的秀目面前：
她心里坚硬的寒冷冰块（儿），
引发我胸中的痛苦哀叹。

我周围是绿阴、温情之冰 [4]，
应谅解吹来的阵阵微风 [5]，
因爱风 [6] 我来到两河之间 [7]，

---

[1]　因冰雪融化，河水猛涨，因而此处说"河中水趾高气昂"。
[2]　诗人希望有一天能见到劳拉与江河湖海在一起，再看不见遮住劳拉的云雾及
　　其冰冷的内心。
[3]　隐喻爱神。
[4]　指即将融化的冰。
[5]　指温和的春风。
[6]　指上句所提到的微风，亦暗指劳拉。见本诗前面的注释。
[7]　指流经法兰西沃克吕兹的索尔格河和罗纳河。

在山谷绘出了幻想倩影 [1]，
那倩影全不顾热与风雨，
也不管耳边的雷鸣之声。

云与雾随风去，日解寒冰，
雨中河急速流，滚滚不停，
均难比飞逝的那日光景。

---

[1]　诗人在山谷的许多地方都画出他想象中的劳拉的倩影。

第 67 首

被狂风击碎的哭泣波涛

诗人站在海岸边，望着大海的波涛，心潮澎湃，开始书写诗篇。他不知不觉地来到一条小河边，跌倒在草地上，想起美丽的劳拉，爱情又拉动了他的心弦。他为自己再一次陷入情网之中感到羞愧，但庆幸此次只是在河边湿了鞋，并没有痛苦地落泪；因而感谢四月的明媚春天擦干了他泪眼。

被狂风击碎的哭泣波涛，
拍第勒尼安的左侧海岸 [1]，
我即刻望见那高傲月桂 [2]，
它令我书写下段段诗篇。

我想起她两条金色发辫，
爱情在灵魂中搅起波澜，
推动我来到了绿茵小河，
似死人跌倒在草地上面。

尽管我独自在林岗之间 [3]，

---

[1] 位于意大利西部的大海，其波涛拍击着托斯卡纳（以佛罗伦萨为首府）和拉齐奥（以罗马为首府）等区域的海岸。

[2] 隐喻劳拉。

[3] 树林和山岗之间。

却仍然感觉到丧尽颜面[1]，
此羞愧并不需其他根源。

我庆幸已改变旧日习惯，
鞋虽湿，却不再泪眼潸潸：
是明媚四月天将其拭干。

---

[1]　尽管诗人独自在森林和山岗之间，并没有人能看到他，却仍然感觉十分羞愧。

第68首

您家乡呈现的神圣面貌

　　诗人在罗马写作了这首十四行诗，并将其发给一位罗马的朋友。罗马是天主教的圣地，雄伟神圣的罗马城召唤诗人回归天主教奔向天国的正路；然而，却另有人（隐喻另一种追求尘世快乐的思想）提醒诗人切勿忘记与劳拉的约定。诗人追求尘世快乐的情感与遵循中世纪天主教道德规范的理性发生了无法调和的矛盾。

> 您家乡 [1] 呈现的神圣面貌，
> 驱走我忍受的以往灾难 [2]，
> 高吼道 [3]：可怜虫，你做甚？还不站起，
> 快把那登天路指给我看。
>
> 另有人 [4] 却与其展开舌战，
> 质问我：为什么欲逃离她的身边 [5]？
> 你应该返回去看望夫人 [6]：
> 若尚未忘记那约定时间。

------

[1] "您"指诗人的一位生活在罗马的朋友，"您家乡"指罗马。
[2] 指驱赶走诗人以往对爱情的无谓追求。
[3] 指"您家乡"高吼道。
[4] 隐喻另一种思想。
[5] 指逃离劳拉的身边。
[6] 指劳拉。

我听到此人话，亦觉合理，
内心中却如同寒冰一般，
似人闻恶讯后心如刀剜。

当前者[1] 返回时后者[2] 逃窜，
我不知二人中谁能凯旋，
但他们口与舌厮杀不断。

---

[1] 指诗中先发言的人，即罗马城。
[2] 指诗中后发言的人，即与罗马城争辩的另一种思想。

第69首

爱神啊，我深知人的智慧

      诗人知道人的智慧难以抵御爱神的诱惑，因为爱神善于许下虚假的诺言，布下害人的圈套，其利爪十分凶残。一次，诗人摆脱了爱神之手，正欲逃遁，却见到爱神的使者来警示他不要背叛对劳拉的爱情，否则会有种种灾难。

> 爱神啊，我深知人的智慧，
> 实难以抵御你凶恶侵犯，
> 你许下假诺言，布施圈套，
> 伸出的锋利爪十分凶残。
>
> 有件事又一次令我震惊，
> 如此说是因它印我心田，
> 当时我正处于托斯卡纳、
> 厄尔巴 [1]、吉廖岛 [2] 波涛海面；
>
> 我挣脱你的手，逃之夭夭，
> 激荡的风与浪令我难安，
> 见乱云飞渡去，苍天变脸；

---

[1] 厄尔巴岛位于意大利半岛的中西部海面，是托斯卡纳群岛中的第一大岛。

[2] 吉廖岛也位于意大利半岛的中西部海面，属于托斯卡纳（佛罗伦萨所在的行政大区）地区。

不知道你使者何处而来,
警示我:谁若把命运反叛,
必然会遭受到种种灾难。

第70首

希望在何处呀？我好悲惨！

诗人觉得自己十分悲惨和可怜，希望死之前能够摆脱对劳拉的相思之苦，重新获得爱情；他认为，自己长时间忍受痛苦，偶尔欢乐一下是合情合理的。诗人幻想来到劳拉的身旁，劳拉十分喜欢聆听他侃侃而谈；但是，他却发现，劳拉仍然冷漠无情，致使他也变得冷酷。诗人质问自己受了何人的欺骗，其结论是：欲望在作祟；因而，他不能怪罪上天，更不能怪罪别人。此时，诗人已经无法摆脱劳拉在他脑中的纠缠。

希望在何处呀？我好悲惨！
它已经多次被无情背叛：
若无人施怜悯，听我讲述，
又何必去反复乞求苍天？
如若在离世之前，
我能够终结抱怨，
主人[1] 便不觉我话语沉重，
我又可请他来促膝而谈；
草地上[2] 他坦诚对我吐言：
我欢歌和愉悦，理所当然。

---

[1] 指爱神。
[2] 指在一个令人愉快的地方。

我时而高声唱，本合情理 [1]，

因为我叹息了太久时间，

从未曾及时地开始行动，

用欢乐抚平我痛苦心田 [2]。

若我能把欢乐、甜言蜜语，

用双手奉献于圣女 [3] 眼前，

噢，我远胜所有情人，

定感觉幸福无限！

我越是坦诚地说个不停，

夫人 [4] 越请求我侃侃而谈 [5]。

飘忽的思想啊，您引导我，

一步步走向了阔论高谈 [6]，

但您见那夫人 [7] 铁石心肠，

我无法深入她坚硬心田。

她不屑低下眼（因天不愿），

垂顾我吐出的卑微之言 [8]；

尽管我曾逆上天，

但如今已觉疲倦：

我的心早变得十分坚硬，

也希望我语言变得尖酸 [9]。

---

[1]　有时候我也会写诗，歌唱美好的事物，这是合情合理的。

[2]　我从来就没有真正地行动起来，用快乐抚平我心中的痛苦。

[3]　指诗人的爱情偶像劳拉。

[4]　指劳拉。

[5]　诗人幻想自己与劳拉无拘无束地交谈，他的话越说越多，劳拉也越听越爱听。

[6]　此时，诗人的思想已飘飘然，它使诗人高谈阔论；但是，它又看到劳拉仍然铁石心肠，不为诗人所打动。

[7]　指劳拉。

[8]　劳拉不理睬诗人，这是在遵循上天的意愿。

[9]　诗人曾努力抗拒上天的意愿，不断地追求劳拉，但现在却对此感到疲倦；他的心已经变得坚硬，他希望自己的语言也变得尖酸。

我说啥？我在哪（儿）？被谁欺骗？

还不是因我有过分欲念[1]？

如若我一重重穿过星天，

并无人判处我哭泣不断[2]。

是肉体令我眼模糊不清，

我怎可恨人怨天？

美又有什么过错[3]？

痛苦源昼与夜将我陪伴[4]，

见到她[5]娇容和媚眼之后，

我心中充满喜，移步艰难[6]。

万物都出自于永恒大师[7]，

它们把尘世间精心装点；

但吾心却难以分辨黑白，

因我目被炫迷[8]，头脑晕眩；

若偶然我重见真正光辉[9]，

必定会伤及双眼，

正视它已很困难[10]，

---

[1] 诗人质问自己是谁欺骗了他，他的回答是：欺骗他的不是别人，而是他自己的欲望。

[2] 如果诗人的灵魂和其他善良人的灵魂一样，进入天国的一重重星天，并没有人会判处他因犯相思病而哭泣不断。

[3] 诗人认为，是人类的肉体和欲望令他的眼睛模糊不清，无法看到真理，这不是别人和上天诸星辰的错误，也不是劳拉美貌的错误。

[4] 诗人认为，痛苦的根源在于诗人本身，即昼夜陪伴着诗人的爱情欲望。

[5] 指劳拉。

[6] 见到劳拉之后，诗人心中充满了喜爱和快乐之感，因而再难以离弃她。

[7] 指造物主。

[8] 眼睛被尘世的美色所炫迷。

[9] 指天主的光辉。

[10] 因为被尘世的美色炫迷了双眼，因而已难以正视天主的光辉。

只因为眼自己不够检点，
不能怪那天见天使美貌，
当时我还是个多情少年[1]。

---

[1] 是双眼犯下的罪过，不能归罪于那一天见到了劳拉天使般的美貌，更何况那
时候我正处于青春时期。

第71首

我人生十分短暂

　　这首歌和后面的两首歌都是专门赞美劳拉双眸的，因而被称作"美眸歌"。诗人说，是劳拉的美丽双眸引起了他的爱慕之心，那美眸既带给他幸福，也带给他痛苦。

我人生十分短暂，

绞脑汁赞颂婵娟，

对才华与生命均不信任 [1]，

虽沉默，心中却不断呐喊：

希望她理解我苦，

无论我有何期盼 [2]。

爱之神栖息在美眸之中，

我要把赞美歌向您奉献，

它 [3] 迟钝，欲望却推其向前；

谁若是将您颂扬，

必定获高贵衣衫 [4]，

可展开爱的羽翼，

能升华卑劣情感。

---

[1] 诗人不认为自己有足够的才华和生命力，从而能够完成赞美劳拉的伟大事业。

[2] 诗人虽然沉默，但心中却在呐喊和赞颂劳拉；无论诗人心中有怎样的期盼，他都希望劳拉能够理解其苦衷。

[3] 指诗人的赞美歌。

[4] 必获得高贵的志趣和诗句。

羽翼载我腾空诉说之事，

在我心已隐藏许久时间[1]。

并非是我未察觉，

赞美歌令您生厌[2]：

难违逆强烈欲望[3]，

它已经占我心田；

人理性难御的强大敌人[4]，

无人配吐美言将您颂赞。

我深知只有您[5]能够理解，

这甜苦交融情[6]起于何源。

见到我您显露可爱愤怒[7]，

胸中火似被我莽撞点燃，

我如雪，怎么敢靠近烈焰。

噢，若如此恐惧、担忧，

难阻火焚我心田，

只希望它烧得不要太旺，

我宁死不愿意活受熬煎。

我虽是脆弱之体[8]，

却未在烈火中化作青烟，

---

[1] 爱情的羽翼载我飞上天空，令我说出许多爱的语言，这些语言已经在我心中
    隐藏了许久时间。
[2] 诗人已经察觉，劳拉的美眸并不喜欢他的赞美词。
[3] 无法抗拒赞美劳拉的强烈欲望。
[4] 指劳拉的美丽双眸，它们的诱惑是理性难以抵御的。
[5] 指劳拉的美眸。
[6] 看见劳拉的美丽双眸，诗人欣喜若狂，同时又为得不到劳拉的回应而痛苦万
    分，因此此处说"甜苦交融情"。
[7] 劳拉的美眸不喜欢诗人的赞美，向他表示愤怒；诗人感觉那愤怒也有一丝
    可爱。
[8] 人类的躯体是可以死亡和腐烂的，因而此处称其为"脆弱之体"。

非因我金刚身顽固不化，

是畏惧 [1] 救我脱难，

它令我降温血不再沸腾，

致使我心坚强、情火久燃。

噢，峰与谷、河与林、辽阔田园，

可见证我生活何等艰难，

多少次听我把死亡呼唤！

啊，这是我命中之难，

我无法留下来，亦难逃远 [2]。

大恐惧 [3] 若不能止我脚步 [4]，

痛苦将寻捷径奔向终点 [5]，

方向是残忍的终极之哀，

因她错，我才坠如此深渊。

痛苦啊，你为何引我说违心之言？

应容忍我走向快乐地点。

夫人啊，您阳光之美眸明亮非凡，

我不再把您抱怨，

也不再怪罪爱神，

是爱神把我与秀目紧拴。

幸福且欢乐的闪烁之光 [6]，

若您 [7] 能见自己绝世美艳，

必看到爱神将五彩之色，

---

[1] 畏惧劳拉美眸对他发怒。

[2] 诗人既不愿留在人间受苦，也难以逃离人间。

[3] 指对死后处境的恐惧。

[4] 止住诗人奔向死亡的脚步。

[5] 诗人将寻找捷径结束自己的痛苦。指自杀。

[6] 指劳拉的美眸。

[7] 指上一句所提到的"闪烁之光"，即劳拉的眼睛。

也经常涂抹在我的容颜 [1]，

并能够揣度透我的内心：

昼与夜它 [2] 承受爱情利箭，

您是那爱神的力量源泉 [3]；

每一次面向我转过身来，

都可见您令我无比震撼。

若您 [4] 见神女般俊俏佳丽 [5]，

必然似其他人赞赏不断，

心中会油然生无限快乐：

难相信凡人眼能够看见，

尘世有这等的美艳婵娟。

上天的明灯 [6] 啊，幸福灵魂 [7]，

我为您发出感叹，

生活虽令我寡欢，

但为您，我对它 [8] 感激万千。

哎呀呀，您为何赐予我如此之少？

我从来未曾有满足之感。

您为何不经常瞩目于我，

令爱神把我身撕成碎片？

我时而也能够感到快乐，

---

[1] （劳拉的）美丽眼睛啊，若您能看见自己的美艳，就一定也能见到，因为我见
到了您，爱神经常会令我激动得脸色发生变化。

[2] 指诗人的心。

[3] "您"指劳拉的美丽双眸，它们是爱神征服诗人的力量源泉。

[4] 仍指劳拉的双眸。

[5] 指劳拉。

[6] 隐喻劳拉的双眸。

[7] 指诗人的灵魂。

[8] 指生活。

您为何急驱它[1]离我身边？

时不时靠您[2]恩赐，

感觉到我的心间，

有一种新鲜的异常甜蜜，

它清除恼人的思想负担，

不留下丝毫杂物，

只保存对您的那份思念：

这对我却没有裨益半点[3]。

若此种甜蜜能略微持久，

任何人都无我感觉温暖；

它或许将引起别人嫉妒，

也会令我心中产生傲慢；

但欢乐到了极限，

它就会变成灾难：

我应该想想自己，

快熄灭灵魂火，恢复本原[4]。

透过您[5]，我已发现，

爱之情寓我心田，

驱赶走其他欢乐；

只希望言与行尽遂吾愿[6]：

---

[1] 指上一句所提及的"快乐"。

[2] 指劳拉的美眸。

[3] 对劳拉美眸的思念给诗人带来的也只是痛苦，因而说"这对我却没有裨益半点"。

[4] 诗人认为应该为自己想一想，熄灭欲火，恢复他本来状态，以避免相思给他带来的痛苦。

[5] 指劳拉的双眸。

[6] 诗人希望自己的言行都能符合自己的意愿，他的意愿是：肉体死了，灵魂仍然能够永存。

即便是肉体会死，

却期盼不灭魂寿如苍天。

您出现，孤寂与痛苦逃遁，

您离去，它们亦即刻回返。

记忆已爱恋上您的形象，

拒它们[1]再进入我的心田，

它们便只好逃远；

若美果[2]生于吾心，

种子却先来自您的身边：

我这片荒凉地被您开垦，

结硕果均归您理所当然。

歌呀歌，你令我无安宁，却燃欲焰，

继续赞偷我心那双丽眼，

然而你却不会孤身向前[3]。

---

[1] 指前面提到的孤寂与痛苦。

[2] 指爱情的美果。

[3] 暗指后面还会有其他赞美劳拉美眸的诗歌。

第72首

夫人啊，高贵夫人

这是"美眸歌"中的第二首，它通过赞美劳拉的美眸，再一次展现了诗人内心的情感冲突：一方面，诗人觉得爱情可以升华他的情感，另一方面，诗人仍向往永福的天国。

夫人啊，高贵夫人，
您双眼温情光直透心田，
长时间我已习惯，
在那里有爱神作为陪伴；
当它们转动之时，
我看见一条路直上云天 [1]。
这情景引我从善，
奔向那光荣终点 [2]；
只有它 [3] 可令我远离庸俗，
凡人语难讲清我的体验：
是她那两股神光 [4]，
令我有如此之感；
无论是冰雪寒冬，
还是那万物的复苏春天，

---

[1] 指通向天国的路。
[2] "光荣终点"指天国。诗人认为爱情可以引导他避恶从善，奔向天国。
[3] 指上一行诗句提到的"光荣终点"。
[4] 指劳拉的两只美丽眼睛。

我都如初坠入情网那般。

上苍是群星的永恒动力 [1]，
把它的美杰作 [2] 展示人间，
我心想：若诸美均在天上，
快开狱令我出幽幽黑暗 [3]，
并砸碎锁我足冰冷铁链 [4]：
它阻我永福路奔跑向前。
随后我转过身，心事重重，
又坠入往常的思想混战 [5]；
谢"自然" [6] 赐予我许多快乐，
她使我降临人间；
谢夫人，给我希望，
升华了吾心灵，使我不凡；
心 [7] 曾经令我厌，如今欢喜：
美双眸照我心田，
使其生高贵且美妙情感。

爱神或无常的时运女神 [8]，
从未对尘世的博爱之人，
施恩泽，赐予欢愉；

---

[1] 上天是推动群星和宇宙万物运转的动力。
[2] 指天上的群星。
[3] "狱"指禁锢人灵魂的躯壳。
[4] "铁链"也指禁锢人灵魂的躯体。这几行诗句的意思是：快让我的躯壳死去，
　　这样我便能够奔向永福的天国，见到上苍创造的美丽杰作。
[5] 指诗人内心激烈的情感冲突。
[6] 指自然女神。
[7] 指诗人曾经极其低沉的心情。
[8] 指反复无常的时运女神。

我宁愿用它 [1] 换美妙眼神：

见夫人，吾心安宁，

似树木吸滋养于其须根。

生命的火花 [2] 似天使美艳，

燃快乐且开启幸福之门，

用温情将我折磨，

把我的精力耗尽：

见您 [3] 的耀眼之辉，

心中的其他光默默逃遁 [4]；

此甜蜜进入之时 [5]，

其他的情感均退出我心，

唯爱神陪伴着您 [6]。

幸运的诸情人甜蜜情感，

即便是仅居一心 [7]，

也难以和我相比，

不能与我感受相提并论；

有时您温情地转动双眸，

眼中见欢悦爱神 [8]；

我深信，是上天施展神通，

欲抵制邪恶"时运" [9]，

弥补我残缺灵魂。

---

[1] 指上一行诗句提到的"欢愉"。

[2] 指点燃诗人生命之火的火花，即劳拉的美丽双眸。

[3] 指劳拉的双眸。

[4] 在劳拉美眸的耀眼光辉之下，诗人心中的其他杂念都纷纷逃遁。

[5] 当劳拉美眸的光辉所带来的甜蜜之感进入诗人心中之时。

[6] 在诗人的心中只有爱神陪伴着劳拉。

[7] 即便把所有幸运情人的甜蜜感受都集聚在一个人的心中。

[8] 当您转动美丽的双眼时，便可以见到您眼中的欢乐爱神。

[9] 指时运女神。

她面纱和手臂令我不悦，

隐藏起至美女神 [1]，

遮蔽了我的双眼，

致使我昼与夜面挂泪痕，

泪冲刷我胸中强烈欲念，

她情绪决定着我心晴阴 [2]。

我感到十分遗憾，

因天赋实在一般，

不值得她投来可爱目光，

但我在努力改变，

要符合她对我崇高期盼；

高贵火 [3] 已将我周身点燃。

若我能努力学习，

可做到避恶从善，

并鄙视尘世人期待之物，

夫人的善意判断 [4]，

便可能助我的美名远传；

痛苦心在呼唤我的泪水 [5]，

哭泣的目的是寻觅丽眼，

那丽眼温情抖颤 [6]：

这便是真情人 [7] 终极心愿。

---

[1] 指劳拉经常用面纱或手臂遮挡住自己的美丽面容。

[2] 劳拉的情绪也决定了诗人情绪的好坏。

[3] 指劳拉在诗人心中引起的欲火。

[4] 指劳拉不把诗人看作过于追求尘世之乐的俗人。

[5] 诗人痛苦的心呼吁他哭泣。

[6] 诗人希望劳拉的美眸被他的真诚感动得发抖。

[7] 指诗人自己。

歌呀歌，你姐 [1] 已行走在前，
你小妹 [2] 亦孕育同一房间 [3]，
我还将吟唱出另一诗篇。

---

[1]　指上一首"美眸歌"。
[2]　指下一首"美眸歌"。
[3]　指孕育于同一个大脑中，即诗人的大脑中。

第73首

我命中已经注定

这是三首"美眸歌"中的最后一首。诗人继续赞美劳拉的美眸，抒发自己矛盾的思想感情。

> 我命中已经注定，
> 燃烧的强烈欲望 [1]，
> 迫使我叹息不已，
> 现在又令我歌唱；
> 是爱神引我前行，
> 并为我指路护航，
> 我写诗抒发激情，
> 却缺少所需柔肠，
> 自觉心已难入他人目光 [2]；
> 诗歌在令我燃烧，
> 使我的心情激荡，
> 我担忧缺乏智慧，
> 亦觉得头脑中火焰不旺 [3]，
> 绞尽了脑中汁寻求妙语，

---

[1] 指诗人心中的情欲。
[2] 指诗人已无法再爱上其他人。
[3] 诗人自觉头脑中没有足够的智慧火焰。

却似乎如冰人融于阳光 [1]。

我开始书写诗篇，
与似火欲望交谈 [2]，
希望能小憩片刻，
便可以斗胆吐心中之言 [3]；
此时刻希望却弃我而去，
它独自消逝不见 [4]。
然而我须完成崇高事业，
继续把爱之情书于纸面，
推动我之欲望如此强烈，
退缩的理由已全然不见 [5]，
再无法阻止它 [6] 阔步向前。
爱神啊，你应教我，
使我诗能穿越千难万险，
传至那温情的冤家 [7] 耳边：
她即便不爱我，也会示怜 [8]。

于是我吐言道：以往时代，
灵魂被真正的荣耀点燃，
有一些勤劳之人，

---

[1] 诗人绞尽脑汁寻求完美的诗句，但感觉心有余而力不足，似乎自己累得已经
     像阳光下融化的冰。
[2] 诗人认为，他写诗的时候是在与自己的强烈爱情欲望交谈。
[3] 诗人觉得，自己略微休息，整理一下思绪，便可以勇敢地讲出心中的话。
[4] 诗人正希望休息片刻、整理思绪的时候，这种想法又突然消失。
[5] 已经再也没有退缩的理由了。
[6] 指前面提到的欲望。
[7] 指劳拉。
[8] 即便劳拉不爱我，也会向我表示怜悯。

把不同国度游遍 [1]，

去寻求光荣果，摘取美花 [2]，

跨大海，登上高山；

而如今，天主和自然、爱神，

把美德均置于您的丽眼，

美眸中我感觉快乐无比，

不须要跨过河面，

也不须再穿越沉寂荒原。

我时刻依赖美眸，

就好像人生命难离清泉；

当我欲急奔向死亡之时，

望一眼那美眸吾心便安。

似夜晚水手举头，

风浪中他已经十分疲倦，

望见那两盏明灯 [3]，

它们均高悬天边；

我亦处爱神的风暴之中，

指引我唯有她那双亮眼。

噢，天哪，美眸中我盗取太多快乐，

这（儿）也有，那（儿）也有，随处可见；

爱之神教会我狡黠之术，

美眸把其礼物自愿奉献 [4]，

致使我沦落得卑劣不堪：

自从我见到那美眸之后，

无其伴我就难移步从善，

---

[1] 指那些跨越千山万水的朝圣者。

[2] 指摘取最美的精神花朵。

[3] 指大熊星座和小熊星座。

[4] 诗人在爱神那里学会了求爱的狡黠之术，美眸便自愿把自己奉献在诗人面前。

以至于我视其至高无上，
人难把我真实价值判断 [1]。

我永远无法说明，
那秀目给予我何等快感：
此生的所有欢愉，
都与其相差甚远，
尘世的一切美艳，
均没有它更好看。
在美眸温情的微笑之中，
诞生了宁静、平安，
却丝毫没有焦虑，
如天国永恒的太平一般。
那一日天轮停转，
我的眼不眨半点，
忘记了其他，也忘记自己，
只知道瞩目观看，
看爱神咋操纵她的丽眼。

苍天啊，我竟然期盼实现，
那无法成真的梦幻，
已经是毫无希望，
我却与欲望纠缠：
美眸的强烈光刺痛吾眼，
爱神把欲望结绕我舌尖 [2]；
如若能解开此结，

---

[1] 按照中世纪基督教的价值观念，只有上帝才是至高无上的；然而，诗人却视劳拉的美丽双眸为至高无上之物，因而，人们已经无法判断诗人的价值观念了。
[2] 爱神使诗人产生爱情的欲望，强烈的欲望使诗人十分激动，难以吐言。

我定将斗胆吐异常之言，
令那些理解者热泪潸潸[1]；
我心中累累伤痕，
必引导吾心弃原有路线[2]，
因而我变得苍白，
不知道体中血流向哪边；
我不再如同从前，
爱神欲用此法令我命断。

歌呀歌，我议论温柔情太久时间，
笔已经感觉疲倦，
思绪却还未烦与我交谈[3]。

---

[1] 若能够解开束缚诗人舌头的欲望之结，他便可以吐出异乎寻常的美丽语言，
令那些能够理解诗人情感的人们热泪潸潸。
[2] 偏离我本来想要讲述的事情。
[3] 虽然笔写累了，但思想还不知疲倦地与诗人交谈。

第74首

我思绪早已经疲惫不堪

　　思念劳拉的诗人已经感觉十分疲惫，但思绪仍然紧紧地缠绕着他心爱的女人；他痛苦得几乎要死去，却还在日夜呼唤劳拉的名字，描述劳拉的美貌。最后，诗人说，如若他的描述出现失误，不能怪他缺少文采，而只能怨爱神没有尽全力帮助他。

我思绪早已经疲惫不堪，
却仍然纠缠在您的身边，
为什么我还未离弃生命，
逃避开沉重的悲惨哀叹？

为什么我日夜呼唤您名，
从不缺赞颂您华美语言，
描述您俊面容、闪闪金发，
议论您那一对丽眸俏眼？

我双脚追踪着您的足迹，
从来就不知道何为疲倦，
徒劳地踏遍了每块土地，

如今我靠纸墨绘您容颜；
若失误切勿怪我缺文采，
是爱神未尽力助我颂赞。

第75首

她美眸将吾心强烈震撼

    诗人继续歌颂劳拉的美眸，认为它比任何灵丹妙药都更灵验，能够治愈诗人的伤痛，使其恢复健康；美眸堵塞了诗人其他所有爱情之路，令他只能爱恋劳拉，追逐对劳拉的思念，尽管这种思念受到别人的嘲笑。

> 她美眸将吾心强烈震撼，
> 可愈合我伤口，令我康健，
> 远胜过药草与魔法、巫术，
> 海外的宝石也无它灵验 [1]，
>
> 它堵塞我其他爱情道路：
> 唯甜蜜之思念令我意满 [2]；
> 我诗句贪婪地追此眷恋，
> 这眷恋受他人嘲笑不断。
>
> 是美眸致使我那位主人 [3]，
> 建立了伟业绩，胜利凯旋，
> 占据了我全身，尤其心田；

---

[1] 在中世纪的欧洲，人们传说，遥远东方的神秘宝石可以治愈伤痛。

[2] 唯独对劳拉的甜蜜思念能令诗人心足意满。

[3] 指爱神。

是美眸携火种进入吾心，
点燃了永久的熊熊烈焰，
因而我歌颂它不知疲倦。

第 76 首

爱神为诱惑我许下诺言

　　诗人又被爱神引入爱恋劳拉的牢狱，他认为这只能怨恨自己；诗人想象自己侥幸获得了打开牢狱的钥匙，摆脱了爱情的桎梏，但他却为获得自由而叹息；在某种程度上，他的心仍然被锁于牢狱，因而十分痛苦；若有人能看见诗人真实的面色，必定会说：此人已经距死亡不远。

爱神为诱惑我许下诺言，
重引我入旧日监禁房间 [1]，
将钥匙交给了我的女敌 [2]，
遭此难也只能自我抱怨。

哎呀呀，若不是我侥幸获得钥匙，
想摆脱此处境实在困难，
虽获得自由却叹息不已，
即便是发毒誓谁信我言？

我仍然如一名痛苦囚犯，
心中还缠绕着部分锁链：
额头上、双眼中吾心可见。

---

[1]　指以前劳拉曾经监禁过诗人的爱情牢狱。
[2]　指劳拉。

如果你看见了我的面色，
必会说：假若我未作出错误判断，
此人已快步入死亡深渊。

第 77 首

波留克列特斯名声远传

　　意大利中世纪晚期的著名画家西蒙尼·马蒂尼曾为劳拉绘制了一幅美丽的肖像画，这首十四行诗和下一首十四行诗都是通过介绍这幅画来赞颂劳拉的作品。

波留克列特斯[1] 名声远传，
与其他古画家享誉千年，
若他们也注视劳拉容貌，
定然会见她有夺心美艳。

西蒙尼[2] 肯定是到过天国
（此高贵之女子来自那边），
见过她，并将其绘于纸上，
返人间又把她忠实展现。

天国中可设想美妙杰作，
人世间获美像十分困难，
因肉体裹灵魂，人眼不见[3]。

----

[1] 波留克列特斯是公元前 5 世纪的古希腊著名的艺术家和艺术理论家。
[2] 指西蒙尼·马蒂尼，他是中世纪晚期意大利的著名画家。
[3] 人的肉眼见不到被肉体包裹着的灵魂。

此杰作[1]绘于天，人间难得：
降尘世画师要承受冷暖，
唯俗物方可入他的双眼[2]。

---

[1]　指西蒙尼绘制的劳拉画像。

[2]　降至人间之后，画家便会感受到人间的冷暖，成为尘世的俗人；此时，只有
　　　尘世的俗物才能进入画家的眼中；因而，他便难以画出劳拉天仙般的美貌。

第 78 首

是我劝西蒙尼挥动画笔

诗人说，是他劝西蒙尼为劳拉绘制了画像；看上去，画像中的劳拉十分谦卑，她给诗人心中带来了安宁的感受；随后，诗人走过去与画像交谈，画像似乎在认真聆听诗人讲话，好像要回应他的话语。

是我劝西蒙尼[1]挥动画笔，
令画师产生了高贵意念；
如若他赋画中高贵人物[2]，
灵魂与理智和说话语言，

那人物能熄我痛苦欲望，
情欲使我鄙视他人至善：
看上去她好像十分谦卑，
其容貌似乎能赐我宁安。

随后我走过去与她交谈，
她认真听我讲，十分和善，
似乎要回应我所吐之言。

---

[1] 见上一首诗的注释。
[2] 指画中的劳拉形象。

皮格马利翁 [1] 呀，你应该赞美那自雕女像，

如若你曾获得千次情欢，

我只需她一次表示爱恋。

---

[1]　皮格马利翁是希腊神话中的塞浦路斯国王，善雕刻。他用神奇的技艺雕刻了
　　　一座美丽的象牙少女像，在夜以继日的工作中，他把全部精力、热情和爱都
　　　赋予了这座雕像，像对待自己的妻子那样抚摸她，装扮她，为她起名加拉泰
　　　亚。爱神阿芙洛狄忒被他打动，赐予雕像生命，并让他们结为夫妻。

第 79 首

这已是我叹息第十四年

这已是诗人暗恋劳拉的第十四个年头，他心中的情欲之火仍然十分强烈；诗人感觉自己在爱神的桎梏下已经难以喘息，生命只剩下一半；只有他自己知道这种情况，别人对此都一无所知；然而，诗人却不知自己还能活多久，只知道生命渐渐逝去，死亡已经靠近。

> 这已是我叹息第十四年，
> 若年中、年尾如年初一般，
> 微风与阴凉都难以救我，
> 因为我欲望如熊熊烈焰。
>
> 我思想与爱神无法和解，
> 在他的桎梏下喘息已难，
> 我经常将双眼转向邪恶 [1]，
> 致使我这条命仅存一半。
>
> 一天天它 [2] 默默消逝而去，
> 只有我心明了此种灾难 [3]：
> 认识她我的心惨遭摧残。

---

[1] 指追求劳拉的美艳。
[2] 指生命。
[3] 诗人极力掩盖他对劳拉的爱情，因而只有他自己知道这种爱情给他带来的灾难。

我勉强将生命维持至今，
不知它能持续多久时间：
生命遁，死亡便来到眼前。

第80首

谁决心驾驶着生命之舟

    诗人用驾驶帆船航行于巨浪险礁之间来比喻自己的生命历程。本来诗人把自己生命之舟航行的方向托付给和顺的微风，希望和风将其平稳地推入港湾，从而投入幸福的爱情生活，然而，风却把船吹向满是礁石的危险海面；诗人焦虑不安，期盼在天主的帮助下调转航向，尽快回到平静的港湾。

> 谁决心驾驶着生命之舟，
> 穿行于礁石和阴险浪间，
> 距死亡仅仅有咫尺之遥，
> 其生命离结束已经不远：
> 趁帆船还服从水手操纵，
> 应即刻入海港寻求安全。
>
> 我将舵和船帆托于和风，
> 希望能随风入平静之湾，
> 投身于爱情中，安稳生活，
> 和风却推我至千礁水面；
> 我已经被危险团团包围，
> 痛苦的结局[1]已闯入吾船[2]。

———————————

[1]　指死亡。

[2]　"船"隐喻诗人的内心。诗人觉得自己不仅被外部的危险（指劳拉美貌的诱惑）包围，而且自己的内心也早被攻破，痛苦的死亡之感已涌入。

我长期被封在木船之中，
盲目地漂泊着，方向不辨[1]，
船载我提前至死亡之地[2]，
天主却愿见我转身回返，
他引导我生命躲避礁石，
要使我能遥见远处家园[3]。

就好似从远海木船望见，
宁静港夜色中灯光闪闪，
暴风雨与礁石难阻其路；
我也在鼓起的风帆上面，
看见了另一种生命旗帜[4]，
因而对我结局发出哀叹[5]。

并不因我对死胸有成竹[6]，
却期盼入港于天黑之前[7]：
短暂的生命中仍须跋涉，
我担心脆弱船难拒艰险；
不希望帆被风满满鼓起，
是恶风推我至礁石之间[8]。

---

[1] 隐喻诗人长久盲目地纠缠于尘世快乐，丝毫辨别不出人生的真实目的。
[2] 指年纪轻轻的便要死去。
[3] 隐喻天国。
[4] 指生命的另一种意义，即中世纪天主教价值观念所追求的天国的永福。
[5] 诗人希望死去，却担心死后无法进入天国，为此他发出哀叹。
[6] 诗人对死后是否能进入天国并没有把握。
[7] 诗人希望尽早离弃尘世，进入安宁的天国。
[8] 诗人并不希望自己的生命之船鼓满风帆飞速前行，因为风可以推船在正确的航线上前行，也可以像诗人的处境这样把船推入布满危险礁石的海面。

如若我能活着摆脱险礁，
漂泊的结局也十分圆满，
真希望快转动船上风帆，
入某座避风港抛锚脱险。
即便我尚不似点燃之木，
再改变己生活已经困难 [1]。

噢，掌控我生死的仁慈天主，
在疲惫木舟被击碎之前，
你引它避礁石进入港湾。

---

[1] 即便我还没有像被点燃的木头那样熊熊地燃烧，欲火也使我难以改变自己已
　　经习惯的追求现世快乐的生活方式。

第81首

我背负罪孽与恶习包袱

诗人担忧自己背负罪孽，难以沿着正确的道路走到生命的终点；此时，天主来解救他，命令诗人随他而去；诗人不知道自己为什么会获得天主如此巨大的恩典。

我背负罪孽与恶习包袱，
早感觉身体已疲惫不堪，
极担忧落入到敌人 [1] 之手，
走不到我生命旅程终点 [2]。

一伟大之朋友 [3] 前来解救，
他至高之慷慨表述无言 [4]；
随后他飞离了我的视线，
用双眼追踪他徒劳枉然。

他声音仍然还回荡世间：
噢，痛苦者，路在此，切勿怠慢，
若罪孽不阻您，随我向前。

---

[1] 指地狱的魔鬼。
[2] 沿着正确的道路走到生命的终点。
[3] 指天主。
[4] 没有语言可以清楚地表述天主至高无上的慷慨。

何大爱、何命运、何种恩典，
把飞鸽^[1]之羽毛披我背肩，
令吾体地上歇，灵魂升天？

---

[1] 在基督教文化中，飞鸽往往隐喻圣灵。

第82首

夫人啊，我爱您从未曾感觉疲倦

　　诗人爱恋劳拉从来就未感觉过疲倦，但他讨厌自己总是为此伤心落泪；他期盼有一天自己死去，埋葬在一座美丽的白云石坟墓中；他认为，如果他心中充满对爱情的忠诚，劳拉就应该回报他；假若劳拉仍然怨恨诗人，并不寻求诗人对她的忠诚，而寻求另一种满足，便会忍受自欺欺人的痛苦，因为诗人会在爱神的帮助下，经过自己的努力，摆脱劳拉的控制。

夫人啊，我爱您从未曾感觉疲倦，
只要是我生命还没中断；
然而我却极端痛恨自己，
对不停流眼泪已经厌烦；

我期盼有一座美丽白墓，
云石上刻您名和我灾难，
灵魂虽脱离了墓中躯壳，
但它应与肉体继续作伴 [1]。

一颗心若充满爱的忠诚，
便应能取悦您，没有麻烦，

---

[1] 诗人希望自己死后，即便灵魂脱离了肉体，却仍然能够陪伴它。这表明，诗人并不甘心被爱情和劳拉的惩罚带入死亡。

您也该回报它所作奉献。

您怨恨若欲寻另种满足，
期盼事便注定难以实现：
我应谢自己和爱神周全[1]。

---

[1] 如果您怨恨我，惩罚我，并不是为了获得我的忠诚，而是为了寻求另一种满足，那么，您所期盼发生的事情就注定难以出现，因为在爱神的帮助下，我会努力地摆脱您的控制；所以我要感谢我自己的努力和爱神的帮助。

第 83 首

似乎是时光在慢慢调色

诗人经常与爱神相处，他认为自己在衰老之前一定还会被爱神的利箭再次射伤；然而，他已经遍体鳞伤，所以并不惧怕爱神的进一步伤害。

似乎是时光在慢慢调色，
将令我两鬓处花白如霜，
我如今时常与爱神相处，
衰老前定难以躲避箭伤。

我不惧他将我撕成碎片，
更不怕拘我于胶带[1]之上，
裂吾心也难以将我吓倒：
邪恶的毒箭已插满胸膛[2]。

泪水虽难流出我的双眼，
然而在眼窝中旋转、游荡，
我勉强阻止它涌出眼眶。

---

[1] 指中世纪人们用来粘鸟的胶带，转义为"陷阱"。
[2] 诗人的胸膛上已插满了毒箭，必死无疑；那么又何惧心被爱神撕裂呢？

她高傲之目光将我灼烫，
但难以烧成灰，四处飞扬，
其残忍却令我难入梦乡 [1]。

---

[1] 虽然劳拉的高傲目光将诗人灼烫，却没有把他烧成到处飞扬的灰烬；然而，
劳拉的残忍却令其无法入睡。

第84首

眼睛啊，你应用哭泣来陪伴吾心

　　这首诗是诗人与自己眼睛的对话。诗人抱怨眼睛贪婪地观看尘世美色，犯下了不可饶恕的罪过；眼睛却抱怨诗人的心过于贪婪，犯下了罪过。

> （诗人：）眼睛啊，你应用哭泣来陪伴吾心，
> 因你错它承受死亡灾难。
> （眼睛：）你与我始终是哭泣不断，
> 最好是把别人错误抱怨。
>
> （诗人：）因为你爱之神闯入我心，
> 现如今仍将其无理侵占。
> （眼睛：）是我们因期盼将其 [1] 敞开，
> 那期盼本来自将死心田 [2]。
>
> （诗人：）并非如你所说，二者同罪 [3]：
> 当你们与夫人首次见面，
> 便同样表现出十分贪婪。

---

[1] 指诗人期盼尘世快乐的心。
[2] 对尘世快乐的期盼本来就来自你那颗因痛苦将要死亡的心。
[3] 诗人认为，他的眼睛应该与心同罪。

（眼睛：）这便是最令人悲伤之处，
完美的好裁决十分罕见，
人总是要斥责他人错判。

第 85 首

我曾经爱那个温情之地

诗人十分留恋那个令他产生爱情的地方，当爱神使他伤心时，他经常去那里哭泣。诗人非常怀念他恋爱的美好时光，这种怀念令他又开始勇敢地回忆劳拉的美貌，因为是劳拉的美貌激发了诗人的爱情。诗人感叹道：若不是他对爱情抱有希望，即便他再有求生的欲望，也难避免死亡的结局。

我曾经爱那个温情之地，
现如今爱情仍日日增添，
当爱神令吾心痛苦之时，
我经常去那里哭泣不断。

我一心怀念那美好时光，
此怀念摘除我胆怯心肝；
她美面打扮得十分迷人，
因为她我陷入深深爱恋。

我如此爱恋的两位敌人[1]，
谁曾想都一同来我面前，
或从左或从右犯我心田。

---

[1] 指诗人开始爱恋劳拉的时间和地点。

爱神啊，你为何如此击我？
对爱情我若无强烈期盼，
即便是强求生，死亡难免。

第86首

我始终记恨着那扇窗户

　　诗人认为，人能在幸福之时死去是最快乐的；爱神射出千支利箭，箭箭令他感受到幸福，却没有任何一支箭取其性命。随后，诗人为自己摆脱不了肉体和尘世罪孽的束缚而痛苦万分。诗人说，他的灵魂曾久经磨难，应该明白，逝去的时光不会再返回；他告诫自己的灵魂快快离去，但是，他知道，经历过幸福的灵魂很难抛弃尘世快乐。

　　　　我始终记恨着那扇窗户 [1]，
　　　　透过它爱神射千支利箭：
　　　　幸福时能死去快乐至极，
　　　　却并无一支箭令我命断。

　　　　哎呀呀，那监禁灵魂的尘世牢狱 [2]，
　　　　是造成我无数罪孽根源；
　　　　因灵魂难逃离心的束缚，
　　　　我痛心罪随我久留世间。

　　　　悲惨的灵魂已久经磨难，
　　　　应知晓时光逝不再回返，
　　　　它不会停脚步驻足不前。

---

[1]　指劳拉的眼睛。
[2]　指人的肉体。

我多次对灵魂发出警告：
灵魂呀，离去吧，你好悲惨，
曾经历幸福者离世最难。

第87首

好箭手一射出弓上利箭

　　诗人认为，箭一离弦，优秀的弓箭手就可以判断出是否能够射中靶子；随后说：劳拉的锐利目光已经像利箭一样射穿了他的心，因而令他哭泣不断；接着又说，若看他所忍受的痛苦，就会明白，他的仇敌——劳拉的双眼，并不想取其性命，而是要反复地折磨他。

> 好箭手一射出弓上利箭，
> 立刻能从远处清晰明辨，
> 哪一箭无效果，白白射出，
> 哪一箭能够将靶底射穿。
>
> 夫人啊，您同样也会感到，
> 双眼的锐尖已透我心田，
> 因而我受伤害，流泪不止，
> 泪水已溢出了吾心边缘。
>
> 我深信您定会如此说道：
> 可怜的多情人你好悲惨，
> 爱神欲用此箭令尔命断。
>
> 若现在看一看我的痛苦：
> 仇敌[1]仍折磨我，作恶不断，
> 却不想驱赶我离弃人间。

---

[1]　指劳拉那双折磨诗人的眼睛。

第88首

因为我之希望来得太晚

　　生命十分短暂，诗人希望能及时发现以往的爱情给他带来的遗憾，从而即刻转身，摆脱爱情的纠缠；尽管诗人十分虚弱，而且跛脚，但是他还是要奔向爱情，因为他虽然下定决心摆脱爱情的纠缠，脸上却仍然显露出艰辛爱情的痛苦痕迹。随后，诗人劝告读者切勿踏上爱情之路，应及时躲避爱情的烈焰；在爱情的烈火中，他虽然侥幸生存下来，但是，在一千个恋爱者中活下来一个人也是困难的。接着，诗人说：尽管他的敌人——劳拉十分强悍，有能力抵御爱情的诱惑，但他还是见到了劳拉的心被爱神的利箭射穿。

因为我之希望来得太晚，
生命却急流逝，如此短暂，
所以我盼及时发现憾事，
从而可急转身摆脱纠缠；

我虚弱且跛脚，但仍奔向，
爱之欲摧残我那个地点：
我虽然心坚定，面却显露，
艰辛爱留下的痕迹斑斑。

我劝告诸君子勿踏爱路：
你们应转身避爱神烈焰，
绝不要逗留于火苗顶尖；

我虽生，千人却难活一个；
即便是我敌人 [1] 十分强悍，
但我见她之心亦被射穿。

[1]　指劳拉。

第89首

我逃离爱神的那间牢狱

诗人逃离了爱神囚禁他多年的牢狱，却又表示此自由令他心烦。诗人坦言道，心摆脱爱情后，他自己便难以生存；此时，经过乔装的爱神来到诗人面前，他打扮得如此巧妙，能够骗过比诗人更智慧的人；因而，诗人既叹息以往对劳拉的欲望，又感觉爱情的锁链比自由更加温暖；诗人怪罪自己误入爱情的泥潭，无法自拔，抱怨自己发现得太晚。

我逃离爱神的那间牢狱，
他随意囚禁我已经多年；
女人啊，我再三告诉你们，
所获得之自由令我心烦。

我的心坦言道：自难生存，
那骗子[1]随后便来我面前，
他乔装打扮得如此巧妙，
比我等智慧者亦受其骗。

因而我曾多次叹息以往：
哎呀呀，木枷与脚镣和缚手锁链，
远比那自由行更加温暖。

---

[1] 指爱神。

我好惨：识受害为时太晚；
用何等气力能摆脱灾难？
只能怪我自己误入泥潭。

第90首

忆往昔，黄金丝迎风飘洒

　　诗人又想起劳拉年轻时的美貌，那时，她的金发随风飘洒，经常结成柔媚的发花；一双美丽的眼睛闪闪发光，而如今，由于青春已逝，不再那么明亮；他觉得劳拉曾经向他展示过爱怜之色，却始终不知道那种爱怜是真情还是假意。诗人认为，他本来就是一个情种，胸中存在着爱情的火绒，因而，遇到爱情的火种立刻就燃烧起来，这并没有什么奇怪。随后，诗人继续甜蜜地回忆婀娜多姿的劳拉，说她当时像天使下凡，如今虽然形象会有所变化，然而已经打印在头脑中的印记是永远不会磨灭的，就如同射出箭之后，弓弦已经松弛，但箭伤却仍然留有疤痕。

　　　　　忆往昔，黄金丝迎风飘洒，
　　　　　结成了千百朵柔媚发花，
　　　　　好一双明亮的俊俏丽眼，
　　　　　现如今不再有超凡光华 [1]；

　　　　　我见她面曾带爱怜之色，
　　　　　不知道那是真还是虚假：
　　　　　胸中已存在着爱情火绒，

---

[1]　由于青春已逝，而且多病，劳拉的双眼再不如以往那般明亮。

见火种即燃烧有何惊讶 [1]?

谐美的话语声娓娓动听，
非尘世之举止华贵、高雅，
她如同美天使降临天下。

我见的是神灵，活的太阳，
若如今其形象有所变化，
弓虽弛，箭之伤岂能无疤 [2]?

---

[1]　诗人有情爱的强烈欲望，见到美貌无比的劳拉，心中自然会燃起熊熊的爱情
　　火焰。

[2]　劳拉的一言一行都好像上天下凡的神女，深深地打印在诗人的心底；尽管已
　　经事过境迁，其形象仍然无法磨灭，就像射箭的弓虽然已经松弛，箭伤却仍
　　然留有伤疤一样。

第91首

你曾经极爱的那位美女

　　诗人的兄弟盖拉尔多所爱的女人不幸夭亡，为安慰他，诗人写作了这首十四行诗。诗人告诉他，世间万物均转瞬即逝，不必为其消逝而过于伤心，只要摆脱对尘世庸俗事物过分的留恋之情，他的思想便可追随亡者灵魂升天，并取回那把曾打开他心中爱情之锁的钥匙。

　　　　　你曾经极爱的那位美女，
　　　　　很快便远离了我们身边，
　　　　　我希望她已经升入天国，
　　　　　其举止温柔且优雅不凡。

　　　　　她曾经掌控你心灵钥匙，
　　　　　现已是取回来恰当时间，
　　　　　须随她直奔向茫茫苍穹，
　　　　　沉重物 [1] 难阻你飞向云天。

　　　　　已摆脱尘世的最大障碍 [2]，
　　　　　你可以轻易弃其他负担 [3]，
　　　　　似轻装朝圣者升于空间。

---

[1]　指对尘世事物的眷恋。
[2]　暗指爱情，因为对诗人来说，爱情是阻止人灵魂升天的最大障碍。
[3]　摆脱了爱情的负担之后，尘世的一切其他负担都已经不在话下。

你清晰看见了被造之物，
均转瞬奔死亡，刻不停缓，
灵魂须轻飘飘独闯险关[1]。

[1] 你已经知道，世间一切被造物都很快奔向死亡，唯人的灵魂要独闯死亡之关，
随后升入天国。

第92首

女人啊，哭泣吧，爱神亦哭

这是一首悼念著名诗人奇诺·达·皮斯托亚[1]的十四行诗。诗人说，所有的人都为奇诺的死而哭泣，他也十分痛苦，就连诗歌也流泪不止；他认为，奇诺的故乡更应该痛哭，然而，上天却因为奇诺的到来而尽开笑颜。

女人啊，哭泣吧，爱神亦哭，
情人啊，哭泣吧，尘世肠断，
他[2]曾经尽全力光照大地，
现如今却不幸离弃人间。

求吾之酸痛心切莫阻我，
为了他把泪水洒满胸前，
当我须泄心底郁闷之时，
请允许我吐出胸中哀叹。

韵律与诗句也痛哭不已，
因情歌大诗人奇诺升天，
他刚刚离我们赶路向前。

---

[1] 奇诺是意大利托斯卡纳地区皮斯托亚城人士，意大利中世纪晚期最著名的抒情诗人之一，但丁的朋友，与但丁同属于"温柔的新体诗派"，写作了许多爱情诗歌。

[2] 指奇诺。

哭泣吧，不幸的皮斯托亚，
你丧失之同乡十分和善，
因他至，上天却尽开笑颜。

第 93 首

爱之神曾多次对我说道

诗人通过爱神之口，道明了爱情是无法抗拒的力量。

爱之神曾多次对我说道：
用金字[1]写下你亲眼所见，
记录下吾信徒怎样失色，
我如何令他们生死两难。

长久来你也有某种感受：
早成为爱情的庸俗典范；
随后又用其他[2]将我驱走，
你逃时我却已追至身边。

你击碎心中的坚石之时，
我身影便在那美眸出现，
那是我温情的栖身地点；

若美眸拉开弓，万物俱裂，
湿你面之眼泪流淌不断：
你知道，我饮泪方觉甘甜。

---

[1] 比喻优美的诗句。
[2] 指其他情感和活动。

第 94 首

透双眸，至上的形象入心

诗人说，有一日他见到两位情人，由于相爱，面色全变；他们的感受与陷入情爱之中的诗人相同；于是他记下了恋爱者灵魂出窍的情感状态。

透双眸，至上的形象[1]入心，
其他的一切便消逝不见[2]，
本来是灵魂在驱使四肢，
魂离去，躯体如僵尸一般。

有时候也出现第二奇迹：
灵魂离自身体另选地点，
进入到爱人的躯壳之中，
虽然是被流放却极喜欢。

若如此，两人面均现死色，
令其显生气的活力不见，
他二人都已经不似从前。

---

[1] 指至高无上的情人的形象。
[2] 情人的形象一进入心中，便占领了整个心田。

我记得那一日发生之事，
见两位相爱者容颜全变，
就如同我时常表现那般。

第 95 首

真希望我的诗如同吾心

诗人希望能用诗歌记录他的思想和情感，认为再残忍的人听到这些诗歌都会对他垂怜。然而，劳拉的美眸却无情地向诗人发起攻击，对此诗人并未曾诉苦和抱怨。只要诗人心中有爱的欲望，并不需他明言，劳拉的闪亮目光就会刺伤他的心。最后，诗人说，基督教信仰对笃信基督的圣人自然无害，然而却伤害了他，因为信仰限制他去追求爱情的快乐；世上并没有人能够理解这一点。

真希望我的诗如同吾心，
可牢牢锁住我思想、情感 [1]，
尘世间并没有残忍灵魂，
我不能使其痛、对我垂怜。

至美眼，您却令我受重击，
盔与盾难抵御您的闪电，
您见我内与外毫无保护，
然而我并未曾诉苦，抱怨。

只需我有欲望，何须明言，
您向我便投来耀眼光线，

---

[1] 诗人把自己的思想和情感牢牢地藏于心中，不对任何人吐露；他也希望自己的诗句能够把它们永远铭记在纸上。

似太阳穿透那玻璃一般。

哎呀呀，信仰对玛利亚、彼得无害，
对于我却伤害实在不浅 [1]；
任何人理解我都很困难 [2]。

---

[1] 此处的玛利亚指的是抹大拉的玛利亚，她与圣彼得都是基督最信任的人。诗
     人说：基督教信仰对抹大拉的玛利亚和圣彼得自然是只有好处没有害处，然
     而，却对我有很大的伤害，因为它限制了我追求爱情的快乐。
[2] 任何人都难以理解诗人隐藏在内心的爱的欲望。

第96首

等待与长期的挣扎、哀叹

诗人并不喜欢受到约束，然而铭刻在心中的劳拉形象却已经控制了他；摆脱道德束缚的诗人只好顺从其意，就这样，他一失足成千古恨。

> 等待与长期的挣扎、哀叹，
> 早已经令我的身心疲倦，
> 我仇恨每一条缚心绳索，
> 和所有欲望与骗人期盼。
>
> 但美面已绘于我的胸中，
> 无论我望何处，被迫看见 [1]；
> 尽管在最初的尝试之中，
> 被拒绝，忍痛苦，违我心愿 [2]。
>
> 因而我迷方向，踏上歧途，
> 自由的道路已被人截断，
> 也只好随悦目之物 [3] 向前 [4]；

---

[1] 劳拉的美丽面孔已经牢牢地铭刻在诗人的心中，无论诗人把目光转向何处，都被迫看见这张美面。

[2] 尽管最初与劳拉结识时，诗人并不如愿，他遭到劳拉拒绝，因而十分痛苦。

[3] 指美丽的东西，即劳拉。

[4] 诗人丧失了自由，被劳拉左右，走上了歧途，他只好跟随美丽的劳拉向前行进。

无拘束之灵魂奔向邪恶，
此时也只能够顺他人愿，
因一次犯罪后永受磨难[1]。

---

[1]　此时，摆脱约束的诗人的灵魂只好顺从其他人的意愿，他一失足已成千古恨。

第97首

自由啊，你已经展示了我的状况

诗人的心被爱神射穿，他成为爱神的俘虏，从而自由离弃了他。他爱上了给他带来灾难的劳拉，厌恶世间万物，只喜欢劳拉；爱神也只允许他赞美劳拉。

自由啊，你已经展示了我的状况：
初见时[1]爱神便射我心肝，
那（儿）以后我的伤无法治愈，
然而你却把我抛弃一边。

我双眼迷恋上美妙灾祸，
人理性欲制止十分困难，
已厌恶尘世间其他一切。
哎呀呀，全怨我养成其邪恶习惯！

我只愿与他人谈论夫人，
并已将其美名灌满人间，
娇艳女之芳名响彻云端。

爱神禁我足踏其他行程，
在另条道路上快马加鞭，
也不许执笔把他人颂赞。

---

[1] 第一次见到劳拉时。

第98首

奥尔索,虽然可为战马戴上嚼子

这是一首为一个叫奥尔索的朋友写作的十四行诗。骑士奥尔索被阻止参加一场比武会,十分郁闷,诗人写诗劝慰他。

奥尔索,虽然须为战马戴上嚼子,
勒马缰,调其首,令它回转;
但谁能缚您心,止其欲望,
使您弃争荣耀宏大志愿?

勿叹息:无法夺心的光荣,
制止您把功业努力创建;
心已经率先至比武校场,
将美名展示在公众面前。

那一天只需心进入校场,
把年轻、爱与德、高贵披肩,
就好似穿甲胄,持枪挎剑,

高声喝:我身上燃烧着欲望火焰,
主人却不能够随我而来,
因此他极懊恼,痛苦不堪。

第 99 首

我与您多次有如此感受

　　这是诗人为一位朋友写下的十四行诗。他劝导朋友不要受尘世欲望的诱骗，而要追随天主。尘世是一片毒蛇蜿蜒爬行的草地，无须留恋；如果有什么取悦眼目的美色，一定是为了使灵魂沉湎于尘缘。

我与您多次有如此感受：
受虚假之希望诱惑、欺骗，
您应将心提至极乐境界，
追随那永福的崇高至善。

人世间就如同一片草地，
鲜花与草丛中长虫蜿蜒；
如若是有何物取悦眼目，
定为了使灵魂沉湎尘缘。

您应该弃庸人，追随智者，
方能够在离弃人世之前，
偶尔有一两次心情宁安。

您完全可对我如此回话：
兄弟呀，你总是为他人指路向前，
自己却经常会方向不辨。

第100首

高兴时艳阳现南窗台前

　　诗人回忆起劳拉的家：夏季，她高兴时经常会出现在南窗台前；而冬季，寒风会不断地敲打她家的北窗棂；那时，她便独坐于家门前，回忆夏天曾到过什么地方，在何处的阴凉下躲避过烈日；随后，笔锋一转，诗人说，正是在那些地方，爱神捕获了他；每一年春夏来临时，诗人都会回忆起他与劳拉的初会，因而爱情的旧伤必定复发，令他痛苦难言。

高兴时艳阳[1]现南窗台前，
正晌午另一日[2]迎头高悬；
严冬至，白天已变得短暂，
寒风把北窗棂敲打不断；

美夫人独坐于门前石凳，
沉思着温暖天自语自言：
在哪里留下了她的足迹，
何阴凉曾使她躲避日焰；

在那些酸苦地爱神缚我，

---

[1]　隐喻劳拉。
[2]　指天上的太阳。

每年的新季 [1] 至我必遭难：
那一日 [2] 的旧伤会疼痛难言；

她美丽容貌与温情话语，
已深深扎根于我的心田，
令我的哭泣眼凄凄惨惨。

---

[1]　指每一年万物复苏的季节，即春天和夏天。
[2]　指每年与劳拉初次见面的那一天。

第101首

哎呀呀，那死神不宽恕任何世人

　　诗人病了，预感自己将不久于人世，死亡如霹雳一样震撼他的心；但爱神仍不放过他，还要强迫他为爱情而哭泣；时光飞逝，诗人对此十分清醒，但他无法抵御爱情的超强魔力；诗人的理性与欲望已经斗争了十四年，仍然胜负不分；他认为，假如理性能够预见未来天国的美好，就一定能够战胜欲望。

　　　　　哎呀呀，那死神不宽恕任何世人，
　　　　　它将我与众人投入苦难，
　　　　　我知道很快将离弃凡尘，
　　　　　所剩的时间已十分短暂；

　　　　　我经历痛苦多，收益甚微，
　　　　　末日已如霹雳震我心田：
　　　　　爱神却并不想将我饶恕，
　　　　　还逼迫我双眼做出奉献。

　　　　　一天天，一年年，如同逝水，
　　　　　我并未被岁月、世态欺骗，
　　　　　但抵御超魔力 [1] 无比困难。

---

[1]　指爱情的过分强大的魔力。

理性斗欲望已十四余年，
若它能预感到未来之善 [1]，
就定能取胜利、光荣凯旋。

---

[1]　指未来的天国的美好。

第 102 首

埃及的背叛者奉献头颅

诗人引用有关恺撒、庞培和汉尼拔的故事，说明人们经常掩盖自己的情感，或是哭，或是笑；然而，他却只会用写诗篇来伪装自己的痛苦心情。

埃及的背叛者[1]奉献头颅，
恺撒却掩盖起心中之欢，
据文人用笔墨所作记录，
他双眼流出了泪水串串；

汉尼拔[2]见帝国[3]蒙受苦难，
受搅扰时运神心生厌烦，
当众人都伤心流泪之时，
他大笑以发泄胸中愤怨。

每个人都掩饰自己情感，
欲将其隐藏在假面下边，
看上去或是愁或是喜欢；

---

[1] 指古罗马恺撒时期的埃及法老托勒密十三世。他把投靠他的恺撒政敌庞培杀死，并将其头颅奉献给恺撒，以讨其欢。

[2] 西方古代著名的军事家，北非迦太基的统帅，曾率军侵入意大利，几乎毁灭罗马，却一直未能下决心直接围攻已经空虚的罗马城，因而丧失战机。

[3] 指迦太基帝国。

有时候我也会欢乐歌唱，
因为我仅有这一张假面，
只有它能遮蔽我的心酸。

第 103 首

汉尼拔虽取胜，却不知晓

　　这是诗人为斯特凡·科隆纳写作的一首十四行诗。诗人劝说斯特凡·科隆纳乘胜追击，取得政治斗争的全胜，切勿学汉尼拔将军半途而废，令即将到手的胜利付之东流。

汉尼拔虽取胜，却不知晓，
利用他好运气乘胜再战，
先生啊 [1]，您应该引以为戒，
切勿要使同样历史再现。

因子弟五月里惨遭失败，
奥西尼 [2] 已变得狂犬一般，
内懊恼，外显露尖牙利爪，
对我们欲复仇、发泄恨怨。

新伤痕仍令敌痛心不已，
您此时不可弃荣誉宝剑，
而应踏时运神所指之路，

---

[1] 指斯特凡·科隆纳。科隆纳家族是中世纪罗马最有权势的家族之一，曾出现过一位教宗和多位枢机主教。

[2] 奥西尼（另译：奥尔西尼）是中世纪罗马最强大的家族之一，曾统治过罗马，并出现过几任教宗；该家族与科隆纳家族经常为争夺罗马的统治权发生血斗。

驯服地听从她对您召唤；
若如此，您英名千载万年，
将永远留存于尘世人间。

第 104 首

当爱神初向您开战之时

这是诗人为里米尼城主潘多夫·马拉泰斯塔写作的一首十四行诗。诗人说，他的诗句远胜过伟人们的雕像，雕像经不起常年的风吹雨打，而诗句却可以令美名永世相传。

当爱神初向您 [1] 开战之时，
德能已在您身鲜花烂漫 [2]，
现结出相应的丰硕果实，
实现了我对您那份期盼。

心指示我执笔书写诗句，
使您名人人敬，四方远传，
无任何材料比纸张坚实，
云石难令雕像活人一般 [3]。

您以为恺撒 [4] 与马塞卢斯 [5]、

---

[1]　指里米尼城主潘多夫·马拉斯塔。
[2]　初逢爱情时，即青年时，您就已经表现出具有强大的德能。
[3]　任何材料的雕塑都不如诗歌的赞美，诗歌的赞美可以令人永垂青史，而云石的雕塑却不能令人活灵活现。
[4]　指古罗马共和国晚期的政治家恺撒。
[5]　古罗马共和国晚期的著名政治家，恺撒的死敌。公元前 51 年担任执政官时曾阴谋削去恺撒的兵权，未遂。罗马内战时期，他追随庞培；庞培死后他退出政坛，专攻修辞学。后被侍从杀死。

保罗[1] 和"非洲人"[2] 形象不变，
全依赖精雕的铁锤与錾？

雕像均经不起常年风雨，
但我们诗文却世代永传，
它可令人英名千古垂范。

---

[1]　指保罗·埃米利奥。他也是古罗马共和国晚期的著名政治家。
[2]　指指挥军团南下北非打败迦太基的古罗马共和国的统帅西庇阿，他在历史上
　　　的绰号为"非洲人"。

第 105 首

我不想吟以往那类诗篇

诗人开门见山，在头几行诗句中就表明了他要改换风格；诗中，诗人十分自由地展示自己的思想和情感，笔锋不断地转换，因此，诗句的含义快速跳跃，理解起来比较困难；然而，却好像向我们道出了许多具有哲理的警句。

我不想吟以往那类诗篇，
无人听我便会丧尽颜面，
或许还会搅扰美妙安宁，
不断的叹息也难减苦难。
白雪已飘落于阿尔卑斯，
天将明，我醒来，睁开双眼。
心爱女仍令我身心愉悦，
她温情之举止优雅不凡；
看上去高贵且轻视一切，
然而却不扭捏也不傲慢：
爱之神护卫她并不持剑。
谁走错道路应迷途知返，
无居所便可卧绿草地面，
从未获或丧失桂冠之人，
为止渴亦应举酒杯一盏。

我曾经捍卫过圣彼得君 [1]，

知我者应理解吾之背叛：

背负的罪孽是沉重包袱，

当能够摆脱时吾心自安 [2]。

我听说法厄同 [3] 跌死波河，

引鸟儿飞到了大河彼岸，

噢，它们都来观望，我却不愿：

河水中一礁石 [4] 有何好看？

树林且悬鸟胶，十分危险 [5]。

那傲慢 [6] 亦附着美女身上，

隐藏起美德行，令人难见。

有的人未闻呼便作回应，

有的人千恳求却躲很远，

有的人卧冰雪自会融化，

还有人昼与夜把死期盼 [7]。

俗话说"应该爱爱你之人"，

但此话已过时，被弃一边；

若明理均需要自付学费：

谦卑女亦可伤温情男伴。

---

[1] 圣彼得被天主教徒视为基督教的最重要的创始人和第一代罗马教宗，因而也被看作是天主教会的象征。

[2] 诗人说，他也曾经是捍卫圣彼得的虔诚教徒，了解他的人应该理解他为何不那么虔诚了；他背负着爱恋世俗之物的包袱，尤其是对劳拉的爱情，只有卸下这些包袱，他才能心安。

[3] 法厄同是希腊神话中的人物，太阳神的儿子。他私自驾驶太阳神的金车，酿成大祸；意大利人认为，它被宙斯用霹雳劈死后栽入了意大利的波河。

[4] 诗人认为，法厄同跌入波河后变成了礁石。

[5] 再说，树林中悬挂着许多粘鸟胶带，对河鸟非常危险。

[6] 像法厄同那样的傲慢。

[7] 诗人笔锋一转，向读者介绍了各种人的不同的性格。

虽晓得无花果微不足道 [1]，

却觉得避高枝见识不凡 [2]；

人世间处处是美好家园 [3]。

无尽的欲望会将人杀死 [4]，

我也曾载歌舞展示情欢 [5]；

愿奉献剩余的短暂时间，

接受者 [6] 切莫要对其生厌 [7]。

我将己托付给世界之主，

他忠诚追随者 [8] 放牧林间，

手中握怜悯牧杖，

把我与其羊群一同驱赶 [9]。

此诗的诵读者或许不懂，

展开的大网均捕猎困难；

谁过分削枝条必令其断。

对专注防范者，法律不残 [10]。

为获益须大大降低身价，

奇迹般珍品会价值锐减。

优雅的掩之美更养人眼 [11]。

---

[1] 在意大利，无花果被看作极廉价的食品，因而，俗语说"付了无花果的价钱"，意思为付了极少的钱。

[2] 躲避美丽且高傲的劳拉，这可是一个不一般的见识。

[3] 躲开高傲的劳拉，在其他处也可以找到美好的家园。

[4] 对劳拉的无穷无尽的欲望会使人死去。

[5] 诗人也曾有过爱情的快乐。

[6] 隐喻天主。

[7] 诗人说，他愿意把余生奉献给天主，希望天主不要讨厌它。

[8] 隐喻天主教的神父。神父被视作为天主牧羊之人，因而也被称作牧师。

[9] 诗人希望自己回到虔诚的信徒中间。

[10] 对那些专心防范法律惩罚的人，法律却总是会发挥惩罚邪恶的作用。

[11] 诗人用一系列比喻来说明，越是张扬就越是难以获得收益；而略加遮掩的美更优雅，更养人眼目。

如若是圣钥匙心上吊悬，
可解脱缚灵魂沉重锁链，
令圣母心中宁安，
排泄我胸中的无尽哀叹[1]！
我伤心其他人随之痛苦，
他人痛可缓解我的心酸：
因此应感谢爱神，
我已经不觉痛，彷如从前。

最好的智语是沉默无言，
言语会使关怀程度锐减，
牢狱的黑暗中灯光最灿；
深夜见凶猛兽闯入房间，
亦可见紫罗兰山中烂漫，
恐惧和美色会同时出现；
两股泉和谐地汇入一河，
朝我所期盼的流淌向前；
我的心与她的那张美颜，
曾轻易引我至希望面前；
经过了痛苦后，"爱"与"嫉妒"[2]，
又重新夺走了我的心肝。
噢，丧失了快乐之后，
我心中或暂静或者激战，
切勿要弃我于如此灾难。

为过去之苦难我哭亦笑：

---

[1] 诗人说，如果他拿起信仰的钥匙，其心对基督教更加虔诚，便可以令圣母宁
安，自己也可以排泄胸中的哀叹。
[2] 指爱神和嫉妒女神。

应仇恨，我却怀笃信情感。
我享受今日福，期盼未来，
数逝水之年华，沉默，呐喊 [1]。
我躲藏美丽的枝叶下面 [2]，
把伟大之放弃 [3] 感谢，颂赞，
我终于远离了冷酷之爱，
灵魂中默默地发出感叹：
否则我千夫指，万人议论 [4]，
甚至还口中吐冲动之言：
我不信你等有如此肝胆 [5]！
谁伤我，又是谁将我治愈，
谁杀我，又令我复活人间，
谁冰冻同时又为我取暖，
笔墨赞，更应该牢记心间。

---

[1] 口中沉默，而心里呐喊。
[2] 指躲藏在月桂树的枝叶下面，隐喻进行诗歌创作。
[3] 指放弃了爱情等尘世追求。
[4] 如果不放弃爱情，便会受到千夫指责和万人议论。
[5] 诗人对读者说"你们怎么会有我这样的勇气"，以此来表示他放弃尘世之爱的
　　勇气是超凡的。

第 106 首

奇天使抖动着警觉翅膀

诗人偶然路过清水河畔，见到劳拉如同从未见过的天使从天而降，并在草地上布下了用如丝缎一样美丽的绳索做成的圈套，从而俘获了诗人；然而诗人却没有丝毫抱怨，因为他见到劳拉的眼中射出了温情的目光。

奇天使 [1] 抖动着警觉翅膀，
从天上降至这清水河岸，
我至此只因为命运使然。

见到我无陪伴亦无护卫，
踏绿色足迹于草地上面，
便设下一圈套秀如丝缎。

因而我被捉获，但无抱怨：
她美眸射出了温情视线。

---

[1] 意思为罕见的天使。此处暗指劳拉。

第 107 首

看不出我可以幸免于难

诗人认为自己至死也无望摆脱爱情给他带来的苦难，因为劳拉的美目已经向他展开了持久战。诗人曾试图逃遁，但爱情之光十五年来昼与夜折磨着他，今日比初次见到劳拉时更甚。诗人已经满脑子都是爱情之光，只要一见到它便无法移动视线。

看不出我可以幸免于难，
那秀目对我开持久之战，
哎呀呀，我担忧过度痛苦，
摧毁我无休止激战心田。

我妄图逃遁去，然而美眸，
昼与夜令吾心不得宁安，
在脑中闪烁着已十五载，
现如今比当初更炫我眼；

爱之光已充满我的大脑，
见到它或者是类似光线，
我便再难以将目光移转。

一桂树[1]便形成大片绿林，

敌[2]引我任意游枝叶之间，

他不凡之手段令人赞叹。

[1] 隐喻劳拉。见第 22 首中有关月桂树的注释。
[2] 指折磨诗人的爱神。

第108首

那是块最幸运温情土地

诗人又回忆起劳拉驻足看他的那个地方，即便后来她不再经常去那里了，其优雅的形象却已经牢牢地刻在诗人的心中。最后，诗人请朋友塞努乔为他向爱神乞求怜悯。

那是块最幸运温情土地：
她在那（儿）遵爱神命令停站，
将圣洁之目光洒向我身，
那目光使周围祥和，宁安；

即便是长时间她不再来，
其形象坚固如钻石一般，
在重见她温情举止之前，
那容貌把我心早已填满：

因而我不必去那个地方，
再重踏美足曾踩过地面，
为寻找其脚印身弓腰弯[1]。

---

[1] 诗人不必再到那个劳拉驻足看他的地方去回忆往事，因为他的脑海中已经装满了劳拉的美丽形象。

爱神虽不寓你崇高心灵，
塞努乔 [1]，你若能与其相见，
替我求他赐泪或者哀叹 [2]。

---

[1] 诗人的一位朋友。

[2] 塞努乔啊，爱神虽然不会寓于你那颗崇高的心灵之中，但假若你能与他偶然
相见，也请你祈求他怜悯我，或者同情我的痛苦并发出哀叹。

第 109 首

哎呀呀，爱之神千余次将我攻击

　　爱神每时每刻都在伤害诗人，迫使诗人的思想不断地返回被爱情烈火点燃的地方。诗人见劳拉永远是那么平静，因而受其影响，自己也变得十分平静，把一切都抛于脑后。

> 哎呀呀，爱之神千余次将我攻击，
> 伤我时全不管白昼夜晚：
> 我又回曾见到星火[1]之地，
> 那星火令吾心烈焰永燃。
>
> 我见她之思想永远沉稳，
> 黎明与正午和夜晚不变，
> 因而我亦变得十分平静，
> 一切都忘脑后，不问不管。
>
> 微风儿温和地拂她美面，
> 其柔声留下了智慧之言，
> 它要使所到处天空灿烂；
>
> 就好像天国的高贵神灵，
> 似乎要来此处将我规劝，
> 因我心在别处喘息已难。

---

[1] 暗指劳拉双眼放出的光辉。

第110首

爱之神驱我至那个地方

　　爱神驱使诗人又返回劳拉曾经驻足看他的那个地方，诗人见到一个人影，认出那便是劳拉，她就像从天上降至人间的仙女。诗人心中产生了莫名其妙的恐惧，他故作镇静，问自己为何恐惧；然而，这种思想刚一出现，劳拉的目光和温情的问候便将诗人摧毁。

　　　　爱之神驱我至那个地点[1]，
　　　　我如同出征的战士一般，
　　　　全身都装备好，加快脚步，
　　　　把以往之思想披挂在肩。

　　　　转身见阳光下投一阴影，
　　　　我认出是那位女子出现，
　　　　如若是我判断正确无误，
　　　　她更像天上降美妙女仙。

　　　　我心中自问道：你有何惧？
　　　　此想法刚生于我的心田，
　　　　摧毁我之目光已至面前。

---

[1] 可能指第 108 首诗中所说的地方。

就如同雷与电同时诞生，
我被那闪亮的美眸击穿，
温情的问候也传至耳边。

第111首

我独坐爱情的思绪之间

　　充满情思的诗人独自坐在那里，劳拉却突然出现在他的眼前，诗人十分慌乱。见此景，劳拉立刻改变了以往的表现，展示出怜悯之心；在这种情况下，连愤怒的宙斯神也会息怒，抛弃惩罚人类的雷鸣闪电。劳拉走过去与诗人说话，激动的诗人几乎再无力量承受劳拉娓娓动听的话语和闪闪发亮的温情目光。

我独坐爱情的思绪之间，
心中的娇艳女出现眼前；
为向她表示我崇敬之意，
低垂首，面失色，略显慌乱。

她发现我处境十分窘迫，
便立刻对我现异常容颜，
即便是愤怒的宙斯天神，
亦会弃愤与怒、手中枪剑。

她见我激动便过来说话，
我难以承受她娓娓之言
和那对温情的闪光之眼。

今日里若想起她的问候，
我仍然感觉它比蜜还甜，
心中再无痛苦，直至永远。

第112首

塞努乔，我希望你了解我的处境

诗人希望他的朋友塞努乔了解他的悲惨处境。劳拉虽然十分谦卑，诗人却觉得她太傲慢；他回忆起劳拉，想到自己昼夜被爱神支配，感觉非常悲惨。

塞努乔，我希望你了解我的处境，
知道我生活得何等悲惨；
我仍在烈火中摧残自己，
那微风[1] 摆布我如同从前。

她谦卑，我却觉十分傲慢，
既尖刻、无情又平和、慈善；
她时而正直且温顺、优雅，
时而又目无人，高傲、凶残。

在此处她安坐，温情歌唱，
在此处她转身，停足立站，
在此处她美眸穿我心田，

在此处她说话，微笑，变脸；
哎呀呀，想到此，我好可怜，
昼与夜"爱"[2] 把我戏于掌间。

---

[1]　指劳拉。见第 66 首诗中关于"爱情风"的注释。
[2]　此处指爱神。

第113首

啊，塞努乔，我在此只剩一半

　　诗人在劳拉的故乡沃克吕兹写作了这首十四行诗。诗中说，塞努乔[1]啊，没有你在我身边，我就只剩下了一半；如果和你在一起，使我成为完整的我，你一定会十分喜欢。为逃避爱情，我竟然闯入了暴风骤雨之中。远离劳拉的故乡我会非常痛苦，进入她的故乡，我虽然感到十分安全，情欲之火却无法减弱，更不要说熄灭。

　　　　啊，塞努乔，我在此[2]只剩一半，
　　　　若完整，你定会心中喜欢；
　　　　为逃避，我闯入暴风骤雨，
　　　　它突然使天气无比凶残。

　　　　告诉你：我在此感觉安全，
　　　　雷与电再不会令我胆寒；
　　　　然而我欲望火却难减弱，
　　　　更别说它熄灭熊熊烈焰。

　　　　我一入爱神的华丽宫殿[3]，
　　　　便见到温情风[4]诞生人间，

[1] 诗人的朋友。
[2] 指劳拉的故乡法兰西的沃克吕兹山城。
[3] 隐喻劳拉的故乡。
[4] 隐喻劳拉。见第66首诗中关于"爱情风"的注释。

雷与电被放逐，又现晴天；

爱之神统治着人的灵魂，
灭恐惧，又点燃欲望火焰：
与爱神相对视我能咋办？

第 114 首

邪恶的巴比伦毫无廉耻

诗人离开了荒淫无耻的教廷所在地阿维尼翁，返回了劳拉的故乡，在那片劳拉常去的温情的草地上戏耍，写诗，排遣烦恼；他心中已没有其他挂念，只有两个希望：一是希望心爱的女子劳拉能对他更加谦逊、和善，二是希望挚友科隆纳枢机主教的政治地位更加稳固。

邪恶的巴比伦 [1] 毫无廉耻，
一切善都已经离它很远，
它成为痛之家，罪孽之母，
为活命 [2] 我逃离它的身边。

受爱神之邀请我独来此 [3]，
回忆着好时光，自语自言，
或摘花，或拔草，或者写诗，
如此才能助我摆脱心烦。

全不管众生灵、时运女神，
也不顾我自己、俗物件件，
更不觉内与外燃烧烈焰。

---

[1]　隐喻当时的天主教教廷所在地法兰西的阿维尼翁城。
[2]　为了不死于心中的内疚。
[3]　指诗人写诗排遣烦恼的那片草地。

只希望两个人能如我愿：
一个人对待我谦逊、和善 [1]，
另一人脚站稳，双足强健 [2]。

---

[1] 诗人希望劳拉能对他谦逊、和善。
[2] 诗人希望自己的朋友科隆纳枢机主教能够政治上强大，地位稳固。

第115首

我见她在两位情人之间

　　希腊神话中的月桂仙子达芙涅又一次被比作劳拉。诗人说,当太阳神用光芒罩住劳拉（即达芙涅）身体的时候,劳拉却把温情的目光投向了他;诗人有点承受不住劳拉的目光,乞求她不要如此"凶残"。嫉妒女神见诗人心中出现了爱神,便十分高兴;此时,一小朵乌云遮住了太阳:太阳神就这样被诗人战胜,十分心寒。

　　　　　　我见她在两位情人之间 [1],
　　　　　　表现出真诚且高贵不凡,
　　　　　　一情人是"太阳",另一是我,
　　　　　　人与神统治者 [2] 伴其身边 [3]。

　　　　　　因发现被更美情人 [4] 光罩,
　　　　　　她转身欣喜望我的双眼:
　　　　　　真希望她不要对我如此,
　　　　　　从未见美女子这般"凶残"。

---

[1]　指在太阳神和诗人之间。

[2]　指希腊神话中的爱神。他既能令人类坠入情网,也能使诸天神心中产生爱情,因而,此处称其为"人与神统治者。

[3]　这里劳拉又与希腊神话中的月桂仙子达芙涅重合成一个人,因为在意大利语中月桂树（Lauro）一词与劳拉（Laura）的名字谐音。达芙涅是太阳神阿波罗追逐和爱恋的女子。见第22首诗中有关月桂仙子达芙涅的注释。

[4]　指太阳神阿波罗。

嫉妒神一见到在我心中，
诞生的强大敌[1]无比彪悍，
便立刻高兴得尽开笑颜。

一小朵乌黑云天空出现，
遮住了太阳神伤心泪面：
就这样被战胜令其心寒。

––––––––––––––––

[1] 指爱神。

第 116 首

难表述之甘甜充满心田

诗人心中充满了见到劳拉的喜悦，但是，为了冷却心中的爱情欲火，他不得不离开劳拉，携爱神来到一个封闭的山谷；在那里，虽然看不见任何人影，他脑中却填满了劳拉的形象。

难表述之甘甜充满心田，
因为我见到了她的美面，
那一日我情愿紧闭双目，
其他的微小美永不再见 [1]，

然而却离弃了期盼之人 [2]，
尽管我只习惯将她凝观，
除了她其他人均不入目，
因鄙视与仇恨已成习惯。

我踌躇、沉思着独携爱神，
来到了封闭的峡谷里面，
欲冷却我心中疲惫哀叹 [3]。

---

[1] 再次见到劳拉后，诗人宁愿紧闭双眼，永远留住劳拉的形象；为此他不再想见到其他的美丽事物：它们在诗人的眼中都已经是微不足道的了。

[2] 然而，诗人却离弃了劳拉。

[3] 诗人在爱神的陪同下来到一个封闭的山谷，希望冷却一下心中的爱情欲望。

山谷中无女子，只有石、泉，
无论我向何处张望，观看，
思绪中只见她形象展现。

第117首

大岩石紧紧把山谷锁住

诗人怀有许许多多获得劳拉爱情的希望，这些希望在劳拉的故乡受到了热情的款待，一个个流连忘返；它们本来是可以实现的，现在却都变成了无头的苍蝇；诗人说，如果天亮之后，见不到劳拉，他只能哭泣；此时，他已深陷泥潭不能自拔。

> 大岩石紧紧把山谷锁住，
> 深谷名来自于巍峨高山 [1]，
> 该山谷面向着罗马圣城，
> 后背朝巴别塔 [2]，因为厌烦 [3]；
>
> 我希望本可寻实现地点，
> 并能够达目的，如我所愿，
> 绝不会迷失其行进方向，

---

[1] 这里指劳拉的故乡法兰西的沃克吕兹。在法语中，沃克吕兹的意思为"封闭的山谷"，因而，此处说"深谷名来自于巍峨高山"。

[2] 此处隐喻当时的天主教廷所在地法兰西的阿维尼翁。《旧约》的《创世纪》第11章说，人类曾试图在巴比伦附近修建通往上天的高塔，称其为"巴别塔"；为了阻止人类的狂妄计划，上帝让人类说不同的语言，使人类相互之间无法沟通，计划因此失败，人类自此各散东西。后来，"巴别塔"成为狂妄、混乱、堕落的代名词。诗人视教廷所在地为极其堕落的地方。

[3] 显然，诗人谴责把教廷迁至阿维尼翁的行为，他更希望罗马仍然是天主教的神圣之地；因而此处说：沃克吕兹面朝圣城罗马，因厌烦阿维尼翁，所以才背向它。

今竟成无头蝇，南北不辨。

希望在山谷中受到款待，
我发现它们均不愿回返：
全都在温柔乡驻足不前。

是双眼造成了如此痛苦，
天亮后若不见期盼美艳，
我只能痛哭泣，拔足已难。

第 118 首

我叹息已度过十六春秋

　　诗人爱恋劳拉已经十六年，自觉快要走到生命的尽头，然而，又觉得自己仍处于最初产生痛苦爱情的那年。诗人希望自己苦难的生命还能延续一段时间，因为他担忧，死亡的时候，他仍然无法抹去劳拉在他头脑中的印象。诗人已厌倦了他的状况，希望有所改变，但又觉得十分困难。

　　　　　我叹息已度过十六春秋，
　　　　　生命的终极将至我面前；
　　　　　然而我却觉得仍然处在，
　　　　　长久的苦与痛最初那年。

　　　　　爱甜蜜，伤与苦亦有好处，
　　　　　我祈求苦命比厄运长远 [1]，
　　　　　心担忧死之时丽眼仍睁，
　　　　　是它们致使我侃侃而谈 [2]。

　　　　　我在此已疲惫，欲往他处，
　　　　　想坚定离去志，却很困难，

---

[1] 诗人认为伤痛和苦难也是有好处的，它们可以磨练人；他希望自己的痛苦生命要比不幸的爱情更长久一些。

[2] 诗人仍在担忧，即便死去，他也能看见劳拉那双丽眼，因为那双丽眼使他不断地写诗，歌颂美丽的女子。

做力所能及事，因难遂愿；

为以往之欲望新泪潸潸，
伤心泪证实了吾性难变，
千万次努力后我仍依然。

第 119 首

一女子之美貌远胜艳日

1341 年 4 月 8 日，彼特拉克在罗马加冕为桂冠诗人，之后他写下了这首歌。诗人说，他见到了比艳日还美丽、明亮、寿命久远的荣耀女神，并与其对话。通过与荣耀女神的对话，诗人表达了他追求尘世荣耀的信念。

一女子[1] 之美貌远胜艳日，
比太阳更光明亦更久远，
因仰慕她的美色，
年少时我便已随其身边。
她充满我头脑、著作、诗句
（此尤物人世间十分罕见），
在千条道路之上，
这引路之女子优雅、傲慢。
为了她我才会改变初衷[2]，
因近处视其眸吾心抖颤；
爱此女，我情绪十分激动，
付辛苦追求她已经多年[3]：
如若我可进入希望之港，

---

[1] 暗指荣耀女神。
[2] 放弃少年时的轻浮、错误的生活。
[3] 为创作使他荣获桂冠的《阿非利加》等作品，诗人已经辛苦地奋斗了多年。

但愿能由于她长寿万年 [1]，
哪怕是他人见我命已断 [2]。

这美女 [3] 优雅，年少，
她令我许多年胸燃烈焰，
我如今已看明白：
为了对我实施严峻考验，
她时而让我见倩影、衣裙，
其真容却经常隐藏不见。
我以为已见到她的容貌，
竟如此虚度日，徒然喜欢 [4]；
忆往事对于我十分有益，
因如今已清晰见其 [5] 美面 [6]。
我是说，仅仅在不久之前，
她才在我面前展现真颜 [7]：
似寒冰入心中令我抖颤，
过去我从未见此等娇艳 [8]，
只要我在其怀，感觉难变。

惧与寒难将我与她 [9] 分离，

---

[1] 诗歌创作为诗人争得了桂冠，诗人希望荣耀女神能够令他名垂千古。
[2] 哪怕人们见到我的肉体之躯已经死去，但我的英名却永存。
[3] 指荣耀女神。
[4] 轻狂的诗人年轻时就自以为明白了什么是荣耀，因而过得十分快乐。
[5] 指荣耀女神。
[6] 今天诗人已经更清晰地看到了荣耀女神的真实面貌，他认为，回忆往事对自
     己十分有益，因为，把过去的错误认识与今天的正确认识相对比，更有利于
     辨别是非。
[7] 年轻时，诗人自以为见到了荣耀女神的真实容貌，其实只见过她的倩影和裙
     衫；只是在不久前，诗人才见到了荣耀女神的真实面貌，即认识到什么是荣耀。
[8] 指娇艳的荣耀女神。
[9] 指荣耀女神。

她已令我的心自视不凡，

我紧抱夫人双足，

求其眼赐予我更多温暖；

她摘下遮面的薄薄细纱，

盯视我两只眼，张口吐言：

朋友啊，你看看我有多美，

是不是可配你英俊少年。

我答道：夫人啊，已经许久，

为爱您我浑身燃烧烈焰，

因而陷此等境地，

早已无任何的其他欲念。

回答时她声音十分美妙，

还有她那张美面，

永令我惶恐且充满期盼。

她说道：在芸芸众生中十分罕见，

谈我时竟有人心不抖颤，

人们应至少在短时间内，

均感到胸中有火星点点 [1]；

是搅扰吾心的那位女敌 [2]，

熄星火，令美德尽数命断 [3]；

另一位统治者 [4] 亦发号令，

他许诺赐大家生活宁安；

爱神在打开你 [5] 心扉之前，

---

[1] 当人们谈论荣耀时，都必定会心情激动；至少在短暂的时间内，会感觉心中点燃了欲望的星火。

[2] 暗指享乐女神或其他恶习。

[3] 熄灭人们追求荣耀的欲望，令各种美德都无法生存。

[4] 暗指怠惰神。

[5] 指诗人。

也曾经面对我吐露真言，
在他的言语中我已见到，
大欲望目的正，令你超凡 [1]；
你已是我的挚友，
将见到一夫人 [2] 美丽容颜，
她使你一双眼幸福无限。

我本想回答说：难以置信。
语未出已闻她补充之言：
那夫人很少会显现身影，
快请你把目光转向那边 [3]。
随后便略抬起她的额头，
我立刻羞答答低垂双眼，
感觉到新烈焰燃我心间 [4]。
她 [5] 对我戏谑开言：
我一眼便看穿你心盘算。
当太阳放光时群星不见，
我面对强烈光线 [6]，
所见物亦失灿烂；
然而我却不让你离视线 [7]。
此女子 [8] 她与我本是同种，

---

[1] 诗人的欲望十分伟大、正直，可以令他成为超凡之人。
[2] 暗指德行女神。
[3] 荣耀女神请诗人转身观看德行女神。
[4] 诗人心中立刻燃烧起对德行女神的爱慕之情，因而羞答答地低下了头。
[5] 指荣耀女神。
[6] 指德行女神发出的强烈光线。
[7] 荣耀女神视诗人为追随者和朋友，因而不让他离开自己的视线。
[8] 指德行女神。

一胎生，我在后，而她在前 [1]。

我见她发现了我的尴尬，
心中便有些慌乱，
羞愧结缠绕住我的舌头 [2]，
随后它 [3] 又被我用力挣断；
我说道：若所闻全是真话，
尔等的生身父真福无限，
还应为你们的生日 [4] 祈福，
你二人我应该常来谒见；
如若我远离了正确道路，
心之痛远胜过你等所见；
如若我还值得尔等聆听，
配得上作你们陪同伙伴，
我心中便会燃欲望火焰。
她沉思，盯着我，温情吐言，
其容貌和话语印我心田：

我二位生就了不灭之躯 [5]，
如那位永恒的圣父所愿 [6]。
苦人儿 [7]，对你们这还有什么价值？

---

[1] 引起诗人爱慕之心的德行女神本与荣耀女神同根而生，是孪生姊妹，德行女神先出生，荣耀女神后出生；因为人们先获得美德后才能获得荣耀。

[2] 由于羞愧，诗人说不出话。

[3] 指上一句所说的"羞愧结"。

[4] 指荣耀女神和德行女神的诞生之日。

[5] "荣耀"和"德行"是两位女神，永远不会死亡，因而此处说"我二位生就了不灭之躯"。

[6] 荣耀女神和德行女神永远不死，是符合造物主愿望的。

[7] 指生活在悲惨尘世的人类。

现如今都欲见我等缺陷[1]，

只爱恋我们的以往美貌，

我们却已变得如此这般：

我姐姐[2]抖动羽翼，

欲返回她古老隐蔽地点[3]；

我也已仅仅像一个幽灵，

简言之，这便是我对你欲说之言。

她抬脚想离去，却又说道：

你别怕我走太远，

随后便摘下了绿色枝叶，

做成了一项桂冠，

用双手捧过来为我加冕。

歌呀歌，谁若说你之言晦涩难懂，

告诉他：我无怨，因心中另有期盼，

不久后会有人展示真理，

他言语更清晰，其意明辨。

我离开诗人之时，

如若他[4]未对我恶意欺骗，

我来此只为了预示在先[5]。

---

[1] 荣耀女神说：人类已不再追逐荣耀和德行，因而他们希望最好荣耀女神和德
　　行女神也不是完美无缺的。

[2] 指德行女神。

[3] 暗指天上。

[4] 指诗人，即彼特拉克。

[5] 先向人们预示一下将有人来明确展示的真理。

第 120 首

您诗句读起来令人生怜

传说彼特拉克病故，费拉拉诗人安东尼·贝卡里写作了一首为其亡故而哭泣的歌，彼特拉克读后十分感动，回敬了这首十四行诗。

您诗句读起来令人生怜，
其中见您智慧、高贵情感，
它们对我灵魂冲击强烈，
我即刻抓起笔回敬此篇，

告诉您所有人都会死去，
且死神之折磨十分极端，
虽然我无体验，但不怀疑，
因为我曾奔至她 [1] 的门前；

随后我又返回，由于见到，
门上书：还未到我的大限，
每个人已预定可活多久，

尽管我未探知寿至哪天。
因而您痛苦心可以平静，
请您把可敬的他人颂赞 [2]。

---

[1] 指死神。意语中"死"是阴性名词，死神也被视为一位女神。

[2] 诗人请安东尼去赞颂其他已经死去的可尊敬的人，而不要赞颂他，因为他还没有死。

第121首

爱神啊，你快看那位少妇

劳拉安坐在花草之间，丝毫不把诗人和全副武装的爱神放在眼里；这令坠入爱河中的诗人痛苦万分。他恳请爱神快快拉开他的强弓，射出他的利箭，为他们二人报仇雪冤。

爱神啊，你快看那位少妇，
她不顾我之痛，蔑视你权，
在你我二敌间从容不变。

你披甲，她竟然安坐花草，
赤着脚，穿裙衫，梳着秀辫，
她对我太残忍，对你傲慢。

我已经被其俘，捆住手脚，
爱神啊，你若是心存爱怜，
拉开弓为你我报仇雪冤。

第122首

十七年已过去，星辰运转

诗人爱恋劳拉已经十七年了，想到自己陷入尘世的情感之中不能自拔，诗人的心比冰还要寒冷。但诗人知道，他永远无法改变这种状况。

> 十七年已过去，星辰运转，
> 自最初被点燃从未熄焰；
> 当想到我所处状况之时，
> 便感觉心中火比冰更寒[1]。

> 俗话说"换皮毛，难改秉性"，
> 因年迈变迟钝人体器官，
> 但爱情却未有丝毫减弱，
> 这证明灵与肉紧密相连。

> 哎呀呀，我眼见时光飞逝，
> 还须要等待到何月何年，
> 才能够出欲火，摆脱苦难？

> 难道说我永远难以见到，
> 她美面展现出温情容颜？
> 这可是我心中迫切期盼。

---

[1] 考虑到自己长期所犯的罪过（指陷入情网不能自拔），诗人心中虽然有爱情的火焰，却比冰还寒冷。

第 123 首

温情笑把一层爱的迷雾

劳拉听说诗人将离去，脸色苍白，显露出一丝温情的微笑，表示出遗憾的样子；她似乎在质问：是谁想带走她的朋友？

温情笑把一层爱的迷雾，
轻罩在朦胧的苍白之脸[1]，
美夫人端庄地走向我心，
心欢迎，激动情显于吾面。

就如同在天国见到某人，
也如此敞心扉，显露爱怜；
其他人绝不会知晓其意，
我明白，因眼盯她的美颜。

天使的关怀与谦卑情感，
全降至充满爱女子心间：
言辞均对她似无礼冒犯。

---

[1] 在诗人的眼中，劳拉的脸总是很朦胧的，他无法看清楚劳拉对他是否怀有爱的情感。但今天，劳拉的脸色苍白，并显露出一丝温情的微笑。

她低垂美丽的高贵双眼，
未出声却好像对我吐言：
是谁想带走我忠诚伙伴？

第124首

厌眼前，往事却长存心中

诗人觉得自己的爱情生活极不顺利，以至于他有时候会嫉妒死去的人。他并不期盼过去甜美的日子重新回到自己身边，但也不愿意余生更加痛苦。

厌眼前，往事却长存心中，
爱神与时运神令我苦痛，
以至于有时候心生嫉妒，
嫉妒在彼岸的那些魂灵[1]。

"爱"[2]穿心，"时运"[3]亦夺我安宁，
愚蠢且愤怒心哭泣不停，
我处境极端的悲惨、痛苦，
总应该在世时奋起抗争。

不期盼甜蜜日重新返回，
也不愿更恶化剩余人生；
人生路我已过一半行程。

---

[1] 指在地狱河彼岸的魂灵，即地狱中的魂灵。
[2] 指爱神。
[3] 指时运女神。

哎呀呀，我希望全都坠落，
非钻石，而是用玻璃制成，
半途中破碎了我的美梦。

第125首

是爱情之思绪将我摧残

诗人头脑中充满了对劳拉的爱情，他的思绪又把他带回到劳拉经常沐浴的小河河畔。

是爱情之思绪将我摧残，
因为它既硬又尖；
它好似女子披艳丽外衣，
燃起了我欲火，随后不见 [1]；
沉睡的爱神也定将醒来，
睁开他诱人双眼；
我这对疲惫之足，
将其印留在了山岗、田园，
而它们不觉孤寂，
双眼也再难以流泪不断 [2]；
我似冰，却期待她如烈火，
可把我周身点燃，
致使我喷射出熊熊烈焰。

是爱神夺我气力，

---

[1] 爱的思绪就像一位穿着美丽外衣的女子，她燃起了诗人心中的欲火，随后又躲藏得无影无踪。

[2] 诗人走遍山岗、田园，不再感觉孤独，也不再流泪，因为在诗人的想象中，劳拉在跟随并陪伴着他。

他致使我智慧消失不见，
因而我笔下语并不悦耳，
无修饰之诗句却也甘甜 [1]：
枝叶和树上花朵，
不总把自然的美德彰显。
爱神啊，你应该观察吾心，
美眸常乘凉于其影下面 [2]。
谁若想清除痛苦，
应哭泣或者抱怨，
这样才能令苦溢出心田：
前者可害自己，后者伤人；
我不知如何能令她喜欢。

爱之神发起了最初攻势，
于是我写下了温情诗篇：
那时无其他武器，
谁会来为我助战，
令吾心坚不可摧，
或至少能使我发泄一番？
我心中似有一人，
总是画夫人美面，
并不断将她议论：
好像我难绘其颜；
这令我心疼痛，如被箭穿。
便如此错过了温情救援，
哎呀呀，我好悲惨。

---

[1] 爱神夺走了诗人的智慧和力量，因而，诗人写不出悦耳的诗句，但无修饰的
粗糙诗句也有它的自然美。
[2] 劳拉的美丽目光经常射入诗人的心，并躲藏在那里。

如学语一名幼童 [1]，

舌虽转，却似被缠；

久沉默令其不悦，

是欲望引我吐言；

希望在离世之前，

我的话温情敌能够听见。

如若她所有快乐，

全依赖那张美面，

并躲避其他一切；

噢，绿岸呀 [2]，你听我言，

请赐予我叹息 [3] 宽大羽翼，

令其能永世广传；

因它们是我的友好伙伴。

你 [4] 明白，那双美足，

从不踏肮脏地面；

然而在你的身上，

其足迹清晰可见。

疲惫心携苦身又来这里 [5]，

请求你分担其隐秘苦难。

你应把美丽印记 [6]，

播撒在花草之间；

虽然我生命苦涩，

---

[1] 诗人就如同初学说话的一个幼童。

[2] 指诗人常去的那片长满绿草的河岸。诗人在那里写诗歌赞颂爱情。

[3] 暗指诗人写作的诗歌，它们是诗人吐出的哀叹语言。

[4] 指上面提到的"绿河岸"。

[5] 诗人的疲惫心携带着痛苦的身躯又一次来到这片河岸。

[6] 指劳拉到过这片河岸的印记。

眼中的泪水涟涟，
在此却应获宁安！
我灵魂踌躇、流浪 [1]，
或许能在这里略尝甘甜。

不管眼望向何处，
我都会觉得温暖，
于是便心中说道：
美眸曾遍扫此岸。
我摘取每一花草，
均见她曾经踏这片地面，
穿泳衣漫步河边，
有时也安卧在花草之间，
似坐在宝座上面。
我自觉不会有丝毫失误：
任何她趴卧处我全踏遍。
圣洁的美灵魂 [2] 呀，
你为何赐他人 [3] 如此恩典 [4]？

噢，歌呀歌，为何你这样粗糙？
你一定也自认如此这般：
我请你躲藏在林木之间 [5]。

---

[1]　诗人在河边到处走动，并不清楚哪些是劳拉足迹踏过的地方，因而，此处他
　　　称自己的灵魂是"踌躇、流浪"的灵魂。
[2]　指劳拉的灵魂。
[3]　指河边的花草。
[4]　诗人把劳拉趴卧在草地上视为她对花草的恩典。
[5]　诗人认为这首歌写得太粗糙，因而希望它隐藏在树林中，不要与人见面。

第126首

清澈、凉爽、温情的水

诗人怀着深深的眷念之情漫步于河边，他幻想在那里偷窥劳拉沐浴，欣赏她娇柔的身姿，完全沉浸于赞美女性美貌的快乐之中。随后，诗人又设想自己死去，他希望被安葬在劳拉沐浴的长满美丽花草的河畔；后来，有一天，劳拉又来到这片河岸，她好像在寻找诗人，然而，却看见了诗人的坟墓；在爱神的启迪下，劳拉为诗人流下了多情的眼泪，并为诗人向上天乞求怜悯。此时，诗人似乎复苏了，他见到劳拉落泪，激动万分，于是又重新开始描述劳拉沐浴的情景，在我们面前展示出一幅动人的美女出浴图。

这首歌是《歌集》中最优秀的作品之一，诗意清新，它把美丽的自然景色与窈窕淑女的妖媚形象及诗人的激动心情完美地揉捏在一起，使真实与梦幻巧妙地结合，诗中体现了"情不知所起，一往而深，生者可以死，死者可以生，生而不可与死，死而不可复生者，皆非情之至也"的强烈的尘世情爱的力量，其意境与我国著名的戏剧作品《牡丹亭》有异曲同工之妙。因而，直至今日，这首歌仍脍炙人口，受到各国读者的喜爱。

> 美腿、秀臂，玉体婷婷，
> 浸泡在清澈、凉爽、温情的水中，
> 只有她才配得上"女子"的美称；
> 娇娆的身躯喜欢把热情的树干作为支撑，
> 忆往事，我不免发出叹息之声；
> 艳丽的裙衫，

天使般的腹胸，
覆盖着鲜花、草坪 [1]；
在这神圣、宁静的地方，
爱神用那美丽的眼睛，
打开我的心灵：
请诸君垂耳聆听，
我痛苦的最终哀鸣。

如若是上天的安排，
如若我命中注定：
爱神令我合闭流泪的双睛；
至少应葬我于此处树下的鲜花草丛，
给予我些许恩赐，
令赤裸灵魂回归它应返的家中。
若我能满怀如此希望，
踏上恐怖的旅程，
死亡便不再令我苦痛；
因为我疲惫的魂灵，
已绝无可能，
弃痛苦骨肉身躯于更安宁的墓坑，
令生命之舟在更平静的港湾泊停。

也许还会有一天，
高傲且温柔的美丽婵娟，
返回这常来之处，
掠过我身边；
在那神圣之日，
她转动喜悦、期盼的双眼，

---

[1]　劳拉坐卧在草坪之上，其生动的形象极具画面感。

寻找着我，噢，天哪！
见我已化为泥土，洒落在墓石之间，
爱神启示她，
发出温柔的哀叹，
用其美丽的面纱拭去眼中的泪水，
乞求并强令上天，
赐予我爱怜。

美丽树枝上的花朵，
雨一般洒落在她的怀里
（回忆是多么甜蜜），
她谦恭坐于草地，
到处是鲜花奉献的敬意，
周身沐浴着爱的雨。
花儿落在衣裙边，
花儿洒满金色的发髻，
发髻好似闪亮的黄金，
点缀着珍珠和美玉；
花儿浮于水面，花儿飘洒大地，
花儿飘然不知何去，
像是说："爱之神统治着这里。"

多少次我神情茫然，
吐出惊愕之言：
她必定来自于上天！
其举止超凡，
美容、妙音、柔情的微笑，
令我浮想联翩，
忘记了一切，
并发出感叹：

何时来此，又为了哪般？
我自以为已离弃尘世升入空间。
从此后便爱上了这片花草河岸，
其他处再难以获得宁安。

歌呀歌，你柔美若如人愿，
便可以勇敢地走出林间，
在尘世广泛流传。

第 127 首

在爱神挑逗我那个地方

诗人又来到初次见到劳拉并产生爱情的地方，他认为，必须在这里展示他痛苦的诗篇，因为悲哀的诗歌是紧随悲伤心情而来的伙伴；于是诗人写下了这首歌。

> 在爱神挑逗我那个地方，
> 须展示我心中痛苦诗篇，
> 它紧紧追随着悲伤灵魂，
> 哎呀呀，哪是头，哪是尾，何人明辨？
> 令吾痛那个人与我交谈，
> 我踌躇，他信口乱语胡言。
> 尽管我已经发现，
> 痛苦的爱情史书我心间，
> 这是他 [1] 亲手所为，
> 却反复阅读千遍 [2]；
> 然而我仍要说：时常议论，
> 可以使叹息止，痛苦锐减 [3]。
> 我曾经注视过不同美物，

---

[1] 指爱神。

[2] 尽管诗人发觉是爱神使他跌入痛苦的情网，却仍然反复不断地回忆自己的爱情经历。

[3] 尽管爱情令诗人十分痛苦，但他仍然认为，经常回忆爱情，可以减少自己的痛苦和叹息。

却只见一女子俊俏容颜。

我命运实在无情，
它使我远离至善 [1]，
爱神却固执令我忆往事，
太残忍、傲慢且让人厌烦。
我曾经见大地身披绿草 [2]，
那时她尚是少年 [3]，
也曾见美夫人稚嫩之时，
年轻且美貌非凡；
随后见太阳高悬，
大地现无限温暖，
美夫人亦统治高贵心灵，
她好似爱的火焰 [4]；
白与昼难忍热，烈日归家，
我见她已至中年 [5]。

枝叶茂，紫罗兰铺满大地，
看季节，严寒不见，
到处是翠绿和姹紫嫣红，
温暖星 [6] 重新把活力展现 [7]；
爱神用此武装 [8] 对我开战，

---

[1]　这里指劳拉。
[2]　指春天。
[3]　"她"指大地。这句诗的意思为：那时大地还处于少年时代，即春暖花开的春天。
[4]　用夏天比喻人已成熟。成熟的劳拉用炽热的爱情控制了高贵的恋爱者的心灵。
[5]　用烈日退去来比喻人到中年。
[6]　指温暖季节人们经常能见到的星辰。
[7]　严冬过去，大地又开始呈现出万紫千红的景色；诗人用此比喻心中的爱情又复苏了。
[8]　指前面提到的"翠绿和姹紫嫣红"。

至今日仍意欲逼我就范；

她[1]温情、优美肌肤，

把柔嫩之肢体裹在里面，

寄寓着高贵灵魂[2]，

令我觉其他乐卑劣不堪[3]，

致使我记忆犹新：

她谦卑举止[4]曾花开鲜艳，

那花儿长得太快，

是痛苦生与死唯一根源[5]。

我翘首遥望远方，

太阳向山岗上白雪开战[6]；

爱神也如此对我，

常想起那一张超凡美面：

远处望，我总会泪流不止，

近处看，她炫目，令我心颤；

她肌肤嫩而白，金发飘洒，

内在美，除我外，别人难见；

我叹息，她却微笑，

引燃我心中的欲望烈焰，

这欲望不会减弱，

熊熊燃，直至永远，

严冬时不会熄灭，

---

[1]　指劳拉。

[2]　肢体里寄寓着高贵的灵魂。

[3]　当诗人见到劳拉的美丽肢体和高贵的灵魂时，他觉得只有劳拉是他幸福的源泉，追求其他快乐都卑劣不堪。

[4]　指劳拉的举止。

[5]　时间过得太快，劳拉这朵鲜艳的花也已经开放多时；花开令诗人快乐，但诗人也担心花的美色不能长存，因此此处说"是痛苦生与死唯一根源"。

[6]　比喻太阳欲融化山岗上的白雪。

酷暑更火势冲天。

夜雨已停止滴落，
但不见漂泊星徜徉蓝天，
亦不见闪烁于霜露之间，
我面前也没有那双俊眼：
它们是我疲惫生命依赖，
曾透过美面纱现我面前；
那一日 [1]，明亮眸照耀苍穹，
今仍见其泪珠，吾心被燃。
当丽眼升起之时，
我便觉光辉灿烂，
心中会产生爱情；
如若是丽眼落山 [2]，
便见她转身离去，
令身后一片黑暗。

我眼见处女之手，
采摘的玫瑰花红白相间，
被置于金色的花瓶之中，
便以为见到了她的容颜；
那容颜真令人无比惊叹，
汇集的三美色着实不凡 [3]：
比乳汁更白的脖颈之上，
金色的秀发披散，
粉红的柔嫩面颊，

---

[1]　指诗人见到劳拉的那一日。
[2]　把劳拉的美丽眼睛比喻成升起或落山的太阳。
[3]　三种美色指：劳拉的洁白脖颈、金色秀发、粉红面颊。

似展现温情欲念。

微风吹，原野上黄白花 [1] 轻轻抖颤，

圣地又重新入我的心田 [2]，

我在那（儿）首次见金发飘洒，

即刻便燃起了情欲火焰。

我产生奇思妙想，

妄图用一首诗篇，

唱尽那花魁之美，

就好像我具有坚定信念：

能数清天上的颗颗星辰，

令天下水装入一只瓶罐；

只要我不离夫人，

她便会熄怒火，光洒人间：

我虽然时而逃 [3]，却非吾愿，

夫人止我脚步，天上人间 [4]；

她总是出现我可怜眼中，

致使我遭受磨难。

不见也不想见别的女子，

叹息中只把她名字呼唤。

歌呀歌，你深知，这些诗篇，

与隐秘情和爱相差甚远 [5]，

这思念给我安慰，

---

[1] 泛指各色花朵。

[2] 诗人又重新想起初见劳拉的地方，并称其为"圣地"。

[3] 虽然诗人时而躲避劳拉。

[4] 无论在天上还是人间，美丽的劳拉都迫使诗人只追求爱情，不允许他有其他
     神圣或世俗的追求。

[5] 我所讲述的一切远没有道明我心中的爱情。

却也在头脑中引起激战，
此激战至今未停，
远离她，吾心会哭泣不断，
或许将一命呜呼，
但安慰却把我死亡推延。

第128首

啊，我的意大利

这是诗人写给意大利各城邦国统治者的一首歌，他斥责他们不断发动战争，相互仇视，造成意大利的混乱，使外族入侵；并呼吁他们放弃相互间的仇恨，团结起来，以古罗马人的勇敢为意大利战斗，这样才能受到赞颂，从而获得人间和天国的双重幸福。

啊，我的意大利，

你美丽的身躯致命伤随处可见；

即便是空语言无济于事，

但至少我叹息能够体现，

台伯与阿尔诺，还有波河 [1]，

心中的那份期盼 [2]。

掌管着上天的万能主啊，

怜悯曾引导你降至人间 [3]，

我对你真诚恳求：

再次向喜爱地投下视线 [4]！

仁慈的天主啊，你看，

---

[1] 台伯河、阿尔诺河和波河是代表意大利文明的三条重要的河流。

[2] 此处用拟人的手法，把台伯河、阿尔诺河和波河比作人；诗人希望自己的诗歌能够体现出这三条象征意大利文明之河的期盼。

[3] 因为怜悯，基督耶稣曾道成人身，降至人间，解救世人。

[4] 诗人请求上帝再次关怀人类，尤其是关怀他所喜爱的地方——意大利。

为微小之理由他们 [1] 开战；
傲且恶战之神令人冷酷，
圣父啊，斩仇结，快重新让心变软；
我应尽一切努力，
使人从我语中闻你真言。

在美丽街区的芸芸众生，
时运神把你们控于掌间，
你们似无任何怜悯之心：
为何唤外族剑来此作乱 [2]？
又为何令片片绿色草地，
被野蛮鲜血 [3] 浸染？
愚蠢的错误献媚 [4]：
使你们虽近视却自觉目光高远；
在贪腐心灵之中，
寻求爱与信仰徒劳枉然。
经常与贪腐者交往之人，
必定被恶敌围圈。
噢，遥远且可怖的荒原 [5] 上暴雨集聚，
欲淹没我们的温情家园！
若我们想亲手将其 [6] 毁灭，
谁又能逃脱这灭顶灾难？

大自然预料到我们处境，

---

[1] 指意大利各城邦国的统治者。
[2] 指用金钱雇佣外国军队来意大利作乱。
[3] 指北方蛮族人的鲜血，即外国雇佣军的鲜血。
[4] 愚蠢的错误想方设法地引诱你们。
[5] 指在可怖的遥远的北方国度。
[6] 指"我们的温情家园"。

先设下高耸的坚壁一面[1]，

疯狂的日耳曼与我隔离；

固执的瞎欲望[2]却拒仁善，

它居然绞尽脑汁，

使健康之躯体疥疮长满。

现如今，野兽[3]与温顺羊群[4]，

竟同时卧于一圈：

永远是善良者哭泣；

我们的种种苦难，

全源于占领者——野蛮民族[5]，

那民族无法无天；

马略[6]曾撕其侧翼[7]，

该情景至今仍展现眼前：

疲惫且干渴之时，

他饮血而并非河中漪澜[8]。

更勿说威武恺撒，

手中握我军[9]铁剑，

他所到每个地方，

必定令日耳曼血染草原。

不知是何灾星令天逆转：

---

[1]　指阿尔卑斯山脉。

[2]　指人类的贪婪和其他一切盲目且固执的欲望。

[3]　指日耳曼士兵。

[4]　指意大利人。

[5]　指日耳曼人。

[6]　指古罗马共和国的著名统帅和政治家盖乌斯·马略（约公元前 157—前 86 年）。

[7]　公元前 102 年，马略率军与日耳曼人会战，使其全军覆没，被杀和被俘者共有十余万人。

[8]　河中的水已经全变成了鲜血。

[9]　指古罗马军团，即意大利人的军队。

托你等 [1] 之福气，多灾多难 [2]。

你们的纷争不止，

毁坏了人世间最美家园。

你们都极厌恶可怜邻居 [3]，

他们曾犯何罪？有何审判？

难道说他们都命中注定，

应该受戕害不断？

难道说不能在其他地区，

洒鲜血，用生命换取金钱 [4]？

如此讲，并不因仇恨某人，

而只为吐出我心中真言。

在众多证据面前，

难道说你们都尚未发现？

他们在用指头挑逗猫狗，

这便是拜恩 [5] 欺骗。

依我看，欺骗比攻击更恶，

它使你既流血，又燃怒焰。

若你们略微想想，

必定会有所发现，

那蛮族为何要爱护别人，

把自己之利益却忘一边？

高贵的拉丁血族，

---

[1] 指意大利的各位君主。

[2] 指意大利发生了众多灾难。这句诗具有强烈的讥讽意味。

[3] 指与自己邻近的城邦国的居民。

[4] 难道那些外国军队一定要在意大利作战吗？难道他们不能在其他地区开战从而赚取金钱吗？

[5] 拜恩（另译：巴伐利亚）是日耳曼的一个公国，这里泛指北方的蛮族人。

把有害之畜生 [1] 快快驱赶；
切勿要让虚名成为偶像 [2]，
令蠢人胜智者 [3]，尽逞凶顽；
若天上星辰发怒，
是我们之过错，不怨自然。

这不是我从前脚踏之地？
这不是哺育我那个摇篮？
难道说她不是我的祖国？
祖国如慈母一般；
我十分信任祖国，
因那里埋葬着我的祖先。
苍天啊，但愿能打动心灵，
请你们 [4] 看一看人民苦难，
对民众之血泪显示怜悯，
除上帝，只能盼你们赐宁静、平安；
只要是你们能够，
表现出些许爱怜，
美德会持武器对抗疯狂，
战斗将十分短暂，
因为在意人心中，
仍保存古老勇敢。

各位爷 [5]，你们看，光阴似箭，
生命逝只在瞬间，

---

[1] 指外国军队。
[2] 外国军队只享有英勇善战的虚名，不要把他们当作偶像。
[3] 蠢人指外来的蛮族，智者指意大利人。
[4] 指各城邦国的统治者。
[5] 指意大利各城邦国的统治者。

死亡已落在肩头，

趁此时快想想离世过关：

孤独的赤裸灵魂，

总要踏入疑虑崎岖路段 [1]。

路过这山谷 [2] 之时，

请你们放弃仇怨，

若能够避开逆风，

人生便无比灿烂；

耗时光令同类痛苦之人，

理应该有所转变，

置辛苦、智慧于有益的事业之中，

才会获美好颂赞；

既可有尘世的真正幸福，

天国路也展现你的面前。

歌呀歌，我告诫你，

你理性应真诚吐出实言，

须飞向高傲的人群中间，

人心中已经充满，

长久的仇与恨怨，

它已成最丑陋古老习惯。

少数的高尚人喜欢仁善，

---

[1]　指人离弃尘世，踏上通往另一个神秘世界的道路。

[2]　指尘世。

你也将闯荡于他们之间。

问他们：谁能够保我安全？

和平！和平！和平！我意欲呼喊不断 [1]。

---

[1]　你们中间谁能保护我，使我能够不断地呼吁"和平"？

第129首

"爱"令我思绪不断

诗人躲入深山，希望在无人之处自己的灵魂能够得到安宁。但他还是无法摆脱对劳拉的思念，劳拉的形象仍然不断地出现在他的眼前。这首歌充分体现了诗人的矛盾心理，诗人的灵魂总是处在激烈的冲突之中。

"爱"[1]令我思绪不断，
引导我翻越高山，
无论踏何道路，吾心烦乱。
孤寂的山坡上流淌清泉，
庇荫谷安坐在两山之间，
在那里惊恐心略觉宁安；
是爱神令我灵魂，
忽而哭，忽而惧，忽觉安全；
面容也随之改变，
有时静，有时却显露厌烦，
各状态只持续短暂时间；
世故人见此景定然会说：
这个人神不宁，心燃火焰。

我可在野林、高山，
略小憩，以图宁安，

---

[1] 指爱神。

我痛恨尘世人居住之地 [1]，

它会伤我的双眼 [2]。

每迈步必想起心爱女子，

她使我悲情转欢 [3]；

然而我勉强愿意，

把痛苦转变成快乐甘甜 [4]，

于是便自言道：在好时刻，

仍需"爱"服侍在你 [5] 的身边；

虽自卑，别人却把你喜欢 [6]。

叹息着我生出一个疑问：

真如此？它何时方能出现 [7]？

在高大松与岗阴影之下，

我不时止步停站，

呆望着遇到的首块岩石，

记忆便绘出了她的美面 [8]。

醒转来 [9]，觉胸痛，于是叹道：

哎，苦人儿 [10]，从哪来？在何地面 [11]？

当我欲稳定住思绪之时，

头脑却漂游至另外一边：

---

[1] 诗人一心想躲避世人，因而，他痛恨有人居住的地方。

[2] 诗人只想独处荒山野岭，不愿意看到有人居住的地方。

[3] 一想起心爱的女子，诗人的悲伤便会转变成欢乐。

[4] 处于矛盾之中的诗人，一方面想摆脱尘世之爱给他带来的精神痛苦，另一方面又对其恋恋不舍；因而此处说"我勉强愿意，把痛苦转变成快乐甘甜"。

[5] 指诗人自己。

[6] 你虽然自卑，却有人喜欢你。

[7] 真会这样吗？别人喜欢我的情况什么时候才能出现？

[8] 指诗人头脑中出现了劳拉的美丽形象。

[9] 指诗人从想象的幻觉中醒来。

[10] 指诗人自己。

[11] 诗人好像刚从梦幻中醒来，自己也说不出身在何方，从什么地方来到此处。

望着她，我竟然忘记自己，

却感觉爱之神来我身边；

我灵魂满足于它的错觉：

处处见美女子十分光灿 [1]，

若错觉很顽固，我无他念 [2]。

但如今谁会相信，

我曾见活生生美丽婵娟 [3]，

坐绿地或者是浸于漪澜，

被白云缠绕 [4] 着依靠树干；

见此景勒达 [5] 说：美胜其女 [6]，

似明星，遮蔽了太阳光线；

越是在荒野之处，

越是在无人海岸，

我脑中她影子越是娇艳。

真实却驱赶走温情梦幻，

坐在那（儿），我僵似寒冰一般，

又好像活着的一块石头，

冥思着，哭泣着，书写诗篇。

是一种强烈欲望，

引我至空旷的至高山巅，

---

[1]　诗人的灵魂喜欢自己的幻觉，因为它愿意见到美丽且光辉灿烂的劳拉。

[2]　如果错觉顽固不化，我便永远离不开劳拉的形象，因而再也不会有其他的追求。

[3]　指诗人头脑中曾经出现过劳拉的活生生的美丽形象。

[4]　好似处于仙境。

[5]　勒达是希腊神话中的人物。她本是斯巴达王后，宙斯醉心于她的容貌，趁她在河中洗澡时，化作天鹅与她亲近，使其怀孕，生下美女海伦。

[6]　指古希腊神话中的著名美女海伦。据《伊利亚特》讲，因为争夺她，爆发了特洛伊战争。

见不到其他的山峰阴影 [1]，

我开始用双眼审视苦难，

一边泣，一边发泄，

心中的淤积幽怨；

我观望，并且思考：

何距离隔开了我与美面，

近咫尺却觉得十分遥远。

随后我默默地自言自语：

苦人儿，你可知？她或许就在那边，

此时亦因隔离叹息不断。

想到此，我灵魂发出哀叹。

歌呀歌，你翻过那座高山，

便可见阳光灿烂，

在一条小溪处我们 [2] 重逢，

那里有微风 [3] 拂面，

清爽且携带着月桂芳香 [4]；

此处你只能见我的身影，

因她已持吾心飞向溪畔。

---

[1] 其他山峰都不如此山高，因而无法遮住此山。

[2] 指诗人和他所写的这首歌。

[3] 隐喻劳拉。

[4] 拂面的微风清爽且带有月桂的芳香。"月桂"也隐喻劳拉。

第 130 首

获回报之道路已被堵死

　　绝望的诗人，远离了劳拉，因而，哭泣不止；但劳拉的形象却永远刻在他的心中，不管他躲藏到多么遥远的地方，劳拉也会出现在他的眼前。

　　　　获回报之道路已被堵死，
　　　　因绝望我远离那双丽眼 [1]，
　　　　并不知受何等命运安排，
　　　　我忠诚之奖赏 [2] 消逝不见。

　　　　我的心充满了泪水、哀叹，
　　　　生来便为哭泣，他事不管，
　　　　对于这我并不感觉痛苦：
　　　　此景下哭泣比其他更甜。

　　　　我心中只刻画一个形象 [3]，
　　　　宙西斯、菲迪亚 [4] 雕绘亦难，

---

[1] 指劳拉的双眸。

[2] 指对劳拉的忠诚所应该获得的回报。

[3] 即劳拉的形象。

[4] 宙西斯（另译：宙克西斯）是古希腊最著名的画师；菲狄亚（另译：菲狄亚斯）是古希腊最著名的雕塑家。

需最佳大师 [1] 把智慧展现。

无论我躲藏得多么隐秘，
嫉妒神均能够迫我露面，
难道说去天边我才安全？

---

[1] 这里指爱神。

第 131 首

以非凡之方式歌颂爱情

诗人要以与众不同的方式歌颂爱情：他要点燃劳拉的冷酷心灵，使劳拉心中也产生对他的爱情。

> 以非凡之方式歌颂爱情：
> 她身旁我发出叹息声声，
> 我要把崇高的情爱欲火，
> 点燃在冰冷的心灵之中 [1]；
>
> 这样我将常见美面变容，
> 眼湿润，怜悯眸不停转动，
> 似悔恨她自己犯下罪过，
> 令他人 [2] 忍受了剧烈苦痛。
>
> 白雪间 [3] 红玫瑰 [4] 被风吹动，
> 一颗颗象牙齿十分坚硬，
> 近处看似云石雕刻而成。

---

[1] 指劳拉的心灵。
[2] 指诗人自己。
[3] 比喻劳拉白嫩的脸。
[4] 比喻劳拉红润的嘴唇。

我短暂生命中所遇一切，
并未使我懊悔，忧心忡忡，
生活在此时代我觉光荣[1]。

---

[1] 中世纪晚期，资产阶级诞生，欧洲社会急剧世俗化，许多人都指责社会的腐
    败，但诗人却喜欢生活在这个时代，并为这个时代感到光荣。

第 132 首

我感受是什么，若非爱情？

诗人对自己的爱情提出了一系列的疑问，这些疑问清楚地反映出
诗人心中的矛盾状态。

我感受是什么，若非爱情？
老天啊，若是爱，它为何令我心痛？
爱若善，其结果为何夺命？
爱若恶，又为何甜入心中？

若自愿燃欲火，为何泣、怨？
如若我非自愿，怨有何用？
死可生，苦可乐，亦可调换 [1]，
若不睬，它对我如何逞凶？

若认可，便无理身陷苦情 [2]。
我脆弱之小舟大海漂行，
无舵手掌方向而且逆风；

---

[1] 死可以被看作是生，苦可以被看作是乐；相反，生也可以被看作是死，乐也
可以被看作是苦。
[2] 若介意命运对生死和苦乐的安排，就没有理由陷入痛苦的情感之中。

缺智慧，罪孽却沉重压身，
更何况追求啥吾心不明：
因而便冬发烧，夏颤不停 [1]。

---

[1] 诗人彷徨于尘世快乐和天国永福之间，无法做出选择，因而身体也失掉了常
态：在严寒的冬季，他浑身发烧，进入酷热的夏天，他却抖颤不停。

第133首

爱神把我当成他的箭靶

这首十四行诗表现了诗人强烈的情感，在劳拉显露欲望的目光下，诗人感觉自己似乎已经要死去。

爱神把我当成他的箭靶，
我好像日晒雪、火中之蜡，
夫人呀，我呼唤您同情，声嘶力竭，
然而您却无视我已喊哑。

您眼中射出了索命之光，
时与境都令我难以招架；
日与火对于您好似游戏，
我却在它们中拼命挣扎。

情是日，欲是火，将我灼烫，
爱神用此兵器把我戳扎，
耀吾眼，焚吾心，苦海无涯；

天使般美歌声、娓娓话语，
呼出的温情气令我惊讶：
微风前我的魂逃至天涯。

第134首

失和平，无力战，既怕又盼

　　这首十四行诗清晰地表现出诗人极其矛盾的心理状态，全是因为劳拉，诗人才处于这种状态之中。

失和平，无力战，既怕又盼[1]，
我虽是一块冰，却如烈焰；
空中飞，又好似趴卧地上，
拥抱着世界却无物握攥。

她囚我于牢房，不锁不放，
不收我作随从，也不解链；
爱之神不杀我，亦不松绑，
他不让我生存，却又纠缠。

我无目却可见，无舌竟吼，
虽希望命结束，又求救援；
恨自己，心中却另有爱恋。

自己食苦涩果，痛哭，狂笑，
不愿死，也不想苟活世间：
夫人啊，全都是为了您我才这般。

---

[1] 诗人心中丧失了平静，却又无力再继续挣扎，因而他对未来既害怕又抱有强烈的期盼。

第 135 首

在任何异国他乡

诗人用凤凰涅槃来比喻自己重获新生的愿望，但诗人知道自己做不到，为此他十分痛苦。

在任何异国他乡，
都会有奇怪的事物出现，
爱之神更令我感觉如此：
他使我坠入梦幻。
在太阳升起的遥远东方，
一鸟儿孤独飞，并无陪伴 [1]，
它甘愿自焚死，却又重生 [2]，
把生活旧方式彻底改变。
我爱亦如此孤单，
它独立高高的思绪山巅，
面朝着光辉太阳，
也这样安详涅槃，
涅槃后又恢复最初状态：
虽被焚，却重生，返回世间，
随后再与凤凰比试一番。

---

[1] 指孤独的凤凰。
[2] 指凤凰涅槃。传说，凤凰是人世间幸福的使者，每五百年，它就要背负着积累于人间的所有痛苦和恩怨，投身烈火之中，自焚而亡；它以生命和美丽的终结作为代价，换取人世的祥和与幸福。

印度海有一岩石，

其天性神奇不凡，

它吸铁，排斥木头，

令船只沉入深渊。

在痛苦泪水的波浪之中，

我也有同样体验，

那美丽礁石[1] 用无情傲慢，

令吾命驶向那沉船海面：

该礁石吸人肉而非坚铁[2]，

人世间它更罕见；

控制我并解除灵魂武装，

还盗走我曾经铁石心肝[3]；

如今我分两半[4]，噢，命运多舛！

见我的肉身被吸往终点[5]，

奔向那活生生温情婵娟[6]。

西方的尽头处有只野兽[7]，

它温和又很安静，

并没有其他危害，

其目却令人泣、死亡、苦痛，

谁把眼转向它身，

就必定目不转睛；

---

[1]　隐喻劳拉。

[2]　吸引有血有肉的人，而不是像前面所提到的磁石那样吸引铁。

[3]　诗人说，对待爱情，他的心也曾经如铁石一样坚硬。

[4]　诗人已经被一分两半，一半仍属于他自己，另一半则已经归属劳拉。

[5]　指人生的终点，即死亡。

[6]　指劳拉。

[7]　指卡托伯雷帕（Catoblepa）。据说，这是一种十分可怕的动物，无论什么人，
　　只要被它看一眼便立刻会死去。

即便你双眸紧盯，
也必定被该兽摄入眼中。
因不慎我跌入如此灾难，
于是便痛不欲生，
曾品尝、还将受多少痛苦？
贪婪欲既瞎又聋，
它令我心智不明；
那一个天使般无辜生灵 [1]，
圣洁美和丽眼夺我性命。

南方有一眼清泉，
它之名取自太阳 [2]，
夜晚时该泉沸腾，
白昼却十分清凉；
太阳公越是升高，
泉水也越加凉爽。
我状况亦是如此，
眼泪似泉水流淌：
当美光 [3] 远去时（它似太阳），
我双眸便觉得孤独、悲伤，
它们的黑夜降临，
我心中烈火炙烫；
如若见活太阳目光、金发，
我内外同时会感觉异样，
浑身便又变得寒若冰霜。

---

[1]　指劳拉。
[2]　被称作"太阳泉"。
[3]　指劳拉的眼睛。

另泉在伊庇鲁斯 [1]，

据说它如冰一般，

可熄灭每一支燃烧之光，

亦可把熄灭火重新点燃。

想当初我的灵魂，

尚未被爱情的火焰侵犯，

当靠近冰泉之时，

我不断发出哀叹：

它燃起熊熊烈火，

日与星未曾见如此灾难 [2]，

可感动铁石心，令其生怜；

是夫人将火 [3] 点燃，

冰冷美 [4] 却又欲熄灭烈焰。

多少次燃与熄灭：

我感受极强烈，心中愤然。

远离开我们家园，

时运神群岛 [5] 上亦有二泉，

一泉水饮下后令人笑死，

谁若饮另一泉必定安全。

我人生也具有如此特点，

若无苦将其淬炼，

也定会狂笑而死，

---

[1] 还有一眼泉在伊庇鲁斯。伊庇鲁斯是希腊最多山的西北部地区。

[2] 不管白天还是夜晚，无人见到过如此痛苦的场面。

[3] 指诗人的灵魂。

[4] 指劳拉。

[5] 时运神指时运女神。"时运神群岛"指西方古典文学作品中所描写的所谓的"幸运岛"，一般被认为是位于非洲西北部大西洋中的加那利群岛；这个群岛现在属于西班牙。

因为曾尽情求欢。

爱神啊，你还在引导我行，

走向那重重的阴影黑暗，

对眼前泉水[1] 却避而不谈；

当金牛与太阳相见[2] 之时，

会看到其[3] 激流滚滚向前[4]：

我双眼也时刻不停流泪，

见夫人它们更如此这般。

歌呀歌，谁窥我所作所为，

你便可对他直言：

封闭谷[5] 巨岩出索尔格河[6]，

在那里并无人将他发现，

只有那爱之神寸步不离，

毁他的女子也时而露面：

因为他极力拒别人陪伴。

---

[1] 指距离彼特拉克家不远的索尔格河。索尔格是位于法兰西南部的一条小河，
     全长仅有 46.4 公里；当时彼特拉克全家移居于法兰西南部。
[2] 指诗人初见劳拉的四月份。金牛星与太阳在四月份相遇。
[3] 指上面提到的"眼前泉水"。
[4] 四月份是索尔格河水上涨的季节。
[5] 指彼特拉克的移居地法兰西的沃克吕兹，沃克吕兹的含义是"封闭山谷"。
[6] 索尔格河从沃克吕兹山谷的巨岩下流淌出来。

第 136 首

天之火应降在你的头上

在这首十四行诗中，诗人猛烈地抨击了天主教教廷，认为它腐败的臭气已被天主闻到，因而，必定会天降霹雳，惩罚腐败者。

天之火应降在你[1] 的头上，
你也曾食橡实，饮水河边；
别人穷，你却在聚集财富，
恶行为有益你变得强健；

你是个叛徒窝，产生邪恶，
现如今它已经扩散世间，
你狂饮又暴食，卧榻奢华，
淫荡也把本事尽情施展。

恶魔王驱动着少女、老叟，
在你的卧室中密谋通奸，
既点火，又煽风，助其淫乱。

你并非成长于阴暗之处，
曾迎风赤裸着屹立树间：
但如今你恶臭主亦闻见。

---

[1] 指天主教教廷。

第 137 首

贪婪的巴比伦挣裂口袋

这是一首抨击教廷腐败的十四行诗，诗人用贪婪的巴比伦来比喻教廷，说它已丧失理性，变成淫荡且贪得无厌的恶魔；并希望出现教廷的改革者，使人间重现光明。

> 贪婪的巴比伦 [1] 挣裂口袋，
> 里面装罪恶与天主怒焰，
> 宙斯与雅典娜非它 [2] 神祇，
> 维纳斯、巴库斯将其侵占 [3]。
>
> 盼理性，我痛苦，疲惫不堪，
> 见一位新苏丹 [4] 为其作战，
> 他要逐恶人至巴格达城，
> 把他们全圈在恶城里面 [5]。

---

[1] 隐喻教廷。

[2] 指巴比伦，即教廷。

[3] 隐喻教廷已经不再是正义和智慧之所，而成为淫欲和狂饮、暴食之所；因为主神宙斯象征正义，智慧之神雅典娜象征智慧，而爱神维纳斯象征淫欲，酒神巴库斯则象征狂饮和暴食。

[4] 苏丹是伊斯兰国家政教合一的领袖，这里，诗人用其隐喻一位新的君主或教宗。

[5] 古代的巴比伦国位于中世纪的巴格达地区，即现在的伊拉克地区；这位新的"苏丹"将把所有的坏人都驱赶到那里，圈在那座邪恶之城中，使其不能祸害人间。诗人用此隐喻某位教宗或君主将对教会进行改革。

巴比伦偶像将遍布世间，
傲慢塔恶狠狠直指苍天，
塔中人却内外 [1] 焚于火焰 [2]。

高尚魂——德之友统治世界，
我们将见尘世金光闪闪，
到那时古之美充满人间。

---

[1]　指身上和内心。

[2]　据《圣经》讲，人类联合起来，希望在巴比伦附近修建通往天堂的高塔；为
　　了阻止人类的傲慢计划，上帝让人类说不同的语言，使人类相互之间不能沟
　　通，计划因此失败，人类至此各散东西。此段诗句的引申含义为：傲慢的人
　　类将受到上帝的严厉惩罚。

第138首

愤怒的巢穴与痛苦之泉

这也是一首抨击教廷的十四行诗。诗人说，教廷的统治者已经把教廷变成了活人的地狱，即便把统治权部分授予教廷的君士坦丁大帝不能复生，无法收回权力，贱民也会起来反抗教廷的压迫。

愤怒的巢穴与痛苦之泉，
异端的神庙和罪孽根源[1]，
罗马成巴比伦，虚伪、邪恶，
为了它我哭泣、哀叹不断；

噢，谎言的温床啊，傲慢之家，
活地狱善已死，恶在扩散，
若最终基督不对你发怒，
此奇迹定然会令人震撼。

你建于纯洁和谦卑之上，
竟然对建筑者竖角反叛，
娼妇呀：我对你还能有什么期盼？

---

[1] 隐喻教廷。

赠礼的大皇帝 [1] 难以复生，
难道说贱民们不会愤然，
剥夺你邪恶的不义财产？

---

[1] 指古罗马皇帝君士坦丁。据罗马教廷的伪造文件记载，四世纪时，罗马皇帝
     君士坦丁把帝国西部政权赠与了教宗，此事史称"君士坦丁赠礼"。

第139首

亲爱的朋友啊，我的思念

这是一首思念朋友的十四行诗。即便在抒发怀念朋友之情时，诗人也能感受到肉体与灵魂分裂的痛苦。

> 亲爱的朋友啊，我的思念，
> 欲展翅急飞向你的身边，
> 越迫切，"时运"[1]便越粘翅膀，
> 禁吾飞，只许我慢步向前。
>
> 心令我寻找你，不顾阻碍，
> 它已至向阳谷将你陪伴，
> 在那里海把陆紧紧环抱[2]，
> 前天我放其去[3]，泪流满面。
>
> 我向左，它向右，各行其路，
> 我艰辛，它却有爱神陪伴；

---

[1] 指时运女神。

[2] 诗人并没有说明他的朋友在何地的向阳谷，但有人认为是在威尼斯，因而此处说"在那里海把陆紧紧环抱"。

[3] 允许心离去。

它自由，我走向埃及地面 [1]。

耐心是痛苦的慰藉良药，
看一看我与它 [2] 长久经验：
我们俩团圆少，聚时短暂。

---

[1] 诗人的心走向了自由，而诗人自己却走向了受奴役的地方（可能指的是阿维
尼翁）。据《圣经》记载，数代以色列人曾经在埃及受奴役；因而，此处说
"我走向埃及地面"，意思为：走向受奴役的地方。

[2] 指诗人的心。

第140首

爱之神统治着我的灵魂

诗人被爱神控制，坠入爱河；劳拉出现，吓退爱神；尽管爱神落荒而逃，诗人还是离不开他，因为诗人知道，为爱情而死是十分快乐的事情。

爱之神统治着我的灵魂，
他宝座设置在我的心田，
有时他扎营寨，展示旌旗，
身披甲，手持弓，立我面前。

那女子教我爱、忍受相思，
她希望理性与崇敬、耻感，
能熄灭期盼与强烈欲火，
因为她恨我们 [1] 狂妄冒犯。

恐惧的爱之神逃出吾心，
抛弃了伟事业 [2]，哭泣，抖颤，
他隐藏其身影，不再露面。

---

[1] 指诗人和爱神。
[2] 抛弃了点燃爱情之火的伟大事业。

我主人[1] 都已经面露惧色，
如若是不陪他我能咋办？
毕竟是死于爱快乐无限。

---

[1] 指爱神，诗人把爱神视为掌控其灵魂的主人。

第 141 首

在炎热季节里有时可见

诗人用飞蛾扑火来比喻自己的爱情。他被爱神炫瞎了眼睛，明知自取灭亡，仍不顾后果地追求爱情。

在炎热季节里有时可见，
天真的飞蛾会扑向火焰，
其他人认为它渴望如此，
然而它自寻死，令人哀叹；

我如此也奔向致命太阳[1]，
那双眼令我觉无比甘甜；
爱之神不赞同理性约束：
明辨者必失败，胜者欲念[2]。

明知道她双眸讨厌见我，
也晓得我必定死于其眼，
因德能难抵御吾心忧烦；

---

[1] 比喻劳拉的明亮眼睛。
[2] 有理性的明辨者与欲望相斗，必然会失败，而胜利者一定是欲望。

但爱神用温情炫我眼目，
失明的灵魂竟允其 [1] 归天，
我哭泣只因为令她受难 [2]。

---

[1] 指劳拉。

[2] 被爱神之光炫晕的诗人灵魂竟然允许劳拉死去，对此，诗人十分懊恼；诗人
      哭泣，不是因为自己受尽了痛苦，而是因为给劳拉带去了苦难。

第 142 首

我躲避那一缕冷酷星光

诗人再次用月桂树比喻他的爱情。这篇作品充分地表现出诗人极其矛盾的心理状态。

> 我躲避那一缕冷酷星光，
> 奔跑至美枝叶 [1] 阴影下面，
> 三重天 [2] 促使其 [3] 点燃烈火，
> 爱之火焚烧着我的心田；
> 岗雪逝，季节变，爱风又起，
> 草地上、枝叶间花儿争艳 [4]。
>
> 从未见尘世枝这般妖娆，
> 风亦未吹拂过如此绿冠 [5]，
> 初相遇 [6]，它们便显示美姿，
> 爱之星 [7] 放射出灼目光线；

---

[1] 指月桂树的枝叶，亦隐喻劳拉。

[2] 欧洲中世纪的地心说天文学认为，第三重天为金星天，亦称"爱神天"，因为，金星一词与爱神维纳斯的名字相同。

[3] 指第一行诗句诗中所说的"冷酷星光"。

[4] 指春暖花开、万物复苏的季节，此时也是爱情复苏的季节。

[5] 像月桂树这样美丽的绿色树冠。

[6] 指诗人初次遇见月桂树时，即诗人对劳拉一见钟情时。

[7] 指金星。见前面关于"三重天"的注释。

因畏惧 [1] 我违心隐于山影，
只希望天喜树 [2] 遮其光焰 [3]。

一月桂承天意将我护佑，
我多次迷走其美枝之间，
踏遍了野林与座座山岗，
从未见有其他枝头、树干，
受上天之圣光如此敬仰，
以至于时光转其质不变。

在枝叶铺地的寒冷季节，
或日照绿山的春夏暖天 [4]，
我都会越来越坚定不移，
追随着上天的对我召唤，
由柔美、明亮的光线引导，
再返回效忠的月桂身边。

野林与山岗及河流、田园，
各物种均随着时光转变：
如若我曾决意摆脱美枝，
以便能重新见灿烂光线，
求月桂原谅我心有旁念 [5]；
现如今此事已过去多年。

---

[1] 指畏惧爱情之星（即金星）所发出的耀眼光线。

[2] 上天所喜爱的树，指月桂树。

[3] 诗人不愿意躲避在山的阴影下，只希望月桂树能够为其遮蔽爱情之星所发出的强烈光线。

[4] 指在春夏秋冬的一年四季里。

[5] 诗人一方面要改过自新，一方面又请求劳拉（即月桂树）原谅他；可见诗人处在十分矛盾的心理状态中。

我从前极喜爱温情之光，
为靠近所爱树 [1] 快乐翻山；
地点与时间 [2] 和短暂人生 [3]，
为我指另条路，引我升天，
沿此路我可见鲜花盛开，
亦可把丰硕果装得满满。

我应寻另类爱、光辉、枝叶，
另一座山岗可助我登天，
现正是做此事适当时间 [4]。

---

[1]　指前面提到的月桂树。

[2]　此诗作于诗人参加某宗教庆典活动的日子里，因而此处说"地点与时间"。

[3]　在参加宗教庆典时，诗人感悟到尘世生命的短暂；这种感悟为他指明了通往
　　　天国的幸福道路。

[4]　此时，诗人后悔对尘世生活的追求，他希望能寻觅另外一种意义的爱、光和
　　　月桂树，另一种能够帮助他进入天国的高地，并认为现在是做这种转变的最
　　　合适的时候。

第 143 首

听到您温情地侃侃而谈

诗人似乎又听到劳拉侃侃而谈，又见到她来到面前，因而激动万分；他认为劳拉是自愿返回他身边的，但劳拉并没有胆量说出重见诗人的无比快乐。

听到您温情地侃侃而谈，
似爱神对随从 [1] 灌输情感，
我欲望被点燃，闪闪发光，
它能令冰冷心再燃烈焰。

似乎见美女子来到面前，
她总是宁静且情比蜜甜，
其举止未令我敲响钟声 [2]，
却唤醒我心中声声哀叹。

我见她披秀发转身望我，
美女子又返回我的心间：
因她把开心的钥匙掌管。

---

[1] 指追随爱神的情种。
[2] 指说话，即发出洪钟般的声音。

然而她却难以通过口舌，
把过分之快乐表述一番，
因为她并没有如此大胆。

第 144 首

从不见如此美太阳高悬

诗人又回忆起他心中产生爱情的那一天，自觉爱情将夺走他的生命；然而，他却不能不继续欣赏劳拉的美丽双眼。

从不见如此美太阳高悬，
天空中云与雾丝毫不见，
也未曾见到过天架神弓 [1]，
苍穹竟能这样五彩斑斓；

我见到各美色似喷火焰，
那一日我心压爱情重担，
我不想道出这欲说之语：
但尘世任何物难比美面 [2]。

爱神令她温情转动秀目，
那以后我开始有此观点：
世间再无其他明亮丽眼。

---

[1] 指天空出现了彩虹。
[2] 指劳拉的美面。

塞努乔 [1]，我见他 [2] 拉开神弓，

自觉得生命已没有安全，

然而它却渴望继续观看 [3]。

---

[1]　诗人的朋友。

[2]　指爱神。

[3]　观看上一段所提到的劳拉的美丽眼睛。

第 145 首

我曾处冰与雪融化寒地

诗人曾经有过甜酸苦辣的各种经历，但他无法改变自己；他就是他，永远无法走出令其纠结的窘地，更无法只去追求幸福。

我曾处冰与雪融化寒地，
或太阳杀花草绿色平原 [1]；
也曾在其 [2] 金车再现之处 [3]，
或者是它返家那块地面 [4]；

我曾处谦卑或傲慢之中，
暖光下或者是阴郁昏暗；
亦置身幽幽夜、朗朗白昼
和酸涩青春期、成熟之年；

自由魂附着于我的躯体，
踩大地，升云天，沉入深渊，
踏沼泽，下山谷，再登高山；

---

[1] 指炎热季节。这两行诗句的意思是：我曾经身处春夏秋冬四季之中。
[2] 指上一句提到的太阳。
[3] 太阳的金车再现之处指的是太阳升起的地方，即东方。
[4] 太阳金车返回家园的地方指的是太阳落山之处，即西方。

我名声或显赫，或者昏暗，
但终归我是我，无法改变：
我还将十五年叹息不断。

第 146 首

噢，满载着炽热的美德之魂

诗人赞美劳拉的美丽容貌和高尚灵魂，这是诗人迷恋她的缘由。

噢，满载着炽热的美德之魂，
我为其写下了许多诗篇；
此魂是唯一的正直之所 [1]，
它建于高尚的价值上面；

噢，雪白的温情脸点缀粉花，
我以其为镜子拭净容颜；
抖快乐之羽翼飞向美面，
因它比照万物太阳更艳。

如若是我的诗能够远传，
您芳名必定会广播世间，
从尼罗、卡尔佩 [2]，直至天边。

若我难将您名带往四方，
至少在亚平宁分割地面，
海环抱美家园 [3] 到处传遍。

---

[1] 在诗人的眼中，劳拉的灵魂是唯一承载正直美德的地方。
[2] 西班牙东海岸的一座城市。
[3] 指意大利。亚平宁山脉纵贯意大利，将其分为东西两面；意大利是座半岛，
三面由大海环抱。

第 147 首

当爱情被马刺刺激之时

　　诗人抑制不住自己请斟酌这词合不合适，欲对劳拉大胆表露爱情；但劳拉先看透了他的心，眼中射出愤怒的光线，致使诗人受到惊吓，从而冷却了爱情的欲念；此时，劳拉又对诗人表现出温情，这使他心中仍然保持了爱情的灿烂之光。

当爱情被马刺刺激之时，
我紧勒马嚼子令其停站 [1]，
时不时跨越过通常之规，
灵魂才能感觉些许喜欢 [2]；

但发现她看透我的心底：
心勇敢，也难免有些抖颤，
爱神虽鼓舞我，却也看到，
夫人的不宁眼射出闪电。

他 [3] 惧怕怒宙斯射出神箭 [4]，
急忙忙向后退，躲闪一边：
是恐惧制止了狂妄欲念。

---

[1]　诗人用骑士的骑马之术来比喻爱情。
[2]　诗人认为，在劳拉面前，时不时地逾越常规，才能多少获得一些快乐。
[3]　指爱神。
[4]　宙斯的神箭就是闪电。这里用宙斯来隐喻劳拉眼中的怒光。

我灵魂被冷却，欲望受惊，
她又现温情色，令我心安，
致使我心之光依然璀璨。

第 148 首

阿尔诺、阿迪杰、台伯、波河

诗人说，用什么河水和海水都无法浇灭他心中的欲火。然而，潺潺的索尔格小河的流水却像是在陪伴他哭泣，这对诗人是一种慰藉；在树阴下书写爱情诗篇的诗人认为，他也应该赞美一下陪伴他的清清河水。

阿尔诺、阿迪杰、台伯、波河[1]、
尼罗与印度河滚滚向前，
塞纳河、莱茵与幼发拉底，
江河水流不尽，海浪滔天；

却难以浇灭我胸中欲火，
它令我痛苦心承受磨难；
总是有善良河[2]陪我同泣，
我也该用诗句把它颂赞。

在爱神攻击下欣喜得救[3]，
我最好此生中披甲在肩，
人生命快速去，如飞一般。

---

[1] 阿尔诺、阿迪杰、台伯、波河是意大利四条著名的河流。
[2] 指法兰西阿维尼翁位于诗人家附近的索尔格小溪，诗人常在河边写诗。
[3] 善良的小河陪伴诗人同泣是对他的一种慰藉和救助，因而，此处诗人说"欣喜得救"。

美月桂生长于清水河畔 [1]，
栽树者 [2] 安坐在枝叶下面，
闻潺潺流水声，记录思念。

---

[1]　指索尔格河畔。
[2]　指诗人自己。

第 149 首
现天使形象和温情微笑

　　此时，诗人感觉，一向对他冷漠的劳拉已经变得温和，他不再为痛苦而叹息；然而，诗人觉得心中尚未获得完全的安宁：希望虽然在护佑他，他的心中却仍然燃烧着爱情欲望的火焰。

现天使形象和温情微笑，
她慢慢不再对我示威严，
艳丽的容颜和秀美双眸，
也不在我面前那般阴暗。

产生于痛苦的悲伤叹息，
曾显示我所受无尽苦难，
也表明人生绝望，
但如今它与我有何相干？
为安慰痛苦心灵，
我把脸转向那边，
见爱神伸出援手，
欲维护我的尊严；
我觉得灵魂战尚未结束，

心还没完全获宁静、平安，
希望虽把我护佑，
胸中仍燃烧欲焰。

第 150 首

灵魂呀，你做啥？你想啥？你无宁安？

诗人与自己的灵魂对话；在一问一答中，展示了自己矛盾的心理
状态。

灵魂呀，你做啥？你想啥？你无宁安？

难道说我们将永无休战？

我不知咱们将最终如何，

但晓得她美目对恶恨怨。

若美目令夏日结成冰霜，

那严冬之烈火怎显凶悍[1]？

是爱神掌控了她的双眸。

难道说她对此沉默无言？

有时候舌不语，心却抱怨，

看上去，面无泪，心中喜欢，

但却在无人处哭泣不断[2]。

---

[1] 诗人说，劳拉的美目极其冷酷，能够使夏日结成冰霜，因而，严冬的烈火也
无法散发热的能量。

[2] 灵魂又回答道：有时候人们的嘴不说话，心却在抱怨，看上去心中喜欢，面
无泪水，然而在无人之处却哭泣不断。

头脑中集聚的痛苦不止，

它便难真获得灵魂宁安：

悲惨男心不存任何期盼 [1]。

---

[1] 诗人说：头脑中的痛苦不止，它便无法获得真正的安宁；悲惨的男人对未来
　　都不会有任何期盼。

第 151 首

疲惫的掌船人逃入港中

诗人用海上的暴雨狂风来比喻自己跌宕起伏的激动心情，他说，是欲望要强迫他屈从于爱情。

> 疲惫的掌船人逃入港中，
> 为躲避黑波浪、骤雨、狂风，
> 怎可比我逃离思想风暴：
> 欲望要迫使我首垂腰躬。
>
> 凡人的双眸与神祇眼睛，
> 在高傲目光 [1] 前均难取胜，
> 黑白间 [2] 显示出温柔美色：
> 爱神的黄金箭淬炼目 [3] 中。
>
> 我见他未失明 [4]，箭筒腰悬，
> 身赤裸，害羞处略有遮掩：
> 活生生一少年，翼生双肩。

---

[1] 指劳拉的高傲目光。
[2] 指劳拉的眼睛。
[3] 诗人说，爱神的射心神箭是在劳拉的眼睛中淬炼而成的。
[4] 爱神在劳拉炫目的强烈光线下并未失明。

他对我讲述了隐秘之事，
我慢慢读懂了那双丽眼，
明白了我写的爱神诗篇。

第 152 首

这谦卑之野兽虎心熊胆

劳拉令诗人不知所措，诗人认为，如若不尽快逃离她的身边，或者不尽快被她接受，他必定会死去。然而，诗人又认为，自己脆弱的德能无法做出选择，对改变自己的悲惨状况无能为力。

> 这谦卑之野兽[1]虎心熊胆，
> 看似人，却如同天使一般，
> 她的哭、她的笑、恐惧、希望，
> 均令我心难定，头晕目眩。
>
> 短期内不逃离，不被接受，
> 我仍在两者间徘徊，周旋，
> 甜蜜毒顺血管必入吾心，
> 爱神啊，我感觉命已完蛋。
>
> 脆弱且疲惫的心中德能，
> 怎承受如此的变化多端：
> 忽而是冰与霜，忽而火焰。

---

[1] 隐喻劳拉。

它[1]希望能逃离痛苦纠缠，
然而却每时刻力量锐减，
虽然是永不灭，有为亦难。

---

[1]　指心中的德能。

第153首

炙热的叹息呀，去寻冷心

诗人一方面希望自己的炙热的叹息能够感化劳拉冰冷的心，使其产生怜悯，另一方面，又乞求上天尽快地结束他的生命；诗句中充分反映了他的内心冲突。

炙热的叹息呀，去寻冷心，
击碎冰，因为它阻碍怜悯；
若上天能听到尘世祈祷，
赐恩典：快结束我的呻吟。

美眸光虽不入我的心田，
议论起甜思绪我心滋润；
若冷酷致使她距我千里，
我应该弃希望，错觉勿近。

她与我并非是完全不同，
但吾心极不宁，万分阴沉，
然而她却身处晴朗气氛。

若我懂那明日昭示之意，
便能够结束这邪恶命运，
思绪亦可安全摆脱爱神。

第 154 首

高高的苍穹与闪亮群星

　　劳拉就像独一无二的艳阳，宇宙万物之美都投射于她的丽眼之中；她的耀眼光辉使凡人不敢正视，诗人找不到合适的诗句赞颂她双眸扫过的地方。

　　　　　高高的苍穹与闪亮群星，
　　　　　均竞相展示着各自美艳，
　　　　　大自然投影于活人眼中 [1]，
　　　　　其他处绝难见这等日焰 [2]。

　　　　　此高贵之杰作美艳、神奇，
　　　　　若凡人观看她，会觉不安：
　　　　　似爱神降无尽温情、恩宠，
　　　　　于她那无比的秀丽双眼。

　　　　　那美眸扫过的每片区域，
　　　　　均燃起熊熊的高尚火焰，
　　　　　致使我之诗篇难以颂赞。

---

[1]　指投影于劳拉的眼中。
[2]　隐喻劳拉如太阳一样明亮的眼睛。

人低俗之欲望此处不见，
荣耀与美德行四处流传[1]，
啊，何时能为至美熄灭邪念？

---

[1] 劳拉目光扫过的地方，再难以听到人尘世的低俗欲望，荣耀与美德却四处流传。

第 155 首

宙斯与恺撒都挥动武器

爱神强迫诗人去看劳拉的哭泣和抱怨,并将其铭刻在心田;沉重的叹息和眼泪使诗人经常回忆劳拉的形象和娓娓动听的话语。

宙斯与恺撒都挥动武器,
一个用雷与电,一个用剑,
怜悯神 [1] 未熄灭二人怒火,
他们便用武力发泄愤懑。

爱之神希望我去看夫人
(因为她悲泣且声声抱怨),
以便使痛与欲进入吾心,
并深入骨髓中,令我抖颤 [2]。

主人 [3] 把温情泣 [4] 为我雕画,
金刚钻亦把她甜蜜语言 [5],
深深地铭刻在我的心田;

[1] 指怜悯女神。
[2] 宙斯和恺撒用武力发泄他们的愤懑,爱神则强令我观看劳拉,以便使我的心充满痛苦和欲望。
[3] 指爱神。诗人始终把控制他情感的爱神视为主人。
[4] 指劳拉的温情哭泣。
[5] 指劳拉的抱怨。

我沉重叹息与滴滴眼泪，
常握着神钥匙来我身边 [1]，
开心锁，把它们 [2] 展示一番。

---

[1]　把叹息和眼泪比作人。
[2]　指上一节提到的爱神铭刻在诗人心中的劳拉哭泣的雕像和她的甜蜜语言。

第156首

在人间我见到天使举止

诗人所见到的劳拉如女神一样美丽，然而，诗人对她的印象却似梦中的幻影；在诗人的幻想中，劳拉也变得十分多情，她像诗人一样，泪流满面，叹息不止；她的一举一动和每句话语都美妙无比。

在人间我见到天使举止，
和尘世无二的女神美艳 [1]，
想起她我心悦，亦很痛苦，
她好似梦与影、飘散云烟；

我见那美双眸流泪不止，
它们曾令太阳嫉妒万千；
我听她叹息着吐出话语，
其声音令山行、河流停站。

"爱""理性""才华"与"怜悯""苦难" [2]，
全都在痛哭泣，热泪潸潸：
形成了最美的乐章一段。

---

[1] 诗人眼前的劳拉比天使还美，是尘世所见到的独一无二的天上降下来的女神。
[2] 指爱神、理性之神、才华之神、怜悯之神和苦难之神。

因上天对和谐专心致志，
空气中之温情比蜜更甜，
枝头上连树叶都不抖颤。

第157首

那一日酸涩且荣耀无比

　　诗中，诗人回忆了劳拉哭泣的那一天，当时，他觉得多情的劳拉更加美丽无比。

那一日[1]酸涩且荣耀无比，
她形象活生生印吾心田，
智慧与文采都难以描绘，
脑海中她却常返我面前。

其举止充满了高尚怜悯，
抱怨也既苦涩又比蜜甜，
真不知她是人还是女神，
是上天令她来照亮人间。

头发像软黄金，面似白雪，
乌木眉衬托着如星双眼，
从那里爱神弓射出利箭；

---

[1] 指上两首诗所提到的诗人见到劳拉哭泣的那一天。

白珍珠、红玫瑰 [1] 收集痛苦，

制成了美妙的热烈语言；

眼泪如亮水晶，叹似火焰。

---

[1] 白珍珠比喻劳拉的牙齿，红玫瑰比喻劳拉的红艳的嘴唇；两者共同隐喻劳拉
的嘴。

第158首

无论我把目光转向何方

　　无论诗人躲到何处，都能见到爱神在他心中绘制的劳拉的美丽画像，这使诗人心中的欲火越烧越旺；诗人好像看到，劳拉在利用他心中的痛苦升华他的爱情；他不仅看到爱神用画像展示出劳拉的美貌，而且还听到爱神模仿劳拉的话语和叹息之声。

　　　　　无论我把目光转向何方，
　　　　　以安抚冲动的强烈欲望，
　　　　　均见他[1]在那里绘制美女，
　　　　　为了使我欲火烧得更旺。

　　　　　似夫人要利用温情痛苦，
　　　　　使抓心之爱情更加高尚：
　　　　　除视觉，爱神还逼迫吾耳，
　　　　　听他对夫人的声音伪装。

　　　　　他与我对美有同样判断：
　　　　　我所遇之丽人举世无双，
　　　　　没听说有如此温情话语，

---

[1]　指爱神。

亦不知美这般灿烂辉煌；
即便是那普照大地太阳，
也未曾见这等美泪流淌。

第 159 首

难道说大自然善于学习

　　诗人说，大自然在天国某处获得了灵感，并丝毫不差地仿效天国美丽神女的模样创造了劳拉。

难道说大自然善于学习，
于天国某地方获取灵感，
在尘世展示出俊俏面孔，
其美艳比上天不差半点？

是哪位仙女在河边、林中？
何女神金发随微风飘散？
一颗心岂能容太多美德？
是至美致使我死得悲惨。

谁若是从未见那双丽眼
（因为她已温柔转向旁边），
欲知晓其美艳徒劳枉然；

谁若是不知她叹息多美，
也不晓她说笑比蜜还甜，
便不知爱神怎杀人、救难。

第 160 首

爱之神与我见非凡尤物

在万物复苏的春天，诗人与爱神又见到了劳拉：她是引导人们获得高尚爱情的唯一的指路明星。

爱神又与我见非凡尤物 [1]，
心中都充满了惊奇万千，
她对人说话与欢笑之时，
不同于其他女，极不一般。

在美丽开朗的眉宇之间，
有两颗忠诚星光辉闪闪 [2]，
谁若是决心获崇高爱情，
其他光均难以引其向前。

乳白胸俯卧于绿色草坪，
似草地一鲜花开得正艳，
见此景又何必发出惊叹！

---

[1] 指魅力非凡的劳拉。
[2] 隐喻劳拉的眼睛。

　　　　　在青春之季节见她独行，
　　　　　头顶着金一般卷曲花环[1]，
　　　　　人心中定然会比蜜还甜！

―――――――――

[1]　隐喻劳拉的卷曲的金发。

第 161 首

噢，散乱的脚步啊，游荡思绪

爱情和荣耀是诗人一生中最渴望的东西，在这首十四行诗中，诗人明确地表示了他这两种强烈的欲望。诗人说，是对爱情的矛盾心理状态驱使他踏遍高山和平原，他极力向世人掩盖他所犯下的甜蜜的爱情罪过。

噢，散乱的脚步啊，游荡思绪，
噢，固执的记忆啊，凶残烈焰[1]，
噢，强大的欲望啊，软弱之心，
噢，眼已经非我眼，是泪源泉！

噢，月桂是著名的英才荣耀，
只有它能够把才华展现！
噢，疲惫的生命啊，甜蜜罪过[2]，
是你们令我踏平原、高山[3]！

噢，爱神把马刺与勒马缰绳，
全交与控制我那张美面[4]，

---

[1] 指燃烧在诗人心中的熊熊的情欲烈焰。
[2] 诗人虽然认为追求尘世的情爱是一种罪过，但又觉得这种追求十分甜蜜。
[3] 诗人的心情始终难以平静，他一生都处于内心的冲突之中；他到处游荡，踏遍平原和高山，试图躲避世人，获得心情的安宁。
[4] 指劳拉的美面，爱神利用它激发和调整人们的爱情。

我蹭蹐已无益，只能就范 [1]。

噢，若尘世曾有过爱的灵魂，
请你们赤裸影返回人间，
看一看我忍受何等苦难。

---

[1] 诗人把自己比作战马，并说，爱神已经把控制战马的马刺和缰绳都交给了劳
　　拉的美面，无论他如何蹭蹐都是无益的，因而只能就范。

第 162 首

快乐的草地上鲜花烂漫

诗人又回忆起劳拉经常去的家乡河边的草地，她的一举一动都令诗人十分嫉妒那个温馨的地方；诗人说，既然劳拉不是一块无情感的石头，就一定会被他的真情打动。

快乐的草地上鲜花烂漫，
美夫人沉思着脚踏上面；
热情土聆听她温柔话语，
留下其双足印作为纪念；

淳朴的小树丛、青涩树冠，
多情的紫罗兰不再鲜艳；
被烈日照耀的庇荫树林，
阳光下已长得高而傲慢；

噢，美好的乡土与纯洁之河，
清澈水滋润其美面、亮眼 [1]，
生动目照射下清水更艳；

你们被她触及令我嫉妒：
她不是立你们身旁石岩，
并非我不能够将其点燃 [2]。

---

[1] 劳拉用清澈的河水洗脸和眼睛。
[2] 她既然是活着的人，而不是立于你们身边的一块石头，我就一定能用我的真情点燃她。

第163首

爱神啊，你独见我思想全都敞开

诗人忍受着追逐爱神的痛苦，然而爱神却屹立在越来越高的山岗之上；诗人感叹自己不能像爱神那样展双翼飞上山巅。

爱神啊，你独见我思想全都敞开，
沉重的步伐也被你发现，
目光又探入到我的心底，
知我心，别人却难窥其间。

为追你我忍受许多痛苦：
然而你一天天屹立山巅，
竟不见我跟随你的身后；
我力尽，山路却陡峭、危险。

从远处我望见温情之光 [1]，
鞭策且引导我险路登攀，
但我无你 [2] 羽翼，难以飞天。

你快些满足我迫切愿望，
尽管我会毁于过度期盼，
她并不心疼我为其哀叹。

---

[1] 隐喻劳拉的眼睛。
[2] 指爱神。诗人哀叹自己没有爱神那样的翅膀，飞不上山巅。

第 164 首

天与地和风儿沉默无言

诗人已经衰老，哭泣不断，但仍觉得只有见到劳拉才会略感心安；
他认为自己的苦与甜都来自同一根源——劳拉。

天与地和风儿沉默无言，
困倦使鸟与兽止步不前，
黑夜驾星之车空中行走，
海卧床，入梦乡，波涛不见[1]；

我已老，沉思着，哭泣，燃烧[2]，
毁我者来面前，吾心苦、甜[3]：
我处于愤怒的激战之中，
想到她才能够略觉心安。

我心中甜与苦全都来自，
同一条活生生潺潺清泉；
伤人手却又能令我康健；

---

[1] 诗人以夜幕降临来比喻他已经年迈。
[2] 年迈的诗人沉思着回忆他的一生，禁不住在哭泣中焚烧自己残余的生命。
[3] 此时，毁灭诗人一生的劳拉进入他的思绪，使诗人的心既苦又甜。

我痛苦绝不会轻易结束，

它致使我生死不止千遍，

但仍然距获救 [1] 十分遥远 [2]。

---

[1] 指灵魂离弃人间，不再受尘世苦难的烦扰。

[2] 诗人不止上千次地爱得死去活来，但自觉灵魂距离获救还十分遥远。

第 165 首

清爽的草地上，洁白双足

诗人似乎又见到了在绿色草地上的劳拉的美丽形象。

> 清爽的草地上，洁白双足，
>
> 迈温情高贵步行走向前，
>
> 似从她娇嫩体散发气息，
>
> 令周围花朵儿开得鲜艳。

> 只诱惑美心的爱情之神，
>
> 他不屑在别处展示强悍 [1]，
>
> 那美眸传递来温热快乐，
>
> 我不顾其他善，亦无他念 [2]。

> 优雅的行动与柔和目光，
>
> 伴随着至美的娓娓之言，
>
> 其举止温情且谦卑、轻缓。

---

[1] 见到劳拉后，爱神便不屑在其他人身上展示其威力。

[2] 劳拉的美貌传递出温暖人心的快乐，致使诗人一心只向往劳拉，不再顾及其他的善，也不再有其他的欲念。

星星火却能够点燃烈焰，

我赖此[1]生活且焚于世间[2]，

就如同烈日下夜鸟一般。

---

[1] 指上一行诗句中所说的"烈焰"。

[2] 诗人依赖着爱情的烈焰活于尘世，也被其焚烧于尘世。

第166首

假如我仍留在德尔菲洞

在这首十四行诗中，读者可以清楚地看到作者成为优秀诗人的强烈欲望，从而领悟他对尘世荣耀的追求。

假如我仍留在德尔菲洞[1]，
阿波罗在那里早有预言：
就如同维罗纳[2]、曼托瓦[3]城，
我家乡[4]亦会出天才诗仙；

然而我家乡土并未喷洒，
那圣山巨岩的清澈神泉[5]，
我只能去追随别的星宿，
割苍耳与枯枝挥动钩镰。

智慧水远离开帕那索斯[6]，
橄榄树[7]枝与叶全都枯干，

---

[1] 德尔菲是希腊神话中掌管诗歌的太阳神的重要圣地。这句诗的意思为：假如我还在坚持研究诗歌艺术。
[2] 意大利的城市，是古罗马著名诗人卡图卢斯的家乡。
[3] 意大利的城市，是古罗马著名诗人维吉尔的家乡。
[4] 指佛罗伦萨。
[5] 指希腊神话中的卡斯塔利亚山泉，它是诗的源泉。
[6] 希腊神话中太阳神阿波罗的圣地，太阳神也是掌管诗歌的神。
[7] 在希腊神话中，橄榄树是智慧女神的象征；因而，此处比喻智慧。

它 [1] 曾经令橄榄花开鲜艳。

此厄运，或者说这个罪过，
会剥夺我果实，不留半点，
若永恒之宙斯 [2] 不降恩典。

---

[1]　指前面提到的"智慧水"。
[2]　此处隐喻基督教的天主。

第 167 首

爱神令她美目低垂地面

　　诗人见劳拉低垂双眼，听到她吐出天使般感人的叹息声和话语，感觉到心已被其掠走，自己就要荣耀升天，但似乎劳拉的声音又在阻止他离开尘世；劳拉就像上天派到诗人身边的美人鱼，她掌控着诗人的命运，一会收起诗人的生命线，一会又将其展开，致使诗人也觉得自己一会生一会死，因而，不知所措地活于人间。

爱神令她美目低垂地面，
用双手拢其灵于一哀叹，
随后又将灵魂化作话语，
清晰且柔美如天使一般。

我觉得甜美心被她掠走，
体内起大变化[1]，开口吐言：
若天命我如此光荣死去，
我便将此躯壳遗留人间。

她声音[2]绑架我甜蜜情感，
闻听后我期盼荣耀升天，

---

[1] 诗人感觉到体内已经空空，什么情感和欲望都没有了。
[2] 指第一节中所提到的劳拉的叹息和话语声。

但又阻吾灵魂抛弃尘缘 [1]。

上天派美人鱼 [2] 来我身边，
只有她会这样卷展命线 [3]，
致使我也如此活于世间 [4]。

---

[1]　此句诗的主语是前面提到的"他声音"。
[2]　在希腊神话中，美人鱼是妖艳的、具有诱惑性的女子形象；这里指劳拉。
[3]　卷起或展开人的生命线，即控制人的生命。
[4]　致使我被她控制，生命也忽而展开，忽而卷起，即忽而生，忽而死。

第 168 首

爱之神赐予我甜蜜情感

诗人发现自己已经衰老，然而，距他欲达到的目标越来越远；即便他不放弃爱的欲望，短暂的余生也难以令其实现一生的追求。

爱之神赐予我甜蜜情感，
我二人将秘密隐藏心间，
他为了安慰我开口说道：
此时他要令我实现夙愿。

我觉得他的话有时真实，
有时候又只是谎言欺骗，
信不信，二者中我难选择，
不确定之答案占满心田。

就这样镜中见时光飞逝，
我接近无指望沉沉暮年，
距我的希望已越来越远。

并非是我一人如此变老；
我欲望即便是不会改变，
却担心我余生过于短暂。

第 169 首

心充满浮动情，远离他念

诗人孤独地游走于世间，一心寻找劳拉，当他见到劳拉时，却又惊吓得魂不守舍；他看见劳拉投来怜悯的目光，心中略获安慰，但还是不敢对其明示爱情给他带来的痛苦。

心充满浮动情，远离他念，
孤独地游走于尘世人间，
一点点把自己全都忘记，
只寻找欲逃的那位婵娟；

我见她身边过，美而冷峻，
灵魂便腾空逃，浑身抖颤，
爱之神与我的美艳之敌 [1]，
致使我发出了许多哀叹。

在愁云密布的高傲眉间，
我发现她投来怜悯光线，
这略微慰藉我痛苦心田。

我稳住灵魂后下定决心，
要对她展示出我的苦难，
话虽多却不敢张口开言。

---

[1] 劳拉是爱神和诗人共同的美艳之敌。

第 170 首

我多次受仁慈美面鼓舞

看到劳拉的美貌，诗人受到鼓舞，欲向其吐露爱情；但劳拉冷峻的目光使他欲言又止；爱神令诗人嗓音沙哑，浑身颤抖，无法再说出清晰的语言。

我多次受仁慈美面鼓舞，
欲斗胆吐真诚、智慧之言，
对我的谦卑且平和女敌，
以谨慎和忠诚发起挑战。

她双眸却令我意图落空，
因她已把我的命运紧攥，
我的福、我的祸、我的生死，
爱之神全交到她的掌间。

因此我难组织清晰之言，
话语意只有我自己明辨：
爱神令我嘶哑，浑身抖颤。

我如今已看清：谁燃欲火，
必定是神飞离，舌被捆缠，
谁道明爱烈焰，欲火未燃。

第171首

爱之神拥抱我，屈杀怀间

在劳拉的纵容下，爱神紧紧地把诗人拥抱在怀里，使其窒息；诗人无法摆脱爱神的双臂，因为傲慢的劳拉总是用她的美丽双眸重新点燃爱欲的火焰。

爱之神拥抱我，屈杀怀间 [1]，
其臂膀虽美丽，却很凶残，
我越痛，他却越将我折磨，
最好是死于爱，沉默不言：

若降温，夫人目将其重燃，
那目光可击碎坚硬石岩；
她不愿令别人活得快乐，
因她的傲慢亦如其美艳。

即便我想尽了一切办法，
难摆脱那钻石美艳心肝；
其他处 [2] 也硬如云石一般 [3]：

---

[1] 爱神紧紧地拥抱我，把我冤屈地杀死在他的怀里。
[2] 指劳拉身体的其他部位。
[3] 诗人难以摆脱劳拉的心肝及身体其他部位的吸引。

她永远不会弃对吾之厌，
虽面阴^[1]，却难去我的期盼，
更难除我心中甜蜜哀叹。

---

[1]　虽然劳拉阴沉着脸。

第 172 首

噢，"嫉妒"呀，你是那美德死敌

诗人指责嫉妒女神使他陷入了情网，损坏了他的身体；说嫉妒女神假惺惺地同情他，随后又耻笑他为得不到爱情而哭泣。

噢，"嫉妒"[1]呀，你是那美德死敌，
拒美德为的是随心所欲；
你如何改变那美好胸怀？
沿何路入其中，沉默不语？

你连根铲除了我的身体：
使我成一情种，幸福无比；
她曾爱吾卑微、淳朴叹息，
你如今仇恨它，拒其千里。

用酸涩恶行为你哭我爱，
随后又耻笑我痛苦悲泣，
这些都难改变我的思绪；

千百次你杀我，令我难爱，
也使我对于她希望低迷：
我惧她，爱神却支撑吾立。

---

[1] 指嫉妒女神。

第173首

望着那太阳般灿烂美眸

在劳拉的美眸中可以看见诗人被泪水打湿的双眼，此时，诗人疲惫的灵魂游荡在这片尘世乐园之中，心里充满了甜蜜；然而，他却抱怨爱神，指责爱神使自己的心情忽冷忽热。

望着那太阳般灿烂美眸 [1]，
其中见爱之神打湿我眼，
疲惫魂无陪伴离弃吾心，
游荡在它那片尘世乐园 [2]。

随后心充满了甜蜜之爱，
那甜蜜似蛛网覆盖心田；
我的心自抱怨，亦恨爱神，
是爱神令其热，使其冰寒。

这两种极端的感觉交汇，
忽而冰，忽而又似燃火焰，
致使我被夹在悲喜之间；

---

[1] 指劳拉的美眸。
[2] 我疲惫的灵魂飞离了我的心，独自游荡在它的尘世乐园（指劳拉的美丽双眸）之中。

悲思绪多出现，喜却少见，
常懊悔放肆的行为不端：
此结果必有其产生根源 [1]。

---

[1] 懊悔自然有懊悔的根源，其根源就是诗人对爱情的执着追求。

第174首

我生于残忍的星辰下面

诗人认为自己生不逢时，与残忍女子劳拉生活在同一个时代；他希望爱神同情他，安慰他的受伤心灵。

我生在残忍的星辰下面，
（若我们之命运取决于天）[1]，
我卧于残忍的摇篮之中，
随后又脚踏在残忍地面；

那残忍之女子喜欢强弓，
用其眼之利箭 [2] 将靶射穿；
爱神啊，你切切不要沉默，
为使伤获痊愈用同弓箭 [3]。

但你却见我痛心中喜欢，
她不喜，因并未满足心愿：
非梭镖，箭之伤实在太浅。

---

[1]　如果我们人的命运是上天决定的，那么，可以说我的命运实在不佳，因为我出生在一颗残忍的星辰之下。

[2]　隐喻劳拉如箭一般的锐利目光。

[3]　再用同一把弓箭令箭伤痊愈，即用同一种办法治愈我的箭伤。诗人希望爱神也用神箭射伤劳拉，使劳拉也坠入爱情之中。

为她痛远胜过其他快乐，
这能够安慰我忧伤心田：
你应该发誓言令我心安。

第 175 首

那时间、那地点再现眼前

虽然已至人生的黄昏时节，诗人对往事仍然记忆犹新，他牢记劳拉在其心中引发的爱情，心中的爱情烈火还在继续燃烧。

> 那时间、那地点 [1] 再现眼前：
> 我曾经失自我，被爱纠缠，
> 爱之神将我身亲手捆缚，
> 苦变甜，哭泣也快乐无限；
>
> 我完全变成了硫磺、引线，
> 心之火被欢愉熊熊点燃，
> 内燃烧，我享受炽热烈火，
> 赖此 [2] 生，其他事与我无关 [3]。
>
> 那是我眼中的唯一艳日，
> 其美光至今仍令我温暖，
> 但此时黄昏已降至人间；

---

[1] 指诗人心中产生爱情的时间和地点。
[2] 指上面提到的烈火。
[3] 诗人只依赖爱情的烈火生存，已经对其他事情漠不关心。

艳日仍从远方照我，灼我，
吾记忆依旧是牢固、新鲜，
那时间、那地点还在眼前。

第 176 首

我步入无人的荒野林间

诗人独自漫步于荒野林间，他头脑昏乱，似乎见到许多女子陪伴着劳拉，其实那只是一些树木。

我步入无人的荒野林间，
武装者在那里亦有危险[1]，
除爱情活太阳[2]放射之光，
其他却难使我恐惧不安；

我边行边歌唱（噢，思想昏乱！）
苍天也难令我距她遥远；
我似见众女子伴其身旁，
其实是一棵棵榉木、云杉。

微风吹，树儿摇，似她到来，
绿草间窃窃语，流水潺潺，
鸟儿也吱吱叫，像在抱怨。

---

[1] 即便是全副武装的勇士进入这片荒野树林，也会觉得处于危险之中。
[2] 隐喻劳拉。

若不是离艳日 [1] 太久时间，
我很少喜欢那阴暗林间：
静令人有孤独、恐怖之感。

---

[1]　隐喻劳拉。

第177首

仅一天，著名的阿登森林

诗人穿过著名的阿登森林，心情迫切地快速奔向劳拉的家乡。

仅一天，著名的阿登森林，
把千坡、千条河示我面前；
爱神为追随者插上翅膀，
令他们飞向那三重高天 [1]。

我独闯凶战神伤人之处 [2]，
似木船入海却无舵无帆，
并满载沉重的羞愧之情，
这着实令我心感觉温暖 [3]。

虽然至昏暗日结束之时 [4]，
仍记得从哪（儿）来、何羽披肩，

---

[1] 按照当时地心说理论，三重天为金星天，亦称爱神天，因为在意大利语中，
金星一词与爱神维纳斯的名字相同；这里，"爱神天"隐喻位于普罗旺斯的劳
拉的故乡，此时，诗人正快速穿过阿登森林，奔向那里。

[2] 在希腊 – 罗马神话中，战神是爱神维纳斯的情夫，谁若敢擅自闯入维纳斯的
家园，必然会受到其情夫战神的伤害。

[3] 闯入了维纳斯的家园要冒很大风险，就好像驾着一条满载沉重之物（羞愧之
情）的无舵无帆的小木船进入大海；然而我却做到了，这太令我高兴了。

[4] 诗人认为，赶到劳拉的家乡，就度过了难熬的昏暗时光。

妄为后，恐惧情入我心间 [1]。

但养眼之河流、美丽原野，
欢迎我，令吾心宁静、平安，
心已经飞向了美光家园 [2]。

---

[1]　大胆地闯入维纳斯家园（劳拉的家乡）之后，我现在倒有些后怕。
[2]　"美光"指劳拉，"美光家园"指劳拉曾居住的家。

第 178 首

爱之神刺我奔，又勒缰绳

　　爱情对诗人呼来唤去，使其忽冷忽热、不知所措；此时，诗人脑中出现了一种可爱的思想，它指引诗人踏上另一条奔向上帝身边的道路。

　　　　爱之神刺我奔，又勒缰绳[1]，
　　　　令我安，令我惧，灼烧、冰冻，
　　　　有时喜，有时怒，呼来，驱去，
　　　　让我心存希望，使我悲痛，

　　　　忽而上，忽而下，引我心动，
　　　　致使我飘忽欲不知所终，
　　　　好像是那至欢难令它喜，
　　　　怪谬误充吾脑，难辨分明。

　　　　一可爱之思想指我行程，
　　　　非泪路：它可顺眼睛流行，
　　　　快速至喜爱处，行走捷径；

---

[1] 此处，诗人采用了骑士的语言，把自己比喻成战马，把爱神比喻成骑士；爱神用马刺刺激战马奔腾，又用缰绳勒战马停站。

我强行引其[1]离泪水之路，

它须踏另条路行走不停[2]，

路漫漫，一直到终止生命。

---

[1]　指诗人的思想。

[2]　它须要踏上奔往上帝身边之路。

第 179 首

杰里呀，当我那温情女敌

　　杰里是彼特拉克的一位朋友，他无法获得心爱女子的回应，于是写了一首十四行诗，向彼特拉克寻求帮助；彼特拉克用这首十四行诗回复了他。

> 杰里呀，当我那温情女敌 [1]，
> 高傲地对我现愤怒容颜，
> 有一种慰藉可避免我死，
> 只有它能令我灵魂平安。
>
> 难道说夺我命是她意愿？
> 无论她怒光 [2] 向何方扭转，
> 我的眼都向她表示卑微，
> 她每次只好把怒容收敛。
>
> 如若是不如此，我难避免，
> 见到那美杜莎可怖之面，
> 她可使人变成坚硬石岩。

---

[1] 指劳拉。
[2] 愤怒的目光。

无他法，你必须如此这般：
我们的主人[1]若展翅飞天，
任何人都难以避其利箭。

---

[1] 指爱神。诗人始终把他视为控制自己灵魂的主人。

第180首

波河呀，你汹涌、疾驰湍流

这首十四行诗是诗人从法兰西返回意大利乘船在波河上航行时写作的。诗人虽然回到了意大利，心却仍然留在法兰西的劳拉身边。

波河[1]呀、你汹涌、疾驰湍流，
可把我之躯壳卷入怀间，
吾灵魂隐藏在躯壳之中，
不惧你和其他任何狂澜；

它[2]驾舟全不顾逆或顺风，
绝不会屈从于风的意愿，
帆与桨奋全力劈风斩浪，
抖双翼直飞向金色树冠[3]。

你[4]本是百河的高傲之王，
日出时你迎其[5]滚滚向前，

---

[1] 意大利的最大河流，位于意大利的北部，从西向东流淌。
[2] 指上一段提到的诗人的灵魂。
[3] 指月桂树冠。隐喻劳拉的金发。
[4] 指波河。
[5] 指前面提到的"日"。

把美妙亮眼睛抛在西北 [1]，

用角尖 [2] 挑走了我的躯干；
剩余者 [3] 将爱翼披在背肩，
飞回了它温情美好家园 [4]。

---

[1]　把劳拉的丽眼抛弃在西北。劳拉仍留在法兰西的普罗旺斯，意大利的波河则
　　　在普罗旺斯的东南方向。
[2]　这里指河水的"角尖"，隐喻波浪。
[3]　剩余者指诗人的灵魂。诗人的躯壳被波河的波浪卷走，剩余的部分自然是灵魂。
[4]　指劳拉所在的地方。

第181首

爱神在树枝下草地之上

诗人说，爱神在一棵树下的草地上布置了捕猎的网，劳拉是执掌网纲的人，他则是被诱饵和美妙歌声引入网中的猎物。

爱神在树枝下草地之上，
布置好金与珠丽网[1]一面，
那是棵我爱的长青之树，
其阴影尽管是悲伤寡欢。

诱饵是撒下的酸甜种子，
致使我既恐惧又很期盼；
自亚当打开了人眼之后，
就未曾闻歌声如此美甜[2]。

明亮眼[3]蔽艳日，照亮四周，
一只手将网纲握于掌间，
它白润就如同象牙一般。

---

[1] 用金丝与珍珠编织的美丽的网。
[2] 除了诱饵之外，还有美妙无比的歌声引诱着猎物。
[3] 指劳拉的明亮眼睛。

就这样我跌入丽网之中，

迎我者柔美姿、天使美言，

可满足我欢乐、欲望、期盼。

第182首

爱之神可点燃心中欲焰

爱神可以点燃情欲之火，也可以引起人们心中的嫉妒；诗人说，前者属于他，而后者不属于他，因为劳拉平等对待每一个求爱的人；但无论是谁，即便展开双翼，也无法飞到劳拉之爱的顶峰。

爱之神可点燃心中欲焰，
冷担忧[1]却令心受压生变。
盼与惧、火与冰，哪个更强？
踌躇的人理智难以分辨。

酷暑时心抖颤，严冬喷火，
因总是充满着欲望、疑团；
心好像女欲把活的男人，
隐藏于薄衣或纱裙下面。

两苦中前一种归我所有，
昼与夜我心中燃烧欲焰，
心与诗均难载此类苦甜；

---

[1] 指嫉妒。

另一种不属我 [1]：美火均燃 [2]，

她平等对每个求爱儿男，

谁若想登顶峰，展翅枉然。

---

[1]　另一种痛苦（即嫉妒之苦）并不属于我。

[2]　"美火"指引起爱情的美丽女子，即诗人所爱的劳拉。劳拉平等对待所有求爱
　　　的男子，因而嫉妒不属于爱恋劳拉的诗人。

第183首

若她的温情眼、甜蜜智语

诗人再一次看到劳拉对他冷漠，自觉无能为力；他恐惧不安，浑身抖颤；诗人深知女人易变，她们心中的爱情会转瞬即逝。

若她[1]的温情眼、甜蜜智语，
能残忍杀死我，使吾命断；
若爱神令她笑、说话之时，
凌驾于我之上，显示强权；

若她因我过错或者厄运，
移走那怜悯的美丽视线；
若本来我安全，现受挑战，
威胁到我生命；又能咋办？

我的心被冰冻，浑身抖颤，
每一次见她把形象改变，
经验会令我生恐惧、不安。

女人是天生的易变之物，
我能够深探入她的心间：
其爱情寿命短，转瞬不见。

---

[1] 指劳拉。

第 184 首

谦卑的美灵魂寄寓德能

诗人听说劳拉已处于生命的边缘，十分痛苦，于是写下了这首十四行诗。

谦卑的美灵魂寄寓德能，
与爱神、大自然、共发誓愿：
爱神要教导我如何死去，
并为此采用了惯用手段 [1]；

自然用热情索将她束缚，
所有的反抗都徒劳枉然：
她不肯屈尊这卑劣生活，
对尘世之辛苦已经厌倦。

那高尚、珍贵的美丽躯壳 [2]，
是真正、高雅的明镜一面，
但灵魂却离它越来越远 [3]；

---

[1] 爱神所采用的惯用手段是在人们心中点燃爱情欲火。
[2] 指劳拉的美丽躯体。
[3] 指劳拉即将离世。

若"怜悯"[1]不勒住死神缰绳，

哎呀呀，我深知希望渺然[2]，

已习惯生活于无谓期盼。

---

[1] 指怜悯女神。
[2] 诗人认为，劳拉恢复健康的希望很小。

第185首

凤凰的美脖颈洁白、高贵

诗人用美妙无比的凤凰来比喻劳拉。据传说，凤凰隐藏于阿拉伯的深山之中，但诗人却说，这种神鸟高飞于他所在之地的空中。

凤凰的美脖颈洁白、高贵，
金羽毛围绕在脖颈周边，
无雕琢却自成华丽装饰，
温暖了颗颗心，我却受难 [1]；

它头顶自然的美丽王冠，
四围均被照亮，金光闪闪；
"爱" [2] 火镰默默燃颤抖火苗，
我冰冷之躯体灼烧烈焰 [3]。

紫红色长袍镶天蓝裙边，
艳玫瑰覆盖着美丽双肩：
它神奇之服饰美妙非凡。

---

[1]　劳拉给诗人带来的却只是焦虑不安等苦难。
[2]　指爱神。
[3]　见到美艳无比的凤凰，诗人浑身燃烧起情欲之火。

据传说，它栖息阿拉伯地，
隐藏于芳香的富饶群山[1]，
然而却高飞于我们之天[2]。

---

[1] 阿拉伯被西方人看作是盛产香料的富饶之地，因而此处说"隐藏于芳香的富饶群山"。
[2] 据传说，凤凰神鸟隐藏在阿拉伯的群山之中，然而，事实却是，它高高地飞翔于我们头顶上的蓝天。

第186首

若荷马、维吉尔能够见到

古代的诗人歌颂英雄豪杰，而彼特拉克却歌颂如太阳一样光辉灿烂的美丽劳拉，他希望这种做法不会惹怒古人。

若荷马、维吉尔[1]能够看到，
我亲眼所见的光辉太阳[2]，
一定会尽全力将她歌颂，
用二人美文风尽情赞扬。

为此事，古希腊诸位英雄[3]，
一个个都会觉十分悲伤，
统治者[4]也自然不会高兴，
尤其是那一位被杀君王[5]。

---

[1] 荷马是古希腊的伟大诗人，史诗《伊利亚特》和《奥德赛》的作者；维吉尔是古罗马的伟大诗人，史诗《埃涅阿斯纪》的作者。

[2] 隐喻劳拉。

[3] 指《伊利亚特》中的阿喀琉斯、《奥德赛》中的奥德修斯、《埃涅阿斯纪》中的埃涅阿斯等英雄。

[4] 指支持维吉尔创作《埃涅阿斯纪》的古罗马皇帝屋大维。

[5] 指统帅希腊联军攻陷特洛伊城的迈锡尼国王阿伽门农，他后来被埃奎斯托斯杀害。

西庇阿 [1]——古代的神武魁首，
与今日高尚的美丽花王 [2]，
身份虽不相同，命运一样 [3]。

恩纽斯 [4] 写下了粗糙诗篇，
他闻我赞花王切莫不畅，
愿他勿厌恶我此类歌唱。

---

[1] 西庇阿是古罗马共和国时期著名的军事统帅，在第二次布匿战争中，率领罗马军团南下非洲，彻底击败了汉尼拔所率领的迦太基军队。

[2] 隐喻劳拉。

[3] 他二人都是人们赞颂的对象。

[4] 恩纽斯的全称为昆图斯·恩纽斯，人们普遍认为他是古罗马诗歌之父；此处他象征古罗马诗人。

第 187 首

墓穴中安葬着阿喀琉斯

诗人认为，伟大的俄耳甫斯、荷马和维吉尔都应该写诗赞美劳拉；
但劳拉的命运不佳，只允许他一人对其赞美；然而，他却没有能力全
面展现劳拉的美艳。

墓穴中安葬着阿喀琉斯 [1]，
马其顿年轻王 [2] 墓前感叹：
噢，幸运儿，你闻听响亮号角，
为了你有人写高贵诗篇！ [3]

她 [4] 是只纯洁的白色鸽子，
是否有别的鸟与其一般 [5]？
我歌声太微弱，难以远传：
但每人命运都固定不变。

她值得荷马与俄耳甫斯 [6]、

---

[1] 《伊利亚特》中的希腊英雄，勇猛无敌，刀枪不入，只有脚后跟是其致命弱点。

[2] 指著名的马其顿王亚历山大。

[3] "有人"指古希腊著名诗人荷马。荷马在《伊利亚特》中歌颂了阿喀琉斯的英
雄业绩。

[4] 指劳拉。

[5] 诗人说，他不知道是否尘世会有另一只与劳拉一样美丽的鸟儿。

[6] 俄耳甫斯是希腊神话中的人物。他母亲是司管文艺的缪斯女神卡利俄帕，因
而他具有非凡的音乐天才。

曼托瓦放牧者[1]歌唱不断，
他们应仅把此一人颂赞；

然而她与众星[2]却不和谐，
恶命运只许我粉饰其面，
吾之言或许难现她美艳[3]。

---

[1] 指《埃涅阿斯纪》的作者古罗马著名诗人维吉尔。维吉尔是意大利曼托瓦人，
    曾写作过许多田园牧歌，因而，此处称其为"曼托瓦放牧者"。
[2] 指上一段提及的古代著名诗人和俄耳甫斯。
[3] 诗人认为，他或许难以写出能够全面展示劳拉美艳的诗句。

第 188 首

太阳啊，你曾经爱过的月桂树冠

诗人不希望太阳行走得过快，令时光飞逝；然而，太阳还是快速落山了；就这样，年复一年，幼年的劳拉长成了大人，不再允许诗人去看望她。

太阳啊，你曾经爱过的月桂树冠[1]，
现如今已成我唯一眷恋，
自从有亚当与罪恶夏娃[2]，
美林中独见它茂盛非凡。

噢，太阳啊，停下来，陪我赏美，
你却仍急奔逃，光洒山间，
携光明之白昼匆匆离去，
带走了我心中那份期盼[3]。

从那座矮山丘[4]降下黑暗，
山丘上闪烁我柔情火焰[5]，

---

[1] 隐喻劳拉。因为太阳神曾经爱恋月桂仙子，因而此处说"太阳啊，你曾经爱过的月桂树冠"。
[2] 指自从有了人类之后。
[3] 期盼能够继续欣赏劳拉的美貌。
[4] 指劳拉的家乡。
[5] 隐喻劳拉。

大月桂当初是细细树干^[1]。

说话间她长大，不再让我，
见到那温暖的幸福家园^[2]，
在那里吾心与夫人同眠。

---

[1] 比喻孩童时的劳拉。
[2] 指劳拉生活的地方，即月桂树生长的地方。

第189首

严寒的午夜我生命之舟

诗人用漂泊在大海惊涛骇浪之上的小舟来比喻自己不平静的一生，他对此生已不抱幻想，不再期盼船入港湾获得安宁。

> 严寒的午夜我生命之舟，
> 游弋于苦涩的波涛海面，
> 要穿过斯库拉、卡律布狄 [1]，
> 主宰我之恶敌 [2] 站立舵前。

> 摇桨者一个个心怀鬼胎 [3]，
> 死与风却如同儿戏一般：
> 潮湿的狂猛风吹破帆布，
> 席卷走叹息和欲望、期盼。

> 泪的雨从天降，怒云笼罩，

---

[1] 斯库拉是墨西拿海峡（位于意大利半岛和西西里岛之间）的一块危险的巨岩，卡律布狄是它对面的一个著名的大漩涡。希腊神话中有关斯库拉和卡律布狄的传说便来自墨西拿海峡的这块巨岩和危险的大漩涡。据说，女海妖斯库拉身上长着六个头和十二只脚，她守护在墨西拿海峡的一侧，另一侧则是可怖的卡律布狄漩涡（另译：卡律布狄斯漩涡）；当船只要穿越墨西拿海峡时，只能选择经过危险的漩涡或经过斯库拉的领地，若经过她的领地，她便要吃掉船上的六名船员。

[2] 指爱神。

[3] 因为他们或者将葬身于漩涡，或者将被斯库拉吞食。

打湿和松解了疲惫索缆 [1]：
桅牵索混乱地搅成一团。

遮住我常见的两盏明灯 [2]，
理智与手段都死于波澜，
我开始不期盼入港避险。

---

[1] 指下一句中"桅牵索"。
[2] 隐喻劳拉的美丽双眼。

第 190 首

青涩的季节里太阳升起

　　春暖花开之时，诗人来到两条河之间挺立着月桂树的绿色草地上，他看见一头美丽的白鹿，便愉快地追赶它；正午时，诗人的眼睛虽然已经看得疲倦，却仍然贪婪地观看那头美丽的白鹿，他如此着迷，竟不慎跌入河水中，白鹿也随之不见。

青涩的季节里 [1] 太阳升起，
两河间月桂树阴影下面，
我见到绿地上一头白鹿 [2]，
顶两只金犄角，奇光闪闪。

她目光温柔且高贵、傲慢，
我放弃所有事把她追赶：
就像是贪婪的寻宝之人，
兴致浓，全不顾辛苦、艰难。

鹿颈处用宝石编成一语：
我自由令主人更加喜欢，
任何人都不可动我半点。

---

[1]　指春天。
[2]　隐喻劳拉。

时已近正晌午，艳阳高悬，
双眼虽仍想看，却已疲倦，
我跌入河水时，她便不见。

第191首

瞻仰主就如同获得永生

    诗人见劳拉比以往更加美丽，他说，人们都把获得天国的永生视为最大的幸福，而他却以见到劳拉为最大的幸福；他问自己，有些人靠看得见、摸得着的物质满足自己生存的需要，我为什么不能靠瞻仰劳拉的美丽灵魂而获得满足呢？

瞻仰主就如同获得永生，
是我们人生的最大意愿，
夫人啊，我短暂、脆弱的一生之中，
见到您才令我幸福无限 [1]。

倘若眼对心吐真实之言，
会说您从未似今日美艳，
您是股启迪我温情和风，
可战胜任何的欲望、期盼。

我不问风是否快速拂过，
因有人只闻风可活世间，
他深信这等事绝非虚幻；

---

[1]　进入天国、获得永生、瞻仰天主的尊荣是普通人的最大意愿，然而，诗人却只有见到劳拉才能感觉到幸福。

水或火与无味各种食品 [1]，
可满足某些人味觉、感官，
为何我见您魂不能意满 [2]？

---

[1] 诗人已经感觉尘世的食物没有味道。
[2] 有些人靠看得见、摸得着的物质和能够品尝的食物（尽管对我来讲毫无味道）
满足自己生存的需要，我为什么不能靠瞻仰您高贵的灵魂而得到满足呢？

第 192 首

爱神啊，我们应共仰慕人类荣耀

　　美丽的劳拉是人类的荣耀，是上天赐予人间的光辉；诗人见到她身穿艳服悠闲地漫步于庇荫的山中，在她的美丽目光的照耀下，天空晴朗，万里无云。

爱神啊，我们应共仰慕人类荣耀[1]，
她神奇且高贵，脱俗超凡：
你可见她承载多少温柔，
天将其灿烂光洒满人间，

你可见她身披紫红华服，
上装饰金与珠，尘世罕见，
轻举步，缓抬眼，温情无比，
行走于美丽的庇荫山间。

绿草地、鲜艳花，五彩缤纷，
遍洒在冬青栎古树下面，
邀请着美人足触碰，踏践；

天之边燃美光，奇色斑斓，
看上去艳阳天心中喜欢，
这晴朗全源于那双丽眼[2]。

---

[1]　隐喻劳拉。
[2]　指劳拉的美丽眼睛。

第 193 首

我灵魂享用着高贵食物

听到劳拉说话的声音，见到劳拉的身姿，诗人就像在享用宙斯的佳肴盛宴，心中倍觉甘甜。

我灵魂享用着高贵食物，
不嫉妒宙斯的佳肴盛宴，
看一眼便忘记一切美食，
就好像饮尽了深深忘川 [1]。

听到她说话时吾心抖颤，
总是要一声声发出哀叹，
我不知爱神在何处掠我，
见她面便心中倍觉甘甜：

苍天闻那声音 [2] 亦会喜欢，
委婉的美词句回荡空间，
没听过其音者相信也难。

---

[1] 只要看一眼我的高贵食物，就会忘记一切美食，就像饮尽了忘川的河水一样。
[2] 指劳拉说话的声音。

形随声同时到，咫尺之遥，
智与巧、天与地令其展现 [1]，
今生未见其他此等美艳。

---

[1] 是天地的造化与人的智慧和创造力将劳拉之美展现在人们的面前。

第194首

轻轻的和煦风吹拂山岗

　　诗人返回自己的故乡——意大利的托斯卡纳，和煦的春风吹来，又唤醒了诗人的爱情，他十分惦念劳拉，希望即刻回到她的身边；然而，回到劳拉身边时，他却难以承受爱情烈焰的灼烧。

　　　　　轻轻的和煦风吹拂山岗，

　　　　　唤醒了林中花，万紫千红，

　　　　　在温柔微风[1]中吾渐明白，

　　　　　全凭借它成长，无论苦荣[2]。

　　　　　我逃离温情的托斯卡纳，

　　　　　欲寻找疲惫心所需安宁[3]，

　　　　　希今日便能见灿烂艳日，

　　　　　赐浑浊、昏暗的灵魂光明[4]。

　　　　　若如此，我可尝许多甘甜，

---

[1] 隐喻劳拉。见第66首诗中关于"爱情风"的注释。

[2] 无论是痛苦还是获得荣耀，诗人都觉得自己是依靠这股和煦的微风逐步成长起来的。

[3] 诗人急急忙忙地要离开托斯卡纳（诗人的故乡佛罗伦萨是其首府），希望能尽快地返回劳拉所居住的普罗旺斯，因为只有见到劳拉他的心才能得到安宁。

[4] 艳日隐喻劳拉。诗人希望当天就能见到劳拉，使自己浑浊、昏暗的灵魂获得光明。

因而"爱"[1]引我见耀眼明星[2]；
我欲逃，时已晚，日炫吾睛。

要求生却没有铠甲、羽翼，
我死于此强光，上天注定，
近焚烧，远也难避免身熔。

---

[1]　指爱神。
[2]　指前面提到过的艳日。

第195首

一天天胡须与面发皆变

　　诗人渐渐老去，不再轻易因受诱惑而产生爱的欲望；但诗人始终既惧怕见到劳拉的美丽身影，又期盼看见它；他希望劳拉治愈爱神在他心中造成的创伤，令他摆脱生命危险。

> 一天天胡须与面发皆变，
> 不再为衔诱饵紧咬牙关，
> 也不再紧抓住月桂[1]绿枝，
> 即便它斗烈日傲视严寒[2]。
>
> 只要是海不干，天不无星，
> 我就会惧美影而且期盼[3]，
> 不怨恨却喜爱深深伤痕，
> 爱情的伤与痛掩饰极难。
>
> 一直到骨肉死，离弃人间，
> 不指望烦恼能得到平缓，
> 或女敌[4]施善心将我可怜。

---

[1] 隐喻劳拉。见第22首诗中有关月桂树的注释。
[2] 即便月桂树斗烈日，傲视严寒，诗人也不再紧抓住它不放。
[3] 既害怕见到劳拉的美丽身影，又期盼见到它。
[4] 指劳拉。

在死亡降临前，万事可能，
爱神用其美目伤我心田，
或许她治愈伤令我脱险。

第196首

绿树间晴朗天轻风拂面

在绿树林中，清风拂面，诗人又想起最初见到劳拉时的情景：她
美丽无比，金发披肩；后来，随着年龄的增长，劳拉用头绳把金发束
起来；诗人认为，只有死亡才能使他再见到劳拉金发披肩的样子。

绿树间晴朗天清风拂面，
窃窃语，吹伤了我的容颜，
它使我想起了当初爱神，
在吾身留初疤，伤深，心甜 [1]；

令我见隐匿的娇柔美貌，
是怨恨与嫉妒遮蔽其脸 [2]，
她 [3] 金发结珠玉或者披散 [4]，
比闪亮之黄金还要璀璨。

散披的金色发更显温柔，
其举止极优美，令人感叹，
今日里想起来仍会抖颤；

---

[1] 爱情深深地伤害了诗人，但诗人的心却觉得甜蜜。
[2] 当初是怨恨与嫉妒遮住了诗人的双眼，使其看不见劳拉的美貌。
[3] 指劳拉。
[4] 当初，劳拉的金发或是用珍珠或宝石头饰别成各种发型，或是披散在肩上。

后来她将金丝打成发结，
用头绳把吾心牢牢捆拴，
唯死神能够令结开发散。

第197首

在天降清风拂月桂之处

　　在清风吹拂的月桂树下，爱神不仅射伤了太阳神阿波罗，而且把爱情的枷锁戴在了诗人的脖颈上；他对待诗人就像美杜莎对待阿特拉斯那样，致使诗人再也无法挪动脚步，离开美丽的劳拉。

在天降清风拂月桂之处，
爱神伤阿波罗，射出利箭，
并且把温情枷置我脖颈，
致使我获自由难上加难；

他对我就像那美杜莎妖，
把年迈摩尔人变成石山 [1]；
我已经难离开美结 [2] 半步，
见秀发，日无光，金不灿然。

我是说绉纱绳牢扎金发，
亦优雅束吾魂，反抗已难，

---

[1]　年迈的摩尔人指希腊神话中的擎天巨神阿特拉斯。主神宙斯降罪于他，命其用双肩支撑苍天。据说，珀尔修斯砍下妖魔美杜莎的头，在回家的路上看见了擎天的阿特拉斯，阿特拉斯向他恳求说："我累了，请你将美杜莎的首级正对着我，让我变成石头吧。"珀尔修斯答应了阿特拉斯的请求，使擎天巨神变成了北非的阿特拉斯山。

[2]　指劳拉的美丽发结。

唯谦卑是它 [1] 的自卫宝剑 [2]。

她身影使吾心结成冰块，
并让我惊愕得白了颜面；
其双目亦可令我变石岩。

---

[1]　指上一句提到的诗人的灵魂。
[2]　在美艳无比的劳拉面前，只有用谦卑才能保护自己的灵魂。

第198首

阳光下风吹发，浮动，飘散

看见劳拉的秀发和亮眼，诗人的灵魂受到震撼，似乎已经失去知觉；劳拉的温情使诗人激动得喘不过气来。

> 阳光下风吹发，浮动，飘散，
> 爱之神亲手梳金色丝卷，
> 疲惫心被美眸、秀发拴住，
> 轻飘的魂与魄受到震撼。
>
> 我骨中已无髓，体无鲜血[1]，
> 即便是剖吾心，也不抖颤[2]，
> 因为她在其中掌握生死，
> 经常置我生命天平上面[3]；
>
> 我躲避她炽热灼人目光，
> 却承受金发卷雷击、电闪，
> 发[4]时而披右肩时而左肩。

---

[1] 诗人感觉骨中已经没有了骨髓，体中已经没有了流动的鲜血。

[2] 即便是割开诗人的心，诗人都不会抖颤，因为他已经失去了知觉。

[3] 指生与死的天平。诗句的意思为：我在生与死的天平之上左右摇摆，忽而生，忽而死。

[4] 指劳拉的金发。

说不清当时情：头脑晕眩[1]，
两道光[2]伤我智，令其疲倦，
那温情压得我难以气喘。

---

[1]　诗人无法说清当时的情况，因为他头脑晕眩，完全失去了记忆。
[2]　指劳拉两只明亮的眼睛。

第 199 首

噢，美丽手紧抓住我的心肝

　　诗人曾偷偷地拿走劳拉洁白、美丽的手套，爱神便允许劳拉赤裸的纤纤玉指紧紧地抓住诗人的心肝，致使诗人觉得自己将不久于人世。

噢，美丽手紧抓住我的心肝，
不久后我便将一命归天；
天赋予这只手各种技能，
为的是把荣耀展示人间；

那五根优美的纤纤玉指，
就如同东方的珍珠一般，
爱之神令它们赤裸暴露，
对我的心中伤显示凶残。

洁白且美丽的高贵手套，
曾遮掩玫瑰色象牙笋尖[1]，
这样的温情物[2]何人曾见？

---

[1] 隐喻劳拉的纤纤玉指。
[2] 指劳拉曾经戴过的高贵手套。

我偷走她那件美妙笋衣 [1]，
噢，人间事是何等容易改变！
有一天我须还盗取物件。

---

[1] 此处"笋衣"指劳拉手上曾经戴过的美丽、洁白的手套。

第 200 首

不仅仅那一只美丽裸手

这首诗和上一首密切关联。诗人说,那只裸手又重新戴上他还给
劳拉的手套,致使他再也见不到劳拉的纤纤玉指,从而感到悲惨;随
后,诗人又开始描写劳拉令人心颤的美貌。

不仅仅那一只美丽裸手,
重穿上其外衣,令我悲惨,
双臂和另一手亦做准备,
欲把我胆怯心紧抱,牢攥。

爱神设千圈套,无一落空,
把真诚、美丽与神奇展现,
用它们欲粉饰上天高贵,
人智慧若做此,徒劳枉然。

那阳光丽目上睫毛[1] 闪闪,
天使般美唇吐温情之言,
玫瑰口白珍珠[2] 上下镶满,

---

[1] 指劳拉的美眸和睫毛。
[2] 玫瑰指粉红的嘴唇、舌头和牙床,白珍珠指牙齿。

他人见均惊得浑身抖颤；
额头与金色发光辉灿烂，
比正午太阳更显得明艳。

第 201 首

是命运与爱神把我装点

诗人继续议论劳拉的美丽手套：是命运和爱神用它把诗人装饰；
那是一只用金丝刺绣的手套，因而金光闪闪，诗人戴着它，似乎登上
了幸福之巅。

是命运与爱神把我装点，
那丝绣[1] 极美丽，金光闪闪，
我心想：何人手曾经戴它？
现在竟令我登幸福之巅。

那一日我从富转为贫穷[2]，
它再难返回我记忆心田，
我不会为此事愤怒，痛苦，
只懊恼因爱情丢尽颜面；

再也不死纠缠高贵猎物[3]，
而应该视情况随机应变，
切勿令一天使[4] 过分厌烦；

---

[1] 指劳拉手套上的刺绣。
[2] 诗人获得劳拉的手套，后来又不得不还给她，这两件事发生在同一天，因而，
此处说"那一日我从富转为贫穷"。
[3] 指劳拉。
[4] 比喻劳拉。

噢，逃离时我未缚双翼于足 [1]：
至少应对那手报复一番 [2]，
它令我太多泪流淌胸前。

---

[1] 诗人希望见到劳拉，又惧怕见到她，因此，每次劳拉出现的时候，他都想尽
　　快逃走，恨不能脚上生出双翼；然而，那一天诗人并未急急忙忙地逃离劳拉
　　的身边，他认为，至少应该以某种方式报复一下那只令他痛苦不已的手。
[2] "那手"指的是劳拉因丢失手套而裸露的手。劳拉裸露的纤纤玉指曾引起诗人
　　的爱，随后又被手套罩住，致使诗人哭泣不已；因而，诗人用此诗句来表示
　　他既爱又恨的矛盾心情。

第202首

好一块活生生明亮寒冰

冷若冰霜的劳拉点燃了诗人的爱情烈火，使其命在旦夕；诗人希望怜悯女神和爱神一同来解救他，然而，他在劳拉的身上却看不出他们前来施救的丝毫迹象；诗人说，这只能怪他自己命运多舛。

好一块活生生明亮寒冰[1]，
竟喷出熊熊火，把我点燃，
吸干我体中血，烧焦吾心，
致使我化成灰，消逝不见。

死之神欲伤人高举手臂，
似天怒，发出了狮吼、雷电，
迫害我逃亡的可怜生命，
我恐惧，身抖颤，沉默无言。

"怜悯"[2]与爱之神两根支柱，
或许会靠近我实施支援，
救我的躯与魂脱离苦难；

---

[1] 隐喻劳拉。
[2] 指怜悯女神。

但在我温情的女敌身上，
看不出有此类迹象出现：
不怪她，只怨我命运多舛。

第 203 首

哎呀呀，无人信我心燃烧

诗人希望劳拉关注他心中所燃烧的爱情之火，然而，他却发现劳拉对此漠不关心，因而心中充满忧郁；但是，诗人深信，他为劳拉所写作的赞美诗篇可以感动成千上万的女子，也可以引起后人的议论。

哎呀呀，无人信我心燃烧；
即便是有人信，它亦难安，
只希望夫人能相信此事：
然而她却不信，虽亲眼见。

噢，尘世间绝美的多疑女子，
您未曾透双眼见吾心肝？
若不是命运神操纵苦乐，
我便会求救于怜悯之泉 [1]。

您并不关心这焚我之火，
然而我对您的赞美诗篇，
却可燃其他的女子万千 [2]；

---

[1] 隐喻劳拉。
[2] 我为您所写作的赞美诗篇可能会感动成千上万的其他女性。

我预感您闭上丽眼之后，
温情火、笨拙舌 [1] 尘世仍见，
它们将引后人议论不断。

---

[1]　指诗人所写作的赞美诗篇。这是诗人自谦的表达方式。

第204首

灵魂呀，你见、闻、读、论、写、思

　　诗人说，他的灵魂和贪婪的双眼，为了认识美丽的劳拉，不顾付出高昂的代价，来到这丑陋的世界；诗人希望他的灵魂不要迷失方向，而要追随劳拉的脚步和目光所指引的方向，奔向天国的永恒安宁。这首诗一方面体现了诗人头脑中追求天国幸福的中世纪传统的价值观念，另一方面又表明了诗人对劳拉尘世之美的渴望。

　　　　灵魂呀，你见、闻、读、论、写、思，
　　　　各类的不同事千千万万；
　　　　贪婪眼，你伙同其他感官，
　　　　引入我心田中高贵圣言[1]。

　　　　你们[2]为见美足踩踏痕迹
　　　　和一双丽眼中火焰闪闪，
　　　　便及时来到这丑陋世界，
　　　　付出的高代价可否计算？

　　　　有如此明亮光[3]，清晰印记[4]，
　　　　不应该迷方向，人生苦短，

---

[1] 指赞美劳拉的语言。
[2] 指诗人的灵魂和双眼。
[3] 指劳拉的双眼所放射出的明亮光线。
[4] 指劳拉双脚所踩踏的清晰的足迹。

而必须配得上永久宁安 [1]。

疲惫的勇气啊，努力登天！
穿温柔、愤慨的浓浓雾团，
紧追随虔诚步、神的光线 [2]。

---

[1]　"永恒宁安"指天国的宁安。诗人认为：有劳拉眼睛的明亮光线指引，沿着劳拉留下的清晰足迹，他不应该迷失方向，而应该迅速地奔向天国，因为人生苦短；他要用行动证明自己配得上享受天国的永恒宁安。

[2]　指劳拉的虔诚的足迹和美丽而神圣的目光。

第 205 首

温情的愤与怒、温情宁安

诗中，诗人连续使用了"温情"一词；无论是快乐还是痛苦，诗人都觉得心中有一丝温情，这便是诗人始终如一的矛盾的心理状态；诗人的每一丝幸福都是在这种矛盾中感受到的。

温情的愤与怒、温情宁安，
温情的苦与痛重压背肩，
温情的话语与心心相印，
温情的清爽风、温情火焰。

灵魂呀，你忍受和沉默，切勿抱怨，
应锤炼伤人的温情苦难，
爱恋她[1]，你已获温情荣耀，
告诉她：只有你令我心欢。

或许会有某人[2]叹息吐言：
这便是他时代[3]最美爱恋，
因其心之嫉妒比蜜更甜。

---

[1] 指劳拉。
[2] 指诗人自己。
[3] 指诗人生活的时代。

其他人也会说："时运"[1] 是敌？
我眼前她 [2] 为何从不出现？
为何她不晚些，我略提前 [3]？

---

[1] 指时运女神。
[2] 指时运女神。
[3] 引申之意是，那样，诗人便可以有好运了。

第 206 首

若我说，恨那女子

诗人用一连串的"若我说"，表达了他的矛盾心理状态。

> 若我说，恨那女子，
> 却因爱，没有她，生存极难；
> 若我说，此生苦，时日短暂，
> 灵魂却成婢女，挣扎世间；
> 若我说，厄运星猛扑过来，
> 嫉妒与恐惧便占我心田，
> 还见到无情女敌[1]，
> 也对我展示凶残，
> 但我却感觉她美胜天仙。
>
> 若我说，"爱"向我射出金箭，
> 伤她的却是支浸毒锐尖[2]；
> 若我说，天与地、人神共怨，
> 她随之也变得比冰更寒；
> 若我说，有人用盲目火炬[3]，
> 引导我直奔向死神身边，

---

[1] 指劳拉。
[2] 劳拉被浸泡过毒液的锐利箭尖射中，因而变得冷漠无情。
[3] 指无法照亮前进道路的火炬。

无论是言语、行动，

她[1]都会遵循习惯，

再也不对我示温情、和善。

若我吐不愿意说出之言：

这艰辛短暂路[2]已快走完；

若我说，引我入歧途的熊熊火[3]仍在增长，

她心中之寒冰[4]同样凶残；

若我说，双目已看不清楚，

太阳和其胞姐[5]明亮光线，

也不见夫人与窈窕少女，

却看见法老把奴隶追赶，

以色列逃亡者面对狂澜[6]。

若我说，有太多无益哀叹，

怜悯与慷慨便随之不见；

若我说，她之言尖刻无比，

听起来却温柔，心灵震撼；

若我说，此情人并不爱我，

从离开母亲的乳汁甘甜，

到灵魂飘然散去[7]，

哪怕是被囚于牢房黑暗，

---

[1]　指劳拉。

[2]　指人生的路途。

[3]　指爱情的烈火。

[4]　劳拉对诗人始终冷酷无情，所以说她心中有寒冰。

[5]　指月亮。希腊神话中的太阳神阿波罗与月亮女神阿尔忒弥斯是孪生姐弟。

[6]　诗人用《圣经·出埃及记》的故事比喻，即便自己已经年迈得看不见太阳和月亮的光线，也看不清美貌的女子，但仍能感觉到人生的惊涛骇浪和种种苦难。

[7]　指从生到死。

只要能奉敬意，我便情愿[1]。

若不说：温柔女子[2]，

开年轻心扉且赐予期盼[3]，

用她的天生怜悯，

还继续掌控我疲惫小船[4]；

也应见：因已无其他物可以抛弃，

我曾经对自身不顾不管；

当我再难抵御风浪之时，

她却仍如以往，并无改变。

转瞬间忘誓言便是作恶，

人不可丧失信念。

我从来不会说，亦不能说，

为夺取疆土和金钱奋战[5]；

因真理必胜利，永不坠马，

谎言却注定败，摔落地面[6]。

爱神呀，你了解我的一切，

若她问，你要说应吐之言。

谁若是受折磨，不如早逝[7]，

我对此重复再三：

早逝者幸福无限。

---

[1] 诗人的爱情得不到劳拉的回报，但他仍然愿意被囚禁于见不到光明的昏暗的
　　爱情牢狱里，只要能向劳拉奉献自己的崇敬之情，他就心满意足了。

[2] 指劳拉。

[3] 指诗人年轻时，劳拉打开他的心扉，并赐予他希望。

[4] 指诗人的生命之舟。

[5] 诗人从来不说，也不可能说，他一切努力都是为了获得世俗的利益。

[6] 此处，诗人利用中世纪比武场上的形象来表示"真理必胜"和"谎言必败"。

[7] 诗人认为，自己受爱情如此折磨，还不如早一点离弃尘世

为拉结而非利亚，

我曾经付出了辛苦万千，

与其他任何女同处已难 [1]；

闻上苍将我呼唤，

我决心登日车 [2] 随她 [3] 飞天。

---

[1] 拉结和利亚都是《旧约圣经》中的人物。雅各见到表妹拉结，立刻爱上了她，
　　希望同她结婚，舅舅拉班要求雅各为他牧羊七年。但在婚礼的夜晚，拉班却
　　欺骗雅各，让拉结的姐姐利亚穿上礼服，冒充拉结嫁给雅各。通过这个典故，
　　诗人要说明，他所做的一切努力都是为了获取劳拉的爱情，他无法接受其他
　　人的爱情。

[2] 指太阳神所驾驶的飞车。

[3] 指劳拉。诗人似乎已经听到上天的召唤，他决心随劳拉飞向天国。

第207首

我深信未来时光

诗人认为，如今，虽然自己已经不再年轻，但仍会一如既往地缠绵于对劳拉的爱情之中；他希望自己死于爱情，这样，生命虽短，却更加光辉灿烂。

我深信未来时光，
必定像以往的岁月那样 [1]，
不会有任何变化，
爱神啊，你引我至她身旁；
如今我不乞求她的恩赐，
你教我如何能窃其目光 [2]。
我不知是否会感到懊恼：
此年龄，竟成盗，闯荡江洋 [3]，
去盗取夫人的优美眼神：
没有它，忧虑中吾命难长。
年轻时染此恶习，
如今它仍将我控于指掌；

---

[1] 诗人认为，他的余生将和以往一样，仍然生活在尘世爱情的痛苦之中。
[2] 诗人仍深深陷入对劳拉的爱情之中不能自拔，仍然希望劳拉能向他投来令人心颤的目光。
[3] 诗人已不再年轻，到了这个年龄，他仍暗恋劳拉，自己都不知道是否应为此感到懊恼。

少年错不令人羞愧难当[1]。

我生命常寄寓丽眼[2]之中，
它们的高贵美来自上天，
最初在我面前显示慷慨[3]，
以至于我难以实施自援，
只有靠隐蔽的救助方式[4]，
如此可令夫人、美眸心安[5]。
尽管我并不愿意，
但如今已变得抱怨连篇：
当处境略微好时，
我或许会斥责他人一番[6]，
自己却心怀着可怜期盼[7]。
"嫉妒"[8]令怜悯神紧握双手[9]，
饥饿的爱情啊，请求你原谅我无能表现！

我曾寻千条道路，
欲证实人间无那双丽眼，
但尘世难维系吾命一天[10]；
其他处我灵魂无法安宁，

---

[1] 诗人安慰自己说，少年时因无知所犯下的过错并不应该令人感觉十分羞愧。
[2] 指劳拉的美丽双眼。
[3] 初见劳拉时，劳拉的美丽眼睛曾经慷慨地看诗人。
[4] 以至于诗人难以控制激动的情绪，只能靠隐藏自己的情感来救助自己。
[5] 只有这样才能不打扰劳拉，使其心中平静。
[6] 斥责他人追求尘世爱情。
[7] 期盼得到劳拉的爱。
[8] 指嫉妒女神。
[9] 嫉妒女神令怜悯女神紧握住双手，不对诗人实施怜悯。
[10] 假如尘世没有劳拉的丽眼，诗人连一天也活不下去。

闻其音[1]，立刻至天使[2]身边；
我本是蜡之身，却扑火焰。
总是把思想置于
对欲望不设防城池里面；
似枝头一只鸟儿，
无忧处很快便落入网间；
就这样，我从她美丽面庞，
时不时盗取来丽眼光线，
滋养我，它也令我燃烈焰[3]。

我自食死亡果，烈火烧身，
古怪的美佳肴，神奇蝾螈[4]；
非奇迹，仅仅是爱神所愿[5]。
卧痛苦羊群[6]中许久时间，
我是只幸福羔羊，
"时运"[7]与爱之神令我受难：
春玫瑰、紫罗兰将我诱惑，
冬冰雪又使我忍受严寒。
我到处寻找食物[8]，
欲阻止短暂的生命中断；
如若说此为偷窃，
人人都赖其生，她不明辨；

---

[1] 指劳拉的话音。
[2] 此处的"天使"指劳拉。
[3] 劳拉眼中放射出来的光线滋养了诗人的灵魂，同时也用熊熊的烈火将其焚烧。
[4] 在西方，人们传说，蝾螈是一种可以在火中生存的动物。
[5] 诗人用蝾螈来比喻自己被熊熊的爱情烈火燃烧，虽然痛苦，但不能死亡。但
     他又说，这并不是什么奇迹，而只是爱神的意愿。
[6] 隐喻坠入爱河的人们。
[7] 指时运女神。
[8] 指寻找爱情的食物。

富贵女 [1] 应对此意足心满 [2]。

谁不知我依赖何人生存？
那美眸将我的生活改变，
初次见便对其产生依恋。
为了对人秉性清晰明辨，
谁会把陆与海全都游遍 [3]？
大河人 [4] 靠香气生活宁安，
我却靠烈火与美丽光线 [5]，
抚平我脆弱的贪婪心田。
爱神啊，我对你说，
做主人 [6] 你不该如此节俭 [7]，
你手握强弓、利箭：
请不要等待我慢慢命断，
射死我，因好死令生命更加灿烂。

封闭的火焰会更加凶残，
若势增，便难遮掩；
爱神呀，我对此心中明了：
在你的操控下有过体验。
你曾见我默默燃烧自己，

---

[1] 指从来不知道什么是爱情饥饿的劳拉。

[2] 人们为了生存，都在寻找滋养爱情的美食，怎么能说这种行为是偷窃呢？但是劳拉却不明白这个道理。劳拉是人们的爱情偶像，因而，她应该十分喜欢人们的这种追求。

[3] 为了了解人的本性，谁会像我这样游遍天涯海角。

[4] 指生活在恒河岸边的人们。西方的古人传说，恒河岸边的人靠闻香气生存。

[5] 指劳拉美丽双眼放射出的光线。

[6] 诗人始终把爱神看作自己的主人。

[7] 你不该节省射心的利箭。

呐喊声[1] 揪人心，令我生厌。

哎呀呀，尘世啊，徒然思绪，

强悍的命运神驱我向前！

啊，她眼中诱人光线，

使吾心产生了固执期盼[2]，

紧拴住且压迫我的爱心，

借你[3] 力引导我直至终点！

罪孽是你们的，我却受难。

我如此承受磨难，

他人罪，我乞怜，内心怎安[4]？

我应该躲避强光[5]，

对塞壬[6] 歌声把耳孔堵严；

然而我并不懊悔，

心中的毒汁液比蜜更甜[7]。

我期待发首箭者[8]，

再对我射出那最后一箭[9]；

我认为，杀人有理，

因为它能够把怜悯体现[10]；

爱之神不会准备，

---

[1] 指诗人自己的呐喊声。

[2] 指永远无法抹去的对爱情的期盼。

[3] 指上面提到的爱神。

[4] 别人犯罪，却让我乞求原谅，我的心怎么能安宁？

[5] 指劳拉双眼放射出的强烈光线。

[6] 塞壬是希腊神话中的海上女妖，她拥有天籁般的歌喉，常用歌声诱惑过路的航海者，使航船触礁沉没。此处，诗人用塞壬的歌声来比喻劳拉对他的诱惑。

[7] 诗人明知劳拉的诱惑是伤害心灵的毒液，却仍然觉得它比蜜更甜。

[8] 指爱神，因为爱神向诗人射出了第一支爱情金箭。

[9] 指索取性命的一箭。

[10] 诗人认为，用爱情杀人是正确的，它体现了杀人者的怜悯之心。

对我施不凡的新鲜手段 [1]：
脱苦难，死亡也令人心欢。

歌呀歌，我将会滞留荒原，
死于遁会令我丧尽颜面；
我指责自己的这些抱怨，
泣与死、命运、哀叹，
对于我如蜜一般；
爱神的奴仆 [2] 啊，请阅读我的诗篇，
尘世间无甜与吾苦比肩 [3]。

---

[1] 即不让诗人因爱情所引发的痛苦而死去。

[2] 指坠入爱河之中的人。

[3] 世间没有任何快乐比我忍受的痛苦更令人幸福。

第 208 首

沿高山之血脉湍河急下

　　诗人以滚滚向前的罗纳河水来比喻爱情的发展是不以人的意志为转移的。如太阳一样辉煌的劳拉使空气清新的河边绿草地鲜花烂漫；河水冲洗着劳拉美丽的手与足，好像在告诉她，诗人的灵魂早已来到她的身边，但躯体却因为疲惫距她尚远。

> 沿高山之血脉湍河[1]急下，
> 卷带着身边土流淌不断，
> 昼与夜你[2]与我快步疾行，
> 我追随爱之神，你顺自然，
>
> 困与乏难阻你滚滚激流，
> 在汇入大海前仔细分辨：
> 空中气在何处最为清新，
> 哪一块绿草地更加鲜艳。
>
> 在那里活生生温情太阳[3]，

---

[1] 指罗纳河。罗纳河是欧洲主要河流之一，法国五大河流之首，也是地中海流域仅次于尼罗河的第二大河。罗纳河发源于瑞士伯尔尼山的罗纳冰川，先由东向西流经日内瓦湖后进入法国境内，转向南流，穿过汝拉山后又转向西流，至里昂后又转向南流，最后在马赛以西 50 公里处注入地中海。
[2] 指罗纳河。
[3] 隐喻劳拉。

令你的左河岸鲜花烂漫，
或许她不喜欢我来太晚。

你亲吻她美足、白嫩玉手 [1]，
告诉她此亲吻如你之言：
我魂至，体却倦，距她尚远 [2]。

---

[1] 指罗纳河水冲洗着劳拉的手与足。
[2] 劳拉对诗人来得太晚感到不高兴，虽然诗人的灵魂急忙忙地赶到她的身边，
　　但由于疲倦，躯体却仍然距其很远。

第 209 首

我把心留在了那个地方

　　诗人身体虽然离开了劳拉居住的地方，但心却恋恋不舍；他被爱神的利箭射中，受尽爱情的折磨，本应摆脱爱情的桎梏，却不愿意离弃心爱之人。

我把心留在了那个地方 [1]，
身辞别难离的温情山峦，
爱神把可爱物压我心上，
那些山总出现我的面前 [2]。

我时常对自己感到惊愕，
尽管我不断欲挣脱锁链，
美桎梏却至今压我颈上，
我越要远离她，她越靠前 [3]。

就好似一马鹿身中利箭，
有毒的锐箭尖穿其肋间，
越快逃它越觉痛碎心肝。

---

[1] 留在了劳拉居住的山区。
[2] 由于想念劳拉，劳拉家乡山峦的影像经常出现在诗人的眼前。
[3] 诗人越是要远离劳拉这个美丽的桎梏，劳拉就越是靠近他的身边。

我也被一支箭刺透左肋，
痛穿心，同时却快乐非凡 [1]，
受折磨，应逃离，却觉疲倦 [2]。

---

[1]　诗人被爱神之箭射穿左肋，虽然痛彻心肝，却非常欢喜。
[2]　诗人受尽爱情的折磨，本应逃离它的身边，自己却以疲倦为理由不愿意逃离。

第 210 首

在尘世东与西、南方、北方

　　诗人用天下只有一只凤凰来比喻美丽的劳拉是独一无二的，但两鬓已经花白的诗人仍然不知自己未来的命运如何。

　　　　在尘世东与西、南方、北方，
　　　　印度至西班牙每片海岸，
　　　　里海与红海的大地、天空，
　　　　只会有一凤凰展示美艳。

　　　　老鸹与冠嘴鸦，谁唱我运？
　　　　哪一位帕耳开缠绕线团 [1]？
　　　　我发现怜悯神是个聋子，
　　　　竟希望她赐福，我好可怜 [2]！

　　　　虽然我并不想议论"怜悯" [3]，
　　　　但谁若掌控她，心必生怜，
　　　　定会将她捧于我的面前 [4]；

---

[1] 帕耳开是罗马神话中命运三女神的统称。命运三女神掌控每一个凡人的命运，她们的任务是纺制人间的生命之线，随后再按次序剪断生命之线。

[2] 诗人觉得自己十分可怜，竟然希望聋子一样的怜悯女神赐予他幸福。

[3] 指怜悯女神。

[4] 此处，诗人似乎在期盼：掌控着怜悯女神的人（可能是爱神）将怜悯奉献在他的面前。

为使我甜蜜情变得苦涩，
她 [1] 装作不关心，并未发现：
我过早两鬓被白花装点。

---

[1]　指前面提到的怜悯女神。

第 211 首

欲望神激励我，爱神引路

　　诗人已经为尘世快乐丧失了理性，一方面，他感觉到十分疲倦，另一方面，他仍然沉湎于追求荣耀和爱情的快乐之中。

欲望神激励我，爱神引路，
拉我者享乐神，推我"习惯"[1]，
希望神献媚我，反复安慰，
我右手捧着心[2]，疲惫不堪；

可怜人[3]抓希望，却未发现，
此卫士[4]不忠诚，瞎了双眼：
理性已弃人世，全靠感觉，
欲望却生欲望，接连不断。

德行和荣耀及美艳、高尚[5]，
与蜜语[6]置我于月桂枝间，

---

[1]　指习惯女神。
[2]　把右手放在左胸的心口处。
[3]　指诗人自己。
[4]　指希望。
[5]　诗人道出了他一生的追求：德行、荣耀、美艳、高尚。
[6]　指诗人在诗歌中写下的甜言蜜语。

我的心沉湎在温情里面[1]。

于一三二七年四月六日，
恰恰在一点的这段时间，
我跌入迷宫中，走出已难[2]。

---

[1]　想到自己成为桂冠诗人，诗人的心沉湎于一种温暖的情感之中。

[2]　1327 年 4 月 6 日的那一天，也是在一点钟的时候，诗人初次见到劳拉，从此
　　　陷入情网之中，再难以走出来。

第212首

梦甜美，憔悴也令我喜欢

　　诗人虽然疲倦，眼盲，步缓，但仍不愿放弃尘世的追求；尽管他已经感觉到一切都是梦幻，却还在不断地奋斗，不断地自寻苦恼；他已经忍受了二十年的痛苦，全因为他吞下了美丽的明星劳拉投下的诱饵。

梦甜美，憔悴也令我喜欢[1]，
沙漠中我迎风书写诗篇，
更愿意拥幻影，追随夏风，
在无垠大海中破浪向前；

我凝视烈日的耀眼光芒，
它令我目失明，万物难见，
我骑乘跛脚牛，行走缓慢，
却要把奔逃鹿紧紧追赶。

对诸事我已经瞎而疲惫，
昼夜却颤抖着自寻苦难：
把爱神与夫人、死亡呼唤。

---

[1] 在梦幻中的诗人感觉十分快乐，因而，即便他越来越憔悴，心里却十分喜欢。

二十年漫长的沉重痛苦，
我只获泪水和声声哀叹：
全因为把此星 [1] 钓饵吞咽。

---

[1]　指劳拉。

第 213 首

慷慨天施恩于少数之人

诗人赞颂劳拉是上天赐予恩泽的极少数美人之一，她艳丽非凡，使遇到她的人一见倾心；诗人认为自己的理智已经被摧毁，但他的叹息声（即诗篇）却仍然哀婉动人。

慷慨天施恩于少数之人，
令他们美德行凡人罕见；
金秀发覆盖着智慧头脑，
谦卑的贵妇人艳丽非凡；

其优雅不寻常，无人能比，
悦耳的美歌声震撼心田，
女神般之举止、火热灵魂，
裂坚石，也可使傲者腰弯；

俏双眸可令心坚如石岩 [1]，
能照亮漆黑夜或者深渊，
夺人魂，再装入他人心间 [2]；

---

[1] 指劳拉的双眸具有把人变成石头的魔力。据希腊神话讲，女妖美杜莎的眼睛能发出骇人的光芒，可以把人变成石头。

[2] 指爱上了他人。一个人的灵魂被装入另一个人的心中，意味着这个人爱上了另一个人。

我已被诸法师彻底改造，
心充满温柔的高贵情感；
头脑已被击毁，叹息哀婉[1]。

---

[1] 诗人的头脑被爱情击毁，完全丧失了理性，就像被许多法师施加了魔法，无
　　法控制自己；然而他发出的叹息之声（即他的诗篇）却仍然哀婉动人。

第 214 首

我灵魂诞生于三天之前

青少年时，诗人的灵魂便被引入爱神的树林，树林里有许多陷阱和诱惑人的圈套，致使人们心甘情愿地为爱情而死。尽管诗人陷入爱情之中，但他仍希望自己的灵魂能够获得解放，飞入天国，与天主团聚。然而，诗人自始至终也没有弄清楚，他的灵魂是否已经从爱情中解脱出来。

> 我灵魂诞生于三天之前[1]，
> 把高贵与新奇[2]置于心间，
> 它鄙视许多人珍爱之物，
> 少年时沉思着信步向前，
> 进入了爱神的美丽树林，
> 对命运之走向心揣疑团。
>
> 前一天[3] 嫩花朵[4]生于此林，
> 其根须深扎于沃土里面，
> 我闲散之灵魂无法靠近：
> 因设有新奇的陷阱、套圈，

---

[1] "三天"隐喻诗人一生的前三个阶段，即幼年、少年、青年。
[2] 指劳拉、荣耀等令诗人感到新奇和高贵的人与物。
[3] 隐喻诗人人生的上一个阶段。
[4] 指劳拉。

欲引诱人灵魂奔向花朵 [1]，
令人们失自由心甘情愿 [2]。

奔花朵之选择 [3] 高贵、甜蜜，
它引我深入至绿林里面；
人通常行半路便入歧途，
随后我寻遍了整个世间：
看是否有秘方、宝石、仙草，
能够令我头脑不再冥顽。

入林时我奔跑，出林跛脚，
因密密荆棘丛布满林间，
致使我足受伤，无法治愈，
常用与稀奇药生效均难；
伤愈前疲惫魂早弃身躯 [4]：
是它 [5] 使我肉体高贵不凡。

我必须走完这艰辛历程 [6]，
它充满危险和各种欺骗，
需要有矫健的敏捷双足；
天主啊，怜悯情常寄寓你的心间，
树林中请向我伸出右手 [7]，
令明日驱逐我幽幽黑暗。

---

[1]　隐喻劳拉。
[2]　人们被引诱到如花似玉的劳拉身边，即便在那里丧失自由也心甘情愿。
[3]　指不顾死亡的风险，选择奔向劳拉身旁。
[4]　指死亡。
[5]　指疲惫的灵魂。
[6]　指人生的艰辛历程。
[7]　请帮助我。

为美貌 [1] 我离弃生命正路，
你 [2] 看看我处于何等危难！
现沦为阴暗林可悲居民，
快让我自由魂轻松、美满！
若我见它与你同处佳境 [3]，
那将是你功德美好体现。

我如今又产生新的疑惑：
爱花欲仍略燃或全熄焰？
吾灵魂已自由或留林间？

---

[1] 为追寻劳拉的美貌。
[2] 指前面提到的天主。
[3] 指天国。

第 215 首

显贵的血统育谦卑生命

诗人极力赞美劳拉的品行，说上天把一切美德都集中在了她一人身上，因而她的美令人震惊。

> 显贵的血统育谦卑生命，
> 崇高的智慧居纯洁心灵，
> 青春花结出了成熟之果，
> 沉思的外表藏欣喜之情；

> 主宰她命运者、众星之王 [1]，
> 把真正之荣耀、才华、聪明，
> 全汇集此女子一人身上，
> 使杰出诗人均笔耕不停。

> 将正直与仁爱融于一身，
> 优雅饰天然美，丽人品行，
> 不吐语已令人心中震惊；

> 她使我一双眼难辨黑白：
> 白昼时天黑暗，夜晚光明，
> 苹果涩，苦艾甜，味觉不清。

---

[1] 指天主。

第216首

白昼我不停泣，直至夜晚

　　诗人认为自己是世间万物中最悲惨的，因为，夜晚万物均可休息，而他却更加忧伤，永无安宁；他觉得人生与死亡一样痛苦，他被焚烧于爱情烈火之中，不怨别人，只恨自己。

白昼我不停泣，直至夜晚，
可怜人与万物均已入眠，
我哭声仍不止，痛苦倍增：
就这样流着泪耗费时间。

心痛苦，眼受尽悲伤折磨，
万物中我命运最为悲惨 [1]，
每时刻爱神箭把我伤害，
宁静已被放逐海角天边。

一天天，一夜夜，时光飞逝，
好可怜，我已度此生大半，
人们说：生是死活于世间。

---

[1]　与世间万物相比，诗人最悲惨，因为，夜间万物均可休息，而诗人却更加痛苦，永远无法获得宁静。

活"怜悯"^[1]见我在火中燃烧，
却未能伸出手把我救援：
错在我，不应把别人^[2]抱怨。

---

[1]　指劳拉。诗人把劳拉视为活在人世的怜悯女神。
[2]　指劳拉。

第 217 首

我希望通过这炽烈诗句

　　诗人希望用热情的诗句打动劳拉，使其心中产生怜悯之情；劳拉对诗人冷酷无情，而诗人却无法怨恨她；这种矛盾之情始终控制着诗人的灵魂。

我希望通过这炽烈诗句，
发出我心中的合理悲叹，
令那颗酷暑时冰冷硬心 [1]，
也能够燃烧起怜悯火焰；

残忍云降火温，遮掩烈焰，
我热情之话语把云吹散 [2]；
她对我藏美目，折磨吾心，
我也可令他人将其恨怨 [3]。

但不想人怨她，将我怜悯，
因后者做不到，前者不愿 [4]；

---

[1] 指劳拉的冷酷的心。
[2] 诗人的热情诗句吹散了遮掩劳拉怜悯之心的乌云。
[3] 诗人想，劳拉曾经不让他看见美丽的双眼，以此折磨诗人，他也可以通过诗句令世人恨怨劳拉。
[4] 诗人虽然可以用诗句令世人怨恨劳拉，但他不愿意那么做；更无法使世人怜悯他。

这便是我命运，它好悲惨；

我却要歌唱她非凡美貌，
为灵魂弃体时 [1] 世人明辨：
我的死并不苦，而如蜜甜。

---

[1]　死的时候。

第218首

在众多优雅的美女之中

诗人极力赞美劳拉的美德，他通过爱神之口表明：尘世若没有了劳拉，大自然就会令其一片黑暗。

在众多优雅的女性之中，
有一位美女子[1]尘世罕见，
容貌让其他女全然失色，
如太阳令群星光线黯淡。

爱神似附我耳低声细语：
只要她活于世，生活美满，
若我们见到她受到搅扰，
美德与我王国[2]均弃人间。

若死亡合闭上她的双眼，
似自然熄天上日月光线，
空无风，大地也草木不见，

人失智，口与舌难吐语言，
大海中无鱼儿，波涛不颤，
尘世间荒无人，一片黑暗。

---

[1] 指劳拉。
[2] 指爱神的王国。

第219首

黎明时众鸟儿歌声委婉

诗人把劳拉比作太阳，甚至说，她的光芒比太阳还要强烈。

黎明时众鸟儿歌声委婉，
其妙音回荡在峡谷空间，
苗条的清澈河闪闪发亮，
水晶泉流淌着窃窃吐言。

那女子 [1] 面如雪，发似黄金，
她之爱从没有任何欺骗，
为年迈老丈夫梳理白发 [2]，
唤醒我闻音乐起舞翩翩。

我醒来致敬那奥罗拉神，
太阳也伴随她现身天边，
少年时耀我眼，如今依然 [3]。

---

[1] 指罗马神话中的曙光女神奥罗拉。

[2] 奥罗拉爱上了人间的美少年提托诺斯，但苦于他是凡人，不能与其永远厮守，
便恳求宙斯让提托诺斯与神一样永生，却因一时疏忽，未恳求其永远年轻；
后来，只能无可奈何地看着心爱的男人慢慢老去。

[3] 把劳拉比喻成太阳，少年时它的光芒耀花了诗人的眼睛，如今仍然如此。

我时常见二日[1]同时升起，

一轮日使群星光线黯淡，

另一轮[2]令太阳踪影不见。

---

[1]　指太阳和劳拉。

[2]　指劳拉。其光芒比太阳还要强烈。

第 220 首

爱之神从何处寻来金丝

诗人用金丝比喻劳拉的金发，用珍珠比喻她的牙齿，用天使的歌声比喻她娓娓动听的言谈，说她的目光比太阳的光线更加耀眼。

爱之神从何处寻来金丝，
编成了这两条闪亮发辫？
他又从何刺茎采来玫瑰？
何霜露令花朵如此鲜艳？

从何处获得了颗颗珍珠 [1]？
从其间流出了温情语言。
她额头为何会美艳非凡，
比蓝天更显得阳光灿烂？

从哪些天使处，哪重天上，
传来了美妙音 [2]，动我心弦？
以至于魂融化，复原已难。

---

[1] 指劳拉两排洁白的牙齿。
[2] 指劳拉说话的声音。

哪一轮明日生高贵光辉[1]？

何美眸令吾心宁且抖颤？

它利用冰与火烹我心肝。

---

[1]　是哪一轮明日放射出如此高贵的光辉？回答自然是"劳拉"。

第221首

何命运、何力量、何种欺骗

诗人爱恋劳拉已经整整二十年，他忍受各种情感上的折磨，却无力自拔，似乎感觉到死亡已距己不远。

何命运、何力量、何种欺骗，
卸我甲，引我至她的面前，
被击溃，我若死，损失惨重，
若逃离，惊异却常聚不散。

我的伤早已经显现出来：
心中燃闪亮的炙热火焰，
迷吾心，灼烫我，残酷折磨，
我如此度过了两个十年。

见远处美眸现，闪耀光芒，
我感觉死神派使者来见；
她[1]靠近，随后又转身离去：

---

[1] 指劳拉。诗人将其比作死神派来的使者。

"爱"[1]令我快乐且忍受苦难[2]；
那情景说不出，想象亦难，
因为我失语言，头脑亦残。

———————————

[1] 指爱神。
[2] 诗人为等待劳拉的到来而快乐，为劳拉离去而忍受痛苦。

第222首

快乐和沉思的各位夫人

　　诗人见到一些女子边走边谈论他，便走过去与她们交谈，并用诗句记录了这段对话。

快乐和沉思的各位夫人，
你们或有人陪，或者无伴，
是否在议论我生死何处？
为什么她未随你等身边？

回忆起那艳日 [1]，我们欢愉，
若有她随身边我等心酸，
嫉妒神剥夺她温情陪伴：
因见到别人乐，自觉悲惨。

谁阻止人相爱，严加控制？
怒与莽制约体，灵魂难限 [2]：
她如此，我众人亦有同感。

---

[1]　比喻劳拉。
[2]　众女子答道：是愤怒和鲁莽限制人的身体追求爱情，但是，它们却难以限制人的灵魂追求爱情。

看额头常可见人的内心，
我们见她美艳变得昏暗，
其双眼也已经露珠涟涟。

第 223 首

太阳把黄金车沉下海面

　　夜幕降临，诗人更加苦恼，无法入眠，他回忆自己痛苦的人生，一直叹息和抱怨到天明；天明后，诗人心中仍未获得安宁，因为那轮艳日（劳拉）还在灼烧他；然而，诗人又认为，只有劳拉才能够缓解他的苦难。

太阳把黄金车沉下海面[1]，
天空和我心宇均变昏暗，
伴随着空中的群星、明月，
诞生了恼人的伤心夜晚。

对那位塞耳者[2]我欲诉说，
所有的辛苦事，一件一件，
与尘世、时运和爱神、夫人，
我争吵，就好像鸟鸣不断[3]。

歇息已失踪影，全无困倦，
我哀叹和抱怨直到亮天，

---

[1] 太阳神驾驭着他的黄金马车沉入大海。比喻太阳已经落山了。

[2] 指劳拉，因为诗人认为劳拉并不愿意听他的抱怨。

[3] 难以入睡的诗人好像一只唧啾叫的鸟儿，与尘世、不佳的时运、爱神和夫人（劳拉）不停地争吵。

泣之魂令泪水充满双眼 [1]。

曙光至，昏暗夜重新发亮，
但艳日 [2] 仍灼心，把我欺骗：
只有它可缓解我的苦难。

---

[1] 诗人哭泣的灵魂令他的双眼充满了泪水。
[2] 指诗人心中的太阳，即劳拉。

第 224 首

如若有真诚爱，心不虚假

在这首十四行诗中，诗人展示了他对爱情的各种不同的心理感受。

如若有真诚爱，心不虚假，
爱之欲亦慷慨，憔悴也甜；
热情火若点燃高尚欲望，
那只是迷宫中长期游转；

若思想绘额头或者话中，
其内容可令人隐约明辨，
因恐惧或羞愧人心不宁，
脸红的原因是爱染其面；

爱他人若超过爱护自己，
自忍痛，心焦虑，胸燃怒焰，
常叹息，眼中泪不断流淌，

远燃烧，近冷冻，痛苦不堪，
全因为坠情河，毁于爱恋；
夫人啊，您过令我受苦难。

第 225 首
我见到十二位放达女子

　　诗人见到十二位美丽女子簇拥着如太阳一样光辉灿烂的劳拉,乘一只小船,在水面上荡漾;他借用古希腊神话中的形象,说明人世间无法见到另一只比此船更快乐的小舟。

　　　　我见到十二位放达女子,

　　　　欢快地戏耍于一只小船,

　　　　她们似十二星簇拥太阳[1],

　　　　其他船难如此荡漾水面[2]。

　　　　伊阿宋寻羊毛,令制华衣[3],

　　　　牧人[4]令特洛伊痛苦、悲惨,

　　　　此二人之行为震惊世界,

　　　　我不信他们船如此这般[5]。

---

[1]　簇拥着劳拉。

[2]　很难见到其他船只如此荡漾于水面。

[3]　伊阿宋是希腊神话中乘坐阿尔戈号船,历经艰险,夺取金羊毛的主要英雄。今天,人们用伊阿宋夺取的金羊毛织出奢华的布,制作美丽的衣衫。

[4]　指希腊神话中的特洛伊王子帕里斯。帕里斯由一位艾达山的牧羊人抚养长大,因而通常被称作牧人。他拐走希腊美女、斯巴达王后海伦,并用船将其载回特洛伊,从而引起著名的特洛伊战争。

[5]　诗人说,他不相信伊阿宋和帕里斯的船上会像劳拉和十二位女子的船上那么快乐,以此来形容劳拉船上的幸福是无比的。

随后见众女登凯旋战车，
我劳拉现神圣矜持、厌烦，
坐一旁，其歌声温情、委婉 [1]。

幸福的提飞 [2] 和奥托墨冬 [3]，
运载着高贵人勇往直前。
非凡事俗人眼岂能得见 [4]。

---

[1] 随后，劳拉和十二位女子又登上了凯旋的战车，劳拉独坐在一旁，显示出一
　　种羞怯、矜持、不愿意理睬他人的样子，只是温情地唱着委婉的歌曲。

[2] 提飞是希腊神话中的阿尔戈英雄之一，他随伊阿宋驾驶阿尔戈号船去寻找金
　　羊毛，是船上的舵手。

[3] 奥托墨冬是希腊神话中的人物，希腊英雄阿喀琉斯的御者和朋友。

[4] 提飞运载的高贵人是著名的伊阿宋，奥托墨冬运载的高贵人是希腊第一英雄
　　阿喀琉斯；诗人以此来比喻小船上所载的劳拉和其他十二位女子都是极高贵
　　的人物。随后诗人又说，俗人怎么能够看得见如此非凡的事情呢？

第 226 首

屋檐上无麻雀似我孤寂

诗人说，尘世间没有任何动物比他更孤独，他食无甘味，卧不安宁，唯一的快乐就是哭泣；对于诗人来讲，劳拉的美丽故乡只是引起他伤心的地方。

屋檐上无麻雀似我孤寂，
树林中亦没有野兽独叹，
我不见别的美，不识他日，
这双眼看不到其他艳颜。

常哭泣是我的最大快乐，
乐是苦，食是毒，夜晚难安，
晴朗天对于我昏暗，阴郁，
艰苦的战场是睡卧床面。

无疑问：睡眠是死亡亲属，
甜蜜的思绪可令心康健，
然而心却离它[1]身边甚远。

---

[1] 指上一行诗句中所说的"甜蜜的思绪"。

尘世间唯一的幸福家园 [1]：

绿阴地五色花盛开河岸，

它归您，我为其哭泣不断 [2]。

---

[1]　指劳拉的家乡。

[2]　那美丽的家乡归于您，我却在那里因为得不到您的爱而哭泣不已。

第 227 首

清风啊，你舞动金色发花

这是诗人离开劳拉故乡时写下的一首十四行诗，诗中充满了对劳拉的眷恋之情。

> 清风啊，你舞动金色发花[1]，
> 发花又搅动你美妙滚翻，
> 你撒下温情的柔媚金丝，
> 收拢后重结成诱人艳卷；
>
> 你进入丽眼后，爱蜂刺我，
> 我今日仍哭泣，痛锥心肝，
> 摇晃着去追逐我的"宝贝儿"[2]，
> 似扑影之动物踉跄不断：
>
> 我时而腾空起，时而跌落，
> 似捉获，又发觉相距甚远：
> 见真相或仅是虚假期盼。

---

[1] 指劳拉头上结成的金色发卷。
[2] 比喻劳拉。

幸福风，请你留美光身边。
清澈的流水呀，为何不能，
我与你把行程相互对换？

第 228 首

爱之神用右手开我左胸

诗人感觉爱神打开了他的心，把月桂树植于其中；他因疼痛而落下了深情的眼泪，眼泪滋养了心中的月桂树。诗人用此诗表达了他对劳拉和荣耀的渴望。

爱之神用右手开我左胸，
把一株月桂树 [1] 植于心中，
其颜色远胜过绿色宝石，
枝与叶极茂盛，郁郁葱葱。

左肋伤极痛苦，令我叹息，
从眼中落下了滴滴温情，
滋养树，使其香飘溢天空；
不知道其他树可有此能？

高贵树扎根于名誉、荣耀、
德能与优雅的纯洁美名，
它们披天国衣，十分庄重。

纯洁美已寄寓我的胸中，
携带它幸福便紧接吾踵，
我祈求此圣物 [2]，十分真诚。

---

[1] 月桂树既象征荣耀，又隐喻劳拉。见第 22 首中关于月桂树的注释。
[2] 指上面提到的纯洁之美。

第 229 首

我过去曾欢唱，如今悲鸣

爱情给诗人带来的既有甜蜜，也有悲痛；然而，诗人自己却觉得很幸福，他希望一直处于这种矛盾的状态之中。

我过去曾欢唱，如今悲鸣，
悲与欢都令我蜜存心中，
因缘由而并非因为结果 [1]：
我一心只追求高尚之情。

我见她既温顺又很冷酷，
既高傲又谦卑，玉体婷婷，
双重力 [2] 并不能将我压垮，
我铠甲能御其愤怒尖锋 [3]。

望爱神与夫人 [4]、世人、时运，
以常规对待我，吾心方平，
绝不想无幸福只有苦痛。

---

[1] "缘由"指的是引发诗人心中悲欢之情的美丽女子劳拉，"结果"指的是劳拉对诗人恋爱之情的回报；诗人因为爱恋劳拉，所以时而欢乐，时而悲伤，而并非因为劳拉没有回报他的爱情才产生这种矛盾的情感。

[2] "双重力"指的是既温顺又冷酷，既高傲又谦卑。

[3] 诗人说，他有足够的道德力量，能抵御劳拉像枪尖一样锋利的愤怒。

[4] 指劳拉。

我可活，亦可死，或者憔悴，
但月下 [1] 无一人比我平静 [2]，
我苦根比蜜甜，令人难承。

---

[1]　指尘世间。
[2]　世间无人能比我更平静地对待生死和身体的衰弱。

第230首

我曾哭，今却唱，因为眼前

诗人又见到了劳拉的美丽双眼，兴奋不已；爱神引起诗人泪河流淌不断，诗人无法摆脱惊涛骇浪的危险，到达河的彼岸；而怜悯女神却赐予诗人安宁，希望他远离心中的纠结，继续活在人世。

我曾哭，今却唱，因为眼前，
天蓝光、活太阳 [1] 不掩美面 [2]。
真诚的爱之神明确展示，
其温情之力量、正直、良善；

因而他引眼泪河水流淌 [3]，
试图把我生命行程缩短；
帆与桨和桥梁不能助我，
羽翼也难帮我摆脱危险。

我泪河之流水又深又宽，
从此岸到彼岸十分遥远，
携思想跨越河非常困难。

---

[1] 美丽的"天蓝光"和"活太阳"都隐喻劳拉的眼睛。
[2] 诗人曾经为见不到劳拉而哭泣，现在劳拉又出现在他的眼前，因而又开始欢唱。
[3] 爱神引起诗人的泪河流淌不止。

怜悯神未授我月桂、棕榈[1]，

而赐我一橄榄，焦虑飘散[2]，

拭吾泪，希望我仍活人间。

---

[1] 月桂树和棕榈树都是胜利的象征。

[2] 橄榄树是和平、安宁的象征。诗人得到怜悯女神所赐的橄榄枝，心中的焦虑
烟消云散，获得宁安。

第231首

我欣然接受了命运安排

劳拉病得很重，危在旦夕；诗人指责自然母亲过于凶残：创造了美好之物，随后又要摧毁它；并质问天主为什么允许大自然如此无情。

我欣然接受了命运安排，
无泪水，亦没有嫉妒、抱怨；
若其他恋爱者时运更佳，
千美事不抵这一桩苦难。

为美眸我不悔所受折磨，
并不愿苦与痛缺少一点；
沉重的昏暗雾遮天蔽日，
我生命之太阳 [1] 似乎熄焰 [2]。

噢，自然啊，怜悯且凶残母亲，
难道你力大却思想混乱？
为何造美好物然后摧残？

---

[1] 指劳拉。
[2] 隐喻劳拉生重病，危在旦夕。

一切力都来自唯一源泉[1]。

至高的圣父啊，你怎允许，

她剥夺你恩赐，令人悲惨？

---

[1] 大自然回答说：她的力量和意愿都来自唯一的源泉——天主。

第 232 首

怒击败胜利者亚历山大

诗人通过对神话和历史中一些著名人物的描述，告诫人们，愤怒是人的大忌，它会给人带来灾难。

> 怒击败胜利者亚历山大，
> 使其无菲利普那般辉煌 [1]。
> 若只靠里斯坡 [2]、阿佩莱斯 [3]，
> 其美名岂能够世代传扬 [4]？
>
> 堤丢斯 [5] 把愤怒升为疯狂，
> 临终时吞食了敌人脑浆；
> 怒不仅使苏拉 [6] 斜眼（儿）、失明，
> 最后还熄灭他生命之光。

---

[1] 愤怒击败了战无不胜的亚历山大大帝，从而使他不如他父亲马其顿王菲利普那样辉煌。

[2] 里斯坡（另译：留西波斯）是希腊化时代的著名雕塑家。

[3] 阿佩莱斯是希腊化时代的著名画家。

[4] 亚历山大大帝因为易怒，形象受到影响；只靠古代著名雕塑家和画家的刻画，他的美名岂能世代流传？

[5] 堤丢斯是希腊神话中的英雄，卡吕冬国王，攻打忒拜的七位英雄之一。他在同忒拜英雄墨拉尼波斯作战时受了致命伤，雅典娜向他显圣，准备赐他永生；但这时安菲阿剌俄斯将墨拉尼波斯的首级带给堤丢斯，他在狂怒下打碎墨拉尼波斯的头颅并喝了他的脑浆；这一狂暴举动使雅典娜震怒不已，从而取消了原本赐予他永生的打算。

[6] 指罗马共和国晚期政治家苏拉。

怒致使瓦伦提[1]忍受痛苦，
埃阿斯[2]杀群羊，怒火万丈，
他后来也吻剑自杀身亡。

怒本是短暂狂，必须控制，
若长久，发怒者脸面无光，
甚至会弃人世，死于荒唐。

---

[1] 指古罗马瓦伦提尼安皇帝。

[2] 埃阿斯是希腊神话中的人物，希腊英雄阿喀琉斯的堂兄弟，特洛伊战争中，
希腊联合远征军主将之一，作战十分勇猛。经过英勇奋战，他抢回阿喀琉斯
的尸体，奥德修斯却凭借花言巧语说服裁判，获得阿喀琉斯母亲所赐奖品，
从而引起他的愤怒，致使他谋划夜袭奥德修斯的军营，欲杀死奥德修斯。奥
德修斯的保护神雅典娜却令埃阿斯发狂，使其把羊群当作军营中的士卒左砍
右杀。清醒后，埃阿斯发出叹息，说自己的行为将成为全军的笑柄，于是向
妻子交代后事后拔剑自刎。

第 233 首

她一双美眸子尘世罕见

劳拉的右眼得了眼疾，诗人前去探望；当劳拉痊愈时，诗人却自己得了眼疾。劳拉的眼疾传给了诗人，诗人毫不伤心，反而十分高兴。

她一双美眸子尘世罕见，
却右眼生疾病，心绪难安，
一神力将其疾转至吾目，
我运气实在是不同一般！

探望她是为解思念之渴，
尘世间我只把此人挂念；
天与"爱"[1] 从未曾如此宽容，
聚以往所有恩相比亦难：

从她的如艳日右目之中，
把疾病转移到我的右眼，
并不令我痛苦，而令我欢。

那眼疾就好像生有羽翼，
似一星飞划过高高蓝天，
"自然"与怜悯神掌控航线。

---

[1] 指苍天与爱神。

第234首

噢，卧室呀，你是我避风之港

这首十四行诗表明了诗人逃避人世的情感，他既寻觅隐蔽之处，希望远离人群，同时又十分惧怕孤独。

> 噢，卧室呀，你是我避风之港，
> 为我遮白昼的狂风巨浪，
> 现又成夜晚的哭泣之所，
> 天明时羞把泪秘密隐藏。
>
> 噢，小床呀，你是我安宁、慰藉，
> 但爱神却将泪足足两缸，
> 用那双乳白的象牙之手[1]，
> 凶残地倾倒在我的床上！
>
> 我不仅要逃避隐秘之处，
> 更要躲自己的脑中思想，
> 追踪它，我差点飞到天上[2]；
>
> 我厌恶人群的熙熙攘攘，
> 只寻觅一静处把己隐藏，
> 却又怕难以把孤独抵抗。

---

[1] 隐喻通过劳拉的手。

[2] 追踪自己的思绪，诗人差一点离开尘世。

第235首

哎呀呀，爱之神带我至不悦地面

　　诗人把自己比作一只在海上航行的小舟，他难以抵御劳拉的冷酷和傲慢；当他的情感越过应守的界限时，引起劳拉的恼怒，这更使他痛苦；然而，他无力抗拒海上的惊涛骇浪，只好随波逐流。

> 哎呀呀，爱之神带我至不悦地面，
> 我发现已超越应守界限，
> 对统治吾心的那位君主[1]，
> 我一定比平时更显讨厌；
>
> 智慧的掌船人难避礁石，
> 把装满珍贵物船只保全，
> 就如同我这艘脆弱小舟，
> 难抵御她对我冷酷，傲慢。
>
> 但泪雨与无尽叹息狂风，
> 在寒冬恐怖夜我海水面，
> 推动着小船儿破浪向前；
>
> 她恼怒，我小船万分痛苦，
> 没有舵，亦不见行船之帆，
> 也只好屈从于狂风、巨澜。

---

[1] 指劳拉。

第236首

爱神啊，我错了，并已察觉

诗人后悔因追求美丽的劳拉而丧失理性，把责任都推到爱神的身上，并请爱神告诉劳拉，是她的非凡美貌诱使诗人犯下罪过，因而劳拉应该原谅他。诗中，我们可以清楚地看出，诗人在懊悔的同时，对所谓的罪过仍然十分眷恋。

爱神啊，我错了，并已察觉，
全因为胸中燃熊熊欲焰，
痛增长，理性却越来越少，
它已经被征服，自控困难。

以往它能抑制我的热欲，
致使我不打扰那张美面 [1]：
你 [2] 亲手卸嚼子，我难止马，
令失望之灵魂无法无天。

如若它 [3] 超限度继续狂奔，
是你错点燃这热欲烈焰，
为活命它定会不顾艰险；

---

[1] 指劳拉的美面。
[2] 指爱神。
[3] 指上一段所提到的欲望之马。

夫人受上天赐非凡礼物[1]，
你至少应令她心有此感，
原谅我对她的罪恶表现[2]。

[1]　指上天赐予劳拉无与伦比的美貌。
[2]　上天赐予劳拉非凡的美貌，你至少现在应该告诉她这一点，使她原谅我因受
　　　其美貌所吸引而犯下的罪孽。

第 237 首

大海的波浪中鱼兽无数

　　夜晚，诗人思绪万千，心情难以平静，他希望死亡能够解除自己的痛苦；诗人躲避在深山老林里，成为林中的居民，他白天沉思，夜晚不断哭泣，其泪水冲倒了树木，淹没了草原；他发泄情绪，但同时又幻想劳拉在月光之下随爱神来到他的身边，并长久陪伴他。

> 大海的波涛中鱼兽无数，
> 众多鸟栖息在树木之间，
> 月空上悬挂着颗颗星辰，
> 黑夜中尽全力无法数完，
> 荒原与山坡上青草虽多，
> 均难比我夜晚思绪万千[1]。

> 一天天我希望末日到来，
> 盼"活土"远离开泪之波澜[2]，
> 能令我安眠于某片山坡；
> 月空下无人受吾之苦难：
> 这苦难只有那树林知晓，

---

[1] 大海中有数不尽的鱼类和海兽，树林里栖息着数不尽的鸟儿，夜晚的空中悬挂着数不尽的星辰，荒原和山坡上长着数不尽的青草，但它们都难以与诗人头脑中的思绪相比。

[2] "活土"即有生命的土地，此处指诗人的躯体；"泪之波澜"指诗人不断流淌的泪河。这句诗的意思为：诗人盼望死亡使自己远离哭泣的痛苦。

因昼夜我寻苦将其[1]踏遍。

我未曾有一个安宁之夜，
晨与晚均不断发出哀叹，
是爱神令我成林中居民[2]；
安眠前[3]，大海将波浪停翻，
原野的四月花全都枯死，
太阳须从月亮获取光源[4]。

日沉思，夜晚我哭泣不已，
一点点耗生命，灯灭油干，
我如月，每晚都不断变化；
现已见天黑暗，夜在眼前，
胸叹息，双眼涌滚滚泪泉，
冲倒了片片林，淹没草原。

城是我思绪敌，林是朋友，
我来到山坡上清泉岸边，
那清泉似与人窃窃私语，
我发泄情绪于恬静夜晚：
盼天黑我整整等待一日，
终于见太阳去，月挂蓝天。

噢，朦胧的月光下我渐入睡，
倒卧在绿色的树林中间；

---

[1] 指上一句提到的树林。
[2] 是爱神令我选择了孤独，远离城市，来到山中的树林里，躲避他人。
[3] 隐喻死亡之前。
[4] 痛苦的诗人恨不能立刻死去，但需要大海不再翻滚波浪，四月时鲜花全都枯
　　死，太阳从月亮那里获得光源，诗人才能死去。

黄昏前她[1] 便令黑夜降临[2]，

随明月与爱神来我身边，

在那片山坡上伴我一夜：

愿太阳永藏在波涛下面[3]！

歌呀歌，明朗月夜空高悬，

你生于罗讷河[4] 林木之间，

明日晚便可见富贵之山[5]。

---

[1] 指劳拉。

[2] 诗人迫切希望黑夜尽快降临，劳拉来与他幽会，因而此处说：黄昏还没到来，
劳拉便已经命令夜晚降临。

[3] 诗人幻想劳拉夜晚前来陪伴他，他希望太阳永远不出海面。

[4] 罗纳河是欧洲主要河流之一，法国五大河流之首，也是地中海流域尼罗河之
后的第二大河。

[5] "富贵之山" 指劳拉居住的地方。我的歌呀，明月高照之时，你生于罗纳河畔
的树林中，明天晚上你便能够飞到劳拉的身边。

第 238 首
有王者之风范、天使智慧

在一次宫廷集会上，当着众多贵妇人的面，一位君王[1] 向劳拉表示敬意，从而引起彼特拉克对该君王的赞美和嫉妒。

有王者之风范、天使智慧，
他锐利目光如猞猁一般，
其判断很敏捷，思维缜密，
心胸也极宽阔，令人称赞：

选择了好一群高贵妇人，
来装饰隆重的辉煌盛典[2]，
在众多佳丽中一人最美，
君王的好判断一眼明辨。

他挥手命年长、富贵女子，
都快快身退后，两边躲闪，
又亲切把美人迎到身边。

---

[1] 可能指来自卢森堡家族的德意志国王查理四世，后来他当选为日耳曼神圣罗马帝国皇帝。
[2] 可能指欢迎查理四世的盛典。

吻其眼与额头，彬彬有礼，
贵妇人都同声喝彩不断，
见此举，生醋意，我心发酸。

第239首

黎明时曙光现，新季苏醒

　　诗人仍然希望用诗篇打动劳拉，但又觉得已经年迈，希望渺茫；爱神虽然能够征服人与诸神，却对劳拉无能为力；尽管如此，诗人仍想做最后的努力，因为他觉得诗歌具有非凡的力量；即便不能打动劳拉，也要流着泪把她歌唱。

　　　　黎明时曙光现，新季苏醒 [1]，
　　　　和煦风轻轻吹，花摆不停，
　　　　鸟儿也开始了悦耳鸣唱，
　　　　我感觉灵魂在不断摇动，
　　　　温情地摇向了它的主人 [2]，
　　　　她最好回到我赞美歌中。

　　　　我希望能锤炼甜美音符，
　　　　使叹息令劳拉现出温情，
　　　　用理性说服这倔强之人，
　　　　却见到花季过，迎来寒冬；
　　　　高贵的灵魂 [3] 中情花未放 [4]，

---

[1] 春季到来了，天也要亮了。
[2] 指诗人灵魂的主人，即劳拉。
[3] 指劳拉的灵魂。
[4] 爱情之花尚未开放。

她还没关注我优雅歌声[1]。

哎呀呀，多少泪洒落吾面？
年轻时写下了万千诗篇，
竟试图羞辱那高贵灵魂[2]，
她却似迎微风一座高山：
温和风可摇动花草、树木，
遇强者却只能望而生叹。

强大"爱"[3]能战胜人与诸神，
诗与文对于此均有展现[4]，
初春时我亦有亲身体验[5]；
我主[6]却对劳拉不知咋办：
现如今爱情诗、哭泣、哀叹，
均难令她拖我走出苦难。

噢，可怜魂，你与我一息尚存，
为终极之需要必须奋战，
我们应尽全力展现智慧[7]，
尘世无任何事令诗为难：
它能以悦耳音歌唱毒蛇，
亦可用鲜花把寒冬装点。

---

[1] 诗人本来希望用美丽的诗篇打动劳拉，使其对诗人表现出一点温情；但是，
    尚未达到目的，青春已过，暮年已至。
[2] "高贵灵魂"指的是劳拉的灵魂。此时，诗人认为自己为劳拉所写的诗篇都是
    对她的羞辱。
[3] 指爱神。
[4] 诗歌和散文都曾讲述过爱神征服人和诸神的故事。
[5] 在春季鲜花初放时（即青春时代），我对此也曾有过亲身的体验。
[6] 指爱神。在《歌集》中诗人不止一次地称爱神是他的主。
[7] 即写出优美的诗篇。

山坡上花与草尽情大笑，
定然是那天使灵魂 [1] 狂欢，
因听见爱情歌耳边回荡：
无厄运来与我诗歌为难；
若它 [2] 至，我仍骑瘸牛追风 [3]，
也只能歌唱时流泪不断 [4]。

似用网收风儿，冰中栽花，
聋灵魂怎欣赏美妙诗篇？
"爱"与歌均难以感动婵娟。

---

[1]　指劳拉的灵魂。
[2]　指上一句提到的厄运。
[3]　我仍然要做不可为之事。
[4]　如果厄运来了，我仍然要做不可为之事，那就只能在歌唱劳拉的同时不断地
　　　流泪了。

第 240 首

您是我苦快乐、甜蜜磨难

劳拉给诗人带来了十分矛盾的感受：苦涩的快乐和甜蜜的磨难。诗人认为自己的理性并没有完全被欲望征服，有时仍然可以支配他。

您[1]是我苦快乐、甜蜜磨难，
忠诚您使我离正确道路，
我曾经求爱神，现仍恳请，
责令您原谅我，令吾心欢。

夫人啊，理性可抑制灵魂，
我无法掩盖这事实真面，
它尚未被欲望完全征服，
仍有时强迫我随其后面。

智与德均降自善良星辰，
上天赐智德于高尚心田，
使您心闪闪亮，光辉灿烂，

您应该熄怒火，怜悯吐言：
他被毁，还能够怎样表现[2]？
难道因他贪婪，我太美艳？

---

[1] 指劳拉。
[2] 他（指诗人）已经被我毁了，还能够有什么不寻常的表现？

第 241 首

面对着强大主岂可藏身

诗人无法逃避爱神对他的控制：初坠情网时，他的强烈欲望得不到满足，因而所受的伤害是致命的；后来劳拉对他表示出同情之意，这更增添了诗人心中的欲火。

面对着强大主[1]岂可藏身，
也无法做自卫，亦难逃窜，
他射出喷火的爱情利箭，
用快乐把我的灵魂点燃；

第一箭极狠毒，可以致命[2]，
但他为把更大伟业创建，
又发出另一支怜悯飞羽[3]，
左一箭，右一箭，吾伤凶险。

左箭伤炙皮肉，喷吐火焰，
右箭伤痛难忍，滴泪不断；

---

[1] 指爱神。诗人始终将其视为控制他行为的强大的主人。

[2] "第一箭"指诗人刚坠入情网时爱神向他射出的箭，那时诗人的欲火正旺，因而该箭是致命的。

[3] 后来劳拉又对诗人表示出怜悯之情，因而此处说"又发出另一支怜悯飞羽"。

眼流泪全因您陷入恶境 [1],

并不因双眼泉 [2] 火星 [3] 缓燃；
它 [4] 仍然将我焚，烈焰冲天：
因您示怜悯情，吾欲增添 [5]。

---

[1] "您"指劳拉，"恶境"指劳拉身染重病。因为见到劳拉重病在身，诗人流泪
     不止。
[2] 指诗人流泪的双眼。
[3] 指诗人的欲望之火。
[4] 指上一句说到的"火星"。
[5] 劳拉对诗人表示出怜悯之情，致使诗人的爱情欲火烧得更加猛烈。

第 242 首

噢，漂泊的疲惫心，你看那山

此诗的前半部分是诗人对自己漂泊不定且疲惫不堪的心所说的话，
而后半部分是他对自己所说的话。

> 噢，漂泊的疲惫心 [1]，你看那山 [2]：
> 我们弃女子 [3] 于山岗上面，
> 她曾经对我们略有关心，
> 现却要令我眼泪如涌泉。
>
> 我独处已满足，你快返回，
> 看一看是不是为时不晚，
> 可否能减轻我增长之痛：
> 噢，你应该预知且分担吾难。
>
> 你 [4] 如今把自己全然忘记，
> 就好像你的心仍在身边，
> 充满了蠢思想，实在可怜！

---

[1] 指诗人自己的不得安宁的疲惫之心。
[2] 指劳拉居住的地方。
[3] 指劳拉。
[4] "你"指诗人自己。诗人又开始与自己对话。

你已经远离了崇高欲念[1]，
心独自留在了女子身边，
躲藏在她那双美眸后面。

---

[1]　指诗人追求劳拉之爱的崇高欲念。

第 243 首

她忽而沉思又忽而歌唱

    艳压群芳的劳拉在家乡的山岗上歌唱，安坐，致使诗人的心难以自持，它抛弃诗人，飞向了劳拉；诗人感叹道，他的心与劳拉在一起，处于温情之中，就像进入天堂一样；而丢失心的他，却像一块呆呆地立于山岗之上的岩石。

她忽而沉思又忽而歌唱，
安坐在阴凉的鲜花绿岗，
展现出神灵般娇容、艳貌，
其美丽可压倒尘世群芳。

为了她心决意将我抛弃
（它 [1] 明智：若不归，将更辉煌 [2]），
去美足踏之地纵情高歌，
见丽眼它更显男儿柔肠。

心靠近美女子，一步一语：
哎，真希望可怜人 [3] 在你身旁，
他哭得力已尽，活得悲伤！

---

[1]　指诗人的心。
[2]　如果诗人的心留在劳拉那里，永远不回到诗人的身边，它便会更加灿烂辉煌。
[3]　指忍受相思痛苦的诗人。

见女笑，我说道：心儿呀，你我不同 [1]，
你处于温情地 [2]，如入天堂，
我无心，似岩石立于山岗。

---

[1]　诗人又开始对自己的心说话。他认为心与他处于完全不同的环境之中。
[2]　指劳拉所在的地方。

第 244 首

未来苦胜今日，令我胆颤

诗人的一位名叫乔瓦尼·东迪的朋友坠入了情网，向他讨计，希望能够在诗人的帮助下，摆脱情网，恢复理智。诗人以此诗回复友人，建议他不要萎靡不振，而应努力上进，把灵魂提升至天国。

未来苦胜今日，令我胆颤，
宽敞且平坦路引向灾难，
我陷入你同样疯狂之中，
负精神之重担，胡语乱言；

向天主求和平还是战争？
因祸重，心耻辱，难以分辨。
但为何要萎靡？上天之主，
对我等早已经安排在先。

我并无你说的那般荣耀，
因爱神会设法把你欺骗，
健康眼也经常视而不见。

我建议激励心奋勇直前，
把灵魂提升至高高云端，
时间短，行程却十分遥远。

第 245 首

有一位恋爱的智慧老叟

　　五月一日的清晨，一位恋爱的智慧老叟从天国摘下两朵鲜艳的玫瑰，并将它们赠送给诗人和与他相爱的女人；老叟是何人，后人已无法考证。

有一位恋爱的智慧老叟，
在五月一日的那个清晨，
从天国摘两朵鲜艳玫瑰，
赠送给年轻的两位恋人，

他话语温柔且面带微笑，
可以使粗汉生爱恋之心，
令两位相爱者面容改变，
闪烁出爱之光，焕然一新。

他边笑边叹息，开口说道：
从未见如此的一对情人。
拥这个，抱那个，情义浓深。

分玫瑰，吐话语，忙个不停，
可怜心 [1] 又浸入欢愉气氛：
噢，欢乐日、幸福语令我振奋！

---

[1]　指诗人的心。

第 246 首

温情的微风在叹息不已

诗人把劳拉比喻成洁白无瑕的玫瑰，说她是时代的宠儿，没有她就没有了艳日光照人间，诗人的灵魂也会变得空洞无物。

温情的微风在叹息不已，
摇动起月桂树、金色发卷，
用它们优雅的神奇秋波，
令睹者魂离体，荡漾空间。

洁白的俏玫瑰生于刺茎[1]，
尘世间其他花难以比肩，
难道它[2]是我们时代宠儿？
噢，活宙斯[3]，请求你允许我死于它前：

以便我见不到众人痛苦，
无它便无艳日光照人间，
我双眼也不见任何光线；

---

[1] 用刺茎比喻劳拉桀骜不驯的性格。
[2] 指上面提到的艳丽的白玫瑰。
[3] 指天主。宙斯是希腊神话中的主神，对彼特拉克这样的基督教徒而言，他是已经死亡了的宗教的神，因而"活宙斯"自然指的是基督教的天主。

灵魂亦无思想，一无是处，
双耳也任何音无法听见，
更别说诚恳的悦耳之言。

第 247 首

有人觉颂扬那尘世女子

　　诗人赞美劳拉，将其置于所有贵妇人之上，然而，这并不过分，劳拉完全配得上这样的赞颂；诗人认为，若荷马和维吉尔等古代最伟大的诗人来赞颂劳拉，他们也会因智慧不足而一筹莫展；爱神选择诗人赞美劳拉，并不是因为他掌握更高超的诗歌创作艺术，而完全是命运的安排。

有人觉颂扬那尘世女子，
我使用过分的奢华语言，
令其居所有的贵妇之上，
赞该女极智慧、高尚、美艳。

然而我却担忧恰恰相反，
害怕她把我的微言抱怨；
夫人配最高贵、细腻颂歌，
谁不信便应来亲眼看看。

目睹者必会说：所赞之人，
使荷马、维吉尔一筹莫展，
其他的诗人也难以颂赞。

凡人诗难达到神女高度，
爱神把我语言提高，淬炼，
并非我被选中，命运使然。

第 248 首

大自然与苍天创造奇迹

劳拉是大自然所创造的奇迹，诗人邀请人们快来观看这一奇迹，因为尘世间的美好之物都会飞逝而去。及时赶到的人，可见到劳拉的美容和德行，便会说，与劳拉相比，诗人的诗句微不足道。迟到的人，见不到劳拉，便会哭泣。

> 大自然与苍天创造奇迹，
> 谁若想知分晓，把她来见 [1]:
> 她不仅对我如红日高照，
> 对盲目之尘世均似这般。
>
> 快来看，因死神先灭好人，
> 却令那邪恶者静享安然:
> 神之国盼此女尽快前往，
> 凡间美飞逝去，持久极难。
>
> 及时到，将看见仁、善、德行、
> 美容颜与王室高贵风范，
> 均神奇聚一身，令人赞叹;

---

[1] 谁要想了解大自然所创造的奇迹，就来看看劳拉。

定会说我诗句微不足道，
因此女光强烈，吾智暗淡。
若迟到，必定会哭得悲惨。

第 249 首

每想起那一天我便不安

诗人见劳拉愁眉不展，预感她将身染重病。劳拉并不知自己患病，又在其他女人的陪伴下出现在诗人的眼前；诗人忧心忡忡地离开她们，然而，每天凶兆和梦魇都袭击着他。

每想起那一天我便不安，
她心情极沉重，愁眉不展，
我的心留在了夫人之处，
想此事并非我心中所愿。

我再次见到她谦卑身影，
在众多美女间玫瑰一般，
低级花簇拥她 [1]，不悲不喜，
虽不觉病已至，忧入心田 [2]。

展现出以往的优雅气质，
披艳衣，佩戴着珍珠、花环，
满载着笑与歌，语似蜜甜。

---

[1] 其他美女像比玫瑰低一级的花朵簇拥着劳拉。
[2] 当时，劳拉并没有感觉到自己将身染重病，然而，心中好像已经产生了某种担忧。

我如此离开了心肝宝贝，
但凶兆与梦魇向我开战，
望我主令它们徒劳枉然！

第 250 首

远离时她经常梦中来见

诗人对劳拉的身体状况十分担忧，似乎已不抱任何希望；劳拉也亲口告诉诗人："别再想见我于尘世人间。"在诗人的绝望之中，我们仍能见到他回忆往事时所表现出的一丝甜蜜之情。

远离时她经常梦中来见，
安慰我现天使温情容颜，
如今我极恐惧，十分忧伤，
难摆脱痛与惧顽固纠缠；

似经常见她的面容之上，
怜悯与痛苦情交织呈现，
我的心似乎也确信不疑：
必须把乐与望全弃一边 [1]。

她说道：你是否还记得那天夜里，
我令你一双眼热泪清清，
后被迫离开你，因为太晚？

那时我不能亦不愿说出，
此时刻讲述的亲身体验：
别再想见我于尘世人间。

---

[1] 诗人对劳拉恢复健康已不抱丝毫希望。

第251首

噢，幻象呀，既可怕又好悲惨

诗人在梦幻中仿佛听到劳拉即将死亡的恶讯，醒来后，他希望能再见到劳拉；如果劳拉要抛弃自己美丽的躯体，登上永福的天国，诗人希望自己也尽快死去，以便与劳拉在天国相聚。

噢，幻象呀，既可怕又好悲惨！
真提前熄灭那灵魂光线[1]？
它令我祈福的苦难生命，
曾获得些许乐，略觉平安。

为什么他人不传播消息，
我却要亲耳闻她吐此言[2]？
但天主与自然未曾批准，
我只是做出了虚假臆断[3]。

那一张维系我生命美面[4]，
希望它还能把温情展现，
并照亮我时代，令其灿烂。

---

[1] 难道说真要提前熄灭劳拉的灵魂之光吗？
[2] 为什么其他人不传播劳拉即将死亡的恶讯，我却要听劳拉的灵魂来亲口告诉我？
[3] 然而天主和大自然并没有批准劳拉死亡，我只是做出了一个错误的臆断。
[4] 指劳拉的美丽面孔。

如若是为登上永恒居所[1]，

她脱下美衣衫，走出客栈[2]，

我也求己末日快至面前[3]。

---

[1] 指天国。

[2] "美衣衫"隐喻劳拉的躯体，"客栈"隐喻尘世。

[3] 诗人也乞求自己的末日快一些到来，以便与劳拉在天上团聚。

第 252 首

时而哭，时而唱，不知所措

劳拉病重，诗人不知道她是否还活在人世，因而既担忧，又希望她能痊愈；处于焦虑之中的诗人不知所措，不得安宁。

时而哭，时而唱，不知所措，
心忧虑亦希望，写诗，哀叹，
我排忧，爱神却操起利锉，
施手段，锉吾心，令我受难。

难道说不需要美丽圣面，
再赐予这双眼以往光线？
哎呀呀，我不知怎么样评价自己，
或者说应令其 [1] 永泣不断；

那美面属于天，应归那里，
勿顾忌尘世的双眼苦难；
谁不知眼见日，它物不现 [2]？

我处于此忧虑、久战之中，
已不晓我从前怎活世间，
似踏上疑途者，恐惧，乱转。

---

[1] 指上面提到的诗人的双眼。
[2] 谁不知道，双眼见到太阳的强烈光线时，其他物都会在眼前消失。

第 253 首

噢，温情的目光呀，智慧语言

诗人担心劳拉重病难以治愈，从此再也见不到劳拉的温情目光，听不到劳拉的智慧语言。上天曾赐予诗人见到劳拉的美貌，然而，诗人的命运却十分坎坷；若劳拉的美目曾令诗人有过某些温情的感受，时运女神却立刻把诗人带离幸福，令诗人的快乐烟消云散。

噢，温情的目光呀，智慧语言，
我再无重新见你们那天？
噢，是爱神用金发束缚吾心，
捆绑它去赴死，不再回还；

噢，赐予我美面容，命却坎坷，
我总是为其[1]泣，享受却难：
噢，隐秘的欺骗啊，爱情谎言，
说赐福却给我带来苦难！

我生命与思绪寄寓双眸，
如若是那两只美妙丽眼，
曾给我高贵的温柔情感，

---

[1] 指劳拉的美丽容貌。

时运神却害我，显示凶残：

她[1]立刻寻马匹或者帆船，

运载我远离她，吾乐皆散[2]。

---

[1] 指上一句提到的时运女神。

[2] 如若劳拉的美丽双眼曾赐予我一些温情的感受，迫害我的时运女神就会立刻
寻找来马匹或者帆船，把我从幸福中带走，令我的快乐烟消云散。

第 254 首

我所爱温情敌状况如何

诗人无法探知重病缠身的劳拉的状况，因而十分焦虑；他认为，或许天主喜欢劳拉这位美德之友，并将携带她升天；诗人当时年仅 44 岁，却感觉，如果劳拉死去，不久后他也会归天。

我所爱温情敌 [1] 状况如何，
尽管是竖耳听，闻讯则难 [2]，
我不知想什么，自语何事，
因担忧与期盼占满心田。

她美貌令所有妇人嫉妒，
比其他女子都贞洁、娇艳：
或许是天主爱美德之友，
携她去做明星点缀蓝天；

如若她是艳日，吾命休矣，
短暂的宁静与长久不安 [3]，
也必定随之去，就此中断。

---

[1] 指劳拉。诗人不止一次地称其为"温情的敌人"，因为劳拉令其产生爱情，也令其痛苦不已。
[2] 诗人无法得知劳拉的病情。
[3] 彼特拉克一生只有过短暂的宁静，似乎始终生活在焦虑不安之中。

噢，苦离别，你为何令我弃尘世苦难 [1]？
我短暂之故事已经讲完 [2]，
中年时生命便到了终点 [3]。

---

[1]　劳拉的存在使诗人的尘世生活充满了苦难，尽管如此，诗人仍然对其恋恋不
　　　舍；因而，他抱怨劳拉的离世将带走他忍受尘世苦难的权利。
[2]　比喻诗人的人生已经结束。
[3]　1348 年彼特拉克写作了这首十四行诗，当时他年仅四十四岁。

第 255 首

宁静且快乐的情侣、恋人

　　别的恋爱之人都喜爱夜晚，而诗人却惧怕它，因为夜晚会令诗人的情爱欲望成倍地增长，无法控制。

> 宁静且快乐的情侣、恋人，
> 恨曙光，均期盼幽暗夜晚；
> 但静夜我会有双倍痛、泣，
> 对于我清晨是幸福时间：
>
> 因夜间经常是二日齐升 [1]，
> 一轮日光万丈 [2]，一轮娇艳 [3]，
> 俩太阳美丽且灿烂无比，
> 似苍天把大地热烈爱恋 [4]；
>
> 那时候植根于吾心之树 [5]，

---

[1] 对彼特拉克来讲，夜晚比白天更难熬，他无法入眠，因为头脑中太阳和劳拉两轮艳日同时升起，令其难以平静。

[2] 指太阳。

[3] 指劳拉。

[4] 世间万物的成长靠的是太阳，所以人们常说大地爱上了太阳高悬的天空。但此处诗人认为，劳拉艳丽无比，光芒四射，好像天空出现了另一轮太阳。两个太阳一同照耀大地，这表明苍天狂热地爱上了大地。

[5] 指隐喻劳拉的月桂树。

枝与叶初长成，嫩绿一片[1]，
因此树，爱他人胜己万千。

晨与夜对待我截然不同，
夜宁静便使我欲望增添，
我怕它又恨它令我受难。

---

[1] 指希腊神话中的月桂仙子达芙涅变成月桂树的时候。

第 256 首

真希望能报复她的残忍

诗人受尽了劳拉的精神折磨，他已经灵魂出窍；然而，其灵魂却奔向了折磨它的女人。

真希望能报复她的残忍，
其目光与话语令我沉沦，
随后又对我遮温情恶目 [1]，
藏与躲更使我悲伤万分。

我疲惫而且还非常痛苦，
她慢慢吸吮尽我的灵魂，
当夜晚我需要休息之时，
她如同恶狮吼，震撼吾心。

我灵魂被死神逐出寓所，
摆脱了束缚后逃离吾身，
奔向了威胁它那个女人。

我好奇：为什么有些时候，
诉与泣或拥抱，我显热忱，
她虽闻却仍然昏睡沉沉 [2]。

---

[1] 随后她隐藏起引导我坠入情欲之中的温情的目光。劳拉的眼睛是引诱诗人坠入情欲的罪魁祸首，因而，此处使用了"恶目"一词。

[2] 劳拉虽然知道诗人对她显示爱意，却毫无表示，不睬不理。

第 257 首

我充满欲望的浓浓眼神

　　诗人怀着强烈的欲望盯着劳拉的美丽面孔，害羞的劳拉用纤纤玉指捂住了脸；诗人被那美丽的小手所吸引，以至于真假难分，是非不辨。诗人既要享受见到劳拉美面的幸福，又要享受见到其玉手的幸福；有了这两种幸福，诗人就如同进入天国一样快乐。

　　　　　我充满欲望的浓浓眼神，
　　　　　死盯着叹息且期盼之脸，
　　　　　爱之神 [1] 似乎问：你想怎样？
　　　　　用一只高贵手捂住其颜。

　　　　　吾心被手抓住，似鱼咬钩，
　　　　　那只手引起我强烈欲念，
　　　　　我感觉受欺骗，真假难分 [2]，
　　　　　似雏鸟扑胶带，是非不辨 [3]。

　　　　　我视线丢失了它的目标 [4]，

---

[1] 用爱神来隐喻劳拉。

[2] 诗人见到劳拉玉指纤纤的小手，产生了强烈的欲望，从而头脑混乱，难辨是非。

[3] "胶带"指专门用来粘鸟的胶带。这行诗句的含义是：就像不辨是非的雏鸟扑向粘鸟胶带那样。

[4] 诗人视线所追寻的目标本来是劳拉的美丽面孔，现在却被劳拉的手遮住。

自开路向前行，梦中一般 [1]：
只见手，不见面，美不完善。

我灵魂处两种光荣中间 [2]。
真不知享怎样天国之欢？
感受的甜蜜情何等不凡？

---

[1]　展开了想象的空间。
[2]　一种是见到劳拉面容的光荣，另一种是见到劳拉美妙玉手的光荣。

第 258 首

两美眸闪烁着活的光芒

诗人再一次见到劳拉时，她已变得十分温柔、和蔼，然而，诗人不敢正视劳拉的这种变化；后来想起此事他十分懊悔。诗人担心自己的灵魂难以承受今昔两种劳拉带来的双倍快乐，却无法再摆脱它的纠缠，因为诗人已品尝到这种快乐的滋味。

两美眸闪光芒，生机勃勃，
照我身，就如同温情闪电，
同时间智慧心 [1] 发出叹息，
亦流出似蜜河高贵语言；

若思绪再一次回到那天，
又想起我缺少灵性、肝胆，
未正视尖刻人 [2] 变得温柔，
我会觉忆此事是种磨难 [3]。

我灵魂始终在苦中成长，
已形成根深的顽固习惯，

---

[1] 指劳拉的心。
[2] "尖刻人"指的是劳拉，诗人觉得她以前一直对其十分尖刻。
[3] 诗人后悔他当时过于迟钝和胆怯，没敢正视劳拉已经发生了变化。

现面对双快乐脆弱不堪 [1]；

只要它 [2] 略品尝非凡美味，
便会为恐惧与希望抖颤：
我时常会沉溺两者之间。

---

[1] "双快乐"指的是过去劳拉对待诗人的尖刻态度（诗人在这种尖刻中也获得了某些幸福，因而，也视其为快乐）和现在对待诗人的友善态度。诗人认为他受尽苦难的脆弱灵魂难以同时承受上述两种快乐。

[2] 指诗人的灵魂。

第 259 首

尘世的那一群聋盲之人

　　诗人喜欢躲避人群，过孤寂的生活；只有他常去的河岸、树林和田园才了解他。诗人虽然远离故乡——意大利的托斯卡纳地区，但是，在法兰西沃克吕兹的山岗之间，索尔格河可以帮助他唱出心中的痛苦之情。

尘世的那一群聋盲之人，
迷失了通天路，是非不辨，
避他们，我追求孤寂生活，
晓此情河岸与树林、田园。

远离开故乡 [1] 的温情环境，
我仍能实现这独处意愿，
因为在阴郁的美丽山岗，
索尔格 [2] 可助我泣唱不断。

时运神一直是我的死敌，
它逼我去那片仇恨地面 [3]，
见我的宝贝 [4] 被弃于泥潭。

―――――――――――

[1]　指诗人的故乡意大利的托斯卡纳地区。
[2]　法兰西西南部沃尔吕兹地区的一条小溪，流经劳拉的家乡。
[3]　不知诗人暗指何地，但显然劳拉曾在那里受到过不公正的待遇。
[4]　比喻劳拉。

但此次时运神成吾笔友，
这并非不相配：依我所见，
爱神与夫人也心有明鉴 [1]。

---

[1]　爱神和劳拉与我一样，心中也明白，我的笔是配得上时运女神这个朋友的。

第 260 首

我看见明星的两只秀目

　　充满温柔之情的劳拉美丽无比，她是大自然的荣耀，给诗人带来了无限快乐，然而却身染重病，不久后将离弃尘世。

我看见明星[1]的两只秀目，
充满了高尚与温柔情感，
在那对爱神的美巢穴旁[2]，
我的心对其他视而不见。

无一位女子可与她相比，
无论是何年龄，走出多远：
令希腊受苦难、特洛伊亡，
那一位美女[3]亦难以比肩；

另一位开胸的愤怒之人——
罗马的贞洁女[4]无她美艳；

---

[1] 指劳拉。
[2] 比喻劳拉那对美丽的眼睛。
[3] 指引起特洛伊战争的美女海伦。
[4] 指古罗马传说中著名的贞洁烈女卢克雷蒂亚。故事发生在古罗马王政时期：贵族克拉提努斯的妻子卢克雷蒂亚美丽、贤淑，却不幸被罗马暴君卢齐乌斯·塔尔奎尼乌斯的儿子塞克斯图斯奸污，她要求父亲和丈夫为其复仇，随即将匕首刺入胸膛。卢克雷蒂亚的父亲、丈夫和其他罗马人，因此事，十分仇恨王族，于是起事，把国王塔尔奎尼乌斯及其家族赶出罗马，建立起罗马共和国。

其他人更不必一一展现。

她美是自然的伟大荣耀，
也给我带来了快乐无限，
来世迟，不久却将弃人间[1]。

---

[1] 劳拉虽然很年轻，却身染重病，不久后便将离开人世。

第261首

若女子要追求光荣之名

劳拉这个"冤家"的美貌无与伦比，世间无论什么女子，要想获得美德和智慧，就必须观看她的美丽双眼；在那双秀目中，人们可以看到优雅的文风和受人崇敬的端庄品行，这是上天所赐，非人力可为。

若女子要追求光荣之名，
有理智，显高贵，十分聪明，
就应看我"冤家"[1]那对丽眼：
"冤家"是尘世人对她美称。

如何获荣耀和爱戴天主？
怎样令高尚与美貌共生？
眼中见通天路，可启吾智，
应沿她期盼的道路直行。

眼中见无比的优雅文风，
沉默美、端品行令人崇敬：
人智慧用纸墨怎能说清。

耀眼的极致美无法模仿，
那双眼闪烁着幸运光明，
平凡人经努力难建此功。

---

[1] 指劳拉。

第262首

生命是美女子首要之物

这首诗是劳拉与一位年迈女人的对话，对话中，劳拉赞美了女子高尚的忠贞之情。

生命是美女子首要之物，
随后是高尚的忠贞之情[1]。
夫人[2]呀，依我看恰恰相反，
无忠贞便没有美好生命；

何女子容他人掠走荣誉，
失荣誉她岂能苟且偷生；
尽管她如以往，前途却艰[3]：
此酷刑比死亡更加沉重。

贞洁的罗马女[4]不只忍痛，
用利器结束了宝贵生命，
我并不惊叹她所做决定。

---

[1] 头两句诗是与劳拉对话的年迈女子所吐之言。
[2] 指那位年迈的女子。
[3] 尽管表面上看，她仍如以往，没有变化，但实际上，她未来的生活十分艰辛。
[4] 指古罗马著名烈女卢克雷蒂亚。见第260首诗中有关注释。

哲人们全都在议论此事：

但他们哲理也并不英明[1]；

此女[2] 论却高高飞上天空。

---

[1] 哲人们都在讨论生命和忠贞之情哪个更重要，然而，他们的观点并不比劳拉
的高明。

[2] 指劳拉。

第263首

凯旋的月桂树美丽枝条

诗人再一次用月桂树来隐喻劳拉。此时，他不仅赞美劳拉的美貌，更歌颂劳拉的美德、贞洁和自己获得的桂冠荣誉。

> 凯旋的月桂树美丽枝条 [1]，
> 是帝王与诗人辉煌荣耀，
> 在这一短暂的人生之中，
> 你 [2] 令我享幸福，亦受煎熬。
>
> 真正的贵妇人，独占我心，
> 除荣耀，收获比他人更丰，
> 不惧怕爱神的圈套、罗网，
> 欺骗也对于你毫不管用。
>
> 我们有高贵血、美德优点，
> 黄金和珠与石虽然璀璨，
> 但件件全都似卑劣物件 [3]。

---

[1] 隐喻劳拉。见第22首诗歌中有关月桂树的注释。
[2] 指上面提到的隐喻劳拉的月桂树枝条。
[3] 与我们的高贵出身和美德相比，黄金、珠翠和各类宝石全都是卑劣之物。

若没有贞洁的珍贵光灿，
罩你身，令灵魂金光闪闪，
尘世美会给你带来麻烦。

第264首

我思绪奔走不停

诗人预感自己将不久于世，便写作了这首长歌，表达了他内心的激烈冲突：一方面，他希望回归奔向天国永福的正确道路；另一方面，他仍然留恋尘世的快乐，难以自拔。

> 我思绪奔走不停，
>
> 它萌生对我的怜悯之情，
>
> 常引我哭泣、落泪，
>
> 我以往并非为此事苦痛 [1]；
>
> 因每天见末日 [2] 越来越近，
>
> 千百次求天主助我飞行，
>
> 赐羽翼，令智慧冲出牢狱，
>
> 脱肉体，升上天空 [3]。
>
> 但乞求、哀叹、哭泣，
>
> 至今都对我无用：
>
> 本应该站立者路上跌倒，
>
> 卧地面止步不行，
>
> 这虽然并非其愿，

---

[1] 以往诗人因为对劳拉的单相思而苦痛，而此时他却为将离弃人世和走错人生之路而苦痛。

[2] 指诗人自己的死亡之日。

[3] 一方面，诗人希望自己的灵魂能够升天；另一方面，希望天主赐予他更多的智慧，令其写出更美的诗篇。

然而却道理分明 [1]。

我见到那怜爱 [2] 展开双臂，

其他人 [3] 之教训令我惧、痛；

此处境使我颤抖，

我或许被天性引入死境。

一思想对我吐言：

你抱有何期望？待何救援？

啊，你自己亦不明，着实可怜，

竟如此无尊严荒度时间 [4]？

你应做明智决定：

尽铲除心中的快乐根源；

它并不令人幸福，

却让人喘气也难。

如若是虚伪世界，

使世人感受虚暖，

它转瞬便会消逝，

时已久，你对其应觉厌烦；

为什么还对它抱有希望？

它不再让人觉丝毫宁安。

躯体存，你还能控制思想，

制止它，勿待明天 [5]；

你知道，拖延会问题更多，

---

[1] 人本应该站立，却跌倒在路上；尽管他心中并不愿意，也只好卧在地面，停止行走的脚步；这个道理是十分清楚的。

[2] 指天主的怜爱。

[3] 指那些离世之前没能来得及忏悔罪过的人。

[4] 向诗人吐言的思想质问他：难道你就这么糊里糊涂地荒度时光吗？

[5] 当你躯体活着的时候，你还有能力控制你的思想，那就制止它的发展吧，不要等待明天。

现在已略显太晚。

若她在你的眼前，
你心中比蜜更甜，
我希望美夫人尚未出生，
你与我如此会更觉宁安 [1]。
她奔入你心时那个形象 [2]，
应仍在你的心间，
为别人美容颜难烧情火 [3]：
是夫人燃你欲焰，
骗人的炙热烈火，
才多年持续不断 [4]；
只等待与夫人见面那天，
你升华，欲实现最美期盼 [5]，
望四周，一片蔚蓝，
天然美永远不变。
你们 [6] 爱下界罪孽，
一眼神、一曲歌、一段语言，
能满足人间欲望，
此为乐，那（儿）[7] 又有何等情欢 [8]？

---

[1] 劳拉的美貌使诗人和他的思想跌宕起伏，不得安宁；假如劳拉尚未出生，诗
人和他的思想就会得到更多的安宁。
[2] 它令你产生爱恋之情时的形象。
[3] 为其他女人的美丽容颜，你心中燃烧不起来情欲之火。
[4] 因为你心中的爱情之火是劳拉点燃的，所以这种骗人的情感才持续了多年。
[5] 指升入天国的愿望。
[6] 指世人。
[7] 指天国。
[8] 如果人间的一个眼神、一首歌曲、一段话语都可以被看作是快乐的话，那么
天上又会有怎样的幸福呢？

甜蜜且酸涩思想，

令人苦，同时也让人喜欢，

沉甸甸占据了我的心田，

压迫它，亦给它美好期盼；

为荣誉，我的灵魂，

才不觉冰冻或燃烧烈焰；

我苍白而且消瘦，

诛思想，却令其重生世间。

我睡于襁褓时它 [1] 便诞生，

并陪伴我长大，年复一年，

我担心将与它合葬一墓，

因灵魂摆脱掉躯体锁链，

却不能携它同行 [2]，

反引起尘世人议论一番；

若拉丁、希腊语赞美无用 [3]，

会重聚驱散的尘世欲念 [4]；

我希望拥抱真实 [5]，

同时也抛弃虚幻 [6]。

但是我也充满另一期盼 [7]，

它窒息所有的其他欲念 [8]；

---

[1] 指追求尘世快乐的思想。

[2] 诗人担心，当他的灵魂升天时不能携带走曾令他幸福的尘世思想。一方面，诗人期盼自己的灵魂升天；另一方面，又对尘世的快乐恋恋不舍。

[3] 作为意大利人文主义最伟大的先驱者，彼特拉克喜爱古希腊语和拉丁语；因而他认为，人们都将用拉丁语或希腊语为他写诗，但诗人担心这些诗并起不到赞美他的作用。

[4] 指诗人即将离世时所驱散的尘世之念。

[5] 指天主教信仰的真实，即天国的永福。

[6] 指尘世追求的虚幻。

[7] 指对劳拉爱情的期盼。

[8] 对劳拉的爱情是一种非常强烈的欲望，它令诗人的其他尘世欲念窒息。

我写诗赞他人 [1]，却忘自己，

时光便飞逝不见；

丽眼光似炎热艳阳晴天，

温情地令我心痛苦难言 [2]，

它决意将我留住，

用任何智与力抗拒均难。

补与油生命舟又有何用？

它已被两缆绳锁于礁岩 [3]。

天主啊，你采用异样的拘人锁链，

缚尘世，却赐我自由恩典，

为什么不擦净吾脸耻辱 [4]，

帮助我解脱那缚船绳缆 [5]？

我好似充满了梦幻之人，

总觉得死亡已来到面前，

自然想奋起自卫，

但手中却没有锋利宝剑。

我清楚自己的所作所为，

无知难把我欺骗，

爱神却对我施强，

顺从者被禁踏光荣路面 [6]；

---

[1] 指劳拉。

[2] 此处，劳拉的"丽眼"似乎成为太阳；在晴朗之天，太阳用它的温情令诗人痛苦难言。

[3] 修补我的生命之舟并为其涂油又有何用呢？因为它已经被两条缆绳捆绑在水边的礁石上，无法航行。"两缆绳"隐喻诗人一生所追求的爱情和荣耀。

[4] 指被上面提到的两根缆绳捆缚在尘世礁岩上的耻辱。

[5] 既然你已经赐予我自由，为什么不帮助我摆脱束缚我生命之舟的两根绳缆（即摆脱爱情和荣耀的束缚）呢？

[6] 爱神不允许顺从他的人走光荣的道路。"光荣路面"指的是通往天国永福的道路。

我感觉艰巨的高贵计划 [1]，

在吾心慢慢出现；

每一个隐蔽思想 [2]，

都令我羞红颜面：

岂能爱尘世俗物，

只应把忠诚向天主奉献；

期盼获高贵者必拒邪念。

憎尘世之情感高声呐喊：

理性已迷失于感觉器官；

尽管它 [3] 已听见，试图回归，

恶习却将理性推得更远 [4]：

它向我勾画出夫人娇艳，

夫人生便是为令我死去，

我太爱其形象，她亦喜欢。

我刚降人世之时，

便开始接受这艰巨挑战，

是上天特为我安排痛苦，

不知道赐予我多少时间 [5]；

我生命何日终，无法预见，

躯体似厚面纱遮我双眼；

---

[1] 奔向天国永福的计划。

[2] 指诗人追求尘世享乐的见不得人的思想。

[3] 指上一行诗句提到的理性。

[4] 诗人的理性试图返回追求天国永福的道路，但追求尘世享乐的恶习却将其推到距永福之路更远的地方。

[5] 不知道上天赐给我多少年的生命。

如若我换面纱，便可看见 [1]，

内心的欲望会全都改变 [2]。

我深信，离世的时间已近，

或者说，不再遥远；

学智慧弃世之人，

于是我思考万千：

何时弃抵港的正直生命 [3]；

一方面，羞愧感刺我心肝，

痛令我转身回返 [4]；

一方面，快乐 [5] 也与我纠缠，

我通常感觉它十分强大，

竟然敢与死谈判 [6]。

歌呀歌，由于恐惧，

我的心比冰更寒，

已感觉必死无疑：

我犹豫，一生都难下决断；

已经将短织物 [7] 缠于轴上 [8]，

---

[1]　如果换掉厚重的躯体面纱，我便可以看见一切神秘之事；即，如果躯体死去，升入天国的灵魂便可以看见一切神秘之事。

[2]　躯体死后，灵魂升天，内心的欲望也会发生天翻地覆的变化。

[3]　诗人要学习智慧地离弃人世的人，反复思考何时放弃生命。古希腊的哲人认为，走上正确道路的生命可以安宁地结束，就如同船只安全入港一样。

[4]　回转到奔向天国永福的正确道路。

[5]　指尘世的快乐。

[6]　尘世的快乐十分强大，它竟然敢于和死亡谈判，试图把诗人留在尘世。

[7]　隐喻短暂的人生。

[8]　诗人在不断的犹豫之中走到了生命的尽头，他的生命快要结束，就像纺织厂中缠绕在织轴上的已经织完了的布。

这令我重担压肩；

从未曾有担子如此沉重，

因死亡已至身边；

我寻求新生之法[1]，

见光明，却仍然追寻黑暗[2]。

---

[1]　寻求离弃人世后的新生之法，即寻求进入永福天国的方法。
[2]　我已经见到进入天国的光明，却仍然追寻尘世的黑暗。

第 265 首

温柔且谦卑的天使形象

诗人抱怨劳拉对他太残忍，不仅令他不停地哭泣，还将索取他的性命；但诗人仍然坚信，他的真情最终能够滴水穿石，打动劳拉的心。

温柔且谦卑的天使形象，
承载着野蛮心、残忍意愿，
多年来她对我十分严酷，
还将取吾性命，不留尊严；

花、草、叶生与落永无休止，
白天明，晚上暗，昼夜更换，
每时刻均哭泣：此为吾命！
是夫人与爱神令我受难。

我只为希望活，心中牢记，
曾见过水虽少，滴落不断，
坚硬石一点点被其击穿。

我哭泣并恳求，不断示爱，

心^[1]不能如此硬，不动半点，

情不会冷似冰，永难温暖。

---

[1]　指劳拉的心。

第 266 首

亲爱的老爷呀，我想见您

这是一首写给科隆纳枢机主教的十四行诗。

亲爱的老爷呀，我想见您，
尽管是您形象常在眼前 [1]：
时运却强迫我止住脚步，
还有啥比此事更令我烦？

爱之神赐我的温情欲望，
引我死，我却未发现危险；
我到处徒劳寻两盏明灯 [2]，
昼与夜不断地发出哀叹。

老爷的仁爱和夫人恋情 [3]，
是两条缚我的痛苦锁链 [4]，
我用其把自己紧紧捆拴。

---

[1] 科隆纳枢机主教老爷，尽管我脑中时常出现您的形象，但我仍然想去见您。
[2] 一盏灯隐喻劳拉，另一盏灯隐喻科隆纳枢机主教。
[3] 诗人到处寻找劳拉和科隆纳枢机主教这两盏明灯，是因为劳拉使他产生恋情，而科隆纳枢机主教赐予他仁爱之情。
[4] 诗人在寻求劳拉的爱情和科隆纳枢机主教仁爱之情的过程中忍受了许多痛苦。

翠绿的月桂树、高贵圆柱 [1],
抱前者十八年于我臂间,
拥后者十五年, 从不觉倦。

---

[1] 月桂树象征劳拉, 见第 22 首诗中有关月桂树的注释。高贵圆柱象征科隆纳家
族。意大利语中, 圆柱 (colonna) 一词与科隆纳 (Colonna) 的姓氏拼写相同;
科隆纳家族也以圆柱为族徽。

第二部分　赞离弃尘世的劳拉

第 267 首

哎呀呀，容貌美，目光温柔

　　劳拉离世，诗人回忆她的音容笑貌，叹息她生不逢时，并抱怨劳拉没有实现她的许诺便离弃人间。

> 哎呀呀，容貌美，目光温柔，
> 哎呀呀，举止傲，优雅非凡；
> 哎呀呀，其言语可降服桀骜不驯，
> 令暴烈男子汉显示卑贱。
>
> 哎呀呀，甜蜜笑能射出致命利箭，
> 除死亡我不把其他期盼；
> 女王魂 [1]，您降至尘世太晚，
> 否则会建帝国，一统人间 [2]！
>
> 我为您活于世，为您燃烧，
> 曾属您，现迷失，痛苦无限，
> 此痛苦远超过其他磨难。

---

[1] 指劳拉的灵魂。

[2] 女王的灵魂呀，您出生得太晚，赶上了这个腐败堕落的时代，否则您必定会建立起您的帝国，一统天下。

当我离活生生至乐 [1] 之时，
您让我充满了希望、期盼，
一阵风却带走所有诺言。

---

[1] 指诗人最后一次与劳拉会面后告别的时候。"活生生至乐"指活生生的劳拉，
   因为见到劳拉是诗人的最大快乐。

第 268 首

爱神啊，你给我何建议？我该咋办？

劳拉死去，诗人痛苦万分，不知所措，希望自己也随她而去；为了表示他的哀痛，诗人写下了这首歌。

> 爱神啊，你给我啥建议？我该咋办？
> 已经到死亡时间，
> 我却违己心愿，拖延许久，
> 美夫人离尘世，携我心肝 [1]；
> 最好是中断这邪恶岁月，
> 随她去，伴其身边；
> 在尘世我已经无望见她，
> 久等待令我心烦。
> 今后我一切快乐，
> 因她去，都变成热泪潸潸，
> 甜蜜的生活已消逝不见。
>
> 爱神啊，这损失多么惨重，
> 可听见我向你悲伤抱怨？
> 我知道你也痛苦，
> 既为你，也为我，因为翻船：

---

[1] 本来已经到了我死亡的时间，我却违反自己的心愿，拖延了许久；现在劳拉已经先死去了，并携带走了我的心肝。

我二人撞上了同一礁石，
又同时见到了太阳昏暗。
用什么智慧语言，
能讲清我痛苦非同一般？
啊，孤苦的世界呀，太不仁义，
你应该陪伴我哭泣一番[1]，
没有她，你美好全然不见[2]。

爱神啊，荣耀已失，
你竟然心不明辨[3]；
在尘世你不配结识美人[4]，
也不配她圣足踏你地面，
因为她是个尤物，
本应该装点上天。
没有她我不爱尘世生命，
也不爱我自己，哎，我好可怜；
我仍存些许希望，
因而便哭泣着将她呼唤：
这使我在尘世苟延残喘。

哎呀呀，她俊脸已变尘土，
过去却曾经使上苍良善，
成为我心中的至高信仰[5]，

---

[1] 劳拉离世，世界也感觉到孤独；诗人抱怨世界太不仁义，没有陪伴他为劳拉的死哭泣一番。
[2] 没有了劳拉，世界上的一切美好事物也都消逝不见了。
[3] 诗人认为，由于劳拉离世，爱神丧失了荣耀，但他自己却没有察觉。
[4] 指劳拉。
[5] 劳拉的美丽面容已化为尘土，但她的脸却曾经使上天的良善成为我的信仰。

入天国，其容颜我再难见 [1]；
她摘下那一副遮脸面纱 [2]，
花季时曾戴它影现人间 [3]，
为的是再一次重新戴上 [4]，
从此后戴着它，直至永远；
到那时我们见她的灵魂，
比以往更美丽，金光闪闪：
永恒美胜尘世 [5]，价值无限。

她知道我喜欢见其形象 [6]，
便再次来我面前 [7]；
她是我生命的一根支柱，
其容颜比以往更加雅艳；
另一根支柱是她的芳名，
回响在我心中，情义温暖 [8]。
她返回我的脑海，
尽管是我希望已经命断 [9]：
在尘世她把我希望点燃；
爱神知我心已变：

---

[1] 劳拉的灵魂进入天国后，我就再难以见到了。
[2] 指人的躯壳。
[3] 在尘世的时候，劳拉曾戴着这副面纱显影于人间。此处"花季"意思为尘世，因为，劳拉年轻时便离开了人世，在诗人的眼中，尘世的劳拉始终生活在花季。
[4] 暗指最后审判之时。基督教徒普遍认为，在世界末日到来之时，亡者的肉体复苏，人的躯壳再一次与灵魂合一，接受上帝的最后审判。
[5] 永恒的天国美远胜过尘世之美。
[6] 指劳拉的肉体形象。
[7] 指最后审判之后的劳拉灵魂和肉体合一的形象再次来到诗人的面前。
[8] 劳拉的芳名回响在诗人的心中，使其感觉到情义温暖。
[9] 尽管是我尘世的希望已经死去。

现只盼她看见上帝真颜 [1]。

女人啊，你们曾见到她艳丽非凡，
其优雅之举止天使一般，
此美女就好像来自天上，
你们应为我痛，把我可怜：
她升至安宁处，不需怜悯，
却弃我于尘世这场激战 [2]，
以至于有人 [3] 会设下障碍，
把我追她之路长期阻拦 [4]；
爱之神与我交谈，
制止我把死结一刀斩断 [5]。
他对我说出了劝诫之言：

快节制折磨你巨大痛苦，
欲望多会使你远离上天，
你的心向往她所在之处，
别人却认为她生命终断；
她微笑放弃了美丽躯壳，
只为你仍伤心，发出哀叹；
美名声还活在许多地方，

---

[1]　爱神知道我心中的愿望已经发生变化，现在我只希望她能够见到上帝的真颜。

[2]　劳拉已经升上了安宁的天国，不再需要你们可怜；然而，她却把我抛弃在人间这场"战争"之中。诗人把人世生活视为一场战争，世人受其搅扰，不得安宁。

[3]　指命运。

[4]　命运长期阻拦我对劳拉的追求，致使我始终无法得到她的爱。

[5]　在我痛苦万分的时候，爱神来劝我，阻止我自杀。此处"把死结一刀斩断"的意思为了断一切。此语来自亚历山大大帝斩结的故事：据说，按照神谕，谁若是能够解开弗里吉亚国王戈耳迪所系的死结就可以成为亚洲的君主；亚历山大大帝见其无法解开，便用利剑将其斩断。

因为你用语言将其颂赞；
并求你能令它永世不灭，
若你曾觉其目可爱、温暖：
呼其名可令她双眼更灿。

我的歌，不，我的哭泣，
你飞离宁静地——绿色林间 [1]，
不要去欢笑或歌唱之处：
无慰藉之寡妇应穿黑衫 [2]；
莫靠近欢乐的人群身边 [3]。

---

[1]　指诗人写诗的沃尔吕兹的宁静树林。

[2]　你就像一个得不到安慰的寡妇，应该身披黑色的丧服。

[3]　诗人把自己悲哀的诗篇比作没有慰藉的、穿着黑色衣裳的寡妇，并劝诫它不要飞到快乐的人群身边。

第 269 首

擎天柱、月桂树双双折断

科隆纳枢机主教和劳拉相继去世，令诗人十分痛苦，使诗人同时失去了爱情的慰藉和一位上层社会的朋友的支持。

擎天柱 [1]、月桂树 [2] 双双折断，
它们曾给予我思想慰勉；
我走遍东西与南北各地，
寻不到这样的贵友、至善。

死神啊，你夺我一对宝贝，
它们曾令我乐、昂首向前；
土地与权力和珠宝、黄金，
难补偿吾损失，使我心安。

如若是全取决命运意愿，
难道说我只能这般凄惨？
魂伤痛，眼湿润，脸垂地面。

---

[1] "擎天柱"隐喻乔瓦尼·科隆纳枢机主教。在意大利语中，科隆纳（Colonna）家族的姓与擎天柱石（colonna）一词谐音。科隆纳家族是中世纪罗马最有权势的家族之一，曾出现过一位教宗和多位枢机主教。
[2] "月桂树"隐喻劳拉。见第 22 首诗中对月桂树的注释。

噢，这生命[1]看上去如此美艳，
多年聚宝物却转瞬不见，
一夜间辛苦成徒劳枉然！

---

[1]　指尘世的生命。

第270首

爱神啊，看上去你似有意

这是一首与爱神对话的歌。劳拉死后，诗人通过与爱神的对话，表达了他对劳拉的深厚情感。

爱神啊，看上去你似有意，
再令我重坠入爱的情感，
你若想征服我，必须经历，
另一次异常的严峻考验：
在尘世找到我爱的宝贝 [1]，
我祈求她怜悯，她却不见 [2]；
再找到那智慧、贞洁之心 [3]，
我生命寄寓在它的里面；
如若你在天上威力无比，
就如同许多人议论那般，
下深渊 [4] 重夺回死神猎物 [5]，
再把你之印记绘其美面。
在我们凡人之中，

---

[1] "我爱的宝贝"指已经离世的劳拉。在尘世已经无法再找到劳拉，因而这是一次不寻常的考验。

[2] 正当诗人向劳拉乞求怜悯时，她却离弃了尘世，再也见不到了。

[3] 指劳拉的心。

[4] 指冥界。

[5] 指劳拉。

你常把威力彰显，
我认为，高贵者全都看见。

你再用活明灯[1]饰其娇颜，
哎呀呀，它曾经保我平安，
虽熄灭，美妙火仍燃吾心；
有何用这灼人熊熊烈焰[2]？
从未见任何马鹿，
如此地渴望着探找水源，
就像我寻觅她温情举止，
吃尽苦，还须尝更多辛酸。
我了解自己欲望，
它令我空想联翩，
使我入无路死境，
头脑也疲惫不堪；
却追赶无谓的骗人虚幻。
我对你[3]之呼唤不屑一顾，
离宝座你丧失统治之权[4]。

请你让柔情风吹拂吾面，
就如同我心曾感受那般[5]；
风的歌力量巨大[6]，
能平息愤怒、恨怨，

---

[1] 指劳拉的美丽、明亮的眼睛。
[2] 诗人自问，劳拉已死，这灼人的烈焰又有何用呢？
[3] 指爱神。
[4] 爱神啊，现在我对你的呼唤不屑一顾，因为劳拉去世后，你已经离弃了爱神的宝座，不再有发号施令的权力。
[5] 就像我曾经感受过爱情风吹拂我心那样。
[6] 风像歌声那样，呼啸而过，有巨大的力量。

可驱散脑中风暴,

拨迷雾,展现出艳阳晴天,

并提升我的文采,

使它能超越己,更加灿烂。

你应该令期盼等同欲望,

人灵魂因为它变得更坚 [1];

请还给耳与目应有功能,

没有它我生命便会中断,

耳目的作用也无法完善。

我的爱已葬于黄土之下,

你对我施暴力徒劳枉然。

请你令我重见美丽眼睛 [2],

它曾如艳阳般驱我冰寒;

让我见你站立那道关口 [3],

我的心过关后再不回还;

你抓起金羽箭、神奇弯弓,

弓弦声就如同金玉良言,

似寻常对人的谆谆教诲,

我从中学懂了爱情理念;

你的话暗藏着吊钩、鱼饵,

圈套还隐匿于金色发卷,

对它们我总是抱有希望,

因别处我难以附着情感;

你亲手令金发随风飘洒,

并用其把我捆拴,

---

[1] 爱神啊,你应该令我的期盼像我的爱情欲望那样强烈,这样我的灵魂会变得
    更加坚强。

[2] 指劳拉的美丽眼睛。

[3] "那道关口"隐喻上面提到的劳拉的眼睛。

此举动让人喜欢。

没有人为我解黄金绑绳 [1]，

那索绳无修饰，飘逸、松散 [2]；

无人助我冲出温情之火，

摆脱掉苦涩的目光 [3] 纠缠 [4]；

那目光胜月桂、爱神之树：

原野会有时枯，有时烂漫，

林也会落叶或绿满树冠，

它却令我昼夜情欲不减 [5]。

但死神表现得十分傲慢，

把紧系我之结用力扯断；

即便我走遍了天涯海角，

寻另一此类结难胜登天。

爱神啊，你智慧，又奈我何？

季节过，武器 [6] 失，你能咋办？

那武器曾一度令我抖颤。

你武器是她的一双丽眼，

从那里射出了炙热利箭，

它不惧理性盾牌：

人之力难抵上天；

你武器是她的思考、沉默、

---

[1]　隐喻劳拉的金发。

[2]　劳拉的金发自然、松散、飘逸，并无过多的人为修饰。

[3]　指劳拉的目光。长久以来，劳拉向诗人投去的目光是冷峻的，而诗人却感觉
　　　到了其中的温情。

[4]　诗人说，无人为他解开束缚他的温柔金发，也无人帮他摆脱劳拉目光的纠缠。

[5]　劳拉的目光比月桂树和爱神树更加美丽，因为，草木有时郁郁葱葱，有时枯
　　　萎落叶，而劳拉的美丽目光却无时无刻不令诗人的爱情欲望旺盛。

[6]　指爱神用来激起诗人爱情的武器——劳拉。

游戏和欢笑与美妙语言、
高贵的举止与优雅谈吐，
它们令卑微貌天使一般，
使粗俗灵魂也变得高雅，
到处闻赞美音，声声不断；
坐与立，行与站，一停一动，
均令人发出惊叹：
是否应给予她最美盛赞？
利用她可征服最硬心肝；
今日你丧失她，我已安全。

天命你支配的那些灵魂，
被你用不同法全都捆拴；
你只能缚我于她的结上，
因这是上天意愿。
那结断，然而我并未自由 [1]，
因此我哭泣且高声呐喊：
啊，尊贵的朝圣者 [2]，天施何法，
捆缚我，却放你自由飞天？
早令你离世的上天之主，
对我们展示的德能非凡，
却只是把我等欲望点燃。
爱神啊，我不再害怕你施加伤害，
这也是理所当然：
你只能枉拉神弓，
那美目合闭后弓力不见。

---

[1] 劳拉死了，我与劳拉的情结已断，但我并没有获得情感上的自由。
[2] 指劳拉。劳拉已远离尘世，奔向神圣的天国，因而诗人称其为"朝圣者"。

爱神啊，死神使我摆脱你的羁绊：
美女子已经升天，
我生命被解脱，却觉更惨。

第271首

我被这炙热结牢牢捆缚

诗人被爱情捆缚了二十一年，死神斩断了情结，令他如释重负；然而，爱神又设下新的圈套，试图重新点燃诗人的爱情火焰；死神却再一次解救了诗人。

我被这炙热结[1]牢牢捆缚，
一刻刻数过来，二十一年，
死亡神斩断结，我释重负，
这痛苦并没有令我命断。

爱之神仍不想把我放弃，
又设一圈套于杂草之间，
他要用新火绒再燃烈焰，
致使我欲逃生极其困难。

如若我未受苦，没有经验，
必被他俘获后重新点燃，
似干柴遇烈火，其势冲天。

是死神再一次把我解救，
断绳结，熄火焰，驱散浓烟：
力与智胜死神徒劳枉然。

---

[1] 指令人燃烧爱情之火的情结。

第 272 首

生命已飞逝去，一刻不停

劳拉离世，诗人心情沉重，对短暂的人生充满了伤感；痛苦的过去，可怖的未来，使他丧失了对人生的信心。若不是害怕死后受到天主的惩罚，自己同情自己，诗人早就自杀了。

诗中，诗人用比喻的手法展示了生命的流逝和死亡的到来，抒发了如海上暴风雨般的激动心情，表现了彷徨与无奈的精神状态。

生命已飞逝去，一刻不停，
死亡也接踵至，大步前行 [1]，
今昔事使吾心无比焦虑，
未来将更令我不得安宁 [2]；

忆与等对我施左右夹攻，
迫使我忍受这残忍酷刑 [3]，
若不是我自己怜悯自己，
早已经摆脱掉思想苦痛。

如痛苦心灵曾偶有甜蜜，

---

[1] 劳拉死去，诗人感叹人生的短暂：生命飞逝，死亡接踵而来。
[2] 忆往昔，看今日，诗人无限焦虑；展望未来，他更觉前途无望。
[3] 回忆过去，等待未来，诗人都感觉十分痛苦，就像有两把利剑在左右夹攻他。

你快快回到我记忆之中 [1]；
我转身见大风激荡航程 [2]。

已入港竟遭遇暴雨狂风，
船夫倦，又折断桅杆、索绳，
更熄灭旧日的指航明灯 [3]。

---

[1] 痛苦的诗人呼吁：如果心中还曾经有过幸福，就快回到他的记忆之中，从而
　　使他略感安慰。
[2] 随后，诗人笔锋一转，再次展示他激荡的心情。
[3] 隐喻劳拉的明亮眼睛。

第 273 首

做什么？想什么？为何后看？

这是一段诗人与自己灵魂的对话。

> 做什么？想什么？为何后看 [1]？
> 难道说你能够返回从前？
> 灵魂啊，火烧身，你无慰藉，
> 难道说你还要加柴助燃 [2]？
>
> 你逐一用笔墨描绘，书写，
> 她 [3] 温情之目光、甜蜜语言，
> 它们都离大地，升上天空，
> 在人间再寻觅为时已晚 [4]。
>
> 哎，你切莫再一次杀死我们 [5]，
> 别追寻骗人的思想虚幻，
> 而应引我们至可靠终点 [6]。

---

[1] 为什么你总是要回忆过去呢？
[2] 难道说你还要通过回忆过去来加重你的痛苦吗？
[3] 指劳拉。
[4] 劳拉的甜蜜语言和温情目光都随同她离开尘世飞上天国了，你在人间寻找它们为时已晚。
[5] 灵魂啊，你不要再一次杀死我，也杀死你自己。
[6] "可靠终点"指可以安稳地享受永福的天国。

不喜欢人间可追求上天：
她无论生与死均夺宁安，
见其美是我们不幸根源。

第274首

噢，无情的思绪呀，赐我宁安

劳拉死后，诗人心中无比烦躁，他感觉爱神、时运女神和死亡女神一起向他宣战，他不希望自己的思绪也来帮助这些恶神，从而使自己更加痛苦。

噢，无情的思绪呀，赐我宁安[1]，
"时运"[2]与"爱"[3]和"死"[4]对我宣战，
三恶神齐围攻难道不够？
还需我心中的武士拔剑？

吾心啊，难道你一如既往，
去掩护凶恶者，把我背叛，
成为我敌人的无耻帮凶，
随时都想把我投入苦难？

借助你爱神要念动咒语[5]，
时运神欲展示她的美艳[6]，

---

[1] 诗人在与他的思想对话，他呼吁思绪给予他安宁。
[2] 指时运女神。
[3] 指爱神。
[4] 指死亡女神。
[5] 念动使人坠入情网的神秘咒语。
[6] 时运女神欲展示机遇对人的诱惑。

死神也令人忘致命凶残 [1]：

那一击 [2] 险将我余生斩断；
漂泊的思绪沿歧途向前：
我之过应由你 [3] 独自承担。

---

[1]　"致命凶残"指令劳拉死去的凶残手段。

[2]　"那一击"指令劳拉死去的致命一击。

[3]　指诗人的心。

第 275 首

眼睛呀，那艳阳已熄光线

在这首十四行诗中，诗人通过与自己的眼睛、耳朵和双足的对话，表达了他对劳拉的情感。

眼睛呀，那艳阳[1]已熄光线，
不，它升入天空后更加灿烂：
在那里我们会重见其容，
若迟滞，它或许感到遗憾。

耳朵呀，天使般谐美语言，
回响在能理解它的云天[2]。
双足呀，你们把尘世踏遍，
寻觅她却要比登天还难[3]。

为什么你们都对我开战？
并非我使你们无法看见，
亦无法闻其声、到她身边。

---

[1] 隐喻劳拉。
[2] 在天上，劳拉的语言被更好地理解。
[3] 劳拉已升天，诗人的双足已经难以到达她的面前，却仍在尘世到处寻找她。

你们应骂死神，赞美天主，
缚与解，锁与放，主控掌间，
他令人哭泣后重开笑颜[1]。

---

[1] 眼睛、耳朵和双足啊，你们不应该跟我过不去，而应该指责死亡女神，是她
夺走了劳拉，使你们见不到她的身影，听不到她的声音，无法到达她的身边；
同时，你们应该赞美天主，是他掌控着一切，他可以令人哭泣后再开笑颜。

第276首

阳光的天使般美丽形象

　　劳拉在世时，诗人的心便没有得到过她的慰藉；如今她离弃人世，这更令诗人哀痛。

　　　　　阳光的天使般美丽形象 [1]，
　　　　　突离世使我的灵魂受难，
　　　　　它陷入黑暗的恐惧之中，
　　　　　我努力减痛苦，自语自言。

　　　　　她明白，爱神也心中清楚：
　　　　　哀痛令我抱怨，理所当然；
　　　　　因为我从未获生命妙药，
　　　　　治疗这烦恼的不安心田 [2]；

　　　　　死神啊，你亲手夺走吾药 [3]！
　　　　　幸福的大地呀，你把美艳 [4]，
　　　　　掩埋且守护于你的怀间 [5]，

---

[1] 指劳拉的美丽形象。
[2] 能够安慰诗人烦恼心田、挽救诗人生命的灵丹妙药是：见到劳拉，与劳拉交谈，思念劳拉，爱恋劳拉；诗人认为自己从来就没有真正获得过这种灵丹妙药。
[3] 死神啊，你夺走了劳拉的生命，也就夺走了挽救我生命的灵丹妙药。
[4] 指美丽的劳拉。
[5] 大地把劳拉掩埋在自己的怀中，因而，在诗人看来，它是十分幸福的。

啊，我的目^[1]，你谦卑、温柔之光，
远离去，不再把我来陪伴？
从此后我丧失慰藉、双眼？

---

[1]　指诗人所爱恋的劳拉的美丽双眸。

第 277 首

若爱神并没有新的建议

诗人彻底绝望，认为自己只有一死才能摆脱痛苦；诗人的引路人劳拉已经升入天国，虽然她在诗人的心中十分灿烂，但诗人的眼睛却见不到她的光明。

若爱神并没有新的建议，
我被迫用死亡把命替换：
惧与痛折磨着可怜灵魂 [1]，
欲虽生，希望却已经命断 [2]；

我生命无安慰，惊恐万状，
昼与夜痛哭泣，热泪潸潸，
海浪高，船失控，筋疲力尽，
路漫漫，无护卫，充满风险。

虚幻的领路人引其 [3] 向前，
真向导 [4] 葬地下，不，她已升天，
我心中她从未如此灿烂 [5]；

---

[1] 指诗人的灵魂。
[2] 我的欲望虽然还活生生的在那里，希望却已经死去。
[3] 指上一节提到的"我生命"。
[4] 指劳拉。
[5] 劳拉升入天国，其光辉照得诗人的心更加亮堂。

但因戴黑面纱吾眼不见[1]：
纱遮住它们的期盼视线；
时间久令我的毛发皆变[2]。

---

[1] 但诗人的眼睛却见不到劳拉在天国投下的光辉，因为她脸上罩着一层悲痛的
    面纱，遮住了诗人的视线。
[2] 诗人生活在抑郁之中，时间一久，他的毛发皆白。

第278首

最美的花一般青春年代

在最美的花一般的青春时代，劳拉便不幸离世，诗人恨不能与她一同飞向天国；然而，诗人的死亡却迟迟不来，因此，他感觉自己的肉体躯壳十分沉重。

最美的花一般青春年代，
爱之神占据着我们心田，
我生命惬意的微风[1]离去，
把尘世之躯壳留在人间，

赤裸裸、活生生美人[2]升空：
在天上她将我仍控掌间。
哎，末日[3]与来生的最初那天[4]，
她为何不剥我尘世衣衫[5]?

我思绪接其踵飞离而去，

---

[1] 此处，"我生命惬意的微风"隐喻劳拉。在意大利语中，劳拉（Laura）的名字
     与"微风"（l'aura）一词谐音。
[2] 指抛弃躯体的劳拉的灵魂。
[3] 指尘世的末日。
[4] "来生的最初那天"指天国生活的第一天。劳拉在尘世的最后一天也是她开启
     天国生活的第一天。
[5] 她为何不让我一同死去?

欢乐的轻快魂紧随后面，
便觉得摆脱了许多苦难。

但死亡却迟迟不来寻我，
我感觉躯壳重，难以承担。
噢，多美好若死于三年之前！

第 279 首

在鲜花盛开的溪水岸边

诗人坐在鲜花盛开的小溪旁，书写爱情诗篇；此时，他幻想离开人世的劳拉复苏了，诗人又仿佛看到了劳拉的身影，听到了劳拉悦耳的声音；劳拉来到诗人面前，抚慰诗人受伤的心灵；无论诗人走到何处，她都跟随在身边；小溪潺潺的流水声，树枝轻轻的摇曳声，林中的鸟鸣声，都表明劳拉的存在。诗人不再孤独，劳拉成为他的知音，与他交谈，聆听他的心声，劝他止住悲伤，拭去脸上的泪痕。

在鲜花盛开的溪水岸边，
可听见鸟儿在抱怨、啼鸣，
夏风中绿枝叶轻盈摇曳，
低语的清澈水潺潺流动；

我坐那（儿）写诗篇，冥思爱情，
见到她，听到她，辨其音容，
天令她现人间，地却隐藏，
婵娟仍回应我叹息之声[1]。

和蔼的话语里充满同情：

---

[1] 诗人坐在河边思念劳拉，并为劳拉书写爱情诗歌；他似乎感觉死去的劳拉复苏了，又回到了人间；小溪潺潺的流动声，树枝轻轻的摇曳声，林中的鸟鸣声，都表明了劳拉的存在；好像劳拉仍然活在人间，并在远处回应诗人的叹息之声。

噢，为何你要如此耗费生命？
为何你愁目中泪流不停？

你不必为我泣如此苦痛，
死以后我生命获得永恒，
合双眼，我内心更加光明[1]。

---

[1] 诗人似乎听到了劳拉劝慰的话语：劳拉请诗人不要在痛苦中耗费生命，因为
    人间的死亡标志着她获得了永生；她闭上了肉体的双眼，却睁开了更明亮的
    灵魂之眼。

第280首

不见她，却一直想会其面

　　劳拉离世后，诗人一直期盼劳拉的身影重新出现在他的脑海之中。此时，诗人终于在幻觉中见到了劳拉，而且她的形象从来没有像现在这样清晰；诗人感觉无比轻松，于是向苍天呼唤爱情。大自然的一草一木、一鸟一鱼都好像在邀请诗人追求爱情，然而，劳拉却在天上请求诗人蔑视尘世的温情诱骗。

　　　　　　不见她 [1]，却一直想会其面 [2]，
　　　　　　她从不似此时清晰可辨，
　　　　　　我也未曾有过这等自由：
　　　　　　对苍天把爱情高声呼喊；

　　　　　　没见过山谷有隐蔽之处，
　　　　　　在那里可放心叹息、抱怨；
　　　　　　我不信爱神在塞浦路斯，
　　　　　　或别处有美巢如此这般。

　　　　　　小溪水潺潺流，议论情欢，
　　　　　　鸟与鱼、花与草、微风、树冠，
　　　　　　都好像邀请我永远爱恋。

---

[1] 指劳拉已死，在尘世见不到她了。

[2] 指在头脑的幻想中与劳拉相遇。

但你[1] 却在天上把我呼唤：
为悼念你过早痛苦命断，
请求我轻尘世温情欺骗。

---

[1] 指劳拉。请注意，劳拉去世后，诗人不再用"您"称呼她，而改用"你"称
    呼她；这表明，诗人自认为他与死后的劳拉更加亲近。

第 281 首

多少次在温情藏身之处

　　这是一首写于沃克吕兹的十四行诗。诗人经常去劳拉生前到过的充满温情的隐匿之处，希望能够躲开他人警觉的目光，也逃避自己痛苦的思绪；但诗人仍然在不由自主地寻找劳拉和尘世快乐；他仿佛又看见美如天仙的劳拉来到索尔格河沐浴：走出河水后，美女子坐在河畔的草地上，对他表示出怜悯之情。

　　　　多少次在温情藏身之处，
　　　　躲他人，亦避己，如若可能，
　　　　我用泪打湿了草地、胸襟，
　　　　空气被吾叹息击碎，摇动！

　　　　多少次，我孤身，充满疑惑，
　　　　躲藏在昏暗处，隐于阴影，
　　　　思想却寻觅着崇高快乐 [1]，
　　　　但死神夺走她，百呼不应！

　　　　此时她似仙女显露身形，
　　　　出现在索尔格清澈水中，
　　　　沐浴后坐岸边，好似明星；

---

[1] 指爱情带给人的快乐。

我见到活生生女子倩影，
双足踏鲜花与翠绿草丛，
看上去她对我十分同情。

第 282 首

幸福的灵魂啊，你常回返

　　劳拉虽然离世，但诗人却觉得美女子经常返回人间安慰他；重见劳拉的美容使诗人在无尽的痛苦中感觉到些许轻松。

幸福的灵魂啊，你常回返，

安慰我痛苦的孤独夜晚，

死神未熄灭你明亮双眸，

尘世美均难以与其比艳：

我多么期盼你投来目光，

令我的苦难日重开笑颜！

这样我可再见你的娇容，

它逗留尘世时无比灿烂，

在尘世我曾经颂你多年，

如今你却见我哭泣不断：

不哭你，而泣我损失太惨。

无尽的苦难后略可小憩：

我认出你举止、声音、容颜，

你摆动裙与衫又返人间。

第283首

死神啊，你使那最艳的面容失色

死亡女神夺走了劳拉的生命，也带走了诗人的快乐，但劳拉却经常返回尘世安慰诗人；诗人的余生只能依赖劳拉的安慰，因为他不可能有任何其他救援。

死神啊，你使那最艳的面容失色 [1]，
又让那俏双眸全无光灿；
令充满美德的灵魂消逝，
把爱情至美结一刀斩断。

你瞬间夺走我所有财富，
令悦耳之声音沉默不言；
致使我充满了无尽抱怨：
见与闻均使我心中厌烦。

美夫人又返回平息吾痛，
怜悯神引她来慰我心田：
因余生我难有其他救援。

依我看，她话语闪闪发光，
可以把爱情再熊熊点燃，
并非只动人心，虎熊亦然。

---

[1] 死神啊，你使劳拉离世，使她的美丽面容丧失了血色。

第 284 首

我又见亡故的夫人幻影

劳拉离世之后，诗人仍能见到她的幻影，但那幻影只短暂地停留在诗人的脑海里；劳拉的回归驱赶走诗人心中的悲伤。诗人祝福那美好的一天，因为，那天劳拉用美丽的眼睛开辟出一条回归诗人心田的道路。

我又见亡故的夫人幻影，
但是它飞逝去，逗留短暂；
痛剧烈，药物却无济于事：
当她在眼前时，吾痛不见。

束缚且伤我的爱情之神，
见夫人来到我灵魂门槛，
现温柔，声优美，欲夺吾命，
也激动，难控情，浑身抖颤。

高傲的夫人入灵魂寓所，
从那片昏暗且沉重心田，
昂着首驱赶出悲伤情感。

我灵魂难承受如此光灿，
叹息着开言道：噢，祝福那天，
你用眼开辟出回归路线！ [1]

---

[1] 诗人的灵魂叹息着说道：我祝福那一天的美好时光，因为你用美丽的眼睛，打开了你回归我心田的一条道路。

第 285 首

从未见慈母对亲爱儿子

　　对诗人来讲，升入天国的劳拉发生了质的变化：一方面，她仍然是诗人的情人；另一方面，她已经具有了慈母的形象。此时，诗人在劳拉那里获得的是双重情感：情人的情爱和慈母的爱怜。

> 从未见慈母对亲爱儿子，
> 或妻子对丈夫如此这般；
> 虽心中存疑虑，叹息不已，
> 还要用忠诚心劝导一番[1]；
>
> 从永恒、高贵的隐蔽之所[2]，
> 美婵娟观望我流放地点，
> 经常携以往爱来我身旁，
> 眉眼中似流露双倍爱怜[3]；
>
> 如慈母，似情人，担忧，爱恋[4]，

---

[1] 劳拉对待诗人远比母亲对待儿子、妻子对待丈夫更关心，她心中虽然对诗人存有疑虑，仍然叹息着劝导他。

[2] 指天国。

[3] 从天国观看着我在人间被流放的那位美丽的婵娟，经常来我身边，而且随身携带着以往对我的爱情；如今，她的眼睛中流露出对我的双倍感情：情爱与爱怜。

[4] 她像慈母，又像情人，既为我担忧，又爱恋我。

话语中常对我坦诚明言，
把人生之旅途示我眼前，

追求啥，逃避啥，一目了然；
还请我勿耽误灵魂升天。
只有她之言语令我心安[1]。

---

[1]　劳拉还请我尽快地升华自己的灵魂。只有听到她的话语，我才感觉到心安。

第286首

闻她美妙的叹息之声

　　劳拉虽然已经进入天国，诗人却似乎又听见了她的声音，其言行如在尘世一样，她仍然无微不至地关怀着诗人；劳拉规劝诗人踏上奔向天国的道路，她的真挚语言能够令顽石落泪。

闻听她美妙的叹息之声，
她曾是我女人，现入天庭，
但好像活生生仍在尘世，
爱与盼，行与止，目视，耳听；

谈论她，我动情，欲绘其形：
她回归并对我怜悯、同情，
担心我走错路、过于疲惫，
围绕着我前后左右不停。

她教我腾空起，直飞天国，
我听懂她怜悯、低语真情：
淳朴话、正义言动我心灵；

我接受她温情语言规劝，

并按照她教诲调整言行：

其话语可令石泣不成声。

第287首

塞努乔，你令我孤独、痛苦

因朋友塞努乔病故，诗人写作了这首十四行诗。诗人请塞努乔去爱神天问候但丁等歌颂爱情的诗人，并请其告诉劳拉，他十分想念心爱的女人，一直在为她哭泣。

塞努乔，你令我孤独、痛苦，
抛弃我却能够使我心安，
因为你肉躯壳虽然死去，
但灵魂高高地升入云天[1]。

如今你可同时看见两极，
漂移星及轨道亦现眼前，
还可见我们的人生短暂，
你快乐抚慰我悲伤心田。

请问候圭托内[2]、奇诺[3]、但丁，
他们与其他的情种为伴，

---

[1] 你虽然自己离去，把我抛弃在人间，却使我心中感觉到了安宁；因为，虽然你的躯体死去，但灵魂却升入了天国。
[2] 十三世纪意大利著名的抒情诗人，圭托内诗派的创始人，受到但丁尊敬。
[3] 但丁时代的意大利著名的抒情诗人，温柔的新体诗派的重要成员，但丁的诗友。

生活在第三重爱神之天[1]。

请告诉那女子[2]吾泪难尽，
回忆起她圣行、美丽容颜，
我便会如一头野兽一般。

---

[1]　请你代我问候圭托内、奇诺和但丁等著名的情诗诗人，他们都生活在爱神统治的第三重天上，与其他情种的灵魂为伴。

[2]　指劳拉。

第 288 首

从山岗望她的出生平原

诗人站在法兰西沃克吕兹的山岗上观望山下的劳拉出生地，周围的空气中充满了他的叹息；劳拉的离世使诗人跌入极其悲伤的境地，他的泪水打湿了地面；诗人认为，大自然的一草一木、一石一水都明白他在忍受何等深重的苦难。

从山岗望她的出生平原，
我叹息把周围空气填满，
那是片温馨的多情之地 [1]，
花果季 [2] 她紧攥我的心肝 [3]；

腾空起，飞上了高高天空 [4]，
她离去，却使我处境悲惨：
我疲惫之双目徒劳寻觅，
泪打湿附近的每块地面。

山岗上荆棘丛、块块岩石，
山坡间绿色的枝叶、树冠，
山谷中鲜花和草叶片片，

---

[1] 指劳拉的出生地。
[2] 指诗人的青年和壮年时期。
[3] 指诗人跌入了情网。
[4] 后来她又腾空而起，飞向了天国。

水晶般清澈的滴滴山泉，
与林中诸野兽均可明辨，
我痛苦有多么令人难言[1]。

---

[1] 山岗上的荆棘丛和岩石、山坡间的绿色树木、山谷中的鲜花和野草、滴滴的
清澈山泉和树林中的各类野兽，都心中十分清楚，我忍受着多么令人难言的
痛苦。

第289首

美中美，我的魂，我的火焰

　　劳拉升入了天国，她如金星一样美丽；此时的劳拉不仅仅有引诱诗人坠入爱河的美貌，而且还成为帮助诗人净化思想、引导诗人进入天国的向导。

美中美，我的魂，我的火焰 [1]，
在世时，天眷顾，对其和善，
依我看她过早返回家乡 [2]，
现与其心中星 [3] 同样美艳。

我此时已开始有所觉悟，
见她为美未来 [4] 斗我欲念，
其面容忽而善，忽而严厉 [5]，
抑制我年轻时所燃烈焰。

我感谢她所赐高贵建议，

---

[1] "我的魂"和"我的火焰"都指劳拉。在诗人眼中，劳拉是美中之美。

[2] 诗人认为劳拉来自上天，因而，她的家乡指的就是天国。

[3] 指金星。

[4] 更美好的未来，即天国的幸福。

[5] 劳拉有时十分和蔼地劝慰诗人，有时又十分严厉地指责诗人的尘世欲望过于强烈。

用美貌和她的温情鄙夷[1]，
令我熄心中火，救助自己。

噢，好手段必然有理想效力：
她用眼，我却用赞美话语，
她光荣，我也获美德激励[2]！

---

[1]　劳拉既鄙视诗人对尘世欲望的追求，又显示拯救诗人灵魂的温情，因而此处
　　用"温情鄙夷"一词。
[2]　天国中的劳拉用眼睛向我示意，而我却用优美的语言赞美她；她获得了天国
　　永恒的光荣，我也得到了美德的激励。

第290首

有些事过去使吾心生厌

　　劳拉死后，诗人的心更向往劳拉所在的天国；因而认识到，以往劳拉的冷酷帮助了他，使他有希望摆脱尘世的欲望，避免跌入地狱。

有些事过去使吾心生厌 [1]，
今日却令我心十分喜欢，
若获救就应该先受痛苦，
短暂的激战后方有宁安。

期盼和欲望都十分虚伪，
噢，千百次恋爱者受其欺骗！
如今她入天国，土葬躯壳，
若当初令我欢才是灾难！

那爱神是瞎子，我缺理智，
曾强行离正路越来越远，
歧途引我灵魂险坠深渊。

---

[1] 指劳拉在尘世时经常对诗人表现出的冷酷。

她仁慈，领我去幸福彼岸，
熄灭我燃烧的邪恶欲念，
才有望不毁于尘世灾难。

第 291 首

我看见奥罗拉从天而降

诗人把自己与古罗马神话中的曙光女神的丈夫相比较，认为自己比提托诺斯更悲惨：提托诺斯至少每天夜里都可以见到自己的美丽妻子，而他要想再见到劳拉，就必须先死去。

我看见奥罗拉 [1] 从天而降，

额头似玫瑰花，金发闪亮，

爱之神猛攻击，令我失色，

叹息道：她如同我爱的劳拉一样。

哎呀呀，好幸福提托诺斯，

你知道何时把珍宝隐藏 [2]；

我怎样面对那温情月桂 [3]？

重见她就先须人死身亡 [4]。

---

[1] 古罗马神话中的美丽的曙光女神。

[2] 提托诺斯啊，你好幸福，因为你知道什么时候把你的心上人（珍宝）隐藏起来。传说奥罗拉爱上了凡人提托诺斯，她祈求宙斯，使其爱人永远不死，这样他们就可以长相厮守了。然而奥罗拉忘记了祈求爱人永世不老，因此提托诺斯越来越老，奥罗拉却永葆青春。黎明时，奥罗拉总是抛头露面，显示美貌，但夜里，她却躲藏在自己的卧房中陪伴丈夫；因而，此处诗人说："你知道何时把珍宝隐藏"。

[3] 桂树隐喻劳拉。见第 22 首诗中有关月桂树的注释。

[4] 我要想见到她，就必须先死去。

你们的分离短，并不难熬，
她至少夜晚时返你卧房，
不讨厌你头上白发苍苍；

然而我白昼黑，夜晚悲伤；
离去时她带走我的思想，
只留下其芳名伴我身旁。

第 292 首

我热情歌颂的俊俏面容

劳拉离弃了人世，也带走了诗人的灵魂；她曾经是那么艳丽，在诗人眼中，她的美甚至令尘世变成了天国；但现在她却化为尘土，无人再能见到她的美貌；如今诗人只能孤独地生活于尘世，他的歌也只能为痛苦而唱。

我热情歌颂的俊俏面容，
手与臂和双足、明亮眼睛 [1]，
掠走了吾灵魂，只剩躯壳，
使我离其他人，孤苦伶仃；

闪亮的纯金发弯曲成卷，
天使般美笑容光辉四溅，
它们曾使大地变为天国，
现如今成尘土，娇艳不见。

我仍然活于世，苦且恨怨，
风暴中只身驾无助小船，
至爱的明灯已熄灭火焰 [2]。

---

[1] 指劳拉的眼睛、手臂、双足和面容。

[2] "至爱的明灯"指劳拉明亮的眼睛。诗人带着恨怨痛苦地生活于人世，被暴风雨席卷着，独自驾驶生活的小船，没有明灯（劳拉的眼睛）指路，盲目地漂行在大海之上。

我爱情之歌声至此唱完：
以往的智慧血已经流干，
齐特拉[1] 只能为哭泣而弹。

---

[1]　西方的一种古琴。

第 293 首

如若我曾想到叹息之声

　　劳拉去世，诗人认为，再没有人能够帮助他写出柔美、圆润的诗句了。诗人为劳拉写诗，目的是排遣胸中的郁闷；现在劳拉死了，他可以放纵自己了，然而，却听到劳拉呼唤他随其而去。

如若我曾想到叹息之声，
能成为悦耳的美丽诗篇，
便会以罕见的写作风格，
发泄出更多的委婉哀叹。

我歌颂之女子已经离世，
她曾经居于我思想之巅，
如今我再没有温柔之锉，
可锉平刺耳诗，令其光灿。

我以往付出的所有努力，
都为把心中苦排遣一番，
与获取美名声毫不相干。

我曾哭，但并非寻求荣耀，
现疲倦，默不语，一心求欢，
高贵女却唤我随其后面。

第 294 首

她美丽，活生生，居我心田

劳拉虽死，却仍然活生生地占据着诗人的心田；诗人和爱神都只能在心中为死去的劳拉哭泣，并无人听见，也无人写诗赞美他们的真情；因而，诗人只能自己写诗发泄内心的哀叹。

她美丽，活生生，居我心田，
似普通女子在卑微人间；
她迈出最终步 [1]，成为神女，
我也似弃尘世，生命终断 [2]。

我灵魂被剥夺所有美善，
爱神也丧失了他的光灿，
对二者 [3] 之怜悯可碎坚石，
但谁会将此痛写成诗篇？

他们 [4] 在心中泣，无人听见，
只有我知真情，痛满心田，
我能够做什么，若不哀叹？

---

[1] 指走向死亡的最后一步。
[2] 劳拉的死令诗人十分痛苦，致使他也好像离弃了人间。
[3] 指上面提到的诗人的灵魂和爱神。
[4] 亦指前面提到的诗人的灵魂和爱神。

我们都的确是尘影、梦幻 [1]，

欲望都的确是瞎而贪婪，

期盼都的确是虚假欺骗。

---

[1]　如梦幻般的尘土和影子。

第 295 首

我当时脑中有种种思绪

劳拉离开人世，却好像对诗人产生了一种怜悯之情；诗人对劳拉不再抱有其他期盼，只希望劳拉能够理解他的心情；诗人好像看见天国中的劳拉头上戴着棕榈王冠，因为她在人间表现出了光辉灿烂的美德。

我当时[1]脑中有种种思绪，
它们均喜欢议同一话题：
携怜悯她[2]走近，后悔迟到[3]，
或许还为我们期盼，忧郁[4]。

最后的日与时来到面前，
剥夺她尘世命，令其升天；
我对她不再存别的希望，
只愿她能把我状况明辨。

噢，亲爱的奇迹呀，幸福灵魂[5]，
噢，罕见的高贵美无人比肩，

---

[1] 指劳拉活在尘世时。
[2] 指劳拉。
[3] 劳拉后悔这么晚才向诗人表示怜悯。
[4] 或许还为诗人的思绪担忧，希望它们快乐。
[5] 指劳拉，她是上天创造的奇迹。

转瞬便返回到降生之天 [1]!

在尘世她美德光辉灿烂，
却令我忍痛苦，怒而疯癫，
升天后她戴上棕榈王冠 [2]。

---

[1] 转瞬便返回了降生她的天上。
[2] 棕榈的枝叶象征凯旋。

第 296 首

常怨己，此时却自表同情

　　劳拉离世，诗人已觉得尘世无所留恋，死亡是最美好的选择；诗人认为，劳拉在世时，无人能够摆脱对她的迷恋，都情愿为她忍受痛苦，因而，自表同情也是合情合理的；尽管爱恋劳拉十分辛苦，但他仍愿意为此生或死。

　　　　常怨己，此时却自表同情 [1]，
　　　　甚至还自珍重，自我喜欢，
　　　　荣耀的禁锢 [2] 和温情痛苦 [3]：
　　　　多年来蒙住了我的双眼。

　　　　嫉妒的帕耳开 [4] 突然断线，
　　　　那精美生命线与我相连 [5]；
　　　　罕见的金箭杆 [6] 亦被折断，

---

[1] 我经常怨恨自己有太多的尘世欲望，此时却要对自己表示同情。

[2] 追求尘世荣耀的欲望将诗人禁锢起来，使其无法追随天主的意愿。

[3] 指爱情的痛苦。

[4] 帕耳开是罗马神话中的命运三女神，专门负责纺制和扯断人的生命线；她们对应希腊神话中的摩依赖。

[5] 指劳拉的生命线被扯断了。美丽的劳拉是诗人所爱的女人，因而此处说"精美的生命线与我相连"。

[6] 此处"罕见的金箭杆"也指劳拉。金箭是爱神手中的武器，他射向诗人的那支金箭便是劳拉，现在这支金箭的箭杆已经折断，即劳拉已经死去。在意大利语中，"黄金的"（aurato）一词与劳拉（Laura）的名字发音相近。

死因而比以往更显美艳[1]。

当夫人还活于尘世之时，
在渴望自由的众生之间，
并无人未改变自然本性，

甚至都为了她选择受难[2]；
没人为其他女唱出美音[3]，
我情愿生死于此种爱恋[4]。

---

[1] 劳拉离世了，诗人认为尘世再无任何东西值得眷恋，因而觉得死亡是非常美好的。

[2] 劳拉在世时，虽然世人渴望自由，却均被她的美貌束缚，因而，无人能不改变自己天生的习惯，心定神安地摆脱对劳拉的迷恋，甚至都情愿为她忍受痛苦。

[3] 由于只爱恋劳拉，没人会歌唱其他女子。

[4] 诗人情愿为爱恋劳拉而生，为爱恋劳拉而死。

第 297 首

两敌人聚一身：高尚、美艳

　　高尚和美艳是两种对立的品质：高尚将引导灵魂进入天国，美艳将被埋葬在地下；然而，这两种品质却和谐地同聚于劳拉一人身上。现在劳拉的一切都随着死亡而逝去，然而，诗人认为，如果他努力执笔书写赞美劳拉的诗篇，或许她能名垂千古。

　　　　两敌人聚一身：高尚、美艳[1]，
　　　　然而却互补充，相处平安，
　　　　她善良灵魂中从无对抗，
　　　　因不觉它们俩同居身边；

　　　　现如今因死神二敌分离，
　　　　有一个享荣耀，升入云天，
　　　　另一个入地下，眸亦被埋，
　　　　从那里[2]曾射出爱情利箭。

　　　　她从天发卑微智慧之音，
　　　　现温情目光和美妙容颜，
　　　　我的心仍带伤，哭泣不断[3]；

---

[1]　此处，诗人把高尚和美艳视为敌对的两种品质，第一种品质给人以精神快乐，第二种品质给人以感官快乐。

[2]　指从劳拉的美眸中。

[3]　我的心因眷恋她仍然在哭泣。

她离去，岂敢有丝毫怠慢：
或许我用笔墨努力一番，
可使其美名声永世相传。

第298首

我转身向后望逝水年华

诗人转身回望逝水年华，发现一切都已经过去，爱情只是一种欺骗，他希望自己也尽快离弃人世；但同时他又回忆起爱上劳拉的那一天，想起这一爱情给他带来的温情和痛苦。

我转身向后望逝水年华，
它们使我追求随风飘散，
熄灭了令我寒熊熊烈火 [1]，
亦结束我苦难不安睡眠 [2]，

打碎了爱情的信仰欺骗 [3]，
我爱人竟然会一分两半，
一部分升上天 [4]，其他入地 [5]，
付痛苦欲得者消逝不见；

我激动，因为已一无所有，

---

[1] 熄灭了使我浑身感觉寒冷的爱情之火。
[2] 诗人把人生比作睡梦，睡梦中他感觉到痛苦和不安；然而，现在睡梦已经结束了。
[3] 诗人曾经把爱情看作一种信仰，但逝水年华却打碎了爱情信仰的欺骗。
[4] 灵魂升上天。
[5] 躯体埋在地下。

对每个将死者嫉妒万千 [1]：
悼自己，恐惧却压吾心田 [2]。

噢，我的星 [3]、时运神、天命、死神，
那一天对于我温情、凶残 [4]：
你们把我置于她的掌间！

---

[1] 我在人间已经一无所有，十分激动，也想离开人世，因而嫉妒所有将要离世
    的人。
[2] 我现在就为我的死亡哀悼，但对死亡的恐惧却像一块巨石压在我的心上。
[3] 我的命运之星。
[4] 那一天你们令我爱上了劳拉，显示了温情，但也显示了残忍，因为你们把我
    交到了劳拉的手中。

第 299 首

难道说她额头略作暗示

诗人用一连串的疑问表达了他对劳拉的怀念之情。

难道说她额头略作暗示，
我的心便随之左右旋转？
难道说她美眸望向哪里，
我生命之光[1]便紧紧追赶？

在哪里理性与智慧判断？
在哪里谦卑与温柔语言？
在哪里她身上所聚美艳？
它们曾令吾心长久期盼。

在哪里她美面、淡雅倩影？
曾使我疲惫魂清风拂面；
我思绪也在其身边陪伴？

持我命那女子身在何处？
悲惨的尘世间再难相见，
我眼中之泪水永远不干！

---

[1] 我的目光。

第300首

吝啬土，我对你多么嫉妒

诗人用一连串的"嫉妒"表达了他对劳拉的强烈爱情。

吝啬土[1]，我对你多么嫉妒，
你拥她，却令我不见婵娟，
与我争那一张美丽面孔，
它可曾帮助我摆脱战乱[2]！

我多么嫉妒天，它锁美人，
把其魂藏入怀，十分贪恋，
那灵魂离弃了美丽躯体；
啊，天挽留永福者数目有限[3]！

我嫉妒幸运的天国灵魂，
他们获此神圣、温情陪伴，
我对她亦曾有强烈期盼！

---

[1] 指掩埋劳拉的黄土。它贪婪地把劳拉拥抱在自己的怀中，使人们再也见不到美人，因而，此处称其为"吝啬土"。
[2] 指诗人心中的战乱，它使诗人的心不得安宁。
[3] 诗人认为，上天只让少数善良人的灵魂升入天国，劳拉的灵魂便在其中；因而，此处，诗人发出"天挽留永福者数目有限"的感叹。

那残忍、无情的死亡女神，

熄灭我生命源——绝世娇艳，

却未唤我伴随佳人身边[1]。

---

[1] 死神令劳拉离世时并未把诗人一同带走，诗人对此发出抱怨。

第 301 首

山谷啊，你装满我的抱怨

　　诗人又返回位于法兰西沃克吕兹的劳拉的故乡。他的抱怨曾经装满那里的山谷，他的泪水曾经令那里的河水泛滥，现在却已经物是人非；但诗人仍然十分熟悉那里的情况，只是不晓得自己已经变成了什么样子，因为劳拉离世后，他心中充满了痛苦。

> 山谷啊，你装满我的抱怨，
> 河流啊，我泪水令你泛滥，
> 野兽在林中行，鸟儿飞翔，
> 小鱼儿游动于两岸之间，
>
> 吾叹息宁静且尚存热度 [1]，
> 温情的小路啊，行走艰难，
> 爱之神按习惯引我登高，
> 我曾爱那山岗，如今厌烦 [2]：
>
> 我熟悉你们 [3] 的以往状态，
> 哎呀呀，却不识我的颜面 [4]，

---

[1]　虽然已经物是人非，但诗人感觉他的叹息仍然还保持着以往的温度。

[2]　劳拉活着的时候，诗人非常喜欢登上山岗，去劳拉生活的地方看望她；而现在劳拉死了，他再登那座山岗时便有了厌烦之感。

[3]　指前面提到的山、水、林、禽、兽、鱼等自然之物。

[4]　我非常熟悉常见的自然环境，但是，却不知道自己变成什么样了。

快乐后我变成痛苦客栈[1]。

沿足迹返回到曾见她处[2]，
吾心肝在那里赤裸升天，
把她的美躯壳留在人间。

---

[1] 经过以往的快乐之后，我已经成为痛苦的承载物。
[2] 诗人沿着过去劳拉和自己的足迹，又返回过去经常见到劳拉的地方，即位于
　　法兰西沃克吕兹的劳拉的故乡。

第302首

我寻遍尘世都难以如愿

　　在这首十四行诗中，劳拉似乎又复苏了，但是，在她的言语中，却听不到天国永福者的情感。劳拉好像在请求诗人原谅：因为她过早地离世，给诗人带来了无限的痛苦；她承认在迫切地等待诗人的到来，也希望能重新获得生前的躯壳，因为，正是那美丽的"外衣"激起了诗人的爱情。

　　这是怎样的天国？是天上还是人间？是把尘世的情欢带入了天国？还是把天国的美好带回了人间？

　　　　我寻遍尘世都难以如愿，
　　　　思念却带我到她的天堂：
　　　　三重天居住的人群之中，
　　　　我见她更谦卑、美丽、端庄 [1]。

　　　　她拉住我的手亲切说道：
　　　　我还将再与你重聚天上 [2]；
　　　　全怪我早早便中断生命，
　　　　带给你许多的忧愁悲伤。

　　　　凡间人岂能解我的愿望：

[1]　在爱神天上，劳拉没有了以往的高傲，显得更加谦卑、美丽、端庄。
[2]　劳拉希望诗人死后也能升入天国与她重新团聚。

只待你和你所喜爱衣裳，
我留它于下界，未带身旁。

噢，她为何停话语，把手松放？
听罢这淳朴的肺腑衷肠，
我差点没留在爱神天上。

第303首

爱神啊，在我们熟悉的亲切河畔

劳拉故乡的一草一木都曾经是诗人疲惫灵魂的避风港湾，那里，鸟儿在林中自由飞翔，仙女和鱼儿在河中快乐地嬉戏；然而，死神却掌控着世间万物的生命，从而使诗人本来充满阳光的生活变得十分昏暗。

> 爱神啊，在我们熟悉的亲切河畔 [1]，
> 你伴我度过了美好时间，
> 与我及潺潺水反复讨论，
> 要对那陈旧账 [2] 做个了断；
>
> 花与草、树与洞、波浪、微风，
> 封闭谷、高山岗、朝阳坡面，
> 都助我摆脱掉海上风暴，
> 是我的疲惫爱避险港湾；
>
> 噢，绿树间各类鸟自由飞行，
> 噢，诸仙女与鱼儿浪中撒欢，
> 水晶宫是他们食宿客栈。

---

[1] 指流经劳拉故乡的索尔格小河的河畔。
[2] 指爱情账。

我生活曾灿烂，现却昏暗，
是死神控制着尘世人寰，
一出生人便被握其掌间。

第304首

为寻找美艳的野兽足迹

诗人踏遍沃克吕兹的山区，寻找劳拉的足迹，心中燃烧着痛苦的爱情之火；但劳拉却对他冷漠，爱神也对他不公，致使他写诗抱怨。年轻时诗人的创作风格尚不成熟，难写出好诗；暮年时风格成熟了，爱情之火却已经熄灭，笔锋仍然不能锐利如剑。

为寻找美艳的野兽[1]足迹，
我已把每座山全都踏遍，
一直到爱之苦毁我心灵，
而且还用情火将其点燃；

她对我极冷漠，爱神不公，
我斗胆对他们写诗抱怨：
但当时太年轻，智慧不足，
难觅到好诗句，缺乏灵感。

一小块石板便压灭情火：
若我能随时间成长不断，
似别人，诗兴火烧至暮年[2]，

---

[1] 指劳拉。
[2] 如果也能像其他诗人一样，我的诗兴直至暮年也不熄灭。

便能用老练的风格吐言,
美诗句可裂石,泪水亦甜[1];
今日我却没有利笔如剑[2]。

---

[1] 若我也能随着时间的发展不断地成长起来,像其他诗人那样,诗兴直至暮年
也不熄灭,便会写出风格更加老练的诗句;那些感人的诗句有裂坚石之力,
诗中所展示的眼泪不是酸涩的,而是甜美的。

[2] 然而,今天我手中却没有如利剑一样锋利的笔,因而,也难写出理想的诗句。

第 305 首

大自然打出了绝美绳结

　　劳拉离世，诗人说自己已经没有对她的尘世欲望；然而，他仍然在索尔格河畔回忆劳拉，流泪不止，发出痛苦的哀叹；最后，诗人希望劳拉撒手人寰，不要再眷顾这丑陋不堪的肮脏尘世。

大自然打出个绝美绳结 [1]，
美灵魂 [2] 摆脱了它的纠缠 [3]，
从天上关注我昏暗生活：
欢乐情转变成哭泣不断。

我心中已没有荒谬欲望 [4]，
它曾使我觉你温情涩酸 [5]，
现如今你已经坚定不移，
把目光投向我，静听哀叹。

你看那索尔格流出巨岩，
有一人独坐于草水之间，

---

[1] "绳结"指捆缚人灵魂的躯体。这里的"绝美绳结"指劳拉的躯体。
[2] 指劳拉的美丽灵魂。
[3] 指劳拉死去。
[4] 指对劳拉的尘世欲望。
[5] 尘世欲望曾经使诗人感觉劳拉的温柔之情严厉且酸涩。

回忆你，饮痛苦，泪流满面 [1]。

我的爱诞生在你的客栈 [2]，
希望你抛弃它，撒手人寰，
别再见乡亲的丑陋容颜 [3]。

---

[1] 你看看流出索尔格河水的那座巨岩，有一个人孤独地坐在它的旁边，正在回忆你，痛苦地流泪不止；这个人指的就是诗人自己。

[2] 此处"你的客栈"指的是劳拉的家乡。按照中世纪的宗教思想，人生是一次短暂的旅程，人类永久的住所应该是天国，因而，此处诗人用"你的客栈"来比喻劳拉的故乡。

[3] 彼特拉克生活在拜金的资产阶级诞生的时代，人们越来越贪婪，因而，诗人认为人们已经变得丑陋不堪；他希望劳拉撒手人寰，不要再见到家乡人的丑态。

第 306 首

照耀我康庄路那轮太阳

　　劳拉离世，诗人丧失了指路的明灯，变成了无理性的野兽，在他眼中，世界也变成了荒无人烟的山岗；如今，已无法见到劳拉的身影，只能寻觅到她的足迹，那些足迹引导人们奔向天国，远离地狱。

　　　　照耀我康庄路那轮太阳[1]，
　　　　引我迈光荣步走向天堂，
　　　　她回到至高的天主身边，
　　　　我明灯[2]、她囚笼[3]被石埋葬。

　　　　因此我变成了林中野兽，
　　　　迈孤独、懒散的脚步游荡，
　　　　沉重心、潮湿眼低垂尘世，
　　　　对于我它[4]已成荒芜山岗。

　　　　我寻遍曾见她每个街区：
　　　　爱神啊，是你令我心受伤，
　　　　应陪我并指明行进方向。

---

[1]　指劳拉。
[2]　"我明灯"指劳拉的躯体。诗人把劳拉看作指引自己生活道路的明灯。
[3]　"她囚笼"亦指劳拉的躯体。按照基督教的思想，人的躯体被视为禁闭灵魂的囚笼，只有摆脱它，人的灵魂才能获得自由，升入天国。
[4]　指尘世。

寻她难，只见其所踏足迹，
那足迹指道路，直通天上，
远远离地狱的湖河波浪。

第 307 首

我自信可驾驭智慧翅膀

诗人最初认为自己有能力驾驭智慧的翅膀，但后来发现，若无爱神和劳拉的帮助，他便难以写出优美的诗篇。

我自信可驾驭智慧翅膀，
却依赖他人力羽翼双展 [1]，
他人力使我能歌唱美结 [2]：
"爱" [3] 系结，死神却将其劈斩 [4]。

我试图栖身于脆弱细枝，
沉重的身体却令其折断，
开言道：登高者必会跌落，
做事时人不可违逆上天。

大自然造温情缚我结襻 [5]，
腾飞时我却难伴其身边，

[1] 依赖爱神和劳拉的力量才展开了写作诗篇的智慧翅膀。
[2] 指用爱情把诗人和劳拉捆缚在一起的绳结。
[3] "爱"指爱神。
[4] 是死神夺走了劳拉在尘世的生命，斩断了我的爱情绳结。
[5] 指劳拉。

智慧与语言都羽翼难展 [1]。

爱神却紧紧地随其身旁 [2]：
然而我并不配见到婵娟，
爱恋她全因为时运使然。

---

[1] 当大自然造化出捆缚我的结襻时，我却无能力伴其身边，无法展开智慧和语言的翅膀，因而，难以写出优美的诗篇。

[2] 爱神是遵循自然规律的。

第308首

为了她我离开阿尔诺河

由于怀念劳拉，诗人放弃在意大利托斯卡纳服侍权贵、获得丰厚报酬的机会，返回法兰西的沃克吕兹；劳拉的死令诗人十分悲伤，他歌颂劳拉，也希望后人永远赞美她；但诗人知道，劳拉的美德如夜空中的群星那样明亮和众多，他再努力也无法将其全都展现出来。

为了她我离开阿尔诺河 [1]，
把奴仆财富与自由对换 [2]，
她曾使温柔情变得酸涩 [3]，
我品过她的蜜，今受苦难 [4]。

我多次用哭泣将她歌唱，
望后人对她的丽质永赞，
爱与颂娇艳女高尚美德：
我文笔却难把美面 [5] 全现。

赞别人之语言难以配她，

---

[1] 因为怀念劳拉，诗人离开了流经佛罗伦萨的阿尔诺河，又返回索尔格河流经的劳拉的故乡。
[2] 为获得自由，放弃为权贵服务、获得巨大财富的机会。
[3] 劳拉曾经对诗人冷酷，使诗人感觉不到她的温情，只有一种酸涩的感觉。
[4] 我曾经品尝过对劳拉爱恋的甜蜜，如今她的死亡却令我十分痛苦。
[5] 指劳拉的美丽面孔，进一步引申为劳拉的全部美德。

她美德似空中群星闪闪，
努力也难勾勒一星半点：

她曾是尘世的短暂太阳 [1]，
即便我可展示她的美艳，
也缺少智慧与技巧、勇敢。

---

[1] 劳拉年轻时便死去，在尘世生活的时间很短，因而此处称其为"短暂太阳"。

第 309 首

超凡的美奇迹降生尘世

劳拉离世，爱神命令诗人写诗赞美她，以便使后人知晓她非凡的美貌；但诗人认为，没有任何诗篇能够达到赞美劳拉的高度，沉默的事实远远胜过美丽诗篇的赞颂。

超凡的美奇迹 [1] 降生尘世，
却不愿停留在凡俗人间 [2]，
上天使其现身，却又携走，
为用她装点那群星庭院 [3]。

爱神命绘其形，展示后人，
先解开舌之结，让我开言，
千百次令我付时间、智慧，
我的笔、纸与墨徒劳枉然 [4]。

至今我美诗篇未达高度，

---

[1] 指美丽的劳拉。

[2] 指劳拉早早地离开尘世。

[3] 上天令劳拉在尘世现身，随后又领她返回天上，为的是用她把群星璀璨的天穹装点得更加美丽。

[4] 爱神命令我绘制劳拉的图像以展示给后人看，他先解开我的舌结，以便我开口赞美劳拉，并千百次地让我为此付出智慧和时间；然而，我的纸、墨与笔都不能如愿以偿。

谁写作爱情诗心中明辨，
均似我，自知晓能力有限。

善思者必尊重沉默事实，
会感叹它胜过美丽诗篇：
噢，她之美是我目亲眼所见。

第 310 首

风儿回，吹拂着鲜花、草丛

　　春天来了，万物复苏，百兽发情，大自然到处都充满爱意；然而，诗人想起死去的劳拉，心中更加沉重，他觉得大自然春意盎然的景象是劳拉在展示温情。

风儿回，吹拂着鲜花、草丛，
美季归，万物种均被唤醒，
小燕子啾啾叫，夜莺歌唱，
春天到，处处是姹紫嫣红。

草地笑，天晴朗，阳光明媚，
宙斯见其女儿[1]，乐在心中，
气与水及土地充满爱意，
各类兽欲求爱，全都发情。

可怜啊，我叹息更加沉重，
心底处又出现她的倩影，
她携我心锁匙飞上天空；

---

[1]　此处指爱神维纳斯。维纳斯代表爱的季节——春天。

坡地上鲜花开，鸟儿啼鸣，

荒原上野兽在狂跳，奔腾，

全都是美女子显示温情[1]。

---

[1] 在诗人看来，春天，大自然万物复苏、生机勃勃的景象是劳拉在显示她的温情。

第 311 首

那夜莺之啼鸣如此哀婉

田园中的夜莺在树枝上哀鸣了整整一夜，它提醒彻夜未眠的诗人，是命运令他痛苦；命运希望诗人能在哭泣中明白一个道理：尘世并无真正的快乐，万物均会转瞬即逝。

那夜莺之啼鸣如此哀婉，
或许在哭雏儿、亲爱伙伴 [1]，
婉转的歌声中充满怜悯，
将温情送上天，洒满田园；

它好像陪伴我整整一夜，
提醒我是苦命带来磨难：
我只能怨自己，他人无过，
别相信"死"[2] 能令女神 [3] 命断。

噢，无疑者太容易被人欺骗！
那两盏美丽灯 [4] 比日更艳，
谁曾想它们令大地昏暗 [5]？

---

[1] 指伴侣。
[2] 指死亡女神。
[3] 指劳拉。
[4] 指劳拉的两只明亮的眼睛。
[5] 谁曾想它们竟离弃尘世，使大地昏暗。

现如今我知晓残忍命运，
希望我哭泣中学会明辨：
尘世间无快乐，万物易变。

第 312 首

诸星辰漂泊于晴朗天空

　　劳拉是诗人心中唯一的明灯和宝鉴，劳拉离世，诗人的心也随之死去；诗人感觉长久而沉重的生命令人厌烦，他只希望能够重新见到心爱的劳拉。

诸星辰漂泊于晴朗天空，
木船儿飞驶于宁静海面，
武装的骑士们驰骋原野，
欢乐的灵巧兽穿行林间；

新鲜的好消息众人期盼，
高雅的诗篇把爱情颂赞，
在清泉与绿色草地之处，
我歌唱高尚的美丽婵娟；

但万物都难入我的心田：
我眼中唯一的明灯、宝鉴 [1]，
携吾心一同葬土石之间。

---

[1] 诗人心中"唯一的明灯、宝鉴"隐喻劳拉。

长且重之生命令我生厌，
再重见那女子是我心愿，
真希望未与她相识人间。

第 313 首

哎呀呀，时间逝，好生可怜

　　劳拉离世，也带走了诗人的心；诗人的心随劳拉进入天国，它再无哀叹；此时，诗人似乎已经与永福的灵魂为伴。

　　　　哎呀呀，时光逝，好生可怜，
　　　　我曾处烈火中，却觉冰寒；
　　　　她去时留下了笔与眼泪，
　　　　我只能为其泣，写作诗篇。

　　　　美丽的娇艳貌离弃人间，
　　　　但那双温情眼刻我心田：
　　　　我的心亦离开，随她而去，
　　　　她将其裹挟在披风下面。

　　　　携我心入地下，又登云天，
　　　　在天上戴桂冠，好似凯旋：
　　　　她高尚之品行功德无限。

　　　　是躯壳强令我留在人间，
　　　　现在我似摆脱它的纠缠，
　　　　无哀叹，与永福灵魂为伴。

第 314 首

心啊心，你已经预感灾难

诗人与自己的心一起回忆最后一次见到劳拉的情景。

心啊心，你已经预感灾难，
欢乐时便忧伤、沉思不断，
在爱的美眸中寻求慰藉，
欲抚慰未来的焦虑不安；

听其言，观其行、面容、服饰，
她痛苦混杂于怜悯之间；
如若你[1]很机敏，便该知晓：
这是我温情的最后一天[2]。

噢，灵魂呀，那是种何等温情！
我又见不该见灼人丽眼[3]，
内心中燃烧起熊熊烈焰；

离别时我留下珍贵之物：
我的心和对她拳拳思念；
命它们守护在二友[4]身边。

---

[1] 指诗人自己的心。
[2] 指诗人最后见到劳拉的那一天。
[3] 诗人每次见到劳拉的眼睛时都非常激动，不能自控，痛苦万分，因而，此处说"不该见灼人丽眼"。
[4] 指上面提到的劳拉的双眼。

第 315 首

我如花青春季已经过去

　　诗人的青春花季已过，欲火即将熄灭，劳拉放弃了对他的戒心，表现出温柔之情；现在已经到了爱神和贞洁之神和解的时候，然而死亡之神却拦住了诗人靠近劳拉的道路。

　　　　　　我如花青春季已经过去，
　　　　　　感觉到心中火即将熄焰，
　　　　　　生命已开始走下坡之路，
　　　　　　最终将跌倒后再难立站。

　　　　　　我那位亲爱敌 [1] 放弃疑虑 [2]，
　　　　　　也开始一点点感觉心安，
　　　　　　她表现高尚的温柔之情，
　　　　　　把苦涩变甜蜜，令我心欢 [3]。

　　　　　　爱神与贞洁神各讲其理，
　　　　　　现已到他们的和解时间，

---

[1] 指劳拉。劳拉是诗人所爱之人，却给诗人带来了无限痛苦，因而，此处称其为"亲爱敌"。
[2] 放弃对诗人尘世之爱的疑虑。
[3] 劳拉不再对诗人表现冷酷，这使诗人十分快乐。

恋爱者应同坐，各述经验[1]。

死神却嫉妒我幸福境况，
披甲胄，手中提长枪、利剑，
迎过来把我的道路阻拦。

---

[1] 现在已经到了爱神与贞洁神和解的时候，因而，恋爱的人都应该坐在一起，
　　交流经验。

第316首

除人间不平的死亡之神

　　劳拉死后，诗人还在追寻她，但此时一切都只能依赖思念；诗人断言：劳拉正在天上观望他，并仍然保持着人的情感，深深地被诗人的真情打动。

除人间不平的死亡之神 [1]，
若不阻我快乐双足向前，
我现在必定已踏上道路，
制止了心激战，寻求宁安 [2]。

那女子用美眸为我引路，
追随她现只能依赖思念，
她生命飞快地离我而去，
就如同浓密雾随风飘散。

时光逝，不等人，年迈，须白，
我们的行为都已经改变，

---

[1] 死亡可以铲除人间的不平，因而，此处说"除人间不平的死亡之神"。

[2] 若死亡之神未阻止我快乐的脚步，我现在必定已经踏上寻求安宁的道路，不再为得不到劳拉的爱而纠结。追求劳拉的爱情是一种快乐，因而，此处诗人称自己的脚为"快乐双足"。

现不再怕与她谈我心酸 [1]。

我敢说，她正在天上观望，
听我的叹息声，看我受难，
为了我她仍然心痛，肝颤 [2]!

---

[1] 时光飞逝，我已年迈，须发皆白；我和劳拉都发生了很大的变化，我现在不
再怕与她谈论我为爱情所忍受的种种痛苦。

[2] 在诗人的眼中，劳拉虽然已经升入天国，却仍然保留着人的情感：她听到诗
人的叹息声，看到诗人为她而痛苦，必定会产生同情之心。

第 317 首

成熟且坦诚的岁岁年年

　　在成熟的年代，诗人的感情经历了暴风骤雨，爱神与劳拉启迪了他，但死神却夺走了劳拉的生命，使诗人的努力化为泡影；诗人认为，假如劳拉还活在人世，他便有机会向她表露情感，或许劳拉会回应他，并吐出令他们二人都感动的圣洁的话语。

　　　　　成熟且坦诚的岁岁年年，
　　　　　脱恶习，披美德、荣耀衣衫，
　　　　　却经历长久的暴风骤雨，
　　　　　爱神把宁静港示我面前 [1]。

　　　　　在美眸照耀下吾心闪烁，
　　　　　信仰也不再会搅扰丽眼 [2]。
　　　　　死神啊，你为何如此邪恶？
　　　　　竟要使多年果毁于一旦！

　　　　　只要是生命在便有时间，
　　　　　对那双贞洁耳吐露真言，

---

[1]　在成熟的年代，诗人摆脱了恶习，获得了美德和荣耀，但长期与情感的暴风雨搏斗；是爱神为他指明了进入宁静港湾的航线。

[2]　劳拉的美貌启迪了诗人的心，高贵的宗教信仰令他不再去搅扰劳拉的丽眼。

注入我久远的温柔情感[1]；

她或许回答我并发哀叹，
吐出的圣洁语动人心弦：
我二人都会把面色改变。

---

[1]　只要是劳拉的生命还在，我就有机会向她吐露真心话，告诉她我多年来对她
　　的爱慕之情。但现在劳拉死了，这一切都已经不可能了。

第318首

好像被刀斧砍，狂风摇撼

尘世的劳拉死了，就像一棵被连根拔除的大树，十分可怜；但诗人头脑中又臆想出一个被爱神选定、愿意付出爱情的劳拉，缪斯利用她帮助诗人创作出歌颂爱情的诗篇；劳拉升天时把她的根深深地扎入诗人的头脑之中，令诗人永远难以忘怀，不断地呼唤她，然而却从来得不到她的回应。

好像被刀斧砍，狂风摇撼，
一棵树连根拔，栽倒地面 [1]，
高耸的枝与叶 [2] 卧于土上，
太阳晒其根部，十分可怜；

我又见爱神选另一棵树 [3]，
缪斯神 [4] 利用它铸我诗篇；
树紧抱我的心，作其掩体，
好像是常青藤缠绕树干。

那活的月桂树 [5] 常作巢穴，

---

[1] 这棵树隐喻活在尘世的劳拉。
[2] 树倒地之前，枝叶高高地耸立在树干之上。
[3] 另一棵树隐喻劳拉的幻影，即怀念劳拉的诗人头脑中臆想出的劳拉。
[4] 希腊神话中掌管诗、乐、文化的女神。
[5] 隐喻活在尘世的劳拉。

寄寓着我似火叹息、思念，
但它的美枝叶从不抖颤 [1]，

升天时却把根留吾心田 [2]：
我痛苦之声音将它呼唤，
它从来不回应，令我哀叹。

---

[1] 从来不向诗人显露爱的情感。
[2] 劳拉虽然升天，却把思念留给了诗人。

第319首

时光逝，如鹿影飞驰而过

光阴荏苒，如白马过隙，劳拉已经死去，孤独的诗人也在对劳拉的思念中渐渐变老，但他仍然难以放弃对劳拉的深厚情感。

时光逝，如鹿影飞驰而过，
目难见，因其速快似眨眼，
记忆中好日子屈指可数，
既甜蜜，又苦涩，喜忧参半。

尘世啊，你悲惨，易变，任性，
谁希望得尔助必定瞎眼；
在你处[1]心被夺，落入她手[2]，
她被葬，骨与魂不能团圆[3]。

但精华[4]仍活着，生命未断，
她永远生活在高高云天，
并越来越令我爱其美艳；

---

[1] 指尘世。
[2] 在尘世时，诗人的心被劳拉夺走。
[3] 尸骨留在人间，灵魂升入天国，二者不能团圆。
[4] 指劳拉的灵魂。

我孤独沉思着，须发渐变[1]：
她如今啥模样？居住何天？
那一件美衣衫[2]是否仍艳？

---

[1] 孤独的诗人不断地思念着劳拉，渐渐变老，须发皆白。
[2] 指劳拉留在尘世的躯壳。

第 320 首

我感觉熟稔的微风拂面

　　诗人又来到劳拉的故乡，看见了那里的山岗，再一次回忆起他心爱的女子经常去的草地和河岸；但没有了劳拉，草地变得孤寂，河水浑浊不清；诗人希望自己离世后躯体被葬在那里，灵魂能略获安宁；他幻想劳拉还会踩踏在埋葬他的那片土地。

我感觉熟稔的微风拂面，
见美光 [1] 诞生的温情山峦，
那光曾激起我欲望、快乐，
她归天，我悲伤，泪眼潸潸。

噢，短暂的希望和疯狂思想 [2]，
孤寂的草地与浑浊漪澜 [3]，
她俯卧之冷穴 [4] 空空如也 [5]，
我活在该穴中却盼命断 [6]，

---

[1] 指劳拉。
[2] 指劳拉活在人间时诗人获得尘世爱情的希望和思想。
[3] 指劳拉经常去的河边和草地，其悲凉的情景与前面的描写形成了鲜明的对比。见第 126 首诗中的描写。
[4] 隐喻尘世。
[5] 劳拉离世了，因而，在诗人的眼中尘世已经空空如也。
[6] 诗人虽然仍活在尘世，却对尘世不抱任何希望，一心只期盼死亡。

希望在艰辛后略获宁安 [1]：
她美足再踏在我坟地面，
焚吾心之丽眼 [2] 重新出现 [3]。

我效力残忍且吝啬主人 [4]，
心被焚，因烈火烧至眼前：
她成灰，我只能哭泣不断。

---

[1] 经过艰辛的一生之后，诗人希望离世时能略获宁安。

[2] 指劳拉的美丽眼睛。

[3] 诗人临终前只希望劳拉的双足再一次踩踏在埋葬他的那片河岸，她那双焚毁
     诗人的美丽眼睛再一次出现在埋葬他的那片草地。

[4] 指爱神。诗人始终把爱神视为控制自己情感的主人。

第 321 首

这难道是凤凰栖息之巢?

　　诗人眼望劳拉的家乡,发出了种种感慨:在那里劳拉激起了他的
爱恋之情,升天时却将他孤独地抛弃在人间;曾几何时,劳拉的光辉
把那里照耀得白昼常驻,但如今那里却呈现出夜晚的黑暗。

　　　　　这难道是凤凰[1] 栖息之巢?
　　　　　它身披紫金羽[2],光彩璀璨,
　　　　　护吾心于它的双翼之下,
　　　　　引发我叹息和抱怨之言。

　　　　　美面与那明灯[3] 生动、灿烂,
　　　　　是我的温情苦[4] 产生根源,
　　　　　难道说挽留我为了焚毁[5]?
　　　　　噢,人间的艳日[6] 啊,你已升天。

　　　　　我被你弃尘世,孤独、凄惨,

---

[1] 隐喻劳拉。
[2] 隐喻劳拉的美丽面孔和金色秀发。
[3] 明灯隐喻劳拉的双眼。
[4] 指爱情所造成的痛苦。
[5] 难道劳拉的美面和双眼挽留我于人世是为了烧毁我?
[6] 隐喻劳拉。

常悲痛返回到我敬地面 [1]，
那里奉你荣耀，永世不断 [2]。

我见到山岗处已降夜晚 [3]，
从那片高地你光荣升天，
你眼曾照得那（儿）白昼常现 [4]。

---

[1] 指劳拉生活和升天的地方。
[2] 在你生活的地方，人们世世代代地崇奉你的荣耀。
[3] 由于劳拉离世，劳拉的家乡也变得昏暗，像夜晚降临一样。
[4] 劳拉活在尘世时，她如同艳阳一样明亮的眼睛曾经照得那片山岗白昼常驻。

第322首

那诗句似闪烁爱神光辉

为回复已故的科隆纳枢机主教的一首十四行诗，诗人写作了这篇作品。

那诗句[1] 似闪烁爱神光辉，
又好像怜悯神亲吐美言，
每次读我必定眼含热泪，
灵魂也激动得不停抖颤。

尘世的斗争中不屈灵魂[2]，
你如今之温情降自苍天[3]；
死亡神曾令我放弃诗兴[4]，
你又引我回归丢失诗篇：

我本想献给你另一作品[5]，
噢，贵友啊，是何星产生恶念[6]？

---

[1] 指科隆纳枢机主教写的诗句。
[2] 指科隆纳枢机主教的灵魂。
[3] 指科隆纳枢机主教已经离开人世。
[4] 由于劳拉死去，诗人曾一度放弃了写诗的兴致。
[5] 在彼特拉克被加冕为桂冠诗人时，科隆纳枢机主教曾写诗祝贺；为了表示感谢，彼特拉克曾说要为主教写一首赞美诗，然而主教却先行离世；这里的"另一作品"指的就是彼特拉克许诺写作的那一首赞美诗。
[6] 是何命运之星产生了邪恶之念？

对你我嫉妒且心怀恨怨。

葬你者难道能禁止心见 [1]？
难道能令语言放弃颂赞？
温情的叹息可令你魂安。

---

[1] 埋葬你的厄运之星难道能禁止我们心心相印吗？

第 323 首

有一日我孤独站立窗前

这首歌以六种幻象隐喻了劳拉的生与死及其对诗人情感的冲击。

有一日我孤独站立窗前 [1]，
见许多新鲜事，十分荒诞；
正当我观看得疲惫之时，
一野兽 [2] 径直地来我面前，
她长着美人面，宙斯亦恋，
黑与白二猎狗 [3] 紧随两边；
可爱的猎物被紧紧咬住，
两肋处伤得很惨；
转瞬间被挟持来到关口 [4]，
被封在石墓里面：
苦涩死战胜了非凡美貌，
她厄运令我的叹息不断。

我又见大海中一只小船，
丝拧成桅牵索，金制风帆，
船身由象牙与乌檀制成，

---

[1] 诗人幻想自己有一天孤独地站在窗前。
[2] 隐喻劳拉。
[3] 黑、白两只狗分别隐喻黑夜和白昼。
[4] 指生与死的关口。

海平静，温柔风轻轻拂面，
晴朗的天空中丝云全无，
那船中珍贵物装得满满；
突然间见东方风暴骤起，
云诡谲，波浪滔天，
船撞在礁石之上，
哎呀呀，多么悲惨！
顷刻间船沉没，踪影不见，
珍宝也沉入到浪涛下面。

小树林有一棵挺拔月桂 [1]，
圣洁的枝叶上鲜花争艳，
它好似天国的一棵神树，
树阴下闻百鸟歌唱不断，
还可见其他的温情、快乐，
它们令我飘然魂离世间 [2]；
我紧盯月桂树时，
天色变，看上去漆黑一片，
雷电闪，被击树立刻倒地，
哎呀呀，你好悲惨！
因此说我的命十分不幸：
如此的美树阴再难看见。

在那片树林中有眼清泉，
从岩间喷涌出，清爽、甘甜，
小溪水潺潺流，窃窃私语，
阴暗的隐秘处美妙非凡，

---

[1] 隐喻劳拉和荣耀。
[2] 看着这迷人的景色，诗人的灵魂似乎飘飘然然地离开了尘世。

牧人与耕田者全不靠近，
仙女却伴水流歌唱不断；
在景色与音乐最美之处，
我坐下仔细观看，
见一个大山洞展现眼前，
它把泉与周围景物吞咽[1]；
因而我更觉痛苦，
现回想仍然会心惊胆战。

有一只奇特的美丽凤凰，
双羽翼，披紫衣，头顶金冠，
我见它野林中高傲、独处，
便以为是上天神仙下凡。
但万物最终都注定消逝，
凤凰见大地吞潺潺清泉[2]，
又目睹月桂树倒伏于地，
枝与叶在地面十分散乱，
木枯萎，树干已折成两断；
鸟[3]喙也低垂胸前，
面现怒，无精神，躲闪一边：
引燃我情之火，心存爱怜。

最后我见鲜花、草丛之间，
一容貌美艳的沉思婵娟[4]，
她谦卑，对爱神却显高傲，

---

[1]　泉水潺潺地流入一个大山洞，向洞里望去，好像那山洞把溪流和景色全都吞
　　　入了口中。
[2]　与上一节的"见一个大山洞展现眼前，它把泉与周围景物吞咽"相呼应。
[3]　指前面提到的凤凰。
[4]　指劳拉。

想到她，欲火燃，我心抖颤；

她身穿精纺的一条白裙，

如黄金与白雪制成一般；

但其头昏昏沉沉，

自觉得有些晕眩：

因其踵被一条毒蛇咬伤 [1]，

似被采之花朵不再鲜艳；

离世时她虽喜，倍觉宁安，

啊，久存的哭声却回荡世间！

歌呀歌，你可以告诉众人：

六幻象 [2] 令我主 [3] 愿离人间，

视死亡是一种温情欲念。

———————————

[1] 隐喻劳拉患了致命的病痛。这里我们不难联想起希腊神话中阿喀琉斯脚踵中
    箭而亡的意象。
[2] 指上述的六种幻象。
[3] 指诗人自己。

第 324 首

爱神啊，我希望获得回报

诗人心中燃烧着熊熊的爱情之火，他希望获得回报，恰在此时，劳拉死去；诗人对劳拉的死和自己孤独地留在尘世发出抱怨。

爱神啊，我希望获得回报，
心中燃熊熊的欲望火焰，
恰此时那女子[1]离我身边。

哎，绝望的死亡啊，残忍生活！
死令我入苦难，饱受熬煎，
无情地熄灭我希望之火，
后者[2]却强迫我留在人间；
她离去，我难相随，
因为她禁我陪伴。
但夫人每时每刻，
都占据我的心田，
我生活她全看见[3]。

---

[1] 指劳拉。
[2] 指上面提到的残忍的生活。
[3] 我在人间怎样忍受生活的痛苦，她都看在眼里。

第 325 首

我不能沉默不语

诗人深切地回顾了劳拉短暂的一生和他对这位高贵、美丽女子的爱恋之情。

> 我不能沉默不语，
>
> 却担心笨拙舌难以如愿；
>
> 我的心要歌颂它的女人[1]，
>
> 那女子在天上听我之言。
>
> 爱神啊，你不教，我怎可能，
>
> 用尘世语言把神灵[2]颂赞？
>
> 你不教，我怎展示，
>
> 夫人心已经被高尚占满？
>
> 她摆脱美丽牢狱[3]：
>
> 我首次与她见面，
>
> 高贵的灵魂便不久人世[4]，
>
> 那时我正值少年；
>
> 奔过去，在周围草地之上，

---

[1] 指劳拉。

[2] 指已经成为天国神灵的劳拉。

[3] 指劳拉的美丽躯壳。中世纪，人们把躯壳视为禁锢灵魂的牢狱，灵魂只有摆脱躯壳的束缚，才能升入天国。

[4] 劳拉青年时便死去，因而此处诗人说"我首次与她见面，高贵的灵魂便不久人世"。

摘鲜花饰我诗篇 [1]，

但愿能悦其目，令她喜欢 [2]。

白玉建墙壁 [3]，金顶灿烂 [4]，

蓝宝石窗清澈 [5]，牙门 [6] 美观，

见此景我发出最初叹息 [7]，

终极叹也将出我的心田 [8]；

爱神的众使者全副武装，

射出了喷火的支支利箭，

我虽然曾戴桂冠 [9]，

但想起那情景，身仍抖颤。

见一座美丽的钻石方屋 [10]，

高贵的宝座椅被置中间，

宝座前立一根水晶圆柱，

美夫人 [11] 独坐在宝座上面，

圆柱内书写着各种思想，

圆柱外其文字闪亮可见 [12]，

它令我有时乐，有时哀叹 [13]。

---

[1]　观察劳拉的美貌，收集诗歌素材，以便写出美丽的诗篇。

[2]　但愿我的诗能令她喜欢。

[3]　隐喻劳拉的白嫩躯体。

[4]　隐喻劳拉的金发。

[5]　隐喻劳拉的天蓝色的眼睛。

[6]　指用象牙修建的门。隐喻劳拉美丽的嘴和洁白的牙齿。

[7]　诗人为劳拉的美丽叹息不已。这是诗人首次见到劳拉，因而说"发出最初叹息"。

[8]　我的心不久以后还将为劳拉的死亡发出叹息之声。

[9]　桂冠既暗示诗人是桂冠诗人，又隐喻劳拉。在意大利语中月桂树（lauro）一词与劳拉（Laura）的名字谐音。

[10]　诗人似乎见到了一座美丽的钻石方屋。

[11]　指劳拉的美丽的躯体。

[12]　水晶圆柱中似乎书写着各种各样的思想，人们透过水晶圆柱，在外面便可以看清里面的文字。

[13]　看着那些文字，诗人有时欢乐，有时又哀叹不已。

我看见绿色的凯旋标志[1]

和锋利、炽热的闪亮羽箭[2]，

阿波罗、阿瑞斯、主神宙斯，

战场上遇它们也会逃窜；

到处闻诸神的哭泣之声，

我岂能有力与强敌对战[3]？

于是便任人摆布，

不知道去何方，怎样避险。

哭泣时我常看到，

绝世美[4]诱惑心，迷人双眼：

令我入牢狱的俊俏女子[5]，

在一个阳台立站[6]，

那一天唯有她完美无缺，

观望她，我胸中燃起欲焰，

忘记了自己和一切苦难。

我虽然身在地，心却升天，

美滋滋把忧愁抛弃一边，

感觉到活躯体变成石头，

惊讶情充满了我的心田；

见一位聪慧且自信女子[7]，

虽年迈，面却似少女一般，

---

[1] 隐喻上文曾提到过的月桂树。

[2] 指上文提到过的爱神的利箭。

[3] 连宙斯、阿波罗、阿瑞斯等最强悍的神见到爱神的利箭都吓得四处逃窜，哭泣不断，我又怎么有能力对抗他呢？

[4] 指劳拉的美貌。

[5] 令我陷入爱情牢狱之中的美丽女子。这里指劳拉。

[6] 诗人似乎又见到劳拉站立在一座阳台上。

[7] 诗人似乎见到一位聪慧且自信的女子。这位女子隐喻时运女神。

她见我凝视其面容、眼睛，
便对我张口吐言：
知道你难以相信，
我能力卓越、非凡：
可同时令人们欢乐、悲伤 [1]，
身轻盈，连风儿也难比肩，
我能够撑万物，亦可颠倒 [2]；
请观日，你已有鹰的双眼 [3]，
同时听我对你慢慢细谈。

就在她诞生那天，
二明星 [4] 把幸福播撒人间；
在天上显贵之处，
见它们相互间表示爱恋：
金星与木星均容貌俊秀，
占据了苍穹的最美空间；
然而在天上的其他地方，
似洒满邪恶光线 [5]。
从未见太阳曾如此艳丽：
空气与大地都欢乐无限，
海与河水面平静，
但远处吉星间乌云 [6] 出现，
它令我心中不悦；

———————————

[1] 可同时令一些人欢乐，令另一些人悲伤。
[2] 我能够支撑万物直立起，也可以令万物本末倒置。
[3] 请你观看太阳，因为你已经有一对鹰的眼睛，不再惧怕太阳的强烈光线。
[4] 指下面所说的金星和木星。
[5] 指不吉利的光线。
[6] 隐喻不祥之兆。

若 "怜悯"[1] 不改变天空恶面[2]，
我担心它[3] 化作泪雨涟涟。

当她来人间之时，
尘世怎配得上这位天仙？
圣洁女虽青涩却很温情，
看上去丽质非凡，
如洁白美珍珠镶于黄金；
她匍匐，亦或者稚步蹒跚，
草木与水、土、岩石，
只要她手摸，足践，
必变得绿、清、艳、妙，
美目光令原野鲜花烂漫；
虽然她刚刚断奶，
尚不会呀呀吐言，
稚嫩音便可以平息风暴，
把上天之光辉撒满人间，
令盲聋尘世也无比灿烂。

她年龄与美德同时成长，
青春的俏女子如花一般，
太阳也未见过这等佳丽，
我认为此美貌永世难见：
眼充满欢乐情，高尚，正直，
言语中流露出温情、仁善。
其他人都不配把她讴歌，

---

[1] 指怜悯女神。
[2] 指乌云出现后天空呈现出的险恶状态。
[3] 指上面提到的那朵乌云。

只有你 [1] 有能力将其颂赞。

明亮面 [2] 放射出上天光辉，

俗人眼难瞩目仔细观看；

你的心充满了炽热烈火，

全由于她尘世躯壳美艳，

但他人也难燃如此情焰；

我觉得她仓促离弃尘世，

致使你忍痛苦，如受熬煎。

话音落她走向旋转之轮 [3]，

把我等之命运装入其间，

既冷酷，又自信，预测吾祸 [4]：

歌呀歌，不需多年，

死亡神将令她悲惨弃世，

却无法毁掉她躯壳美艳；

为了她我也盼离开人间 [5]。

---

[1] 指诗人。

[2] 指劳拉闪闪发光的面孔。

[3] 指变化莫测的命运之轮。

[4] 预测将要发生在我身上的不幸。

[5] 若劳拉离世，诗人也不想再活于人间。

第 326 首

噢，残忍的死亡神你尽全力

残忍的死亡女神夺走了劳拉尘世的生命，却无法毁灭劳拉不朽的荣耀；劳拉的灵魂已经升入天国，变成天使，发出万丈光芒，征服了诗人仍然留在人间的心。

噢，残忍的死亡神你尽全力，
洗劫了爱神的幸福家园，
如今你灭明灯，铲除鲜花，
将它们埋葬在狭窄空间[1]；

你拆除生活的美丽装饰[2]，
令崇高光荣女消逝不见，
对不灭荣耀却无能为力[3]，
只能把其尸骨携带身边[4]；

光荣的灵魂已欢乐升天，
其光芒就如同太阳一般，
善良人会将她永记心间。

---

[1] 鲜花和明灯都隐喻劳拉。死神令劳拉死去，并将她的躯体埋在狭窄的墓坑中。
[2] 隐喻令劳拉死去。
[3] 无能力损害劳拉永恒的荣耀。
[4] 只能带走劳拉的躯壳。

天上的新天使[1]，您心良善，
用耀眼之辉煌对我示怜，
使我心屈从您无比美艳。

---

[1] 指已经升天的劳拉的灵魂。

第 327 首

那荡涤世界的死亡之神

死亡女神带走了劳拉，也带走了尘世的美与舒适和诗人赖以生存的光辉及宁静；为了逃避劳拉之死所带来的痛苦，诗人宁愿自己也死去；他希望诗篇能够使劳拉的美名永远传世。

那荡涤世界的死亡之神，
携温柔月桂树 [1] 离开人间，
亦带走美丽与爽影、清风，
我生命之光辉 [2]、宁静不见 [3]。

如太阳遮住了其姐之影 [4]，
我崇高之光辉消逝眼前 [5]，
为避免心之痛，我求一死，
是爱神令我的思想昏暗。

美夫人，你结束短暂之梦：
现苏醒，被选入永福人间，
灵魂与造物者团聚于天；

---

[1] 隐喻劳拉。见第 22 首诗中关于月桂树的注释。
[2] 指照亮诗人生命的光辉，即劳拉。
[3] 照亮我生命的光辉（劳拉）与我生命的宁静也随之不见。
[4] 指月全食。"其姐"指月亮。
[5] 就如同月全食一样，照亮我生命的光辉——劳拉也消逝不见了。

若吾诗在高贵智者中间，
能够使某事物神圣非凡，
那就令你美名永世相传。

第 328 首

哎呀呀，人生短，欢悦日少

劳拉死去，悲伤的诗人也自觉将要离世，因为，他的生命和安宁都取决于劳拉那双美丽的眼睛。

哎呀呀，人生短，欢悦日少，
这已是我快乐最后一天，
我的心变成了日下残雪，
或许它已预示我的灾难。

如疟疾令人们高烧不断，
将生命与思维无情摧残，
我也在不觉中突然发现，
不完美尘世日已至终点 [1]。

吾生命与安宁依赖美眸，
那丽眼升入天，更加灿烂，
我双目却悲惨被弃人间；

丽眼对我双目吐出奇言：
噢，亲爱的，你们应心定神安，
尘世已难会面，别处再见。

---

[1] 尘世的日子既不完美也未到应该结束的时候，但对诗人来讲，劳拉弃世已经
意味着他尘世的生命走到了终点。

第 329 首

噢，欲夺我一切的阴险群星

诗人最后一次见到劳拉时，劳拉对他欲言又止；诗人却对即将到来的灾难茫然不知；他懊悔自己木讷，未能预料到劳拉将要离开尘世。

噢，欲夺我一切的阴险群星 [1]，
噢，最后的时刻呀，最后一天！
噢，诚恳的目光 [2] 呀，我离去时，
你为除我懊恼，似欲吐言 [3]。

如今我已醒悟，因见灾难 [4]：
曾以为离去时仅失一半 [5]，
哎，所有的"以为"均化作泡影，
有多少希望都随风飘散！

因上天之安排完全相反：
熄灭我生存的依赖光焰 [6]，

---

[1]　古时人们认为天上的星辰主宰人的命运。
[2]　指劳拉观看诗人时的目光。
[3]　诗人最后一次要离开劳拉时，劳拉用诚恳的目光望着诗人，为了使诗人不再懊悔，似乎要对他说些什么；但木讷的诗人却没能领悟。
[4]　现在诗人领悟了，因为他已经知道劳拉离世了。
[5]　原来还以为只是与劳拉分离，这只能算是一半的损失，谁知却是永别。
[6]　熄灭了我赖以生存的光焰——劳拉。

征兆早预示在她的苦面[1]；

但面纱遮住了我的双眼，
应看到之事物却未能见，
使吾生突然间变得悲惨。

---

[1] 在劳拉痛苦的面容上早就能看出她死亡的预兆。

第330首

她温情之目光似乎说道

劳拉离世之前请诗人带走她的某件物品作为纪念，诗人迟钝的悟性并没有察觉劳拉将死去；上天急迫地等待劳拉的到来，同时也希望把诗人长久地留在人间。

她温情之目光似乎说道：
你随意取我物携带身边，
抬起脚离开我身旁之后，
再难见我蹒跚尘世人间 [1]。

悟性 [2] 啊，你虽然比豹敏捷，
但预料痛苦时却极迟缓，
你为何未察觉她的目中，
曾流露焚吾身那股凶焰？

那丽眸虽无语却很明亮，
好像说：噢，长期来，亲爱之眼 [3]，
你已将我变成明鉴一面；

---

[1] 劳拉请诗人取走她的某件物品作为纪念，因为，分离后，诗人再难以在尘世见到她了。
[2] 指诗人自己的悟性。
[3] 指诗人的双眼。

天盼我，你却觉吾命短暂 [1]，
系结者 [2] 已将其拦腰斩断 [3]，
并欲留你之结许久时间 [4]。

[1]　天急切地盼望我去它的身边，而你却觉得我在人间的生命过于短暂。
[2]　指天主。"结"指人生之结。
[3]　天主已将劳拉的生命之结拦腰斩断。
[4]　并希望把你的生命之结保留很长一段时间。

第 331 首

我经常远离开生命之源

劳拉死去，诗人极度痛苦，没有了劳拉，他便没有了活在尘世的欲望；他希望也能早早归天，甚至在劳拉之前离世。

我经常远离开生命之源[1]，
寻陆地与海洋，此非吾愿，
而追踪掌控我命运之星[2]，
路途中我遭受种种苦难；
是爱神看到后对我施助，
我常用忆与望滋养心田[3]。
如今我举双手缴械投降，
对我那残忍的命运服软；
它剥夺我美好温情希望[4]，
却仅仅把记忆留我心间；
我希望只能靠回忆生存，
但它[5]使我灵魂意志更坚。

---

[1] 指远离开劳拉。
[2] 诗人经常远离劳拉，这并不是他自己的愿望所决定的，而是命运使然。古时，人们认为人的命运是由天上的星星掌控的。
[3] 我常用回忆和希望滋养我的心田。
[4] 指重新见到劳拉的希望。
[5] 指上一句所说的"希望"。

似信使路上奔，缺少食物，

他被迫放慢步，理所当然，

因为他已缺少疾行之力，

我疲惫之生命也似这般 [1]；

它丧失必需的可贵滋养 [2]，

是死神张血口将其吞咽 [3]；

这令我之处境每况愈下，

甜变酸，美与乐亦成厌烦；

短暂路 [4] 赐我望，亦令心颤 [5]，

我急奔，速度似风吹云散，

为的是再也不游荡尘世 [6]，

这或许是命运，难以改变。

她是我此生的指路明灯，

没有她，这生活我不喜欢；

爱神知，我与他常谈此事：

为此女我才会苟活于人间；

她亡于凡尘却重生上天 [7]，

追随她是我的最高意愿。

然而我却时常感到痛苦，

---

[1] 我疲惫的生命就像一位忍受饥饿的信使，放慢了他的脚步，因为他已经没有力量快步行走。

[2] 隐喻劳拉。诗人把劳拉看作使其生命力强健的滋养。

[3] 是死神吞食了诗人的"滋养"，即夺走了劳拉。

[4] 指人生的短暂旅程。按照中世纪的基督教思想，尘世的人生只是一次短暂的旅程，天主通过它考验每一个人的灵魂，好人的灵魂将升入天国，不肯忏悔罪过的坏人的灵魂将坠入地狱。

[5] 诗人觉得，一方面，短暂的人生赐予他希望；另一方面，人生又令他心颤，因为他过于追求尘世快乐，担心死后难以进入天国。

[6] 我急急忙忙地奔逃，为的是不再慢慢地游荡于尘世，苦熬至尘世旅程的终点。

[7] 劳拉虽然在尘世死去了，却重生于天上。"重生"一词意味着劳拉本来就来自于上天。

因为我对境况未有预判 [1]；
爱神借那美眸 [2] 给我提示，
他向我提出了新的意见：
虽然死极痛苦，令人悲伤，
但早亡可使人幸福无限。

我的心常居于那双丽眼，
一直到恶命运胸燃妒焰，
将我心驱赶出富贵居所 [3]，
爱神却写下了怜悯之言，
亲手绘我漫长旅程 [4] 近况，
展示了我心中强烈欲念 [5]。
若死亡并非毁全部生命，
最美的那部分 [6] 生存依然，
死亡便对于我温柔、美好 [7]，
但此时死神却葬我心肝 [8]：
一捧土夺走我众多希望，
我虽生，却难免浑身抖颤 [9]。

需要时，若略有智慧伴我，
而没有其他的强烈欲念，

---

[1] 我对自己的境况没有英明的预见。
[2] 通过劳拉的美丽双眼。
[3] 指上面提到的"那双丽眼"。
[4] 指诗人的人生旅程。诗人离开了劳拉，感到尘世昏暗，旅程漫长、难耐，因
    而此处说"漫长旅程"。
[5] 爱神对我表示怜悯，记录了这一切，展示了我的欲念。
[6] 指人的灵魂。
[7] 若死亡并不能剥夺人的一切，人的最美好的那一部分（灵魂）仍然可以生存，
    死亡对于我便是温柔、美好的。
[8] 指诗人心爱的女人劳拉。
[9] 我虽然没有死去，却也痛苦得不能不浑身抖颤。

引它去另一处，步入歧途，
在夫人额头上必能看见[1]：
你甜美之生活已到尽头，
现在将开始你巨大苦难。
如果能早理解此言之意，
在她那尘世的躯壳面前，
我便可脱沉重、讨厌肉体，
先一步登上云天，
去看看备好的夫人宝座[2]；
今若去须待我白发斑斑[3]。

歌呀歌，若你见恋者安宁，
对他说：快去死，切勿贪欢，
及时死不痛苦，是种逃避，
可好死，便请你不要拖延[4]。

---

[1] 在需要的时候，如果有一点点智慧和我作伴，而没有强烈的欲望把智慧引向
    歧途，那么，我就一定会在劳拉的额头上看到以下的句子，即在劳拉的面容
    上看到对我将来灾难的预示。
[2] 如果我能早一些明白劳拉此言的意思，就可以当着灵魂尚未升天的劳拉的面，
    摆脱我沉重且讨厌的肉体，抢在劳拉之前登上天国，看一看为她备好的宝座。
[3] 如今我若是再想登天，就须要等到年迈之时。
[4] 如果能够幸福地离开人世，就请你不要拖延时间。

第 332 首

好运气与我的快乐生活

　　劳拉离世，诗人的生活顷刻间变得万分痛苦，他期盼也即刻离弃
人间；劳拉的死完全改变了诗人的诗风，他如今只能悲伤地歌唱死亡。

> 好运气与我的快乐生活，
> 明媚的白昼与宁静夜晚，
> 温情的叹息和美妙话语，
> 在我的诗篇中回响不断；
> 顷刻间都变成痛苦、悲泣，
> 令我恨此生活，盼弃人间 [1]。

> 凶残且寡情的死亡女神，
> 你令我有理由永无心欢，
> 致使我一生都不断哭泣，
> 夜痛苦，白昼也一片昏暗 [2]。
> 我沉重之叹息难以成诗，
> 剧烈痛也令我无法吐言。

> 我爱情诗歌被引向何处?

---

[1] 由于劳拉离世，顷刻间，一切美好的事物都成了对往昔的回忆；诗人悲苦万
　　分，痛恨尘世，期盼离弃人间。
[2] 死神夺走了劳拉的生命，令诗人心中再无欢乐，后半生不断地哭泣。

它去把愤怒与死亡颂赞[1]。
有诗处夜必讲爱情故事，
高贵心喜沉思、聆听诗篇[2]；
但我诗现去往什么地方？
我只能思与述哭泣、心酸[3]。

以往我哭泣时存有希望，
苦涩的诗句与温情相伴，
这令我每夜都难以入睡，
今日泣却比死更加悲惨[4]；
不奢望高贵女欢乐目光[5]，
垂顾我所写的卑微诗篇。

美眸中明显见爱神入诗，
现如今却见他哭泣不断[6]，
我痛苦追忆那快乐时光，
因而把我诗歌风格改变[7]；
苍白的死神啊，我请求你，
快令我摆脱这难堪夜晚[8]。

---

[1] 诗人一生都写作爱情诗歌，此时他自问死亡把他的诗歌引向了何方，回答是：被引向了歌颂愤怒与死亡。

[2] 有诗歌的地方就必定会听到人们夜晚讲述爱情故事，恋爱的高贵心灵喜欢沉思爱情和聆听爱情诗篇。

[3] 此处，诗人又自问他的诗歌去往何方，回答是：他的诗歌只能去诉说他的哭泣和悲伤。

[4] 劳拉活在尘世时，诗人哭泣时是抱有希望的，尽管那时也会夜不能寐；如今劳拉离世了，他的哭泣比死亡还要悲惨。

[5] "高贵女"指劳拉。劳拉升天了，目光自然是十分欢乐的。

[6] 在劳拉的美眸中诗人看见了爱神的影子，他自然会把爱神写入自己的诗篇中；但此时，他却见到爱神也在为劳拉的死哭泣。

[7] 痛苦的诗人再也无法欢快地歌颂劳拉，因而，他要把诗的风格改变。

[8] 诗人十分惧怕难以入眠的夜晚，请求死神把他带走，从而摆脱失眠的苦痛。

残忍夜我睡意偷偷溜走，
常用的韵律也悄然不见，
它 [1] 如今只能够歌颂死亡，
我歌声因而也变得悲惨 [2]。
爱神的王国中诗风难变，
怎可能今悲伤，以往尽欢 [3]。

没有人曾比我更加快乐，
也无人昼与夜比我悲惨 [4]；
痛倍增，诗句也成倍增长，
全都是心中的流泪诗篇 [5]。
我曾为希望活，今为哭泣 [6]，
只能盼死神与死神对战 [7]。

死亡神戕害我，也能使我
再重新见到那欢乐容颜；
快乐令我叹息，亦令吾泣，
这夜晚温柔风、雨珠点点 [8]，

---

[1] 指诗人的韵律，即诗人的诗。

[2] 不仅诗人的睡意消逝了，他以往优美的诗风也不见了，现在他的诗歌只能悲惨地歌颂死亡。

[3] 诗人感叹道：爱情诗歌的风格一般是不会随意改变的，怎么可能以前尽是欢乐，而如今却只能有悲伤呢？

[4] 过去没有人比我更加快乐，如今却没有人比我更加悲惨。

[5] 悲痛令我写下了更多的诗篇，但全是流泪的诗篇。

[6] 我过去为希望（希望获得劳拉的爱情）而活，如今却只为哭泣（哭泣劳拉的死）而活。

[7] 只能盼望死神把我也带走，这样死神才能战胜他自己（即违反他夺走劳拉使我们二人永远难见的愿望），使我与劳拉重新相见。

[8] "温柔风"指上一句所提到的诗人的叹息，"雨珠点点"指的是上一句所提到的诗人哭泣出来的眼泪。

将我的思想都融入诗句，

是爱神助吾诗飞上云天。

若如今我具有爱怜诗风，

可以从死神手夺回婵娟[1]，

如俄耳甫斯救欧律狄刻[2]，

我将会更觉得幸福无限！

若不能，至少在某个夜晚，

可闭上流泪的两股清泉[3]。

爱神啊，我已经哭泣多年，

是灾难凝成我痛苦诗篇，

不盼你减轻我夜晚忧伤，

只祈求死亡神把我可怜，

携我寻哭泣与歌唱婵娟[4]，

在她那（儿）我才能心中喜欢。

那女子已摆脱泪与愤怒[5]，

---

[1] 指劳拉。

[2] 俄耳甫斯和欧律狄刻都是希腊神话中的人物。一天，俄耳甫斯的爱妻欧律狄刻被毒蛇咬伤，不幸身亡。俄耳甫斯不顾生命危险，下入冥府，请求冥王把妻子还给他，并表示如若不然他宁可也死在冥府。冥王怜悯之情油然而生，便答应了他的请求，但提出一个条件：在他领着妻子走出冥府之前绝不能回头看她，否则他的妻子将永远不能回到人间。俄耳甫斯满心欢喜地领着爱妻踏上重返人间的道路。欧律狄刻的蛇伤还没有好，每走一步都痛苦地呻吟一声，然而俄耳甫斯却连看也不看她一眼。他们一前一后默默地走着，终于看到了人间的微弱光线。这时，欧律狄刻再也无法忍受丈夫的冷遇，嘴里不高兴地嘟囔起来，可怜的俄耳甫斯听到妻子的抱怨，忘记了冥王的叮嘱，他回身拥抱妻子。突然，一切像梦幻一样消失，死亡的长臂又一次将他的妻子拉回冥界，只给他留下了两串晶莹的泪珠。

[3] 隐喻诗人的双眼。

[4] 携我去寻找我哭泣和歌唱的美丽婵娟。

[5] 劳拉已经升入天国，成为天上的圣女，愤怒与哭泣都已经与她无关。

现如今用其美令天灿烂，
疲惫诗若高升至其身旁，
她必知我诗风发生改变；
或许她更爱我以往诗风，
死神令她眼明，使我昏暗[1]。

噢，恋爱者[2]，你渴望美好夜晚，
听爱神吐美言，吟唱诗篇，
请祈求死亡神听我诉说，
并让我结束这哭泣、悲惨；
她[3]通常使人们十分悲伤，
但此次应令我心中喜欢[4]。

数天内她便能满足我望[5]：
致使我不再泣，拭干面颜，
在痛苦诗篇中离弃人间。

---

[1] 或许劳拉更喜欢她在尘世时我为她写的诗。死亡令她更心明眼亮，因为死后
　　她升入天国享受永福；而她的死却令我十分痛苦，使我昏昏沉沉，没有了生
　　存的目标。

[2] 指世上恋爱之人。

[3] 指死亡女神。

[4] 诗人呼吁恋爱的人们为他乞求死亡女神，请死亡女神聆听他的诉说，让他结
　　束哭泣和哀叹，满足诗人心中的意愿。

[5] 数天内死亡女神便能够令诗人离开人世，从而使诗人获得重见劳拉的快乐。

第 333 首

悲伤诗，你去寻冷酷石棺

诗人命令他的诗去寻找劳拉的石棺，告诉石棺中死去的劳拉：他对尘世生活也感觉疲倦，情愿尽快死去；诗人希望天上的劳拉能关注他的死，并迎过来把他拉到身边。

悲伤诗，你去寻冷酷石棺，
它把我心爱女葬于世间，
其躯壳掩藏在黑暗地下，
但你呼，她必定回应于天。

对她说我活得疲惫不堪，
不再愿游弋于可怖水面 [1]；
但为了拾捡她散落枝叶 [2]，
我愿意随其后将她忆谈，

使尘世了解并爱戴婵娟：
她生于这尘世，后又升天，
其生命已长存 [3]，直至永远。

---

[1] 隐喻人生。
[2] 隐喻月桂树的枝叶，因为劳拉是月桂树的象征。见第 22 首诗中的关于月桂树的注释。
[3] 死后的劳拉已得到永生。

我不久也将要离弃人间，
希望她能关注，迎我向前，
呼唤并拉我至她的身边。

第 334 首

真诚爱若应该获取奖赏

　　诗人对劳拉的爱十分真诚，他认为这种比太阳更加光辉的忠诚一定能够获得回报；虽然劳拉在尘世时也曾经怀疑过诗人对爱情是否真诚，但此时，升入天国的劳拉已经能够看透诗人的心，知道诗人对她的爱是永恒不变的；劳拉虽然死去，诗人却仍然期盼梦中见到她，得到她的安慰。

真诚爱若应该获取奖赏，
怜悯神若仍可如愿以偿，
我必定能得到应有回报：
因对她之忠诚胜日之光。

她也曾怀疑我爱情真诚，
现知晓我的爱持久、永恒，
以往她闻吾声或者见面，
如今她却能够看透心灵 [1]。

希望她在天上对我哀叹，
仍然能表现出悲伤情感：

---

[1]　如今成为天国圣女的劳拉已经能够看透我的心。

满怀着怜悯情返我身边 [1]；

也希望我放弃皮囊 [2] 之时，
夫人携朋友来与我相见 [3]：
他们是基督的真诚伙伴。

---

[1] 诗人希望升入天国的劳拉仍然能对他的哀叹表现出同情之心，并在梦幻中重
返他的身边。

[2] 指肉体。

[3] 诗人希望离开尘世时，劳拉和真诚的朋友（指那些生活在天国之中曾经真诚
恋爱的人的灵魂）来见他，安慰他；劳拉和这些天上的灵魂都已经是基督的
真诚伙伴。

第 335 首

万千个女性中我见一位

女神一样的劳拉在万千个女性中出类拔萃，诗人的心被她击中，落入情网；但充满美德的劳拉飞得太高、太快，而诗人的尘世身体太重，难以跟上，转瞬间劳拉便不见了踪影；劳拉消逝了，是死亡女神残害了她。

万千个女性中我见一位[1]，
用爱情击吾心，令其抖颤，
那不是虚假的梦幻之影，
看上去她如同女神一般。

她没有丝毫的尘世俗情，
一心只向往着永福之天[2]。
我灵魂常为她燃烧，冰冻，
展双翼渴望着随她飞天。

她高飞，我尘世身体太重，
转瞬间便飞离我的视线[3]；
想到此我的心比冰更寒。

---

[1] 指劳拉。
[2] 指天国，因为那里生活着永远享受至福的灵魂，因而被称作"永福之天"。
[3] 劳拉高飞而去，而诗人的尘世身体过于沉重，被远远地甩在后面；转瞬间劳拉便在诗人的视线中消失了（指劳拉死去了）。

噢，美丽且高贵的闪亮双眼 [1]，
死神曾令众人痛苦，悲惨，
现穿入你们身残害婵娟 [2]！

---

[1] 指劳拉的双眼。
[2] 现在死亡女神穿过劳拉的双眼，残害她，令其死亡。

第 336 首

美女子又回到我的记忆

诗人似乎又见到了劳拉，她仍然如同在尘世时那样美丽；诗人突然醒悟，这只是一种幻觉，因为，早在 1348 年 4 月 6 日的凌晨，劳拉就已经幸福地升天了。

> 美女子又回到我的记忆，
> 忘川水 [1] 难洗清她的印迹，
> 其全身闪烁着爱星 [2] 光辉，
> 如初见：她那时正值花季 [3]。
>
> 仍然是貌俊俏，举止真诚，
> 言与行收敛且十分孤僻，
> 我惊叫：哎呀呀，她还活着，
> 并请她赐予我温情话语 [4]。
>
> 她时而默无声，时而回言。
> 我醒悟，并重做正确判断，

---

[1] 指古希腊神话中的忘川河水。据希腊神话讲，忘川是冥界的一条河，进入冥界的幽灵饮其水后可忘记尘世之事。

[2] 指金星。在意大利语中金星（Venere）与罗马神话中的爱神维纳斯（Venere）是同一个词，因而金星亦被看作是爱星。

[3] 就像初次见到她的时候那样，那时她正值青春花季。

[4] 请她让我听到她温情的说话声。

对己心开言道：你受欺骗；

在一三四八年四月六日，
天即将放亮的凌晨时间，
她灵魂脱躯壳幸福升天。

第 337 首

这棵树香与色无与伦比

象征劳拉的月桂树无比美艳和芳香，诗人曾经为其燃烧欲焰，也因被其冷落而颤抖；劳拉在世时，尘世充满了荣耀；而如今，天主把她带走，用她去装饰上天。

这棵树香与色无与伦比，
东方也不如它芳香、明艳 [1]，
西方的诸名贵花、果、草、枝，
都没有它美名如此远传；

我这棵温情的月桂树中，
寄寓着种种美、熊熊欲焰，
在它的绿阴处可以看到，
我主宰 [2] 与女神 [3] 安坐下面。

我曾把崇高的思绪转向，
那具有灵魂的植物 [4] 上面，

---

[1] 东方是盛产香料的地方，因而应该充满香气；东方又是太阳升起的地方，也应该十分明亮、艳丽；然而，它没有这棵树芳香和明艳。
[2] 指爱神。
[3] 指劳拉。
[4] 指前面提到过的月桂树，它隐喻劳拉。见第 22 首诗中关于月桂树的注释。

火与冰，颤与燃，吾心喜欢 [1]。

尘世本充满了她的荣耀 [2]，
主 [3] 将其取走后装饰上天 [4]：
只有天配得上她的美艳。

───────────────

[1] 不管我为这棵月桂树（隐喻劳拉）曾经燃烧欲火，还是受到冷落后浑身颤抖，
　　我都心中喜欢。
[2] 劳拉在世时，尘世曾经充满了荣耀。
[3] 指天主。
[4] 现在天主将她领走，用她去装饰上天。

第 338 首

死神啊，你使这世界失太阳光芒

诗人说，死亡女神令劳拉离弃尘世，从而使尘世丧失了美德，人类更加悲惨；尘世曾经拥有劳拉，却不了解这位美夫人的价值；唯独他知道，却又只能不断地为其哭泣；诗人为劳拉的死而悲伤，天空却因为劳拉升入天国而更加灿烂。

死神啊，你使这世界失太阳光芒，

爱神瞎，弱无力，乾坤昏暗，

雅赤裸，不诱人，美亦残缺，

我忧伤，重物却压在背肩，

谦恭已被放逐，高尚沦陷。

这痛苦并非我一人能担，

你拔除美德苗——旧的价值，

新价值人们在何处可见？

陆、海、空均应泣悲惨人类；

没有她[1]草地便鲜花不见，

戒指亦失宝石，不再灿烂。

---

[1] 指劳拉。

尘世曾拥有她，却不识面：
唯我识，却只能哭泣不断，
我悲伤，天空却更加灿烂[1]。

---

[1] 我为劳拉的死而哭泣，由于劳拉升入了天国，天空却变得更加灿烂。

第 339 首

是上天打开了我的双眼

上天令诗人降临人世，后天的学习使诗人掌握了写作诗歌的知识，爱情又给予他灵感；然而，诗人对劳拉的赞美，与劳拉的光辉相比，只是沧海一粟。

是上天打开了我的双眼 [1]，
学习与爱之神使我翼展 [2]，
令我识新奇的尘世美物，
她一人 [3] 身齐聚众星光灿；

其形象极高贵，与众不同，
举止也不寻常，犹如天仙，
我尘世之智慧无法理解，
肉眼难承受其强烈光线。

我为她所写的那些诗篇，
仅仅是大海的水珠点点，
她为我祈祷主，酬谢颂赞；

---

[1] 是上天令我降生于尘世，看见了万物。
[2] 后天的学习和爱情给予我写作诗歌的知识和灵感，从而令我展开了文学创作的羽翼。
[3] 指劳拉。

但赞美难超越我的智慧：
如若人紧盯住太阳光线，
光越强他眼前越是黑暗。

第 340 首

我温情、亲爱的珍贵宝贝

诗人质问天国的劳拉为何不尽快对他施怜悯，为何不像以往那样经常进入他的梦乡；他认为，只有劳拉进入他的梦乡才能安慰他的灵魂，因而，也只有劳拉才能结束他的苦难。

> 我温情、亲爱的珍贵宝贝 [1]，
> 死夺你，上天却把你照看；
> 为何你迟迟不给我帮助？
> 为何赐我怜悯如此之晚？
>
> 你过去常现身我的梦中，
> 现如今却令我心燃烈焰；
> 是何人禁止我获得慰藉？
> 天国中本没有任何抱怨；
>
> 尘世间有愤恨，亦有爱怜，
> 怜悯心经常把痛苦分担，
> 使爱神惨败于自己家园 [2]。

.

---

[1] 指劳拉。

[2] 怜悯之心时不时把他人的痛苦分担，致使折磨人的爱神在爱的王国中不能得逞。

你看透我的心，知我悲伤，
唯独你可结束如此苦难，
你入梦便可安我的心田。

第341首

噢，何天使、怜悯心如此善良

　　劳拉再一次进入诗人的梦乡，安慰他，为他医治心伤，使他摆脱
寻死的念头；劳拉言语中所表露出来的肺腑衷肠非常感人，甚至可以
令太阳停转。

噢，何天使、怜悯心如此善良，
把我的哀与痛带到天上 [1]？
我再次感觉到夫人归来 [2]，
其举止温柔且无比高尚；

她表现极谦卑，毫无傲慢，
安慰我痛苦情，疗治心伤，
致使我摆脱了寻死念头，
生存不再令我意乱心慌。

永福者 [3] 也可令别人快乐，
用语言，亦或者用其目光，
唯我俩能懂她肺腑衷肠 [4]：

[1] 把我的哀痛带到天上，讲给劳拉听。
[2] 致使劳拉又一次进入我的梦中。
[3] 这里指劳拉，因为她已经成为在天国享受永福的灵魂。
[4] 只有诗人和劳拉自己能够懂得劳拉所说的话。

忠诚的朋友啊，我更悲伤，
为了你，我才曾冷酷异常[1]。
其言可令太阳止步天上[2]。

---

[1]　劳拉说：为了使诗人不坠入尘世的情爱之中，在人间时，她才对诗人异常冷酷。
[2]　劳拉的话太让人感动，甚至使天上的太阳都止步不前。

第342首

我主宰把泪、痛作为食物

诗人为劳拉的离世不断地哭泣，劳拉再次进入他的梦中，安慰他的心灵，并希望他好好地生活下去。

我主宰 [1] 把泪、痛作为食物，
滋养我受伤的悲惨心田，
想到它 [2] 深深的剧痛伤口，
我时常面苍白，浑身抖颤。

她 [3] 活于人间时举世无双，
现如今又来到我的床前，
坐在了床边沿，面露怜悯，
我几乎无勇气把她观看 [4]。

用她那我期盼纤纤玉指，
拭吾泪，口吐出温情之言，
那美音尘世人难以听见。

[1] 指爱神。爱神始终主宰着诗人的命运。
[2] 指上一句所提到的"悲惨心田"。
[3] 指劳拉。
[4] 劳拉太光彩照人，羞涩的诗人没有勇气正视她。

她说道：沮丧者心自明又有何用 [1]？
难道你为我泣时日还短？
活下去，就似我未弃人间 [2]！

---

[1] 即便沮丧的人明白自己处于精神沮丧的状态，又有什么用处呢？
[2] 你应该好好活下去，就像我仍然活在尘世一样。

第 343 首

回想起令上天灿烂之眼

一想起美丽的劳拉，诗人就痛苦万分；如果黎明之前，劳拉不进入诗人的梦乡，安慰诗人的心灵，诗人必定会死去；天亮时，听完诗人讲述苦难经历的劳拉返回天国，她已经激动得泪流满面。

回想起令上天灿烂之眼、
低垂的金色发、美丽容颜、
令吾心甜蜜的天使柔声，
如今我便觉得心如刀剜；

不知她更美丽还是更善，
我惊愕为何能活至今天：
如若是黎明前她不救我，
我必定会离弃尘世人间。

噢，将给予她温情、善良欢迎 [1]：
她认真听我讲故事段段，
关注我忍受的长期苦难。

天明时激动女 [2] 返回天国，

---

[1] 若黎明前，她来看我，进入我的梦乡，我会给予她温情、善良的欢迎！
[2] 指听我讲述痛苦经历时十分激动的劳拉。

她熟知通天的各条路线，
泪水湿两面颊，哭红双眼。

第 344 首

爱之情或许曾如蜜香甜

虽然劳拉在世间对诗人十分冷漠，但有时也会令其感到快乐；劳拉死后，诗人心中便只剩下痛苦。

爱之情或许曾如蜜香甜，
我并非知何时，今却苦酸，
谁经历自然会知晓真情，
我便是因为它遭受磨难。

那尘世闪光的辉煌女子，
现装点且照亮爱神之天 [1]；
在世间她赐我短暂平静，
如今却带走我所有宁安。

残忍的死亡神夺我快乐，
自由的美灵魂 [2] 虽然灿烂，
却难令我摆脱厄运纠缠。

---

[1] 指金星天。在意大利语中金星（Venere）一词与爱神维纳斯（Venere）的名字谐音。
[2] 指劳拉升入天国的灵魂。

曾哭唱，我如今却难变调[1]：
昼与夜痛凝聚我的心田，
眼流泪，舌发泄灵魂抱怨。

---

[1] 劳拉活在尘世时，我有时哭泣，有时欢快地歌唱；但此时我只有痛苦，因而
　　无法把悲伤的声调变成欢快歌唱的声调。

第 345 首

爱与痛令吾舌肆无忌惮

在上一首诗中，诗人抱怨劳拉过早离世给他带来无穷的痛苦，而这首诗却表现出另一种情感：赞美劳拉归天。

爱与痛令吾舌肆无忌惮，
口吐出种种的指责、抱怨，
若所言不虚妄，她欠公正，
枉费了我对其爱与颂赞。

但此女在尘世牢记天主，
现又见她随主安居于天，
这足以平息我剧烈痛苦，
安慰我受伤的悲哀心田。

此时我心自静，情定神怡，
不再想见她于地狱人间 [1]，
独自生、独自死是吾意愿。

我灵魂之双眼 [2] 见其更美，
随天使翱翔于高高云天，
飞至那永恒的天主面前。

---

[1] 指痛苦的人间。
[2] 指诗人的想象。

第346首

美夫人登天的那个日子

劳拉升天的那一天，众天使与天国的永福者簇拥着她，赞美她的美丽，对她充满了好奇之心；劳拉虽然喜欢天国，却仍然眷恋身在尘世的诗人，似乎在期盼着尽快与诗人重逢于天国。

美夫人登天的那个日子，
众天使、永福者[1]纷纷来见，
簇拥在她周围，熙熙攘攘，
心中都充满了好奇、爱怜。

议论道：何女子如此光灿？
谁这般俊俏且服饰美艳？
已许久未曾见迷途尘世，
有此等美丽的尤物升天。

她喜欢新换的这个居所[2]，
如今与完美者[3]可以比肩，
然而却时不时回首张望，

---

[1]　指获得永福的天国居民。
[2]　指天国的新居所。
[3]　指天国居民。

似乎在等待我把她追赶：
我思绪与期盼飞向苍穹，
因闻她请求我快至身边。

第 347 首

夫人啊，你与主同居天堂

　　劳拉与天主同居天国，荣耀无比，放射出万丈光芒；透过天主的面容她可以明察诗人对他的爱恋之心和忠诚；不管过去劳拉身处尘世还是如今升入天国，诗人都一如既往地爱她，都希望见到她如太阳一般明亮的眼睛，只有这样，诗人汹涌澎湃的激情才能平静；因而诗人请求劳拉为他祈祷，期盼天主也能尽快地令他归天，与劳拉团聚。

　　　　夫人啊，你与主同居天堂，
　　　　灵魂享圣生活[1]理所应当，
　　　　安坐在高高的荣耀之位，
　　　　披紫袍，戴珍珠，光芒万丈。

　　　　噢，其他女难具有这等奇能：
　　　　在明察秋毫的天主脸上，
　　　　你见我爱之心、纯粹忠诚，
　　　　洒热泪，泼墨于洁白纸张[2]；

　　　　你知道我对你一如既往，
　　　　在尘世似此时身处天堂，
　　　　只想见你眼放如日光辉，

---

[1]　指天国的永福生活。
[2]　指诗人为劳拉书写爱情诗句。

以平复我心中汹涌波浪；
正为此我请你祈祷天主，
令我能尽早来你的身旁 [1]。

---

[1] 令我能尽早升天与你团聚。

第 348 首

一丝丝绝妙的柔媚秀发

诗人曾经从赞赏劳拉的秀发、美眸、娇容、甜蜜的微笑、温情的言谈、轻巧的美足、纤纤的玉手和玉臂获得生命力，而如今，劳拉升入天国，与天主和天使生活在一起，令他们无限欢乐，却让诗人孤独地留守人间；诗人希望明察其思想与情感的劳拉为他祈祷，使他也能够尽快升天与心爱的女子同居一处。

> 一丝丝绝妙的柔媚秀发，
> 令黄金与艳日丧失光灿；
> 从没见甜蜜笑、美眸、娇容，
> 也未闻温情语如此这般；
>
> 纤纤手与玉臂无须摇动，
> 便征服爱神的悖逆粗汉 [1]；
> 好一双美足儿轻巧移动，
> 天国的俏佳人 [2] 展现眼前；
>
> 那丽人曾令我生机勃勃，
> 现如今上主与天使尽欢 [3]，

---

[1] 连那些在爱神神箭攻击下都无动于衷的粗汉也会被劳拉的美丽征服。

[2] 指已经升入天国的劳拉。

[3] 由于与劳拉在一起，天主和众天使都感觉无限欢乐。

却让我孤零零独守世间。

我期待心中苦得到慰藉：
知我心美女子应该祈天，
令我能尽快至她的身边。

第 349 首

我似乎随时将闻听夫人

诗人觉得自己不久将离弃人世，飞往天国与劳拉团聚，他时刻等待着幸福时刻的到来，因为在天国他不仅可以见到天主，还可以见到心爱的女子。

我似乎随时将闻听夫人[1]，
派使者呼唤我去她身边，
于是我内与外发生变化，
近年来已变得不似从前；

如今我将将能认识自己，
因已把旧生活抛弃一边。
若知道何时去[2]，我多快乐，
尽管是不须等太久时间。

噢，出尘世牢狱日何等幸福，
可脱下凡俗的易破衣衫[3]，
那衣衫太沉重，漏洞已现；

---

[1] 指劳拉。
[2] 去劳拉的身边，即去天国。
[3] 指人的躯壳。

我随后可离开幽幽黑暗[1]，
飞翔在美丽的晴朗空间，
见我主与夫人现身眼前。

---

[1] 指黑暗的尘世。

第 350 首

脆弱的尘世美似影如风

尘世的美艳全都集聚在劳拉一人身上，然而，她却在人间隐匿了身影；诗人宁愿闭上无法见到劳拉的尘世凡眼，希望天主赐予他更明亮的心灵之眼，使他能够重新见到劳拉的美丽双睛。

脆弱的尘世美似影如风 [1]，
它只是虚无的一个空名，
从来不汇集在一人身上，
此时代却不同，它令我痛 [2]：

大自然并不愿一人显富，
其他人都忍受赤裸贫穷，
但此次却对她显示慷慨
（众美人请谅解这种不公 [3] ）。

她的美古与今从没有过，
我认为未来见亦不可能，
然而她深藏匿，尘世无影 [4]。

---

[1] 尘世的肉体美是非常容易消逝的。

[2] 大自然一般不会把尘世的美丽都集中在一个人的身上，但此次不同，它创造了劳拉，使之成为美的集中体现，然而却令我十分痛苦。

[3] 其他美丽的女子应该理解大自然对劳拉的这份慷慨。

[4] 劳拉虽然非常美丽，却在人间藏匿起身影（离弃尘世）。

她早逝，我情愿合闭俗眼，
眼本是上天赐，却欠光明 [1]，
求天令我再见她的双睛。

---

[1] 俗眼虽然是上天所赐的，却缺少光明，看不见已经升入天国的劳拉。

第351首

温馨的执拗与平静拒绝

诗人又回忆起劳拉曾拒绝他的爱情，然而，他觉得劳拉的拒绝中充满了爱怜；劳拉圆睁厉眼是为了驱散他心中不轨的邪念，随后她又安慰诗人，这使诗人十分快乐。

> 温馨的执拗与平静拒绝[1]，
> 却充满对我的贞洁爱怜；
> 她愠色锤炼我似火欲望[2]，
> 我发现：这欲望愚钝、冥顽；
>
> 其高雅之谈吐闪闪发光，
> 显示出谦恭与真诚无限；
> 她本是美之源、德善之花，
> 驱散我心中的一切邪念；
>
> 那一双非凡眸令人快乐，
> 却面对失礼者圆睁厉眼，
> 为的是制止我不轨意愿；

---

[1] 指劳拉的执拗和对诗人爱慕之情的拒绝。
[2] 劳拉对诗人表现出愠色，然而，这愠色却使诗人的欲望之火燃烧得更旺。

随后又起变化，安慰吾心，
美变化救我命，令其平安，
否则我必定会魂飞命断。

第352首

福魂呀，你曾经温情转动

诗人好像又见到了劳拉的音容笑貌、轻盈的脚步和明亮的眼睛，她的美妙形象如今更深刻地印在诗人的心中；对诗人来说，随着劳拉的死，谦恭和爱情也都离弃了人世，此时，只有死亡能够温暖他的心灵。

福魂[1]呀，你曾经温情转动，
比艳日更亮的那对眼睛，
引起了感叹与声声议论，
它们仍回响在我的脑中；

曾见你移步于鲜花草丛，
现天使而并非女子身影[2]，
那形象今仍然深印吾心，
它燃起我真诚爱情火种；

归天主，你将其留在尘世[3]，
还留下美衣裙[4]，灵魂独行，
那衣裙归属你，天命注定[5]。

---

[1] 指劳拉升入天国享受永福的灵魂。
[2] 展现出的是天使的身影，而不是普通女子的身影。
[3] 回归天主时，你把你的形象留在了尘世。
[4] 指劳拉的美丽躯壳。
[5] 美丽的躯壳归属于你，这是天命注定的。

你离去，"恭"与"爱"随之辞世，
太阳亦跌下了高高天空，
然而死却开始温暖心灵[1]。

---

[1] 诗人觉得，劳拉死了，谦恭和爱情也随之离开了尘世，此时，只有死亡能够
    温暖他的心。

第 353 首

美丽鸟，你不停啾啾歌唱

诗人借助与啾啾歌唱的鸟儿的对话，表达了劳拉死后他内心的无
限忧伤。

美丽鸟，你不停啾啾歌唱，

哭泣你度过的美好时光，

见夜晚与寒冬来到眼前，

白昼和好岁月弃身后方，

如你识自己的今日痛苦，

也知晓我当初凄凄境况，

快投到不幸人——我的怀抱，

分担我心中的烦恼、忧伤。

不知道你我痛是否相同，

你哭者或许还活在世上，

吝啬天却将我泣者收藏 [1]；

---

[1] 诗人哭泣的是劳拉，她已经被吝啬的上天收去了。

想起了甜与苦那些日子，

此季节与时辰令人惆怅[1]，
回忆邀我对你[2]吐露衷肠[3]。

[1]　诗人一回想起劳拉活在尘世时给他带来的幸福和痛苦，就更觉得这严冬季节和黑暗夜晚令人惆怅。

[2]　指诗歌开始时所提到的美丽鸟。

[3]　鸟儿啊，是对以往的回忆邀请我对你吐露衷肠。

第 354 首

爱神啊，请助我喘吁的忧伤灵感

诗人请求爱神帮助他书写出配得上赞美劳拉的诗句。爱神回答说，他与上天已经把一切优秀品质都赐予了劳拉，只是无法避免劳拉的死亡；因而，他只能哭泣着介绍劳拉的美与善，诗人也只能哭泣着书写歌颂劳拉的诗篇。

爱神啊，请助我喘吁的忧伤灵感，
令我的疲且弱诗句流畅，
赞美那升天的不朽女子，
她已是天国的娇艳丽娘；

使吾诗达颂扬圣女高度，
它 [1] 独自难将其完美歌唱，
人间无德和美与她相比，
不配留她于世、不赴天堂 [2]。

爱神曰：我与天已通过坦诚建议，
把一切好品质赋她身上，
现死神夺其去，我难阻挡。

---

[1] 指诗人的诗。
[2] 人间根本就不配将如此优秀的劳拉留于尘世，使之不升入天堂。

从亚当睁眼后从未见过，
尘世有如此的美丽模样：
哭泣中我讲述，你书诗章 [1]。

---

[1] 因而，我一边哭泣一边讲述这一切，你也一边哭泣一边书写赞美劳拉的诗章。

第 355 首

噢，旋转的天穹与飞逝岁月

　　时光飞逝，快似闪电；诗人认为可以原谅飞逝的岁月，因为它遵循的是大自然的安排，而不能宽恕自己，因为自己虽然有一双大自然所赐的眼睛，却没能察觉和避免尘世追求的邪恶；如果说，过去未能避免邪恶，现在劳拉已仙逝，应该是结束一切邪恶的时候了。但在诗的结尾处，读者仍能看到诗人对放弃爱情的惋惜；诗人似乎在说：自己并没有远离尘世快乐的坚定意愿，因而无法摆脱爱神的桎梏。

　　　　　　噢，旋转的天穹与飞逝岁月，
　　　　　　你们把盲目的世人欺骗，
　　　　　　时光比风与箭飞得更快，
　　　　　　体验后如今我心中明辨。

　　　　　　你们可被原谅却难恕我：
　　　　　　自然令你们生羽翼于肩，
　　　　　　也赐我一双眼，以察邪恶，
　　　　　　因而我愧与痛充满心田 [1]。

　　　　　　若过去没能够目光向善，
　　　　　　转向那光辉的安全一面 [2]，

---

[1]　我未能察觉和避免追求尘世快乐的邪恶，因而愧疚与痛苦充满了我的心田。
[2]　即把目光转向天主。

现已是结束恶大好时间 [1]；

爱神啊，我灵魂脱不开你的桎梏，
亦难离那冤家 [2]，你知根源 [3]；
德并非偶然获，须有意愿 [4]。

---

[1] 现在劳拉已经离开尘世，是我放弃尘世追求的时候了。

[2] 指劳拉。

[3] 爱神啊，我的灵魂摆脱不了你的桎梏，也离不开劳拉那个冤家，其原因你是知道的。

[4] 爱神啊，人并不能不做任何努力偶然间便可以获得不受爱情桎梏约束的美德，而必须有坚定的意愿。

第356首

那神圣微风儿时常吹入

　　劳拉时常进入诗人的梦乡，梦中，诗人斗胆向劳拉讲述了自己的痛苦：初见劳拉时，诗人便产生了爱情，得不到劳拉的回应，他的心总是像被爱神啮啃一般难受；见劳拉听他讲述后哭泣着离去，诗人后悔不应该令劳拉悲伤。

　　　　那神圣微风儿[1] 时常吹入，
　　　　我不宁、痛苦的幽幽睡梦，
　　　　她活着，我绝无此等勇气，
　　　　现斗胆告诉她我的苦痛。

　　　　我先说令我坠爱河一瞥[2]，
　　　　从此便开始我漫长不幸，
　　　　随后讲我经历何等苦乐：
　　　　一天天爱之神啮吾心灵。

　　　　她沉默，凝视我，面带怜色，
　　　　离去时发出了叹息声声，
　　　　真诚泪挂满了美丽面容。

---

[1]　隐喻劳拉。

[2]　诗人初见劳拉时，劳拉曾瞥过他一眼，从而引起诗人的爱恋之情。

见此景我灵魂十分悲伤，
自抱怨，怒火烧 [1]，哭泣不停；
此时我魂归位，脱离梦境 [2]。

---

[1] 见到劳拉伤心，诗人非常恼火，抱怨自己不该说出令劳拉痛苦的话。
[2] 这时候，诗人从梦中醒来，灵魂又恢复了正常状态。

第 357 首

对于我每一天赛过千年

　　诗人已心明眼亮，他随劳拉正走上幸福的天国之路，尘世的诱惑不再能欺骗他；他不惧死亡，决心追随天主；已经成为天上圣女的劳拉属于他，这是天命使然。

对于我每一天赛过千年，
我把那可信的向导 [1] 追赶，
在尘世指行程，今仍引路，
领我沿最幸福道路向前 [2]。

人世间欺骗均难阻吾行，
心与眼皆明亮，善于识辨，
照心灵之光线来自天上，
我开始计损失、枉费时间 [3]。

我无须惧怕那死亡威胁，
因我主曾忍受更大苦难 [4]，
并命我追随他，决心不变。

---

[1]　指劳拉。诗人认为劳拉曾指引他尘世生活，并将把他领入天国。
[2]　沿奔向天国的道路前进。
[3]　天之光照亮了我的心灵，因而，我开始计算在尘世遭受的损失和枉费的时间。
[4]　指基督受难。

现如今主融入她的血液，
绝不会打扰她宁静心田，
她已被赐予我，命运使然。

第 358 首

死神难令娇容显露苦痛

死亡女神并不能令美丽的劳拉显露出苦痛，而劳拉离世时的娇美容貌却令死亡女神显得和蔼可亲，不再使人恐惧；在劳拉和天主基督的启发下，诗人不再惧怕死亡，他张开双臂迎接死神。

死神难令娇容 [1] 显露苦痛，
娇容却使死神面现温情。
安详死还需要何人引导？
她已令我学会如何前行 [2]。

不吝惜鲜血的基督耶稣，
把地狱之门板踹个大洞，
他之死似乎可慰藉吾心 [3]：
死神啊，快来吧，我很欢迎！

时间到，请求你不必踌躇，
美夫人弃世时，我的生命，
就应该随其去，飞入天宫。

---

[1] 指劳拉的娇容。

[2] 劳拉已经教会我如何走完后半生，在这种情况下，我要安详地离弃人世，难道还需要其他人的引导吗？

[3] 基督为拯救人类不吝惜流尽最后一滴血，勇敢地踏碎了地狱之门，这种精神似乎可以慰藉我的心，使我坦然地对待死亡。

那以后我并无一日生活，
我与她曾共生，亦应同终，
跟随着她脚步结束吾生。

第359首

为使我疲惫身得到休息

诗人辗转反侧，难以入眠；此时，劳拉来到他的身边，坐在他的床前，安慰他的心灵，于是二人便有了下面令人感动的对话。

为使我疲惫身得到休息，

那温柔之慰藉[1]来我身边[2]，

口中吐甜蜜的机敏话语，

坐在我左侧床沿；

我充满爱与惧，面色苍白，

便问道：噢，幸福魂，你来自哪块地面？

她抽出[3]棕榈和月桂细枝，

展示在我的面前，

随后说：从朗朗天国高处，

最神圣那片空间，

来此处只为了令你心安。

示谦卑，我口吐感激之言，

随后问：你咋知我状况如此这般[4]？

她说道：你不停痛苦哭泣，

---

[1] 指劳拉。

[2] 为了使诗人安静地入睡，劳拉来到他的身边。

[3] 从怀中抽出。

[4] 指诗人辗转反侧难以入睡的状况。

叹息风吹动了悲泪波澜，
使其越重重天，冲上苍穹，
搅乱了我的宁安；
我获得更美生活[1]，
离弃了悲惨人间，
然而你深感不悦，
若爱我，本应该心中喜欢，
外表和言语中乐必可见。

我答道：这只是为己哭泣，
因为我身处于苦难黑暗；
你已经升入天国，
人们都亲眼看见。
噢，罕见的圣洁灵魂，
你曾经高傲地活于人间，
随后又飞快离去，
展双翅，腾空升天，
若永福并不是为你准备，
天主在你这片年轻心田，
怎培育如此多美德、良善？

没有你，我悲惨，一无是处，
除了泣又能咋办？
在褴褛哺乳时便应死去，
如此便不必受爱情苦难！
她说道：你为何自虐且哭泣不已？
如果你真把我置于心间，
最好用公正天平，

---

[1] 指死后获得了天国的永福。

称称你甜蜜的骗人谎言 [1]；

快抓住两树枝 [2] 其中一条，

把你的羽翼开展，

跟随我飞离地面！

我说道：可否问你，

那双枝是何意？请你明言。

她答道：你可自解，

你已经为一枝 [3] 写下颂赞 [4]：

棕榈树 [5] 令我胜尘世、自我，

那时我还是青年；

主使我亦般配月桂枝叶，

它象征凯旋之欢。

若仍有尘世欲将你胁迫，

你应该转向主，请他救援：

路尽时 [6] 可与主同居于天。

我说道：你金丝 [7] 与发髻，以及丽眼，

它们仍与我纠缠。

她答道：切莫随愚人 [8] 同行，

勿相信，也不要与其交谈。

我已是赤裸魂，享福于天：

---

[1] 指诗人写下的追求尘世爱情的诗句。

[2] 指前面提到的棕榈树枝和月桂树枝。见第 1 节第 7 句。

[3] 指为了获得月桂树枝条，即为了获得桂冠。

[4] 指诗人曾写下赞美古罗马人征服北非强敌迦太基的史诗《阿非利加》，这部拉丁语作品为诗人赢得了桂冠。

[5] 棕榈树象征胜利。

[6] 指结束尘世生命时。

[7] 指劳拉的美丽金发。

[8] 指尘世间不明天意的普通人。

你多年寻之物 [1] 留在世间；
为助你摆脱痛苦，
我现出如此容颜，
未来日 [2] 我必将更加美丽，
对你仍既严肃又示爱怜，
为拯救你与我，必须这般。

我已经泣不成声，
她用手把我的泪水擦干，
随即又温情叹息，
现愠色，口吐出碎石之言 [3]；
转身去，我睡意消失不见。

---

[1] 指劳拉的躯壳。
[2] 指最后审判那天复苏的肉体与灵魂合一之时。按照基督教神学的解释，世界
     末日之时，人的肉体会复苏，并与灵魂合为一体，接受天主的最后审判。
[3] 可以击碎石头的坚硬语言。

第360首

那女王掌控着神圣魂灵

诗人与爱神一同来到理性女王面前，请她判定是非；诗人指控爱神把他引上了错误道路，使他痛苦，令他疏远了天主；爱神则指责诗人忘恩负义，不识好歹；而作为审判者的理性女王却说，诗人与爱神之间的纠纷已日久天长，错综复杂，需要更多时间才能做出判断。

我这位温情且邪恶主人 [1]，

在理性女王前受到指控，

王稳坐高高的山峰之上，

把我等神圣魂 [2] 掌握手中；

女王的庄重审判，

如火中之黄金那般洁净；

我就像寻正义、惧死之人 [3]，

心充满苦与惊恐，

开言道：女王啊，缺陷足 [4] 踏入他国 [5]，

那时候我尚年轻，

只知道愤怒、怨恨，

---

[1] 指爱神。

[2] 人由肉体和灵魂两个部分组成，肉体将被葬于地下，灵魂却要升入天国与天主团聚，因而是神圣的。

[3] 诗人说，自己是一个既追求正义，又惧怕死亡的人。

[4] 指诗人缺乏理性的情感。

[5] 指爱神的王国。

因而受种种酷刑，
强忍住许多折磨，
我耐心最终竟无影无踪[1]，
于是便仇恨人生。

就这样忍受着烈火烧身，
我耗尽可怜生命：
为侍奉这残忍献媚之人[2]，
弃多少正直路、欢乐之情[3]！
何天才用如此简练语言，
能书我不幸处境？
何智者对丧尽天良之人[4]，
能如此辞严义正？
噢，点滴蜜，胆汁成河！
甜引我入爱的行列之中，
正是它将我宠惯，
亦令我忍受这无尽苦痛。
如若我并非是自欺欺人，
本打算离地腾空[5]，
"爱"[6]却夺我平静，令我不宁。

他削弱我对主爱戴、崇敬，
我不应不顾及自己心灵[7]：

---

[1] 最终丧失了耐心。
[2] 指爱神。
[3] 诗人对追求爱情表示悔恨之意。
[4] 指爱神。
[5] 本打算获得美德，从而灵魂飞入天国。
[6] 指爱神。
[7] 诗人后悔没有维护好自己的心灵，使其充满美德。

岂能够为一女子，

弃所有思想于废物之中。

爱神是教唆我唯一罪人，

他总是刺激我青春美梦，

给我戴其残忍、沉重桎梏，

并令我亵渎神灵。

哎呀呀，我好悲惨！

天为何赐予我智慧、才能 [1]？

我如今毛发皆变 [2]，

然而却难易初衷 [3]；

"爱" [4] 剥夺我的自由，

他冷酷本应受我的指控，

却使我苦生活似浸蜜中。

他令我踏遍荒原，

入猛兽、盗贼和野人家园，

粗鲁汉 [5] 全无人性，

罪孽把每一个行人纠缠 [6]，

在高山与深谷、大海、河流，

设下了圈套万千；

非冬却严寒无比，

到处都充满艰险；

---

[1] 上天赐给诗人高贵的才智，爱神却使他跌入爱情的迷惘，致使他一生碌碌无
    为，为此他发出懊悔的叹息之声。

[2] 头发全都变白了。

[3] 却难以改变自己的本性。

[4] 指爱神。

[5] 指上一句中提到的"野人"。

[6] 诗人把人间比喻成粗鲁的野人所生活的家园，那里充满了罪孽，它们纠缠着
    每一个尘世的过路之客。

我躲避爱神与那位女敌 [1]，

他们却一刻不离我身边；

若苦涩、冷酷死亡，

不提前把我来见，

全依赖上天怜悯，

绝非是此暴君 [2] 保我安全 [3]：

食吾苦他才会体肥肚圆 [4]。

被他俘，我再无半刻平静，

将来也无希望获得安宁，

夜晚我丧失睡意，

药与术均难以令我入梦 [5]。

爱之神威逼、利诱，

控制了我的心灵，

无论我身在何处，

时刻闻计时钟声。

他 [6] 知道我无虚言：

陈旧木从来不招引蛀虫；

蛀虫却隐吾心，索我性命 [7]。

我心生泪水、痛苦，

发出了抱怨辞、叹息之声，

我疲惫，其他人亦会如此 [8]，

---

[1] 指劳拉。

[2] 指爱神。

[3] 如果说，我没有过早地死去，是上天对我怜悯，并非是爱神保护了我的安全。

[4] 爱神把我的苦难作为他的补养品，因而被养得又肥又壮。

[5] 草药与巫术都难以令我入梦。

[6] 指爱神。

[7] 就像蛀虫从不蛀蚀陈旧的木头一样，爱情也不攻击年迈之人，而只攻击像我
    这样的年轻人。

[8] 我为追求爱情而疲惫不堪，或许其他人也会如此。

女王^[1]啊，请判断，你心如镜^[2]。

我对手^[3]反驳辞十分尖酸：
噢，女王啊，请监听他人之言，
负心汉^[4]远离实情：
真实语绝无缺陷。
年少时，他投身巧舌之术^[5]，
兜售其诡辩语、无稽之谈；
这使他远离了我的欢乐^[6]，
不知羞，现在却把我抱怨，
竟怨恨驱恶的真诚爱情，
依我看爱之情一尘不染。
他^[7]如今把幸福视为痛苦，
称其为"十分悲惨"；
我曾经提升其^[8]智，
唯独我能令他荣耀披肩，
靠自己他绝难如此光灿。

人命运由天上星辰决断，
阿伽门农^[9]、阿喀琉斯^[10]十分灿烂，

[1] 隐喻理性。见本诗的第一段。
[2] 理性女王啊，请你判断我二人的是非，因为你的心如同明镜。
[3] 指被诗人指控的爱神。
[4] 指诗人。在爱神眼里，诗人是一个没有良心的人。
[5] 指诗人年少时曾经学过法律，准备从事律师职业。
[6] 远离了爱情的快乐。
[7] 指诗人。
[8] 指诗人。
[9] 希腊神话中的人物，迈锡尼国王；据《伊利亚特》讲，他是攻打特洛伊的希腊联军的最高统帅。
[10] 希腊神话中的人物，在《伊利亚特》中被说成是希腊联军中第一勇士。

侵意[1] 的汉尼拔[2] 也很杰出，

另一位好汉子名更震天[3]；

一个个均被我投入情网，

后者爱最为光鲜[4]；

他[5] 充满美德且具有好运，

在千百佳丽中细细筛选，

选中了好一位贞洁烈女[6]：

即便她重返回罗马家园，

也不会月色下把美显现[7]；

我赐她迷人的歌喉、语言[8]，

无论何可耻欲念，

都无法常立于她的面前[9]。

这便是我对他[10] 所谓欺骗。

它[11] 是引怨与愤苦涩胆汁，

---

[1]　指意大利。

[2]　汉尼拔是北非古国迦太基的名将，军事家，被后人誉为战略之父。在第二次
　　布匿战争期间，他奇迹般地率领军队越过直布罗陀海峡，穿过西班牙，翻越
　　比利牛斯山和阿尔卑斯山，进入意大利北部，并多次以少胜多重创罗马军队；
　　后来在北非的扎马被罗马统帅西庇阿击败。

[3]　指击败汉尼拔、人称"非洲将军"的西庇阿。

[4]　西庇阿选择了象征古罗马共和国的贞洁烈女卢克莱西娅，把自己的爱完全献
　　给了她，即献给了罗马共和国，因而此处说他的爱最为光鲜。

[5]　指西庇阿。

[6]　指古罗马著名的贞洁烈女卢克莱西娅。美丽贤惠的罗马贵族妇女卢克莱西娅
　　被国王之子强奸后自杀身亡，罗马贵族对此极为愤怒，从而发起暴动，驱逐
　　国王，建立了罗马共和国，成就了罗马的辉煌。

[7]　卢克莱西娅是著名的贤惠少妇，她夜不出户，因而此处诗人说，即便她复活，
　　重新返回罗马，也不会在月色下显露她的美丽容貌。

[8]　卢克莱西娅有美妙的歌喉，说起话来声音十分温柔动听。

[9]　卢克莱西娅宁可死亡也不愿忍受屈辱，在她那里，一切卑鄙无耻的欲望，都
　　只能一时得势，决不能长久持续。

[10]　指诗人。

[11]　指上面提到的"欺骗"。

然而比其他的享受更甜。
播良种竟收恶果，
效力于负心人[1]，此报必然；
我把他曾护在羽翼之下，
请美女、骑士爱他的诗篇，
并令他高高飞起，
才俊榜其英名清晰可见，
他的歌流芳千古，
而且还广传世间；
否则他仍然在嘟嘟囔囔，
法庭上为人争辩；
在我和无双的女子身边，
他学会书温柔爱情语言，
全靠我，其美名方能远传。

我命他摆脱掉不轨行为，
并请他赞美我所施恩典：
若如此，无论是何时何地，
劣行为都不会令他喜欢。
他忠于那位女子，
高尚足[2]已踏入他的心田，
致使他变得崇高，
年轻时便成为洁身儿男。
他高贵来自我和那女子，
然而他却要抱怨。
他指控我二人毫无根据，
如夜晚之幽灵出入梦幻；

---

[1] 指诗人。
[2] 指劳拉的高尚足。隐喻爱情。

在认识我们之后，
他才令天主和众人喜欢。
唯傲者对于此感觉遗憾。

他获得之奖赏超越一切：
我给他双羽翼，令其飞天；
赐通往造物主宝贵阶梯，
这才是应有的正确判断；
他紧盯自己的那份希望[1]，
美德亦尽入眼帘；
向肉眼难见的神秘[2]飞去，
一步步至崇高理性身边；
此人[3]曾在诗中预言此事，
现竟把我与她[4]弃脑后面：
为支撑他生存我赐该女。
闻此言，我[5]含泪发出呼喊，
尖叫道：虽然你把她赐我，
却很快又夺走，令我凄然。
他[6]答道：并非我，主[7]希望美女归天。

我二人都转向正义宝座[8]，
对女王齐声高喊：
女王啊，我等待你的判决。

---

[1] 指劳拉。
[2] 指神秘的天国。
[3] 指诗人。
[4] 指劳拉。
[5] 指诗人。
[6] 指爱神。
[7] 指天主。
[8] 指理性女王的宝座。

他之声高而厉，我音抖颤。
见此景女王[1]笑道：
很高兴听尔等申辩之言，
纠纷久且错综，需要时间[2]。

---

[1]　指理性女王。见本诗的第一段。

[2]　需要更多时间才能辨明是非。

第 361 首

忠诚的镜子与疲惫心灵

　　梦中，心灵疲惫的诗人看到镜子中的自己已老态龙钟，似乎有人对他说：切莫与自然规律抗争。猛然醒来，他发现生命飞逝而去；此时，他耳边又回响起已经升入天国的劳拉的声音。

忠诚的镜子与疲惫心灵，
虚弱神，无力体，老态龙钟，
全都来坦诚地对我说道：
切莫要自欺骗，年纪不轻。

你最好谨遵循自然规律，
时间会夺你力，无法抗争。
就好似水泼火，烈焰熄灭，
我猛然从昏昏长梦惊醒：

见尘世生命在飞逝不停，
再无法返以往生活之中；
我心里回响起夫人话语，

她已经挣脱了缚身彩绳 [1]；
夫人是尘世的唯一女子 [2]，
尽夺走其他的女子美名 [3]。

[1]　捆缚人的彩色绳索，此处指劳拉的美丽躯体。
[2]　在诗人的心中，劳拉是尘世的唯一女子。
[3]　在尘世时，劳拉的美貌令所有女子黯然失色。

第 362 首

我时常展一对思想翅膀

诗人展开思想的羽翼，飞入天国，听到劳拉与他说话，十分激动。劳拉引他去见天主，诗人请求天主让其留在天上；然而，天主却告诉他，至少还要等待二十年他才能归天，二十年看起来似乎很长，其实十分短暂。

我时常展一对思想翅膀，
似天民 [1] 抖双翼空中翱翔，
永福者把肉体留在尘世，
在天国视我主 [2] 无价宝藏 [3]。

朋友啊，你行为、须发皆变，
我如今对于你敬爱非常 [4]。
时而闻她对我如此吐言，
我色变，颤抖心甜却冰凉 [5]。

---

[1] 在天国享受永久幸福的居民，与下一句中的"永福者"意思相同。
[2] 指天主。
[3] 视天主为无价之宝。
[4] 如今，诗人已年迈，须发皆白，不再追求尘世的快乐和财富，因而，劳拉对他非常敬爱。
[5] 终于听到劳拉对他表示爱，诗人十分激动，感到心中十分甜蜜，同时也感到冰凉。

我随她见天主，谦卑垂首，
求主让我留下将其瞻仰，
并能够常见到她[1]的模样。

主答道：这是你天命注定：
二十年之后你方入天堂，
你觉得时间久，实为一晃。

---

[1]　指劳拉。

第363首

死神熄耀吾眼灿烂太阳

灿烂的劳拉之光熄灭了，连诗歌之木月桂树也丧失了它的光辉；诗人摆脱了爱情的折磨，同时也为劳拉离世而悲伤；他厌倦了尘世生活，又回归到天主身边。

死神熄耀吾眼灿烂太阳，

清澈且坚贞眸 [1] 黯然无光；

曾令我冷暖的丽人成灰 [2]，

月桂都变栎榆，丧失光芒 [3]：

这让我既快乐又觉悲伤。

再无人令吾惧或者发狂，

也无人使我心忽冷忽热，

时而痛时而又充满希望。

摆脱了伤我者 [4] 那只利爪，

它折磨我时间太久太长，

获自由却要把苦乐品尝 [5]；

[1] 指劳拉的眼睛。

[2] 曾经令我时而感觉寒冷时而感觉温暖的丽人劳拉已经化成了灰烬。

[3] 珍贵的月桂树都变成了无价值的栎树和榆树，丧失了它们的光辉。

[4] 指爱神。

[5] 现在我获得了自由，心中愉悦，但同时也为劳拉的离世而悲伤。

我已经厌倦了尘世生活，
又回到崇拜的恩主身旁，
眨眨眼他便定宇宙万邦。

第364首

爱神火灼烧我二十一年

诗人爱恋活在尘世的劳拉二十一年，劳拉离世后他又伤心地哭泣了十年；如今，他抱怨自己虚度了人生，请求天主原谅，不要让他坠入永恒的黑暗深渊——地狱。

> 爱神火灼烧我二十一年，
> 火中乐，希望却充满苦难[1]；
> 美夫人携吾心飞至天上，
> 这十年我依然哭泣不断[2]。
>
> 我已疲，把今生哭泣、抱怨，
> 罪过重，它几乎熄灭德善；
> 崇高的上帝啊，万物主宰，
> 我向你把余生真诚奉献；
>
> 我悔恨浪费了逝水年华，
> 它本应被更好利用一番：
> 用它来寻宁静，避免不安。

---

[1] 我被爱情火灼烧，心中却感觉快乐，因为，在痛苦地追求爱情的过程中，我心中充满获得爱情的希望。

[2] 劳拉离世，我的心也随其飞上天；在劳拉离世的这十年中，我怀念她，依然哭泣不断。

天主啊，你把我囚禁于躯壳 [1] 之中，
快救我逃离那永恒灾难 [2]，
我知错，并不想为己争辩。

---

[1] 指人的躯体。
[2] 指地狱的灾难。

第 365 首

我哭泣虚度的大好时光

这是《歌集》的倒数第二首诗，此时，诗人对劳拉的尘世之爱已经成为遥远的往事，他想摆脱尘世情感，彻底投入到天主的怀抱。诗中，我们看到的是诗人对以往罪过的忏悔，他认识到自己精神脆弱，无勇气和能力自救灵魂，因而十分痛苦。诗人乞求上帝帮助他，希望至少临终前能够得到灵魂的安宁。

我哭泣虚度的大好时光，
耗费在尘世的俗物之上，
生双翼我不能飞入天国，
难成为他人的光辉榜样 [1]。

无形且永恒的天国之王 [2]，
你见我邪恶把天条违抗，
拯救这迷途的脆弱灵魂，
施恩泽将它的缺陷补偿 [3]。

如若我生活于风暴、战场，
却希望死于静，如船入港，

---

[1] 这首诗是诗人的晚年作品。诗人懊悔把人生的大好时光耗费于追求尘世的俗物之上，为自己无望升入天国而哭泣。

[2] 指天主。

[3] 诗人呼吁仁慈的天主向他伸出救援之手。

生无为，至少应死得高尚 [1]。

我的死与残留短暂时光，
需要你施慷慨托于手掌，
你知道：我已无其他希望 [2]。

---

[1] 如果我生活在内心的暴风骤雨和精神的激战之中，却希望死于安宁，就像航
     船驶入港湾一样；如果我一生无为，至少应该死得高尚。
[2] 我残留下来的短暂生命和即将到来的死亡，都需要你（天主）的帮助，需要
     你把它们托于掌上，因为我无法乞求他人的帮助，只能寄希望于你。

第 366 首

美圣母，你身披光彩裙衫

在《歌集》的最后一首诗中，诗人晚年摆脱尘世痛苦的希望升华为对圣母的呼吁和赞颂。他忏悔以往的"罪过"，却无力自救，因而十分痛苦；他乞求圣母和天主给予他帮助，以便临终前获得灵魂的安宁。

美圣母，你身披光彩裙衫，
顶群星闪烁的璀璨王冠，
因孕育主之光 [1] 获得至爱 [2]，
是至爱促使我对你颂赞。
若无你与圣子鼎力相助，
我不知应如何开口吐言，
你必会闻我求，赐我力量，
因你总热情应忠者呼唤。
圣母啊，尽管我是地上卑微泥土，
你坐镇高高上天 [3]，
如若是人类大悲 [4]，
曾令你展示爱怜，
恳求你制止我灵魂激战 [5]。

---

[1]　指圣子基督耶稣。
[2]　指天主之爱。
[3]　尽管我是地上的泥土，你是坐镇上天的女王，我们的地位相差甚远。
[4]　指人类所忍受的极其悲惨的生活。
[5]　让我的灵魂得到安宁。

圣母啊，你也曾是，

智女童其中一员 [1]，

甚至还身居首位，

最英明，最为灿烂；

你还是苦者拒厄运之盾，

在你的庇护下人可脱险；

你是熄盲火 [2] 的降温冰液，

熊熊火把尘世愚者焚燃；

圣母啊，你丽眼曾经看见，

爱子的躯体上伤痕斑斑 [3]，

现请你将其 [4] 光投于我身：

从无人对我提有益意见，

我只能向你求援。

圣母啊，你是那天国之窗 [5]，

完美且十分高尚，

照亮了人间并装点苍穹，

同时是天主女、圣子之娘 [6]；

助至高圣父之子，

---

[1]　据《新约·马太福音》第二十五章讲：婚礼之前，新郎将至，十位女童受命提灯相迎，其中五位智慧女童随灯携带了备用的灯油，而另五位愚蠢女童未携带备用灯油。新郎来迟，灯中之油将尽，愚蠢女童欲分智慧女童的备用灯油，被拒，于是被迫去买灯油。回来时，新郎已经进入新娘家门，随后家门被关闭，因而她们未能参加婚宴。圣母玛利亚便是五位智慧女童之一。

[2]　指盲目的欲望之火。

[3]　指受难的耶稣遍体鳞伤。

[4]　指上一诗句中所提到的圣母的丽眼。

[5]　圣母是连接上天和人间之人，因而此处称其为"天国之窗"。

[6]　你既是天主之女，也是圣子耶稣的母亲。

救民于末代时光 [1]；

圣母啊，你示吉祥，

于尘世所有地方，

上天主选择了你，

夏娃女泪水已转为欢畅 [2]。

快令我配得上主的恩典，

他赐福，大爱无疆，

超凡的王国 [3] 可如愿以偿。

圣母啊，你谦卑高耸云天，

善良且恩典无限；

在天上听我祈祷，

你是那怜悯之泉，

也是那正义光辉，

照亮了罪恶的黑暗人间；

是慈母、孝女、贤妻，

一身把这三个美称全兼；

光荣的圣母啊，主的妻子，

主曾经伤遍体，滴血不断，

然而他解脱了人类枷锁，

令尘世获自由，生活美满；

赐福者 [4]，请满足我的心愿。

圣母啊，举世无双，

令上天爱上了你的美艳，

[1] 古时，信仰基督教的文人把尘世分为六个时代，最后一个时代，即末代，指的是从基督耶稣降世到世界末日的最后审判。

[2] 由于天主选择了圣母，所以痛苦的人类之母夏娃转悲为喜。

[3] 指天国。

[4] 此处指圣母。

从来就无人能与你媲美，

你圣洁、纯朴且悯人悲天，

在你的贞洁腹中，

建立起活天主神圣祭坛 [1]。

噢，玛利亚，温柔的慈悲贞女，

如若你能为我祈祷宁安，

使我的生活快乐，

罪孽身 [2] 便会有圣宠出现。

我灵魂跪于地，俯首恳请，

你保佑我享平安，

弃邪恶，奔向那美好明天。

圣母啊，你是颗永恒的灿烂明星，

高悬于大海的巨浪云天；

你亦是航海者忠诚灯塔，

注视着可怖狂澜；

我独处波涛中，舵被卷走，

临终的尖叫 [3] 已距我不远，

但灵魂仍对你深信不疑；

我承认它 [4] 是罪犯。

圣母啊，我恳求你，

令死敌 [5] 别耻笑我遇灾难；

应牢记，是人类严重罪孽，

使主投你处女腹中胎盘：

为拯救我们于苦难世间。

---

[1] 指孕育了圣子基督耶稣。

[2] 指诗人的罪孽之身。

[3] 指遇到海难时人们面对死亡的尖叫。

[4] 指诗人的灵魂。

[5] 指地狱中的魔鬼。

圣母啊，我洒下多少眼泪，

为免除我的苦难；

曾做过多少次徒劳祈祷，

又曾吐多少句献媚之言 [1]!

我生于阿尔诺 [2]，踏遍尘世 [3]，

除痛苦，我其他均未寻见：

人间女之美艳、娓娓话语，

把灵魂正直路拦腰截断。

圣母与灵魂呀，请勿拖延，

这或许是我的生命末年 [4]；

在痛苦、罪恶感重压之下，

我时光飞逝如箭；

只有死待我于尘世人间 [5]。

圣母啊，她 [6] 成土，让我心酸，

活之时亦令我哭泣不断，

却丝毫不知我无尽痛苦，

即便知，事如此，也难改变：

其他的举措均令我魂死，

---

[1]　诗人说：我写作了许多赞美天主和圣母的诗篇，但这些都难以拯救我的灵魂。

[2]　我生于阿尔诺河畔。阿尔诺是流经诗人故乡意大利托斯卡纳地区的一条河。

[3]　在阿尔诺河畔出生后，我走遍了世界各地。彼特拉克是一位极爱旅行的人文主义诗人。

[4]　诗人认为，这可能是他此生的最后一年。

[5]　我在尘世已一无所有，只等待死亡。

[6]　指劳拉。

使她的恶名声传遍世间 [1]。
圣母啊，你很高尚，
你洞察尘世的诸事万端，
是天国之主妇，我的神仙
（若如此之称呼并无不便）；
快结束我的痛苦，
对于你是小事，他人为难 [2]，
因为你德能无限。

圣母啊，你是我全部希望，
需要时只有你能施救援，
请不要弃我于生死关头 [3]，
应顾及造物主，非我颜面；
不是我值得帮助，
主欲将卑微我关心、照看。
美杜莎 [4] 和罪孽变我为石，
滴出了无益的泪珠 [5] 点点；
圣母啊，你却流慈悲之泪，
灌满了我这片可怜心田；
至少我临终的泪水虔诚，

---

[1] 如果我还要采取其他举措，挽救我与劳拉的爱情，那么，只能使我的灵魂无法进入天国（令我魂死），使劳拉在尘世的名声受到损害。

[2] 结束我的痛苦对其他人是难事，对于你却是小事一件。

[3] 诗人已年迈且病入膏肓，因而说自己处于"生死关头"。

[4] 希腊神话传说，海神波塞冬被美杜莎的美貌吸引，在雅典娜的神庙里将其强奸，引起雅典娜的愤怒。雅典娜不能惩罚波塞冬，于是便把美杜莎变成头上长满蛇发的可怕妖怪；只要男人看见她的眼睛，就会立即变成石头。

[5] 指愚蠢的眼泪。

它不带尘世情感；

我初次哭泣 [1] 时难免疯癫 [2]。

仁慈的圣母啊，傲慢死敌 [3]，

我们的共同主 [4] 引你向前；

请怜悯这一颗悔悟之心 [5]，

它曾把易逝的微土 [6] 爱恋，

并对其显示出非凡忠诚；

对你的高贵魂将咋表现 [7]？

若借助你的帮助，

在悲惨境况中我能立站，

圣母啊，我定以你的名义，

净化我心灵和智慧、语言，

将它们向你奉献。

快引我走上那康庄大道 [8]，

愉快地接受我改变欲念。

我末日已经不远，

时光逝，如飞一般，

唯一的贞洁圣母，

---

[1]　指诗人年轻时初次为爱情而哭泣。

[2]　诗人认为自己年少时为爱情流淌的眼泪充满了疯狂的激情。

[3]　圣母是傲慢的死敌。

[4]　指天主。

[5]　指诗人自己的心。

[6]　指尘世躯体已经变成微不足道的泥土的劳拉。

[7]　它对劳拉的躯壳都那么忠诚，那么，对你的高贵的灵魂又将会怎样表现呢？

[8]　指奔向天国的道路。

我心醒，死亡却刺痛心肝。

快把我托付给你的圣子，

他是位真人神 [1]，统治上天，

请求他接受我，令魂 [2] 宁安。

---

[1] 指耶稣。耶稣既是神也是人，因为这位真正的天主曾道成人身，降临尘世，
　　解救万民于水火。
[2] 指诗人的灵魂。

图书在版编目（CIP）数据

歌集：支离破碎的俗语诗 /（意）弗朗切斯科·彼特拉克著；王军译.
—杭州：浙江大学出版社，2019.9
ISBN 978-7-308-19542-3

I.①歌… Ⅱ.①弗… ②王… Ⅲ.①抒情诗—诗集—意大利—中世纪
Ⅳ.① I546.23

中国版本图书馆 CIP 数据核字（2019）第 192807 号

歌集：支离破碎的俗语诗
［意］弗朗切斯科·彼特拉克 著　王军 译

责任编辑	王志毅
文字编辑	伏健强
责任校对	闻晓虹
装帧设计	周伟伟
出版发行	浙江大学出版社
	（杭州市天目山路 148 号 邮政编码 310007）
	（网址：http://www.zjupress.com）
排　版	北京大有艺彩图文设计有限公司
印　刷	北京天宇万达印刷有限公司
开　本	635mm×965mm　1/16
印　张	52
字　数	823 千
版 印 次	2019 年 9 月第 1 版　2025 年 2 月第 2 次印刷
书　号	ISBN 978-7-308-19542-3
定　价	158.00 元

版权所有　侵权必究　印装差错　负责调换

浙江大学出版社市场运营中心联系方式：（0571）88925591；http://zjdxcbs.tmall.com